LE BAL DES LOUVES

La Vengeance d'Isabeau

•

DU MÊME AUTEUR

Le Lit d'Aliénor, 2002
Le Bal des Louves, 2003
  * *La Chambre maudite*
  ** *La Vengeance d'Isabeau*
Lady Pirate, 2005
  * *Les Valets du roi*
  ** *La Parade des ombres*
La Rivière des âmes, 2007
Le Chant des sorcières, tomes 1 et 2, 2008, tome 3, 2009

DU MÊME AUTEUR

Les Tréteaux de l'enfance, 2004, Elytis

Mireille Calmel

LE BAL DES LOUVES

II. *La Vengeance d'Isabeau*

LE GRAND LIVRE DU MOIS

Loin du pouvoir et de ses vices
Dans la véritable richesse des âmes
et des cœurs
Ne sois pas un autre
Si tu peux être toi-même.

Paracelse.

Prologue

« Vollore, ce 16 mai 1521.

Étrange journée en vérité que celle-ci en ce printemps radieux, bourdonnant et bourgeonnant. J'ai rarement vu sur ces terres ciel plus clair et dégagé, senteurs plus fortes aux narines.

Je pars. Peut-être est-ce ce qui aiguise ainsi mes sens, mais je ne le crois pas. Journée de baume sur six années de ma vie. Un nénuphar sur une eau qui n'en finissait plus de croupir.

François de Chazeron m'a chassée. Je l'espérais, je crois, depuis toujours, pour que cesse le calvaire de ces illusions mortes, pour que s'efface la douleur de ces enfants perdus, pour enfin éloigner de moi la malédiction qui hante cette demeure. À jamais.

Étrange comme les souvenirs reviennent. Il m'a concédé d'emmener Antoinette-Marie avec moi. Je ne la lui aurais pas laissée quoi qu'il advienne. Cette enfant l'indiffère. Je me suis souvent demandé si même il ne la haïssait pas. Des trois qui naquirent, elle est la seule à avoir survécu. Deux l'ont suivie, sans amour, instants bestiaux de procréation. Ils sont défunts peu après leur naissance. Je ne crois plus au hasard. Cette terre ne doit pas avoir d'héritier, simplement, pour une raison qui continue de m'échapper.

Mon époux se remariera certainement. J'ignore s'il a en vue quelque damoiselle, mais je sais déjà que son rêve sera sans effet. Pas davantage que moi elle ne lui donnera de fils. La volonté de Dieu ou celle du diable est griffonnée sur les pages de l'histoire de ce pays. Ainsi en sera-t-il. Cela n'a aucun sens. J'ai du moins renoncé à en trouver un. Il y a tant de choses que Chazeron doit se faire pardonner. Tant d'abominations envers ses manants, envers ses gens, envers moi. Rien jamais ne reste impuni.

À moi, il reste Antoinette-Marie. Ma fille. Ma chair. Elle était si menue et si chétive à sa venue au monde. Si faible que sa tête avait à peine la grosseur de mon poing. De sorte que je n'ai pu regagner Vollore que fin septembre, alors qu'elle avait deux mois, les travaux de rénovation achevés. Je tremblai durant ce temps. François avait refusé qu'elle soit baptisée avant que tout soit prêt pour recevoir ses invités. De fait, ce fut une belle fête, comme seul notre mariage en avait vu. Des ménestrels étaient accourus, des saltimbanques avec leurs singes savants et ces ours qui, dressés sur leurs pattes arrière, grognaient dans leurs muselières.

J'ignore où mon époux prit l'argent pour offrir à ses convives autant de magnificence. Le château était tout entier décoré et illuminé. Il avait fait venir des soieries et des brocarts, habillé de neuf toute la maisonnée. À mes questions, il resta sourd. La vérité est qu'il espérait le roi dans sa demeure. Mais le roi de France n'a que faire de ses petits vassaux, fussent-ils apparentés par alliance aux Bourbons. Il ne vint pas. Mon époux entra une fois encore dans une de ses colères, sitôt les festivités achevées. Malgré le médaillon gravé à ses initiales qu'il lui offrit ce jour-là, il n'avait pas déployé cette magnificence pour sa fille, mais pour son prestige. Bien sûr, on parlerait de lui loin et longtemps, mais le roi avait boudé son invitation. Il serait la risée. Au mieux, pour ceux qui ignoraient l'humiliation, garderait-on le souvenir d'une belle réception d'un riche seigneur.

Sitôt les dernières courbettes achevées, il arracha les tentures, enflamma les drapés, faillit mettre sa maison à feu et à sang. Sans l'intervention de Huc, il aurait sans doute fracassé épouse et enfant. Ensuite, comme chaque fois, il alla s'enfermer dans sa tour, des jours durant. Étrange homme.

Lorsqu'il réapparut, il nous signifia que nul, lui vivant, ne remettrait les pieds à Montguerlhe. Il y laissa une garnison de douze hommes seulement assortis d'une chambrière, d'une lavandière et d'un cuisinier pour en assurer l'intendance. Huc fut prié de les rejoindre en sa qualité de prévôt et son épouse entra à mon service ici. J'ignore pourquoi il voulut les séparer. Le contraire m'eût convenu davantage. Je crois qu'il tenta ainsi de punir Huc d'avoir retenu son bras au plus fort de sa colère. Mais j'aurais mauvaise grâce à m'en plaindre puisque Antoinette-Marie y trouva son content.

J'étais si faible moi-même durant mes relevailles qu'Albérie s'occupa davantage d'Antoinette-Marie que moi. Elle la changeait, la baignait, la berçait. J'avais seulement pour elle ce sein, ce lait.

Étrange femme. Je ne l'ai jamais aimée et cependant ce lien inattendu nous a rapprochées. Elle était triste souvent, mais son visage s'éclairait au contact de l'enfant. Je me souvenais des paroles de Huc : " Elle ne peut procréer. " Elle maternait par procuration. J'aurais eu plaisir à la lui enlever, comme somme toute elle m'avait ravi par son amour et sa fonction d'épouse le désir de Huc. Mais j'ai le sentiment que je lui dois la survie d'Antoinette-Marie. Nous sommes devenues proches. Autant qu'on peut l'être avec personnage aussi distant, froid et particulier qu'Albérie. Elle posait toujours sur moi son regard métallique au-delà de toute perception ; il s'illuminait lorsque Antoinette-Marie lui donnait la main. C'est vers elle qu'elle fit ses premiers pas, vers elle qu'elle tendit sa première dent tombée. J'aurais dû en être jalouse. Je n'y suis pas parvenue. Mes grossesses suivantes m'ont affaiblie, la perte de mes enfants m'a rendue maussade. Albérie était d'humeur égale avec Antoinette-Marie. Je sais que jamais elle ne lui causera de tourment ni ne lui fera le moindre mal.

Il y a trois années, Huc est revenu s'installer à Vollore, sa sanction levée. À plusieurs reprises, mon époux s'absenta. Chaque fois, Huc se montrait cordial. Le gros de la garnison avait échoué à Vollore avec lui, dans une tour que François avait fait relever. Le prévôt y tenait sa place. Il l'avait pourtant perdue. J'ignore ce qui provoqua ce changement en lui. Il s'était mis à boire, peu après la naissance d'Antoinette-Marie, jusqu'à être soûl des jours entiers. Tous les hommes boivent. Lui semblait vouloir s'oublier dans la vinasse.

À cause d'Antoinette-Marie, je n'ai jamais retrouvé mon amant. Ils reportèrent, chacun à sa manière, leur frustration de progéniture sur elle.

Mon époux oublia sa fille. Délaissa ma couche après la mort de son dernier fils, il y a dix-huit mois ce jour.

Il est parti voilà trois nuits. Pour Paris. À son retour, m'a-t-il signifié, mes gens, mon linge et Antoinette-Marie devront avoir quitté ce lieu. À jamais.

Il est doux de sortir de sa vie. J'aurais voulu emmener Albérie avec moi, mais c'est impossible. François a refusé qu'elle quitte Vollore. « Elle est un gage ! » a-t-il grommelé. J'ignore ce que cela signifie. Peut-être se sert-il d'elle pour faire pression sur Huc ? Quoi qu'il en soit, l'annonce de mon départ a fait blanchir le visage de cette femme. Elle m'a demandé l'autorisation de l'expliquer elle-même à Antoinette-Marie. À cet instant, toutes deux doivent se faire leurs adieux.

Antoinette-Marie a cinq ans. Il est temps pour elle de sourire à d'autres gens, de goûter au véritable bonheur. Auprès de ma famille, elle trouvera vite d'autres liens. Celle qu'elle nomme affectueusement nounou ne sera dans quelques mois qu'un simple souvenir, pour elle comme pour moi.

Étrange journée en vérité. Je me sens libre. Libre de vivre enfin ce qu'il fallait taire. Libre de rire ou de pleurer. Libre d'aimer à nouveau. J'aurai d'autres enfants d'un autre homme. Je serai heureuse. C'est cela l'ordre des choses. Que François de Chazeron aille au diable ! »

On cogna à la porte et Antoinette referma son livre d'heures sous le rayon de soleil qui tombait de la fenêtre sur son écritoire.

— Entrez, autorisa-t-elle d'une voix joyeuse.

Car de fait, il y avait longtemps qu'elle ne l'avait été à ce point. Blanche, sa nouvelle chambrière, apparut dans l'encadrement, les yeux rougis. Elle tremblait et tordait un mouchoir en tous sens.

— Eh bien, eh bien ! commença Antoinette en découvrant pareil spectacle. Il ne faut pas te mettre en cet état, voyons. Je pars certes, mais tu demeures à mon service et pourras, je te l'assure, rendre fréquemment visite aux tiens !

— Je sais bien, ma dame. Je sais bien.

La jouvencelle était visiblement fort embarrassée.

— Ce n'est pas là l'objet de mon tourment. Oh non !

— Alors qu'est-ce ?

Antoinette s'avança vers elle et essuya d'un élan maternel une larme qui ruisselait sur sa joue.

— C'est Antoinette-Marie, ma dame.

— Quoi, Antoinette-Marie ?

— Elle a disparu, ma dame.

Son geste se figea l'espace d'une seconde, puis Antoinette éclata de rire.

— Elle s'amuse de vous, comme à son habitude. De plus, elle aime cet endroit et y connaît mille cachettes. Il n'y a point là de quoi pleurer. Qu'Albérie lui fasse la leçon et elle sortira bien vite de sa cache, comme il se doit.

— Nous y avons songé, ma dame, et c'est là tout mon chagrin. Dame Albérie a disparu, elle aussi, de même que les jouets préférés d'Antoinette-Marie et la petite malle qui contenait ses changes pour le voyage.

Antoinette déglutit. Sa main s'était soudain faite glacée. La jouvencelle avait débité cela d'un seul souffle, comme si le temps lui pressait de se débarrasser de la nouvelle. Antoinette recula et dut s'appuyer à un coffre sur lequel brosses et onguents tenaient en divers paniers d'osier.

— Cela n'a pas de sens, voyons. Pas de sens, répéta-t-elle. Les a-t-on vues sortir du château ?

— Non, dame Antoinette. J'ai interrogé les guetteurs, vous pensez bien.

— En ce cas, c'est une mauvaise farce, bien sûr. Cette polissonne d'Antoinette-Marie n'aime pas les voyages. Elle se plaît à me mettre en souci, voilà tout, et aura su convaincre sa nourrice de partager ce jeu avec elle. Retrouvez-les ! Elles seront punies pareillement.

— Vous pensez bien, dame Antoinette, que nous avons cherché déjà.

— Cherchez encore et encore ! Mille recoins, mille cachettes ! Que la garnison entière les cherche. Je veux quitter Vollore sitôt l'office de sexte.

— Bien, ma dame.

— Qu'on envoie aussi quatre gardes dans les bois. Les loups sont proches. Je les entends souvent hurler depuis la fenêtre, la nuit.

— Bien, ma dame.

— Où se tient notre prévôt ?

Il y eut un silence embarrassé.

— Ne me dis pas qu'il a disparu de même ! tempêta Antoinette exaspérée.

— Oh ! non point, pas lui ! affirma Blanche. Il ne le pourrait pas !

— Ce qui signifie ?

— Qu'il est ivre, dame Antoinette, et ronfle sous le blason de la salle commune.

Antoinette sentit une vague de colère déferler en elle.

— Qu'on le dessoûle d'un baquet d'eau fraîche ! Je veux le voir ici dans moins d'un sablier ! Et cesse de pleurnicher, tu m'incommodes à la fin ! Ceci n'est qu'un jeu, un jeu, entends-tu ?

— Oui, dame Antoinette.

Et Blanche s'effaça en reniflant pour retourner la maisonnée. Antoinette tremblait à présent. Elle se répétait à voix haute : « Un jeu, un simple jeu... » pour tenter de s'en convaincre. Jamais Albérie n'aurait abandonné son époux. Jamais. Jamais.

Pourtant, lorsque Huc parut au terme de longues minutes, à entendre la maison s'agiter en tous sens et une poignée de gens d'armes courir vers les bois qui jouxtaient le jardin, cette certitude accusa un doute poignant. Mal rasé, le regard encore hébété, les cheveux en bataille et la mise froissée, le prévôt avait piètre allure, et son haleine chargée de relents de vinasse n'ajoutait rien d'agréable à ce triste portrait.

— Vous m'avez fait mander, grommela-t-il.

Elle l'avait aimé, comme nul autre. Ce jourd'hui, il l'écœurait.

— Albérie et Antoinette-Marie ont disparu, lâcha-t-elle.

Huc se sentit dessoûlé sur l'instant.

— Disparu ! répéta-t-il.

— De fait ! Et si vous étiez moins imprégné de beuveries, vous auriez pris part aux recherches, comme il sied à votre charge.

— Pardonnez-moi, bredouilla Huc.

Comme il se sentait las soudain.

— Je vous ai connu vert, messire, vous voilà bouffi, ivrogne, quelle couche pouvez-vous encore honorer qui retienne une amante ? Que vous est-il arrivé, mon bon Huc, pour dépérir ainsi ?

Elle s'apitoya un instant sur lui, puis revint sur elle. Elle refusait d'admettre l'évidence.

— Croyez-vous Albérie capable d'enlèvement ?

Huc ballotta la tête.

Depuis combien de temps avait-il cessé d'être un époux ? Depuis combien de siècles avait-il failli ? Ils avaient été heureux. C'était si loin. Et puis il y avait eu la mort de Loraline, la naissance de Marie. Il s'était reproché une fois encore de n'avoir pas su, de n'avoir rien fait. L'histoire s'était répétée. Il avait voulu protéger son épouse. Il s'était attaché à la petiote comme elle, jusqu'au jour où il avait découvert la marque des louves sur la nuque fragile, en redressant la fillette tombée à terre. Elle venait d'avoir trois ans. C'était au moment où Chazeron l'avait rappelé auprès de ses hommes, au château. Il aurait dû aimer Albérie que deux hivers avaient éloignée de lui, tandis qu'il tremblait seul à l'idée que Chazeron se satisfasse d'elle par caprice. Il avait bu pendant son exil pour oublier qu'il n'était pas auprès d'elle, qu'il ne pourrait s'interposer à temps, qu'il était devenu inutile. Même s'ils se retrouvaient encore à Montguerlhe dans l'ancienne chambre d'Albérie, chaque pleine lune, Albérie s'était lassée de lui. Il s'était lassé de ses mensonges. Ils s'étaient disputés à cause de Marie, à cause de la marque. « Si tu révèles la vérité un jour, je te tuerai, Huc ! » avait affirmé Albérie. Il n'avait pas le vin bavard. De plus, il aimait trop Marie, quelle qu'elle fût. Mais cette vérité acheva de le détruire parce qu'elle signifiait qu'Albérie ne l'aimait plus, plus assez pour lui mentir, plus assez pour lui donner l'illusion qu'il pouvait encore la protéger, plus assez pour le protéger lui. Il avait sombré, chaque jour davantage. La contrée était paisible. Les relations de voisinage entre seigneurs étaient courtoises et amicales. À peine avait-on à mater quelques malandrins qui détroussaient les voyageurs et les pèlerins. Depuis longtemps déjà, le capitaine des gardes de Chazeron le remplaçait à la besogne.

De prévôt, il ne lui restait que le titre. D'époux, il ne lui restait que le nom. De protecteur, il ne lui restait rien. À part peut-être un ultime mensonge.

— Jamais Albérie ne ferait de tort à Antoinette-Marie.

Antoinette s'en rasséréna.

— C'est aussi ce que je crois. Vous avez parfois accompagné ma fille aux abords du château, Huc. Je pense qu'elle refuse de quitter le lieu de son enfance, son amie Margot, la fille de la lingère, et sa nourrice. J'ai peur qu'Antoinette-Marie se soit aventurée seule dans les bois et qu'Albérie se soit lancée à sa recherche.

— C'est plausible, affirma-t-il.

Il mentait.

— Trouvez-les. La lune était pleine hier. Les loups rôdent près des habitations. Je crains pour ma fille. Et quoi que vous ayez à vous pardonner dans la vinasse, Huc, vous êtes le seul en cette maison en qui j'aie toujours eu confiance.

Il s'inclina devant elle et s'apprêtait à sortir lorsque Antoinette le retint.

— Bien sûr, cela ne me regarde pas, Huc, mais je pars pour ne jamais revenir en ce lieu. Aussi, j'aimerais savoir les raisons qui vous poussèrent à vous perdre ainsi, peu après que vous m'eûtes signifié mon congé. Avez-vous cherché à m'oublier ?

Comme il aurait voulu que cela fût vrai ! Il se retourna vers elle, et esquissa un pâle sourire.

— C'est moi et moi seul que j'ai cherché à oublier, Antoinette. Ne vous reprochez rien. Soyez heureuse plutôt. Vous le méritez.

— Ramenez-moi Antoinette-Marie.

— Je vous le promets.

Cette fois encore il mentait. Il se promit pourtant de chercher. Il voulait dire au revoir à Albérie. Qu'elle sache qu'il restait son époux jusqu'à ce que la mort le rattrape.

Il laissa l'agitation du château s'emmêler de cris, d'appels venus des jardins, des sous-bois. Il s'enfonça, sur son cheval, dans la forêt, seul, en veillant à être vu à la tâche. Puis, lorsque les voix s'estompèrent, il bifurqua et emprunta un sentier dans la montagne. Il était encombré de ronces tant il était perdu depuis longtemps.

Il dut chercher longuement l'entrée du passage que branches et lierres avaient recouverte, mais finit par en dégager l'accès.

Il pénétra dans l'obscurité sans faillir. Il y était revenu, après l'altercation avec Albérie deux années plus tôt, explorer les ruines de sa couardise, se faire mal dans la désolation et le cynisme. Des loups y séjournaient encore, leur odeur y était forte, ce jourd'hui il s'avança sans intention belliqueuse. Si l'un d'eux venait à se jeter sur lui, il le laisserait accomplir son office. Il serait libéré.

Il se demanda pourquoi il avait le sentiment qu'elles se cachaient là. Peut-être parce que ce lieu était au commencement ? Bientôt il entendit des voix qui confirmèrent son intuition. Il se guida à la lueur vacillante d'une lanterne et fut là, devant elles. Elles étaient assises au centre de la salle souterraine, deux loups couchés à leurs côtés. Elles jouaient aux osselets.

Une louve grise redressa le museau et découvrit ses crocs, leur faisant tourner la tête.

— Oncle Huc ! lança l'enfant en se levant précipitamment pour courir vers lui.

— Bonjour, princesse !

Il l'enleva dans ses bras et à son habitude la fit tournoyer et rire aux éclats. L'animal cessa de grogner, mais son œil suivait chacun des gestes du prévôt. Albérie se leva à son tour et s'approcha de son époux comme il reposait Marie qui en réclamait encore.

— Non point, damoiselle, ou le ventre vous chavirera.

— Encore, encore, encore, insista-t-elle en lui taquinant les jambes.

— Une fois, une seule et ensuite suffit. J'ai à parler à votre nourrice.

Il recommença l'opération puis l'emporta sur ses épaules jusqu'aux osselets abandonnés. Il l'assit près des loups, sans crainte, le regard droit dans celui de la louve.

Marie se mit aussitôt en devoir de jouer avec elle, comme elle l'eût fait avec n'importe lequel de ses chiens, et Huc en conclut que ces deux-là étaient depuis longtemps complices. Il eut un mouvement de recul pourtant lorsque la louve, agacée par l'enfant qui riait à gorge déployée, roula sur le dos, dévoilant un étrange collier à son poitrail : une chaîne d'or ornée d'un pendentif en forme de croix.

Il voulut tendre la main pour en contempler la finesse, mais la voix d'Albérie le ramena vers elle.

— Que vas-tu faire, Huc ?

Il avisa la malle à quelques pas de lui.

— Que pourrais-je faire, Albérie ?

Il lui fit face résolument et sourit.

— M'empêcher de fuir avec elle. La ramener à Vollore. Tenter du moins.

— Pourquoi ? Il suffit de la voir pour comprendre où est sa race. Un jour ou l'autre, François de Chazeron finirait bien par se douter de quelque chose. Et quand bien même il n'apprendrait jamais, Antoinette ne pourrait lui enseigner ton savoir, ta force. Je me suis demandé souvent si elle serait comme toi ou comme Isabeau. Nulle autre que toi ne pourrait la préparer à affronter son destin. Je suis venu te dire adieu, simplement. J'ai cru comprendre que tu n'avais pas envisagé que je puisse encore avoir une place à tes côtés.

— Il me rechercherait d'autant plus si nous fuyions ensemble. Et puis il y a Antoinette. Elle aura besoin de toi.

— Je croyais que tu la détestais ! nota Huc.

— Ce fut vrai longtemps. Son amour pour Marie nous a rapprochées.

— Ton amour pour Marie nous a perdus, constata-t-il.

— Je te rends ta liberté, Huc, repartit-elle, le cœur serré pourtant.

— Les souvenirs sont un plus grand servage.

— En nous laissant aller, tu fais preuve d'un grand courage. Une page doit se tourner. Je ne t'ai jamais rien reproché. Fais-en de même désormais.

Au moment où il allait répondre, son regard accrocha deux silhouettes qui progressaient prudemment vers eux. Malgré les ans et l'alcool, Huc était loin d'être fini. La louve grise avait retroussé les babines et s'était levée d'un bond, son compagnon de même. Huc écarta Albérie d'une main, dégaina sa rapière de l'autre et héla dans l'obscurité.

— Halte-là !

Les deux silhouettes quittèrent leur refuge et s'avancèrent en pleine lumière. Frédéric de Montjoie et Étienne de Fouquet. Le capitaine des gardes de Chazeron et son bras droit. Ceux-là mêmes qui avaient obtenu titres et charges en échange de leur silence. Ceux-là mêmes qui avaient arrêté et emprisonné Loraline. Leur épée était sortie du fourreau. En un bond, les deux loups encadrèrent Huc, tandis qu'Albérie attrapait Marie et la mettait hors de portée des coups.

— Soûlard et traître, jeta Frédéric de Montjoie.

— Vous m'avez suivi, je gage, grommela Huc, furieux contre lui-même.

— Je n'ai jamais eu foi dans la promesse d'un ivrogne.

— C'est dame Antoinette qui vous envoie ?

— Non point. Le serment fait à notre maître de vous surveiller, vous et votre luronne. Sa disparition mystérieuse nous a rappelé le souvenir de ces tunnels. Notre seigneur a verrouillé tous les accès qu'il trouva il y a cinq années.

J'étais certain quant à moi qu'il en restait d'autres. Mais ce que j'ai ouï, palsambleu, est bien au-delà de son imagination et je suis sûr que Chazeron paiera fort cher l'enfant de la sorcière.

— Moi vivant, jamais !

— Simple formalité.

Et, joignant le geste au verbe, il pointa son épée en avant. Huc éclata d'un rire féroce et para avec vigueur. L'occasion était trop belle de venger ces années de couardise.

Tandis qu'en carnassiers, les deux animaux s'attaquaient aux mollets des gardes, au mépris des coups de lame qu'elles évitaient d'un bond, Huc ferraillait avec ténacité, à deux contre un.

— Haro sur l'autre ! hurla-t-il, certain que la louve au collier saurait le comprendre.

Aussitôt les loups prirent le même élan et plaquèrent au sol Étienne de Fouquet. L'épée échappa au triste sire, il eut beau se couvrir le visage, lutter de ses poings tandis que Huc entraînait son camarade vers l'autre extrémité de la grotte, les morsures lui écharpèrent la chair. Il hurla, se retourna tant qu'il put, rampa jusqu'à sa rapière pour se défendre encore tandis que les crocs lui fourrageaient les omoplates et la nuque, parvint à empoigner l'épée de ses doigts sanguinolents avant de se faire piétiner et lacérer le visage et les yeux. Sa main armée partit en tous sens, atteignit une cible devenue invisible, mais ne parvint pas à lui faire lâcher prise. Il lutta tant qu'il put, puis abandonna.

Lorsqu'ils s'avisèrent qu'il était hors d'état de nuire, les loups s'en furent prêter main-forte à Huc que la jeunesse de Frédéric de Montjoie mettait à mal. Un coup lui avait déchiré l'épaule, un autre la cuisse, mais il se battait plus que jamais, au nom d'un honneur perdu.

L'énergie des bêtes furieuses renforça la sienne. Lorsque Montjoie s'écroula enfin, n'ayant pu parer la feinte meurtrière de Huc pour laquelle Cythar avait fait diversion, Huc les laissa s'acharner sur lui avec un plaisir certain. Ces deux marauds venaient de lui racheter une conscience.

Malgré la douleur qui déchirait ses membres atteints par les coups du capitaine, Huc s'avança en claudiquant jusqu'à Albérie. Son épouse avait plaqué l'enfant effrayée contre son jupon pour lui cacher la scène. Albérie était livide pourtant et, au regard qu'elle porta sur lui, Huc comprit que c'était pour lui qu'elle avait tremblé.

Il la rassura d'un sourire, comprimant de sa main droite son épaule gauche pour ralentir le flot de sang.

— Tout va bien, affirma-t-il. Rien qui ne soit raccommodable.

C'est alors que retentit un hurlement qui fit se détacher Marie d'Albérie.

— Ma ! cria la fillette à son tour.

La femelle s'était assise sur ses pattes arrière devant le corps secoué de spasmes de Cythar. Albérie ne put retenir l'enfant plus longuement. Telle une anguille, elle se précipita. Albérie et Huc lui emboîtèrent le pas. Marie avait spontanément entouré de ses petits bras la belle tête de la louve et la consolait malgré ses propres larmes :

— Pleure pas, Ma, pleure pas. Il va guérir. Tu vas voir, il va guérir.

Huc se pencha au-dessus de Cythar. La lame avait touché les entrailles. Il se demanda comment il avait pu se battre encore et encore malgré pareille blessure. Cythar ne s'était écroulé qu'une fois leurs adversaires vaincus.

Albérie caressa d'une main émue l'encolure souillée de sang, de bave et de poussière, tandis que le souffle s'amenuisait et que les yeux devenaient vitreux. Aucun d'eux ne trouva les mots. Seule Ma hurlait sa tristesse.

Ensuite seulement, lorsque le dernier souffle de vie eut franchi les narines de son vieil ami, elle se dégagea doucement de l'étreinte de la petite fille et se pencha au-dessus de lui. D'une langue râpeuse sur ses paupières, elle les referma puis s'éloigna. Aussitôt Marie trottina sur ses traces.

— Attends, Ma ! Attends-moi.

La louve s'arrêta. Elles reprirent leurs pas ensemble, la petite main de Marie posée sur son échine.

— Ne vous éloignez pas ! conseilla Albérie, accrochant un écho aux parois rocheuses.

Puis, contournant la dépouille de Cythar, elle vint nicher son front contre la poitrine de son époux.

— Je te laisse les défunts. Je regrette. J'aurais tant voulu te donner une autre vie, Huc.

— Elle est celle que j'ai choisie, affirma-t-il. Tu n'as rien à te reprocher. La mort de ces hommes, celle de ce loup, autant que mes blessures, me fourniront hélas matière à écarter de vous toute menace. Protège Marie. Protège-toi. Où irez-vous ? demanda-t-il encore.

— À Paris. J'y ai quelque famille qui nous accueillera.

— As-tu assez d'argent ? Je pourrais te verser une rente sur ma solde. Tu en auras besoin.

— Non, Huc. Un jour ou l'autre, Chazeron apprendrait tes versements. Il ne faut pas qu'il puisse se douter, remonter jusqu'à Marie. À son retour, il te questionnera. Je crains pour ta vie à présent que tu te trouves mêlé à ma fuite.

— Moi, je ne le crains plus, Albérie. Si je te sais en sécurité, alors je le serai aussi. Sois prudente, chuchota-t-il en caressant sa nuque. Surtout les nuits de pleine lune.

— Elles ne m'effraient plus. Mais tu me manqueras, avoua Albérie en respirant sa peau où l'odeur du sang le disputait à celle aigrelette de vinasse ; à cet instant, pourtant, elle ne l'écœurait plus.

— Alors j'attendrai. J'attendrai que tu me reviennes, osa-t-il le cœur empli d'espoir.

— Ne te prive pas du bonheur d'une véritable épouse, Huc.

— L'âge éteint les ardeurs. Toi seule. Je ne désunirai pas ce que Dieu et mon sang ont unis, affirma-t-il avec une ferveur qu'il avait crue éteinte.

Albérie leva sur lui un regard empli de tendresse. Leurs bouches se mêlèrent longuement, en un baiser fougueux. Puis Huc la repoussa.

— Allez à présent. Mais auparavant, changez-vous toutes deux. Ces vêtements souillés me seront une preuve. Que la louve les mette en pièces.

Albérie hocha la tête. Il ajouta, le souffle court :

— Adieu, ma femme.

— Adieu, mon mari.

Elle se détacha de lui, en lui cachant ses larmes. Elle n'avait jamais cessé, elle ne cesserait jamais de l'aimer. Mais elle n'avait pas le choix. L'avait-elle jamais eu ?...

Quelques minutes plus tard, elles disparaissaient à sa vue, cheminant au long du boyau qui ramenait vers Saint-Jehan-du-Passet, la menotte de Marie résolument serrée dans la main d'Albérie sous le mantel de velours qui l'enveloppait, la louve grise ouvrant la marche.

1.

La boutique était vaste, claire, et s'étendait à présent sur trois bâtisses que l'on avait rachetées et percées de larges ouvertures. À l'étage, un seul escalier – on avait supprimé les autres pour donner plus d'espace – desservait les cabines d'essayage et l'atelier de confection.

Isabeau contempla avec plaisir son domaine depuis la rue de la Lingerie où deux jouvenceaux juchés sur une échelle montaient la nouvelle enseigne sur laquelle se détachait en lettres joliment décorées : « Au Fil du roi. Isabelle de Saint-Chamond, lingère royale. »

Dame Rudégonde s'était éteinte voilà douze jours, de la syphilis qu'un mauvais amant lui avait rapportée d'Espagne, et avait cédé par héritage son affaire à Isabeau, avec laquelle, depuis fort longtemps déjà, elle était associée. Ensemble, au cours des ans, elles avaient fait fructifier la lingerie, y avaient vécu des bonheurs et des drames, s'appuyant sur leur amitié pour acquérir ce pouvoir dont l'une et l'autre avaient fait leur raison de vivre. Le chagrin refoulé, Isabeau mettait un point d'honneur à se montrer digne des dernières volontés de la défunte : « Ne jamais faillir, courber la tête ni mendier, mettre le roi à ses pieds et ses descendants dans son escarcelle. Ne prendre que son dû, mais s'appliquer à ce qu'il soit chaque jour plus grand que la veille. »

Voilà pourquoi, en ce 2 mars 1531, Isabeau avait l'âme légère. Demain, à Saint-Denis, Éléonore, la sœur de Charles Quint que le roi avait épousée en secondes noces à Mont-de-Marsan le 7 juillet dernier, allait ceindre la couronne de France. Et c'était elle, Isabeau, qui avait taillé les sous-vêtements de plus de la moitié de la cour présente à cet événement, comme c'était elle qui avait confectionné le trousseau des épousailles royales.

Isabeau guida un instant encore les gestes des deux jouvenceaux, puis, jugeant que l'enseigne était droite, tenue solidement aux crochets et du plus bel effet, leur paya leur travail. Demain, définitivement, elle allait conquérir Paris !

Elle regarda ses filles de boutique s'affairer à l'intérieur, s'assura qu'elles évoluaient efficacement, salua quelques clients et clientes d'un mot gentil, répondit d'un ton affligé aux condoléances de quelques-uns qu'elle se souvenait avoir vus lors de l'enterrement de Rudégonde, et annonça qu'elle ne voulait en aucune façon être dérangée.

Elle s'engagea alors dans l'arrière-cour où étaient étendues les cotonnades, traversa un jardin dont les premières jonquilles s'étalaient en parterre au milieu des lilas précoces taillés en buissons. Elle flâna le long de l'allée pavée, s'enivrant de leur parfum, avant de franchir le seuil de l'arrière de sa maison. Côté façade, celle-ci donnait dans la rue de la Bonneterie parallèle à la boutique. Le jardin commun aux deux bâtiments était protégé à droite par la halle aux Draps et à gauche par la halle aux Blés.

Sitôt qu'elle poussa la porte, un mouvement joyeux emplit l'espace, fait de rires, de grognements et de bousculade. Intriguée, Isabeau s'avança jusqu'à la vaste pièce voûtée où trois personnes se pourchassaient à grand renfort de petits coussins qui survolaient l'espace en épargnant par miracle les bibelots disposés çà et là sur consoles et étagères.

— En voilà un chahut ! hurla-t-elle pour être entendue en rattrapant un projectile au vol.

— Oh, c'est toi ma tante ! s'exclama une jouvencelle de quinze ans avant d'être plaquée sur le tapis persan par un jouvenceau ébouriffé.

— Là, je te tiens. À moi, mère !

Aussitôt Bertille se précipita et, tandis que le garçon emprisonnait fermement les mains de sa captive dans le dos, juché à califourchon sur son derrière gesticulant, elle entreprit de la chatouiller aux aisselles en maugréant.

— Je t'y prendrai, moi, à me réveiller de même !

— Aidez-moi, ma tante, oh ! ma tante, implora la demoiselle en riant aux éclats.

Isabeau ne put que s'esclaffer à son tour. Elle s'avança et, glissant ses bras sous ceux de la naine, la souleva au-dessus du sol.

— Je proteste ! tempêta Bertille tandis qu'Isabeau la reposait à terre.

— Voyons, Bertille, ce ne sont plus des jeux de ton âge. Allez, vaurien, lâche-la. Elle a eu sa part, je crois.

Il s'exécuta, mais non sans avoir à son tour taquiné de quelques chatouilles supplémentaires les côtés de sa compagne de jeux. Marie se retourna et s'assit sur le tapis en frottant ses poignets. Des larmes joyeuses brillaient dans ses yeux gris.

— Palsambleu, tu es plus lourd qu'une pierre. Tu me paieras ça, Constant !

— Ta, ta, ta ! Vous êtes deux mauvaises graines, et pendablement vous chicanez pour le plaisir d'une farce. Si vous aviez brisé le moindre de ces vases, je vous aurais arraché les yeux !

— Oh ! pardon, ma tante, mais c'est lui qui a commencé.

— Ah ça ! Tu ne manques pas de toupet ! ragea Constant en plaquant ses poings sur ses hanches.

Ils s'affrontèrent du regard un instant, puis éclatèrent d'un même rire.

« Comme ils sont complices ! » songea Isabeau, en se tournant vers Bertille que l'âge avait alourdie encore :

— Me diras-tu le fin mot de cette histoire ?

— La vérité, c'est qu'elle dormait sur son ouvrage, voilà, lâcha Marie. Comme cela, ajouta-t-elle en imitant un ronflement spasmodique.

Bertille en rougit jusqu'aux oreilles.

— Veux-tu bien...

— Toujours aussi chatouilleuse ! s'amusa Isabeau en piquant un doigt sous les omoplates de la naine, qui fit un bond de côté.

— Oh ! non, pas toi, Isabelle ! Je suis de fort mauvaise humeur quand on me réveille en sursaut. Cette chipie a failli me faire mourir. Constant, qui était aux latrines, m'a entendue crier et s'est précipité sans prendre le temps de boutonner ses braies. Il s'est pris les pieds dans son ourlet et s'est étalé sans façon.

Marie pouffa au souvenir de la scène. Constant lui décocha un œil noir.

— De me voir en pareille posture, cette chipie s'est précipitée, a relevé ma chemise et, le croirez-vous marraine, m'a souffleté le postérieur avant de partir en courant.

— Je le crois sans peine. Allons, Marie, sont-ce là des manières de jeune fille ?

Marie haussa les épaules, mutine :

— La surprise de sa figure valait bien mon effronterie, ma tante ! Il était rougeaud comme, comme, comme... comme son postérieur, voilà, lâcha-t-elle, hilare.

— Bougre de bougre de bougre, grogna Constant en s'échauffant. Je vais attendrir le tien avant longtemps !

Marie se retrancha derrière Isabeau.

— Protégez-moi, ma tante. On en veut à ma vertu...

— Tu t'es bien souciée de la mienne ! ragea Constant en tentant de la déloger sans pour autant manquer de respect à sa marraine.

— Allons, vous deux, cela suffit. Vous réglerez vos comptes ailleurs. J'ai à faire et besoin de calme. Où se tient ta mère, Marie ?

Marie haussa les épaules tout en se cantonnant prudemment près d'Isabeau.

— Je l'ignore, ma tante. Je crois qu'elle avait affaire avec l'abbé Boussart.

— Assez, Constant ! gronda gentiment Isabeau comme celui-ci avançait une main pour saisir l'effrontée qui continuait à se servir d'elle comme d'un paravent. Quant à toi, Marie, ne rentre pas avant deux heures. J'attends une visite importante et, par tous les saints, ne souffrirai pas semblable vacarme au plus fort de mes négoces. Si en chemin tu croises ta mère, demande-lui de me rejoindre au plus tôt. Allez donc, garnements !

Aussitôt, démarrant en une course légère, Marie s'échappa.

— Attends un peu ! ragea Constant sur ses traces.

L'instant d'après, la porte donnant sur la rue de la Bonneterie claquait dans une envolée de carillons, laissant le silence retomber sur la pièce. Bertille soupira :

— Ces deux-là n'ont de cesse d'inventer de nouvelles taquineries. Ce ne sont plus des enfants, pourtant.

Isabeau s'en attendrit :

— Laissons-leur encore cette part d'insouciance. Ensuite, ma foi, nous les marierons.

Bertille ouvrit des yeux ronds.

— Les marier ? Tu n'y penses pas, Isabelle...

— Et pourquoi non ?

— Tu es une grande dame à présent et Constant n'a ni titre ni fortune à offrir à Marie.

— Marie a grandi à la cour des Miracles, Bertille, et nous savons toi et moi que je n'ai de titre et de fortune hors cette boutique. Point de naissance, point d'illustre géniteur pour me donner des prétentions ridicules. Marie est ma nièce et la fille d'un prévôt. C'est bien suffisant pour le fils d'un roi.

— Le roi des mendiants, se défendit encore Bertille.

— Eh donc, n'en es-tu point fière, Bertille ? Il vaut tous les autres et il est mon filleul. Si ces deux se plaisent, nous les marierons. Et aucune ombre ne voilera leur bonheur si, en son temps, cela devient une évidence pour eux autant que pour moi.

Bertille élargit son sourire. Au fond, elle en avait toujours rêvé, de cette union-là. Isabeau s'abaissa et embrassa le front étroit sur lequel dansait une petite perle, détail du chaperon qui retenait un chignon blanchi.

— À présent, guette mon visiteur et fais en sorte que rien ne nous dérange.

Bertille approuva d'un signe de tête. Isabeau se débarrassa de sa cape de soie et grimpa l'escalier qui menait à son bureau en relevant sa jupe brodée de feuilles d'or. De la large baie vitrée qui éclairait la pièce aux vastes proportions, elle pouvait admirer, non sans quelque fierté, le ballet des ouvrières en face, dans la boutique. Malgré les rideaux d'étamine qui rendaient floues les silhouettes, elle savait les reconnaître et prêter à chacune des gestes qu'elle leur avait enseignés avec patience et amour. Elles n'étaient pas moins de vingt à présent, sous la responsabilité des trois lingères qui l'avaient accueillie avec Rudégonde à Paris : Ameline, Blanche et Françoise. Avec Lilvia la gitane et Bertille, elles étaient ses seules amies. Fidèles, sûres. Elles savaient toutes désormais la vérité sur son histoire. Aucune, elle en était sûre, ne la trahirait jamais. Pour cette amitié sans faille, elle avait donné sa confiance. Elle en était sortie grandie.

Aujourd'hui, Ameline, Blanche et Françoise tenaient leur place en boutique. Le testament de Rudégonde insistait pour qu'Isabeau les associât aux bénéfices. Cela faisait longtemps quant à elle qu'elle y songeait, même si leurs émoluments déjà les mettaient à l'abri du besoin. Elle avait décidé de leur annoncer la nouvelle après le sacre de la reine. Ainsi, sa victoire deviendrait la leur dans la continuité de celle de Rudégonde.

Isabeau se laissa choir dans un fauteuil ouvragé après avoir pris soin de tirer à son tour les rideaux devant les vitres. Face à elle, sur le manteau de la cheminée, trônait le portrait de son amant défunt, Jacques de Chabannes, seigneur de La Palice. Il était tombé devant Pavie le 24 février 1525, comme d'autres, hélas ! Elle était restée seule une seconde fois après huit années de bonheur. Elle l'avait pleuré à la mesure de ce qu'elle l'avait aimé. Longtemps.

Les images se bousculaient dans sa tête. Peut-être la mort de Rudégonde en était-elle la cause. Il y avait si longtemps qu'elle n'avait pas pleuré vraiment. Elle appuya sa tête pesante contre le dossier du fauteuil.

Tout était allé si vite. Elle se revoyait fuyant l'Auvergne, fuyant la mort évidente de Loraline, fuyant François de Chazeron une nouvelle fois. À son retour, elle avait tout révélé à Rudégonde, comme si ce passé lui était devenu définitivement insupportable, au travers de cette poignante évidence : elle avait perdu sa fille. Sa fille. Elle avait passé des années à se convaincre qu'elle la haïssait pour mieux se venger de Chazeron. Elle avait ruminé contre son cœur, contre son ventre, mais la loi du sang l'avait rattrapée. Insidieusement.

Son nouveau bonheur avait amenuisé la haine, avait révélé ce qu'elle taisait en elle : sa maternité déchue. Elle était revenue à Thiers pour Loraline. Elle n'avait pas eu le temps de lui dire combien elle l'aimait, de lui demander pardon.

Jacques de Chabannes était rentré à son tour à Paris dans le sillage du roi. Il avait écouté son histoire, la colère marquée sur son beau visage. Elle avait achevé son récit par ces simples mots :

— Je ne désire plus vengeance, messire, mais commencer une vie nouvelle et oublier. Oublier le mal qui fut fait. La vengeance m'a rendue criminelle de mon propre sang. Si vous ne me haïssez pas pour ce fait, et si vous voulez encore de moi pour votre amante dévouée, je jure de ne vous préférer jamais aucun autre.

— Je tuerai ce François de Chazeron moi-même, avait rugi Jacques en portant la main à son épée.

— Non. Qu'il aille au diable ! Dieu le punira. Je refuse que son sang soit mêlé au vôtre.

— En ce cas, que jamais il ne se mette en travers de ma route ou de la vôtre, Isabelle.

Ils s'étaient étreints fiévreusement, puis il l'avait entraînée à la cour. Là, il l'avait présentée au roi. François Ier séduit avait ajouté à sa bénédiction sa protection si le malheur devait atteindre le plus fidèle de ses sujets. Isabeau était donc officiellement devenue la maîtresse en titre du seigneur de La Palice. Et il passa avec elle plus de temps qu'il n'en consacra à son épouse légitime, cette épouse que la raison lui avait imposée.

Jusqu'en 1521, le bonheur régna, simple et tranquille, sur la maison d'Isabeau, puis le 16 juin elle vit débarquer dans la boutique une petite fille de cinq ans, escortée d'une louve grise et de sa sœur dont elle était restée sans nouvelles.

Elles avaient triste mine et Rudégonde les accueillit de grand cœur, malgré la crainte que lui inspirait Ma. Isabeau les avait conduites chez elle, étonnée de cet équipage. Elle avait entendu l'histoire d'Albérie sans sourciller : elle avait eu une fille avec Huc, cette petite Marie ici présente, à laquelle elle avait enseigné le langage des loups puisque, comme celles de leur race, Marie portait la marque.

L'enfant était née en même temps que Ma, dont Cythar était le père. Elles étaient inséparables. Hélas, leur amitié avait fini par attirer l'œil de François de Chazeron et elles avaient fui pour que l'histoire ne puisse recommencer.

Isabeau avait ouvert ses bras et les avait bercées avec tendresse. Jacques était absent alors. Elle les avait hébergées, sous le regard de Ma qui la mettait mal à l'aise, au point qu'elle avait fini par demander à Albérie de s'en séparer.

— On ne peut pas la garder au cœur de Paris. Elle effraie les gens. Ils finiront par s'en plaindre au prévôt et elle sera abattue. Sa vie est dans la forêt. Elle n'a hélas pas sa place dans une maison respectable. Jacques sera d'accord avec moi.

L'animal s'était mis à grogner et Marie instinctivement avait noué ses petits bras autour d'elle. Isabeau s'était agenouillée devant elles :

— Je veux seulement te protéger, Ma. J'ignore pourquoi tu me hais, mais je ne pourrais supporter qu'il t'arrive malheur. Je sais que tu me comprends. Tu es la seule personne qui me rattache à Cythar, le compagnon de ma fille, et en cela, la seule qui me rattache à Loraline. Tu ne l'as pas connue mais elle me manque et je dois à sa mémoire et son pardon de préserver son passé. Tu en fais partie.

Les yeux de la louve s'étaient adoucis. Elle avait glissé une langue râpeuse sur la main baguée et Albérie avait senti son cœur se nouer. Un instant, elle avait failli révéler la vérité à sa sœur, mais elle s'était tue. Rien ne pouvait être changé.

C'est alors que Bertille était intervenue.

— À la cour des Miracles, nul ne se souciera de Ma ni de ses maîtres.

Isabeau y avait réfléchi et finalement Albérie, Marie et Ma avaient échoué dans un logis rue Vieille-du-Temple, recommandé par Croquemitaine pour son accès souterrain qui avait autrefois permis aux chevaliers de sortir de la ville et d'organiser de secrètes réunions.

Marie grandit avec Constant dont Bertille et Lilvia se partageaient la maternité, et Isabeau veilla à ce que tous deux reçoivent le même enseignement par l'intermédiaire d'un précepteur qu'elle paya fort cher. Rudégonde employa Albérie à la boutique et Jacques de Chabannes félicita Isabeau d'avoir ainsi mené les siens. Mais ce bonheur-là dura peu.

De fait, le roi François n'avait qu'une idée en tête : reconquérir le duché de Milan qu'il avait perdu dans ses campagnes successives contre Charles Quint, empereur du Saint Empire et roi d'Espagne, allié d'Henri VIII d'Angleterre. En 1523, la guerre éclata. Les provinces françaises furent envahies par les soldats anglais, espagnols et allemands. Commandés par le duc de Norfolk, les Anglais marchèrent sur Paris au début de l'hiver. La terreur gagna la ville. Le froid glacial la servit. Récoltes, vignes, arbres furent perdus et le commerce s'effondra. Rapines et violences se multiplièrent en Île-de-France; les soudards dévastaient les maisons, mangeaient les maigres provisions, violaient, massacraient, hagards et sauvages. Croquemitaine dénonça l'un d'eux, surnommé le roi Guillot, qui avait tenté de trouver refuge chez les mendiants. Il fut arrêté, décapité et découpé en quatre morceaux qu'on suspendit aux portes de Paris pour l'exemple, ajoutant ainsi à la froidure la pestilence de ses restes. De plus, le roi fit interdire le port de bâtons en ville, ainsi que les jeux de dés, cartes, quilles et autres qui eussent pu entraîner riottes et bagarres, accolant l'ennui à la peur.

Rudégonde et Isabeau ouvrirent leur porte aux miséreux, au mépris de leur réputation, partageant leur maigre pitance avec ceux de la cour des Miracles. S'occuper des autres rapprocha les femmes qui comptaient les jours avant que Paris soit assiégé. Dans cette attente, le guet fut renforcé et des chaînes tendues aux carrefours. Certains bourgeois élevèrent des fortifications, creusèrent des tranchées, tandis que d'autres fuyaient en province.

La Palice insista pour qu'Isabeau le rejoignît à Lyon mais elle s'y refusa. Il était hors de question pour elle d'abandonner les siens, ces gueux dont nul ne se souciait. Enfin, contre toute attente, le duc de Norfolk fit demi-tour. Une épidémie s'était abattue sur son armée déjà décimée par le froid. Paris fut sauvé et la vie reprit son cours, lentement, meurtrie dans l'âme.

Le 4 mars suivant, Jacques de Chabannes se présenta à la boutique éreinté et morose quant au sort de l'armée française, dans le sillage de son roi tout aussi acravanté. Les troupes s'épuisaient dans le siège de Milan que le roi refusait de lâcher, malgré les ravages de la peste. Plus le temps passait, plus le moral des soldats s'affaiblissait.

À ce trouble s'en ajouta un autre, descendu d'Allemagne. Celui qu'éveillaient les propos d'un certain Luther qui s'élevait contre l'Église catholique, pervertie, souillée de lucre et de luxure. L'abbé Boussart se rangea à cette doctrine, entraînant dans son sillage de nombreux membres du bas clergé, mais aussi des notables, bourgeois et commerçants. Le peuple écrasé de tailles et de larcins était las. À chaque coin de rue, il se rebellait, chapardait aux étals pour manger à sa faim, hallebrené d'écouter ces prélats qui lui offraient le spectacle de bijoux resplendissants d'or et de pierreries à leurs doigts boudinés.

À Lyon, le roi fut rattrapé par le décès de son épouse, la reine Claude. Guidé par sa peine, il exigea que son cercueil soit exposé dans la chapelle du château de Blois pour que sa vie de sainteté soit offerte en prière et permette de sauver la France, car le traître Charles de Bourbon, comte d'Auvergne et du Forez, celui-là même qui l'avait tant servi, avait rejoint son ennemi Charles Quint et lui ouvrait la route. La chance voulut que les troupes adverses rebroussent chemin, décimées par la peste. L'orgueil de François en fut grandi. À son sens, la guerre était gagnée et ses ennemis vaincus. Rien désormais ne l'empêcherait de reprendre et de conserver Milan une fois pour toutes.

Faisant fi des conseils de La Palice qui sentait la fatigue des troupes, le 28 octobre 1524, il mit le siège devant Pavie, certain de son fait.

Milieu novembre, Isabeau reçut une lettre de son amant qui apaisa son inquiétude :

« Je suis cantonné avec les miens en bordure d'un ruisselet qui accueille notre vaisselle et nos ablutions. La région est belle, foisonnante, et je comprends en la voyant où se tient le cœur de mon roi, même si la froidure nous guette et si l'odeur de poudre gâte l'air. Brouillard et pluie se succèdent, mais notre moral est bon. De fait, malgré la rumeur que ses habitants font courir, nous savons qu'à Pavie ils en sont réduits à manger leurs chevaux. Songez à moi, mon aimée, autant que je songe à vous. »

Puis une autre :

« Ce 3 février 1525. Mon aimée.

« Le roi François a mauvaise grâce ce jour. À mes avertissements il reste sourd. Cet infâme Bourbon est arrivé avec trente mille hommes si j'en peux juger par leur bivouac. D'assiégeants, nous sommes devenus assiégés. J'estime qu'il conviendrait de se replier vers Milan où se tient encore une de nos garnisons. Ainsi nous pourrions mieux revenir et plus fortement. Je crains, ma mie, que froidure bien plus aigre ne nous guette, mais par Dieu, je suis soldat et mourrai de même, pour l'amour de mon roi.

« Votre fidèle amant. »

La bataille fit rage sur les terres souillées de sang. La Palice se battit comme un diable, épuisé par le poids de son armure. Il finit par baisser l'épée et se rendre lorsqu'un coup de feu espagnol le faucha à bout portant. Quelques minutes plus tard, tous ses fidèles tombés, le roi était cerné.

François Ier fut capturé et la France pleura. Le cœur d'Isabeau s'habilla de deuil une nouvelle fois, comme bon nombre de veuves. La boutique elle-même, dont l'activité avait recommencé, prit l'allure d'un cimetière, tant broderies et dentelles noires se déroulaient par coudées jour après jour. Paris ferma la plupart de ses portes et l'on demanda aux enfants de ne plus chanter dans les rues.

Pour ne pas attirer l'ennemi plus avant, Louise de Savoie, la mère du roi, se dressa au gouvernement d'une France meurtrie et apeurée par la perspective de l'invasion.

Les palabres pour la libération du roi débutèrent. Cela dura des mois. François Ier tournait et retournait dans sa geôle. Il tomba malade et manda sa sœur à son chevet, ainsi que Charles Quint qui refusait de le voir et de se laisser attendrir par son sort. Marguerite d'Angoulême s'en vint trouver Isabeau, qu'elle avait prise en affection durant les jours heureux en cour de France, lorsque La Palice la présentait à son bras. Elles étaient devenues amies et Marguerite lui donnait de fréquentes nouvelles du roi. Isabeau lui remit une fiole de poison qu'elle avait emportée de Montguerlhe.

« Servez-vous-en contre l'empereur s'il s'obstine à refuser la liberté du roi », suggéra-t-elle.

Mais Marguerite d'Angoulême revint avec l'assurance de sa libération s'il survivait à son mal. François Ier se rétablit et l'empereur oublia sa promesse. Isabeau et la France entière furent prises de colère.

À parole de fourbe, François répondit par la duperie. Le 17 mars 1526, il rachetait sa liberté contre un traité. Pour se garantir, Charles Quint exigea que le roi soit échangé contre ses deux fils, le dauphin François âgé de dix ans et son frère Henri. François accepta, contraint et forcé, pour la sauvegarde de son royaume. Il se sépara de ses enfants le cœur gros, regagna la France et se moucha dans ce traité signé sous la contrainte, n'offrant à l'empereur que ses épousailles avec sa sœur Éléonore et une forte rançon pour retrouver ses enfants.

Il fallut pourtant trois années encore pour trouver un accord entre le roi et l'empereur. En 1530 enfin, les enfants royaux furent rendus à la France, et Éléonore, veuve du roi de Portugal, épousa François Ier.

Au long de ces années, Isabeau reçut le soutien et l'affection du roi autant que de sa sœur. La boutique de Rudégonde prospéra. François tenait cour en tous lieux de son royaume, s'étourdissant de fêtes, de chasses, de tout ce dont sa captivité l'avait privé, s'affichant avec sa nouvelle favorite Anne de Pisseleu, dont Rudégonde façonnait les sous-vêtements. De fait, Rudégonde et Isabeau avaient contribué largement à la rançon royale et François Ier porta en grande reconnaissance et estime celle que son défunt ami avait tant aimée. Il lui proposa de gagner la cour et d'y vivre, mais Isabeau s'y refusa. Elle avait acquis sa place par son labeur et avait conscience de posséder grâce à son art bien plus de pouvoir que ces dames frivoles qui ondulaient dans leurs longues robes. Dans la boutique, les langues se déliaient, les bruits de cour allaient et venaient, et les secrets les mieux gardés lui assuraient dans l'ombre davantage d'amitiés.

On frappa à la porte. Isabeau ébroua ses souvenirs d'un geste las. La France, ce jour, était en paix et demain, grâce à son ouvrage pour ces épousailles royales, son nom serait sur toutes les lèvres. Ce nom que le destin lui avait façonné.

À l'invitation de sa maîtresse, Bertille fit entrer une silhouette encapuchonnée. La porte refermée sur son visiteur, celui-ci se débarrassa de son mantel.

— Cruelle Isabelle, lança-t-il en guise de bonjour. Vous me condamnez à l'anonymat quand la France entière connaît et respecte mon patronyme.

— Clément Marot, vous êtes incorrigible, s'amusa Isabeau en lui tendant sa main à baiser.

— Et vous, si froide quand mon cœur brûle d'amour pour vous qui refusez jusqu'à mes vers.

— Vous en avez bien d'autres à briser, mon bon ami, de jeunes et jolies comtesses qui se pâment à vos pieds.

— En seriez-vous jalouse que vous me rendriez heureux...

— Non point. Mon âge, je le sais bien, messire, me met à l'abri d'un véritable désir. Laissez-moi goûter votre amitié. Elle m'est davantage précieuse, comme elle l'était à mon regretté amant.

— Paix à son âme.

— Paix à la mienne, messire, que vos assiduités sans fondement amusent et agacent à la fois.

Il se fendit d'une révérence gracieuse assortie d'un sourire malicieux. Le poète dont les vers régalaient la cour de France savait aussi se taire.

— Vous souhaitiez me voir. Me voici.

— J'ai grand besoin de ce que vous savez et que les autres ignorent.

— Cela se fera dans huit jours. Le roi François lui-même veillera à ce que la statue de la Vierge martyre réintègre l'emplacement de la précédente, à l'angle de la rue des Deux-Siciles. Il serait bon que les enfants ne s'approchent pas de l'endroit, Isabelle.

Elle opina du menton. Deux années auparavant, l'ancienne statue avait été mutilée et brisée. Paris avait été bouleversé et l'on avait accusé les « chiens maudits de

Dieu », ces luthériens, ces hérétiques qui vérolaient le pays. François Ier avait même promis mille écus d'or à qui lui ramènerait les coupables. Mais nul ne les avait livrés. Encore moins les rares mendiants qui avaient assisté à l'outrage.

Forts des théories de Luther dans lesquelles ils baignaient depuis leur plus jeune âge, c'étaient Marie et Constant qui avaient perpétré le forfait. Et ces deux-là étaient sacrés à la cour des Miracles. Clément Marot le savait. Il faisait partie des leurs. En secret, car, dans les jours qui avaient suivi, des hérauts avaient proclamé que quiconque maugréerait ou renierait le nom de Dieu serait puni. Suivant le degré et la récidive, les peines pourraient aller de soixante sols d'amende au percement de la langue. L'année suivante, la loi avait durci encore. On ne tolérait désormais aucun forfait. Dès la seconde incartade, la peine de mort était prononcée. Isabeau déglutit avec peine. Elle n'osait imaginer ces enfants étranglés par la main du bourreau.

— Le prévôt a fait une mauvaise chute de cheval il y a quelques jours, Isabelle. Le roi a nommé un suppléant pour le remplacer durant sa convalescence. Il prendra ses fonctions à cette occasion.

— J'ai entendu dire que cet accident n'en était pas un ? demanda-t-elle, bien qu'elle s'attendît à la réponse.

— Je suppose que l'on s'est rendu compte de ses accointances avec les luthériens, tant il couvrait nombre de délits. Mais rien ne prouve la sanction.

— Certes. Connaît-on le nouveau visage de notre tourmenteur ? Sera-t-il facile à convaincre ? lança Isabeau qui ne doutait pas de pouvoir acheter le silence de celui-ci comme de ses prédécesseurs.

Clément Marot prit un air ennuyé.

— Je crains fort au contraire que sa présence vous incommode. Il semble avoir fortement insisté pour obtenir cette charge, ce depuis 1527 et l'incident qui suivit la pendaison du baron de Semblançay.

— Semblançay ? L'administrateur du royaume ? Il fut exécuté pour larcins, fausseté, abus et malversations ! Quel rapport avec notre suppléant ?

— Les loups, Isabelle !

Elle leva la tête et son regard s'arrêta dans celui de son ami.

— De la mort de cet homme, Paris ne retint d'abord que mes vers, jusqu'à ce que son corps fût dépendu du gibet et retrouvé dans un pré à Pantin, déchiqueté par des crocs, tout comme cet autre, quelques mois auparavant, qui avait fait injure au roi. Ce, en plein cœur de la ville. Souvenez-vous de cette rumeur que je n'ai pas chantée, celle d'une louve grise se changeant en femme sur un rocher, la nuit où cela advint, nuit de pleine lune.

— Ragot de populace ! Nul esprit raisonnable n'y a prêté oreille, et le roi lui-même s'en est moqué en affirmant que les abords de la ville abritaient bien moins de loups que la cour n'en comptait dans ses prisons. Où voulez-vous en venir, l'ami ?

— Ce suppléant est un petit seigneur d'Auvergne, ma dame, qui après la mort de Bourbon acheta ses bonnes grâces en versant pour la rançon royale plus qu'aucun de ses pairs. On raconte que sa fille fut dévorée par les loups ainsi que sa gouvernante, mais qu'il n'en chasse qu'un depuis lors. Un garou au visage de femme.

Isabeau sentit un sang mauvais battre à ses tempes. Clément Marot s'approcha d'elle en la voyant blanchir et lui prit la main avec douceur.

— Je vous suis dévoué, Isabelle, selon le vœu de votre amant dont j'avais l'amitié puisqu'il me sauva la vie une fois. Vos secrets vous appartiennent et je ne laisserai personne salir le nom que vous portez. Je sais toutefois par la bouche même de Jacques de Chabannes l'intérêt qu'il accordait aux agissements de cet homme. En son temps, il me demanda de prêter l'oreille et de l'avertir de ses mouvements. François de Chazeron est commis à Paris, ma dame. J'ignore ce qui vous lie à cet homme, mais j'ai songé qu'il était bon de vous avertir de ses desseins.

Instinctivement, Isabeau porta la main à sa poitrine. La mode fort heureusement avait rehaussé les décolletés et la marque au fer rouge ne s'y pouvait deviner. Pourtant, à l'instant, elle la brûlait comme si elle datait d'hier. Isabeau s'assit avec lassitude.

— Servez-vous à boire, mon ami, suggéra-t-elle en montrant un buffet où une carafe de verre finement ciselée attendait sur un plateau d'argent avec deux coupes assorties.

Comment avait-elle pu croire que jamais le passé ne la rattraperait ? Elle se trouva stupide. D'autant que les paroles de Clément avaient éveillé un doute. Un doute pernicieux. Qui était Marie en réalité ? Elle portait la marque et cependant...

Isabeau s'empara du verre tendu par le poète et avala une gorgée de liqueur de myrtille.

Clément s'installa à son tour, s'attardant à la regarder. Elle restait belle malgré les outrages du temps. Il se demanda quel âge elle pouvait avoir, quarante-cinq, cinquante ans ? Son visage était marqué, relâché dans son ovale qu'auréolaient des cheveux grisonnants sous la coiffe, et des rides se devinaient à la commissure des lèvres, sur le front, autour des yeux, malgré le fard. Le regard pourtant restait intact, fugace et vif, d'un vert si intense qu'on eût dit un sol moussu.

Elle le leva vers lui et sourit. Beaucoup de choses les liaient désormais, sans parler de leur appartenance au mouvement luthérien. Que son amant en son temps et sans lui en parler ait gardé un œil sur François de Chazeron au travers de Clément Marot lui interdisait tout mensonge.

Jacques de Chabannes ne distribuait pas sa confiance à tort et à travers. Il n'avait jamais été trahi dans ses choix.

— C'est une longue histoire, commença-t-elle.

— J'ai tout mon temps, assura-t-il en s'enfonçant dans son siège.

Lorsqu'ils se séparèrent, Clément Marot était satisfait et honoré de ce qu'il venait d'entendre. Il s'enfonça dans les rues de Paris en songeant que, plus encore qu'auparavant, Isabelle de Saint-Chamond méritait son respect.

2.

Lorsque Philippus freina le pas de son âne devant la forteresse de Montguerlhe, un inexprimable sentiment de désolation l'envahit. Non à cause de ce qu'il venait chercher en ce mois de mars 1531, mais plutôt parce que le lieu lui-même évoquait l'abandon.

De la troisième enceinte qui fermait la forteresse aux regards, il ne restait que des pans de muraille et cette porte close, comme un défi lancé aux promeneurs de s'aventurer au-delà. Il songea que les bâtisses de moellons qu'il avait croisées sur sa route avaient dû naître du pillage de ces murs. Il eût pu aisément franchir ce qu'il en restait, car par endroits leur hauteur dépassait à peine quelques coudées ; pourtant, il tira sur le levier qui actionnait une lourde cloche, au sommet de l'ouverture. Puis il attendit.

De longues minutes plus tard, un sergent, s'il en jugea à sa tenue, entrouvrit la massive vermoulue, l'air peu engageant. Il se contenta de dévisager Philippus des pieds à la tête puis grommela :

— Pour le péage, c'est plus bas !

— Je cherche quelqu'un qui habite l'endroit, s'empressa de répondre Philippus avec son accent germanique, avant que l'homme ne refermât la porte.

Celui-ci hésita un instant, surpris par l'inhabituel de la requête, puis cracha dans l'herbe à ses pieds avant de demander qui l'on venait voir.

— Votre intendante, Albérie de la Faye.

Les yeux du sergent s'arrondirent encore. Il fouilla une mémoire que l'intelligence n'avait pas seulement effleurée, puis gratta sa barbe naissante.

— Connais pas !

Philippus sentit une bouffée d'angoisse lui étreindre la gorge. L'homme était jeune. Seize, dix-sept ans au plus. Il insista :

— Où se tient votre prévôt, Huc de la Faye ?

— Messire Huc ? C'est lui donc que vous cherchez ?

Philippus se sentit soulagé. Il acquiesça d'un mouvement de tête.

— Il est à Vollore, ou en chemin.

Comprenant qu'il n'obtiendrait pas davantage de ce bougre, Philippus le remercia, remonta sur son âne et, s'étant fait indiquer la direction, poussa sa monture d'un coup de talon. L'esprit assailli de questions sans réponse.

Au fil de ces quinze années, il s'était étourdi sur les champs de bataille, devenant médecin des armées aux Pays-Bas puis au Danemark, dans l'espoir insensé qu'une balle perdue lui ôte son mal de vivre. Il s'était baigné dans la bière des tavernes, dans les jupons des garces, gaspillant sa solde trop maigre pour d'autres rêves dans la fuite éperdue des journées. En 1524, il était revenu à Salzbourg, s'était enflammé pour des idées nouvelles et avait participé aux émeutes ouvrières, s'essayant à quelques écrits théologiques. Il en était parti précipitamment au bout d'un an.

Le hasard de sa route l'avait conduit sur celle de Philippe Ier de Bade qu'il avait miraculeusement guéri. Puis il soigna le secrétaire de la cathédrale de Strasbourg où il écrivit deux livres de chirurgie pour que persiste une trace solide de ce que Loraline lui avait légué et que sa mémoire malmenée par une vie de débauche commençait à occulter.

En 1527, grâce au soutien de nombreuses personnalités, il s'installa à Bâle, en qualité de docteur, et imposa ses théories, ce savoir hérité des guérisseurs, des mages, des sorcières. Il se mit à professer en latin et en allemand, s'attirant la rancœur et le courroux de la Faculté, de ses confrères et des apothicaires. Lorsque, ivre mort, Philippus se moqua publiquement d'un patient avec lequel il s'était disputé, la menace d'une condamnation du conseil de la ville le força une fois encore à fuir. Il s'installa à Colmar et y ouvrit un office. Pas davantage il ne fut capable de se faire à ce quotidien qui le rongeait. Il partit pour Nuremberg, dans une maison où de nombreuses catins l'instruisirent de leurs maux. C'était dans la lie du peuple qu'il se perdait le mieux. Il écrivit deux ouvrages sur la syphilis pour se donner le sentiment d'être encore.

Et de nouveau ce fut la route, Beratghausen, Ratisbonne, Amberg, Zimmen, Zingall, jusqu'en août 1530. Ce fut là que le destin le rattrapa. Au hasard d'une rencontre dans une taverne, comme souvent. Il venait de glisser sous une table après de nombreuses chopines. Il s'était réveillé adossé à un mur, en pleine rue, contre un autre corps aussi soûl que le sien, une myriade d'étoiles filantes chevauchant une nuit sans nuages devant son regard vitreux.

Il les avait regardées. Longtemps. Puis la voix à ses côtés s'était envolée, dans un claquement pâteux d'ivrogne, alors que devant eux défilait la faune sordide des ruelles sales, des appétits nocturnes et irrévérencieux.

— Chacune d'elles est une âme qui passe.

L'image était belle. Philippus la connaissait.

— Un jeune garçon m'a dit la même chose il y a longtemps, sous un ciel de France, affirma-t-il en se souvenant du visage de Michel de Nostre-Dame.

— Un homme me l'a révélé il y a quelques mois à Montpellier.

Philippus tourna la tête vers son compère de beuverie. Le même nom leur effleura les lèvres et ils éclatèrent de rire. Ils achevèrent la nuit ainsi, Philippus apprenant de la bouche du jeune médecin à ses côtés – qui fêtait sa promotion – sa rencontre avec Michel, devenu médecin à son tour et astrologue, dont la Provence contait les prophéties. Enfin, l'homme, un nommé Seulbach, lui demanda :

— De fait, ne serait-ce point vous, Paracelse ?

Philippus acquiesça.

— Alors, j'ai une lettre pour vous. Car ce personnage étrange a prédit notre rencontre. Par une belle nuit d'août, dans les brumes de l'esprit, m'avait-il dit. Lors vous le reconnaîtrez et lui donnerez ceci.

Philippus, ému, avait regardé l'enveloppe chiffonnée sur laquelle s'étalait un cachet de cire frappé au sceau de Nostradamus. Il l'avait fourrée dans sa manche, les larmes aux yeux. Celles des souvenirs, bons et mauvais. Celles du repentir. Depuis son départ de Thiers, il n'avait trouvé ni le temps ni le courage d'écrire à Michel comme il le lui avait promis. Fort du destin qui les liait, pourtant, celui-ci ne l'avait pas oublié.

Lorsque l'aube avait ramené dans la ruelle sa vie active, ils s'étaient séparés, avant de recevoir sur le front la pisse tiède des bassins d'aisance qu'en ces lieux on vidait encore depuis les fenêtres dans les caniveaux.

Dans sa chambre, Philippus avait décacheté la missive. Elle était brève :

« Je vous attends, mon ami. Je poursuis en songe des images qui sont vôtres, et le poids d'un secret que je partage sans pouvoir vous en soulager. Or, je le sais, elles apaiseraient votre tristesse, car il me déplaît de vous savoir si défait quand vous avez à accomplir mission bien grande pour celle qui vous aime.

« Votre dévoué. »

Philippus s'était mis à pleurer. Il avait plus d'une fois eu envie de revoir sa fille, mais il y avait renoncé. Qu'avait-il à lui offrir ? Il se méprisait de ce qu'il s'était obstiné à devenir. La vinasse l'avait rendu gras, ses cheveux s'étaient clairsemés, ses dents avaient jauni. Il se battait contre tous, s'obstinant dans des discours et des méthodes qu'il savait salutaires, qui donnaient résultats, mais qui le nourrissaient à peine tant on le décriait partout. Il était un maudit.

Triste constat pour un père, quand il la devinait à l'abri du besoin, sa Marie, sa fille, dans l'écrin d'un château qu'Antoinette de Chazeron avait su meubler d'amour. Un jour peut-être, se répétait-il lorsque le chagrin le prenait.

Cette lettre pourtant l'avait troublé. Quelle mission pouvait-il avoir ? Sa fille ignorait son existence. Comment pouvait-elle l'aimer ? À moins qu'Albérie n'ait révélé à la fillette la vérité sur sa naissance ? Ces questions l'empêchèrent de dormir.

Début septembre 1530, sa décision était prise. Il s'était juché sur son âne, déterminé à pousser sa route jusqu'en Provence, en faisant escale là où le destin avait détruit sa vie.

Un palefrenier prit son âne par la bride sitôt qu'on lui ouvrit le passage vers le château de Vollore et le conduisit au pas devant les marches de l'imposante bâtisse qu'il n'avait jamais approchée.

Bénédicte s'avança à sa rencontre et, recevant sa requête pour visiter Huc de la Faye, le fit entrer par les communs.

Philippus ne s'en offusqua pas. Sa mise lui interdisait souvent le vestibule des hôtes de marque, lesquels arrivaient en voiture, parés de soieries et de bijoux. Son mantel de voyage était rapiécé en de nombreux endroits et ses vêtements décolorés par les intempéries rappelaient vaguement quelque étoffe de prix, présent d'un de ses illustres malades.

— Vous souhaitiez me voir, messire.

Philippus se retourna et le visage de Huc lui apparut, tel qu'en son souvenir. Le prévôt avait vieilli, sa chevelure blanche en témoignait, de même que ses rides profondes, mais l'œil était vif et l'allure de même. Philippus comprit à son regard qu'il ne le reconnaissait pas.

— De fait, je vous cherchais, il est vrai.

Huc écarquilla les yeux et recula d'un pas, figeant sur les lèvres de Philippus l'explication qu'il s'était donné le temps de trouver depuis Montguerlhe.

— Cette voix, cet accent ! Par ma foi, messire, seriez-vous celui que je crois ?

— Que croyez-vous ?

— Qu'autrefois un médecin se perdit dans la bourrasque jusqu'en ces terres et s'y retrouve ce jourd'hui, bien changé d'allure il est vrai.

— En ce cas, vous croyez bien, affirma Philippus.

Huc avança vers lui une main franche.

— Soyez le bienvenu à Vollore... Philippus von Hohenheim, si mes souvenirs sont exacts ?

— Ils le sont. On me nomme Paracelse désormais, répondit Philippus en saisissant la main amie.

Quelques secondes après, entraînés par l'élan spontané d'un lourd secret, ils s'étreignirent en une accolade fraternelle. Puis Huc s'écarta de lui et appela.

— Bénédicte, holà ! Nous avons un invité. Fais préparer collation en cuisine et une chambre !

— Il me faut auparavant saluer la dame de ce lieu, s'empressa Philippus.

Huc le regarda avec curiosité.

— Que savez-vous de François de Chazeron ce jourd'hui, ami ?

— Rien que ce que le temps m'en a laissé, hélas ! J'avais le souhait de rencontrer votre épouse et l'espoir d'entrevoir Marie de Chazeron, ajouta Philippus qui ignorait ce qu'Albérie avait précisément avoué à son époux.

Huc appliqua un doigt sur sa bouche pour lui intimer le silence. Dans la pièce, une porte venait de s'ouvrir et une jouvencelle apportait une miche de pain et une terrine de lapin, suivie d'une autre qui portait jambon et vin, et d'un jouvenceau encore, bras chargés d'un plateau odorant de fromages de brebis, de fruits et de couverts.

Ils dressèrent une table en silence, surpris sans doute qu'on les regardât faire sans mot dire, puis Huc ordonna comme ils sortaient :

— Qu'on ne nous dérange pas avant mon ordre. Sous aucun prétexte !

La jouvencelle acquiesça en rougissant un peu, puis la porte les isola du reste de la maisonnée.

— Assieds-toi, mon ami, et régale ta panse. Je vois à ta mise que le hasard ne t'a point été favorable et ce que j'ai à te dire peut se faire en mangeant.

Philippus s'en félicita. Sans faire de manières, il trancha le pain et piqua le couteau dans la terrine.

— Pour tous, Albérie est défunte, de même que l'enfant, conclut Huc, une fois son récit achevé.

Philippus se demanda s'il devait s'en réjouir ou s'en plaindre. Il avait eu envie de revoir sa fille, il découvrait que la situation dans laquelle il l'imaginait n'existait pas et qu'il ne tenait qu'à lui de donner un sens à ses rêves.

— Savez-vous où elles se trouvent ?

— Hélas, Paris est grand. Tant d'années ont passé. Pas une fois je n'ai reçu de leurs nouvelles. Y sont-elles seulement parvenues ? Les brigands sont nombreux sur le chemin, même si la louve les aurait fait fuir.

— Je trouve curieux que cet animal les ait suivies. Ce n'est pas le comportement habituel de ces bêtes. Elles appartiennent à une meute et sont solidaires d'elle.

Huc hocha la tête.

— J'ignore quelle place elle aura trouvé auprès d'elles, mais Marie y semblait très attachée. Elles paraissaient complices toutes deux. De fait, cela m'a rassuré de la savoir sur leurs traces. Elle avait un étrange regard. Oui, un étrange regard.

Philippus avala une rasade de vin. Il n'était pas surpris quant à lui de l'attachement de Marie aux loups. Elle avait baigné dans leur odeur, dans leurs cris, dans leurs grognements au travers des émotions de sa mère pendant la grossesse.

C'était une autre de ses théories. Il était persuadé que l'environnement d'une femme pendant cette période influençait les sentiments, les rejets, les affinités de l'enfant après sa naissance.

— Qu'est devenue Antoinette de Chazeron ? demanda-t-il enfin, sortant de ses pensées.

— Elle s'est retirée dans un couvent après les funérailles de Marie. Elle s'y trouve encore. Je le regrette. C'était une noble dame. Elle aurait mérité d'être heureuse. Hélas ! la vérité n'aurait servi qu'à la détruire davantage. Je lui ai conté que Marie avait été attaquée par des loups, qu'Albérie s'était vaillamment défendue pour les protéger toutes deux et qu'avec deux de mes hommes j'étais arrivé comme elles succombaient. La meute en nombre nous avait cernés et les gardes avaient péri. Moi seul qui tenais la torche avais pu m'échapper, blessé. Elle sombra dans une folie morne et terrible, refusant même de voir les cercueils que je lui rapportais, de connivence avec Bertrandeau, mon vieil ami. Chazeron ne revint que deux mois plus tard. Les sépultures étaient couvertes et il se contenta de laisser Antoinette gagner le couvent pour s'y reposer et prier. Il ne posa aucune question consécutive à mon récit. J'ignore s'il le crut. Marie n'intéressait pas François de Chazeron. Il continuait de rêver d'un fils, avait fini par en avoir un d'une servante fidèle, peu après le drame, mais refusa d'en épouser la mère. Elle était indigne de son rang. Guillaumet grandit jusqu'à sept ans. Il suivait les soldats partout, il était vif et joyeux, s'efforçant de ressembler à son père qui se battait pour le roi après avoir refusé de servir Bourbon. Régulièrement, la garnison de Montguerlhe était relevée et l'enfant s'amusait de ce mouvement d'hommes d'armes. Comme eux, Guillaumet avait reçu l'ordre de ne pas boire l'eau du puits. Il échappa à la surveillance et, pris par la soif, s'en régala. Il se tordit plusieurs jours durant puis mourut. François décida alors que Montguerlhe serait définitivement oublié, rayé de la carte. Il laissa faire le pillage et manda seulement trois hommes dans la tour de guet.

— Cette eau était saine autrefois. Que s'est-il passé ? demanda Philippus soupçonneux.

— Après la mort de Loraline en 1516, Albérie jeta les cadavres des loups dans la source. Un mois après, les moutons tombèrent malades, de même, la basse-cour fut décimée. Les hommes moururent à leur tour. On interdit l'accès au lieu, on désinfecta à la chaux, croyant à une épidémie transmise par le bétail, mais cela recommença et l'herboriste du Moutier, mon propre frère, conclut que l'eau en était responsable. Il en proscrivit la consommation et l'on fit porter à ceux qui gardaient la tour boisson et victuailles chaque mois, avec la relève. J'avais échappé à la camarde grâce aux conseils d'Albérie. Cela rendit fou Chazeron qui sentait bien que toute cette affaire était une vengeance. Il nous sépara, me confina à Montguerlhe, en laissant du vin pour pallier le manque d'eau, et délégua mon épouse au service de sa femme.

— Je vois.

— La légende courut dans le pays que le lieu était maudit mais cela n'empêcha pas le pillage de la troisième enceinte. De fait, l'hiver 1523 fut terrible, ici plus encore qu'ailleurs, et les bonnes gens jugèrent que la pierre les préserverait mieux des bourrasques que les rondins de bois mal joints. J'encourageai François à les laisser faire. Il était temps que leur condition s'améliorât. Lui, au fond, s'en moquait. Il avait d'autres soucis. Il restait de la famille de Bourbon du fait de son mariage avec Antoinette. La félonie de cet homme rejaillissait sur lui désormais. François de Chazeron décida de s'acheter une conduite pour faire oublier sa parentèle. Il se mit au service des armées du roi, offrit pour la rançon des enfants royaux tout l'or qu'il avait volé à Loraline et s'attira la sympathie par son geste désespéré. Durant son absence, il m'avait confié l'intendance de ses terres en plus de ma charge de prévôt. Je priai plus d'une fois pour que la mort le prît sur un champ de bataille, mais il semble que le diable protège ce bougre, car il se tira de tout sans même une égratignure. Chazeron a mille visages, je le soupçonne d'avoir plus d'une fois échangé sa vie contre quelque traîtrise.

— Son obsession pour la pierre philosophale existe-t-elle encore ?

— Hélas, Paracelse. Mais il n'en perça aucunement le secret. Il porte à son cou la clé de sa tour et ne s'en sépare jamais. Il a reçu en son temps les alchimistes les plus célèbres pour tenter de s'associer à eux, mais ils n'ont su que rire de ses théories de transmutation des corps. Nul être sensé ne peut croire qu'un loup puisse devenir humain. Encore moins que de leur accouplement puisse jaillir l'alkaheist. Ceux qui s'en moquèrent le plus furent les luthériens en lesquels pourtant il avait cru se reconnaître. Il leur voue depuis une haine implacable. Cet homme-là n'aime que lui-même. Et le diable.

— Où se tient-il ce jourd'hui ?

— Il espérait obtenir une charge à la cour. Il a rassemblé tous les bijoux de sa famille et a fait façonner par le meilleur orfèvre une parure somptueuse qu'il comptait offrir en hommage à la nouvelle reine de France. Je n'ai aucune nouvelle depuis qu'il est parti, mais c'est de sa part façon dont je suis coutumier. Il lui est arrivé de rester deux années sans paraître ni signifier qu'il était encore en vie. Le besoin d'argent, la découverte d'un nouveau traité, un nouvel élément de recherche le ramène invariablement. Je ne me plains pas. Sans lui, la contrée est paisible, les petites gens heureuses, les bourgeois prospères. J'ai alourdi certaines charges, diminué d'autres en son nom, assaini les comptes des fermiers et mis de l'ordre dans ses créances. Maintenant, son pays est riche de ce qu'il peut produire, du savoir de ses coustelleurs, mais je préserve les caisses raisonnablement pleines, quand il n'aurait su que dilapider sa fortune pour le paraître. Il est trop peu présent pour juger de ces faits. Il trouve ce qu'il vient chercher et se moque du reste.

— Pourquoi vous donner tant de mal, Huc ? Il ne le mérite pas, loin s'en faut, souligna Philippus.

— Cette justice me tient, me porte. François n'a pas d'héritier, Philippus. Lorsqu'il ne sera plus, c'est à votre fille que reviendront ces terres. Si Dieu le veut. Lors j'aurai racheté par ma loyauté la misérable existence que ma couardise m'a faite.

— Vous êtes un brave homme, Huc, et nul ne songerait à vous reprocher quoi que ce soit. Nous nous connaissons peu, mais jamais Loraline ne m'a dit du mal de vous. Je sentis même parfois dans ses propos, qui n'étaient que le reflet de l'âme de sa mère, une certaine affection. Vous fîtes ce que vous deviez, sans haine, sans mérite. Par l'amour que vous avez su donner à votre épouse, vous avez, il me semble, racheté le prix de votre charge, car peu, voire même aucun n'aurait accepté, supporté et vénéré être aussi étrange qu'Albérie. Croyez-moi. J'ai porté mes pas dans de nombreux pays, ai été le témoin de nombre de curiosités, mais jamais je ne vis semblable sacerdoce. Car à mes yeux, votre fidélité en est un. J'ai peu d'amis en ce monde, mais ce secret qui nous lie et pèse sur nos vies est plus précieux qu'une simple attache de compagnons d'armes. Si mon accolade vous est une quelconque grâce, sachez que je m'enorgueillirai de recevoir la vôtre en frère.

— Alors, mon frère, allez et retrouvez cette enfant qui nous est si chère, car l'un et l'autre, vous par le sang, moi par l'union, l'avons faite nôtre à jamais.

— Je le jure devant Dieu, Huc. Si elle vit encore, je la retrouverai.

Huc leva son verre. Leurs regards enfiévrés se fondirent en un même élan de fraternité tandis qu'ils se saluaient mutuellement de la chopine, puis ils burent d'un trait ce vin d'alliance éternelle.

Ils se séparèrent le lendemain vers none. Philippus emportait dans sa besace de la viande séchée et quelques fruits, ainsi qu'une bourse garnie par le prévôt pour acheter des habits neufs et des informations à Paris.

Philippus cependant n'hésita pas sur la route à suivre. Si quelqu'un pouvait le conduire à Marie, c'était Michel de Nostre-Dame. Lorsqu'il lança le pas de son âne, il se sentait un homme nouveau. Et, à l'inverse de la dernière fois où il avait quitté l'Auvergne, il se mit à siffloter en se mêlant au flot des marchands qui cheminaient vers Le Puy.

3.

Paris était en liesse, en ce mois de mars 1531. Isabeau s'attarda dans l'admiration de la rue Saint-Antoine qu'on avait dépavée dans la perspective du tournoi. Sur la tribune, élevée au long des maisons, le roi lui avait offert une place de choix et elle devait bien s'avouer sa fierté de ce qu'on la saluât autant qu'une gente dame. Ce fut Anne de Pisseleu, la maîtresse du roi, qui remporta la palme des révérences, mais Isabeau, quant à elle, garda les yeux rivés sur Diane de Poitiers, dont le petit duc d'Orléans, le cadet de François Ier, avait fait sa dame. Il la dévorait des yeux. D'un mouvement sensuel du poignet, elle lui adressa un baiser, posé sur sa main tel un papillon sur une rose. Isabeau se promit d'obtenir la clientèle de la belle. Elle en parlerait à son amie, la sœur du roi, Marguerite d'Angoulême.

Pour l'heure, Paris croulait sous l'abondance, jamais Isabeau n'avait vu profusion plus grande de maîtres de broche, bouchers, rôtisseurs, pâtissiers, cabaretiers, taverniers. Ils y étaient en surnombre, offrant pour un teston seulement un repas à un homme. Les miséreux eux-mêmes étaient replets et avaient joues roses. On gaspillait bien assez partout pour qu'ils se partageassent les restes avec les chiens errants, les chats et les rats plus gros qu'un avant-bras de luronne.

Isabeau chercha du regard sa nièce mais ne la trouva pas. Marie avait promis de se tenir tranquille avec Constant. La jouvencelle avait une fâcheuse tendance à oublier qu'elle n'était plus une enfant et continuait ses farces comme si le temps risquait de lui manquer pour les réaliser toutes. Isabeau savait qu'elle et son inséparable complice pouvaient fort bien se glisser sous les tribunes et agacer le pas des chevaux par quelques gratte-culs lancés avec une sarbacane. Elle ne voulait pas risquer qu'ils se fassent prendre et que l'opprobre rejaillisse sur elle. Si quelqu'un se blessait en pareille occasion, elle en rougirait de honte. Sans parler des conséquences déplorables puisque François de Chazeron était à Paris.

Elle l'avait aperçu, saluant le roi, se courbant jusqu'à terre devant la reine. Elle avait dû surmonter un haut-le-cœur, mais était restée digne, au milieu des autres. Elle avait changé, elle était connue de tous, protégée du roi. Elle n'avait plus à s'inquiéter de lui, quel qu'il fût devenu. De plus, il la croyait morte. Elle n'avait rien à craindre. Sauf s'il s'en prenait à Marie, remontait jusqu'à sa mère et découvrait la vérité. Elle repoussa pourtant cette idée. Elle tenait maison respectable. Il ne pouvait rien contre elle. Rien.

Mais on n'efface pas ainsi la haine et la peur. Malgré ses résolutions, malgré sa raison, en le voyant sourire, affable, elle respirait en elle les effluves de sa perversité et la marque à son sein la brûlait. La journée cependant s'acheva sans mauvaise surprise et Isabeau s'en retourna chez elle, soulagée.

La semaine des festivités avait été plaisante pour elle et elle sentait bien que ses affaires iraient de même.

Albérie l'attendait en son logis. Depuis la visite de Clément Marot, quelques jours auparavant, elle n'avait pas eu l'occasion de s'entretenir avec sa sœur. Isabeau l'avait seulement informée de l'arrivée de Chazeron, sans entrer dans les détails. De fait, Albérie était fort active auprès des luthériens et sa maison, dans la rue Vieille-du-Temple, servait de lieu de ralliement. Ils se cachaient désormais lors de leurs réunions afin de n'attirer sur eux aucune malveillance. Le roi continuait de les protéger, mais à condition qu'ils ne le missent pas en situation de devoir trancher une querelle ou un fait d'armes. Il restait attaché à cette doctrine, mais en condamnait les excès. Albérie s'était prise d'affection pour le père Boussart qui depuis longtemps s'indignait des dépravations ecclésiastiques comme des privilèges à outrance, ou du marchandage des indulgences.

Albérie avait élevé Marie dans cet esprit, à cheval sur les préceptes d'une Église proche des commandements du Christ et sur ceux de la cour des Miracles où l'enfant s'était trouvé une famille. Curieux mélange qui faisait d'elle la jouvencelle la plus entière, indisciplinée et trépidante qui fût.

— C'est pour ce soir, annonça Albérie comme Isabeau se débarrassait de sa cape.

— Bien. Y seront-ils tous ?

— Si l'on excepte le baron d'Étampes, victime d'une mauvaise chute, oui, je le crois. Mais je ne vois pas l'intérêt d'une telle précipitation, Isabeau.

— C'est que tu ignores encore certaines choses. Allons dans mon cabinet. Je ne voudrais pas que Marie nous surprenne.

Albérie hocha le front et suivit sa sœur au sommet de l'escalier. La porte refermée sur leur complicité, Isabeau contempla avec plaisir l'image que lui renvoyait le miroir enchâssé dans un cadre d'argent, en face d'elle. Comme elles avaient changé l'une et l'autre. Comme étaient loin la cour de Fermouly et la grotte de Montguerlhe.

— Qui aurait pu dire en me voyant quitter la meute que je deviendrais plus respectée à la cour qu'aucune dame ?

Sans seulement un titre de noblesse véritable. Je dois tout cela à Rudégonde, à l'abbé, à Bertille et à cette obstination à refuser de mourir, d'être vaincue. Je t'ai vue changer aussi. Grâce à Marie. Tu t'es épanouie dans ton rôle de mère, tu sers une cause juste et comme moi refuses ce que la fatalité voulait que nous soyons. Nos différences sont notre atout depuis seize années. Mais on n'efface pas le passé. Ma vengeance ne s'est pas accomplie. Je la croyais morte en moi. Je me trompais, Albérie. Revoir cet homme, respirer à distance le Malin qui est en lui, l'a réveillée malgré moi. Je ne me mettrai pas en travers de sa route, je ne prendrai pas ce risque, mais, s'il y vient, et il y viendra, je le sais, alors je veux être prête.

— Que sais-tu que j'ignore ?

— C'est à toi de me le dire, ma sœur.

— Je ne comprends pas.

Isabeau poussa un soupir agacé. Elle s'attendait à cette réponse. Pourtant, elle s'était résolue à connaître la vérité.

— Clément Marot m'a affranchie des raisons qui poussèrent François de Chazeron en ce lieu. La Palice l'avait instruit sur cet homme, lui demandant d'avoir un œil sur lui, ce qu'il s'efforça de faire entre deux séjours en prison. Il m'a raconté une étrange histoire : celle de sa fillette dévorée par les loups en compagnie de sa gouvernante, fort peu de temps avant que toi-même tu ne viennes en ce lieu.

Albérie se laissa glisser sur une chaise. Elle avait toujours eu le sentiment qu'elle devrait un jour faire face à la vérité. Mais pas davantage qu'autrefois elle ne trouvait les mots. Ce n'était pas tant son mensonge qui lui pesait que le bouleversement qu'il provoquerait.

— Marie porte la marque, se contenta-t-elle de dire comme si cela seul pouvait suffire à résumer l'inconcevable.

— Est-elle l'enfant de Chazeron, Albérie ?

— Oui. Et non.

Isabeau serra les poings. Quelque chose en elle pressentait une évidence qu'elle ne parvenait pas à saisir. Elle se força au calme. Albérie semblait bouleversée. Isabeau s'agenouilla devant elle et lui prit les mains. Elles étaient glacées.

— Le danger d'autrefois nous guette, Albérie, affirma-t-elle avec douceur, mais cette fois nous pouvons le combattre. Nous sommes mieux armées que François de Chazeron, nous sommes plus fortes, nous sommes plus unies que jamais. Je dois savoir contre quoi je me bats. François est venu traquer une femme-loup et tout à la fois exterminer les hérétiques. Je crois qu'il est venu chercher Marie et je veux savoir pourquoi.

Albérie releva la tête. Son regard métallique ne cillait plus.

Lorsqu'elle eut achevé son récit, elle se leva en silence et sortit de la pièce comme une ombre. Elle avait tout livré, la grossesse de Loraline, Philippus, l'échange des nourrissons, le pacte et Ma. Ma qui depuis quinze ans dissimulait Loraline. Elle aurait voulu rester auprès d'Isabeau mais, d'un geste, sa sœur l'avait chassée. Elle savait que c'était transitoire, Isabeau digérerait cette vérité qui mettait du baume sur ses anciens deuils. Il lui fallait du temps, simplement. Cela ne changeait rien. Cela changeait tout.

Derrière la porte, face au portrait de son amant défunt, Isabelle de Saint-Chamond pleurait.

La réunion fut houleuse, mais Isabeau resta maîtresse du grondement qui avait fait suite à sa déclaration. Elle reprit la parole en bout de table. Autour d'elle, assis sur des bancs, une cinquantaine de proches, des hommes pour la plupart, nobles, médecins et marchands confondus dans une même cause, se forcèrent au silence. Sans qu'aucun ait pu dire pourquoi, Isabeau en imposait à tous. Peut-être par la présence de cette louve grise, à ses côtés, entre Albérie et Marie qui ne la quittaient pas des yeux.

— Croyez-moi, si cet homme aime l'or, il est aussi d'une immense traîtrise. Il acceptera vos offres pour s'enrichir sans vergogne mais, ce faisant, vous dévoilerez vos visages et deviendrez vulnérables. À la moindre incartade, il fera saisir vos biens et vous jettera au Châtelet. Notre ami Clément Marot en sait quelque chose, lui qui sans l'amitié du roi y croupirait encore ! Si nous avons pu adoucir ses prédécesseurs, et les conduire à la clémence par des faveurs, nous n'y parviendrons pas avec François de Chazeron. Voici un être contre lequel il faudra ruser et sans doute nous battre.

— Je préférerais le convertir, dame Isabelle. De fait, c'est le plus important de notre mission, n'est-ce pas ?

— Certes, mais vous ignorez tout de ce seigneur, messire Calvin, et si je veux taire la noirceur de ses vices, ils n'en existent pas moins. Ma famille est originaire d'Auvergne et l'on sait à son sujet de grandes dépravations, probablement même quelque commerce avec Satan. Je vous ai fait venir pour vous recommander la prudence à tous. Ensemble, nous sommes une force à la solde de légitimes idées. Face à lui, c'est ensemble que nous devons agir. Ne prenez aucune initiative isolée. Cela vaut surtout pour vous deux.

Isabeau pointa son doigt sur Marie et Constant, l'œil ferme et réprobateur.

— Pourquoi ne pas l'éliminer ? grommela une voix tranchante en un coin de la pièce.

Les regards convergèrent vers la silhouette de noir vêtue qui se dressait contre un pilier de pierre. D'une main il tenait un couteau au manche d'acier, de l'autre il jouait à en éprouver le fil sur un petit morceau de bois qu'il réduisait en copeaux réguliers.

Isabeau s'amusa du silence des bourgeois, craintifs devant cette face sans barbe, effilée comme sa lame, à la longue chevelure noire retenue par un lien en une queue de cheval basse. Le regard de jais accrocha le sien et Isabeau crut y lire un amusement certain.

— Je ne vous connais pas, messire, mais si vous êtes des nôtres, c'est que vous y avez été convié, assura-t-elle, affable.

Vous devez savoir en ce cas que nous ne sommes pas coutumiers du meurtre, agissant au nom des Saintes Écritures en lesquelles il est écrit : « Tu ne tueras point. » Nous nous défendrons si notre vie est en danger. Je ne crois pas que ce soit le cas ce jourd'hui.

— Croyez-vous que ce soit le rôle et la place d'une femme de présider pareille réunion ? demanda-t-il encore, moqueur.

Isabeau ne s'en émut pas :

— Chacun ici le fait à son tour, s'il a quelque chose à apporter à notre mission. Nous décidons ensemble et votons à main levée chaque action. À cette condition seulement, nous pouvons être efficaces. Quant à la place que je tiens ce jourd'hui, messire dont nous ignorons le nom, sachez que je me la suis faite par ma responsabilité en cette ville et que je défie quiconque ici ou ailleurs d'y trouver à redire.

L'homme s'avança, offrant à tous un sourire carnassier, et s'inclina devant Isabeau en une profonde révérence.

— On me nomme Jean Latour, dame Isabelle, et je serais ravi d'être des vôtres désormais.

— Jean Latour ? J'ai entendu parler de vous, en effet. Peut-on savoir qui vous recommanda cette séance ?

— Moi, ma tante.

Isabeau tourna un regard surpris vers Marie qui, rougissant, s'était désignée. Elle ne fit aucun commentaire.

— En ce cas, messire, si cette assemblée le confirme, je ne vois aucune raison de rejeter votre présence. Nous allons donc procéder au vote comme il se doit. Pour que cet homme rejoigne nos rangs ?

Hormis quelques-uns, parmi lesquels Jean Calvin, dont la suffisance agaçait souvent Isabeau, la plupart levèrent la main. Isabeau poursuivit :

— Pour la mort de François de Chazeron ainsi que le suggère Jean Latour ?

Deux mains seulement se levèrent. Isabeau ne s'en étonna pas. Il s'agissait de deux taverniers qui avaient souvent eu affaire aux précédents prévôts.

— Pour que l'on garde le suppléant sous surveillance et à l'écart de tout commerce pouvant mettre en péril notre action ?

La totalité des mains se levèrent. Isabeau s'en félicita. Elle avait su être convaincante.

— La séance est achevée selon ses modalités habituelles. Messire Latour, ne partez pas, voulez-vous ? J'aimerais vous entretenir. Toi de même, Marie !

Isabeau salua de nombreux visages, puis l'assemblée se dispersa dans l'escalier qui ramenait au vestibule du logis d'Albérie.

Dans la lueur tremblotante des bougies qui éclairaient la vaste pièce dont les tentures tirées préservaient l'intimité, Isabeau attendit que le silence revienne pour s'avancer vers le nouvel arrivant. Il avait rangé sa lame et posé une main ferme sur l'épaule de Constant, avec lequel il chuchotait. Isabeau s'interposa :

— Votre réputation, messire, est assez scabreuse, même à la cour des Miracles. On vous présente comme un coureur de dot, coupe-jarret à l'occasion, joueur et mécréant. C'est trop à mon sens pour un seul homme, à moins que ce ne soit qu'un pâle reflet de la réalité. La rumeur vous veut aussi enfermé à plusieurs reprises au Châtelet pour diverses vétilles, libéré, voire évadé. Pouvez-vous me dire en ce cas d'où vient que vous connaissiez ma nièce ?

Jean étira un sourire franc sur ses lèvres.

— De cet animal-ci.

Il désigna Ma qui s'était approchée de lui. Le cœur d'Isabeau se pinça ; elle refoula une vague de tendresse, trop émue encore par les révélations de la fin d'après-midi pour pouvoir prendre du recul. Elle bafouilla :

— Racontez-moi.

D'un geste, elle les pria de s'asseoir. De fait, elle avait grand besoin d'un siège tant elle se sentait lasse. Marie et Constant s'installèrent par terre, main dans la main, sur l'épais tapis, et Ma vint naturellement s'installer à leur côté. Jean Latour opta pour un des bancs sur lequel il replia ses longues jambes. Avec la même désinvolture que les deux jouvenceaux, il croisa ses mains sur ses genoux et dévisagea Isabeau sans vergogne.

Quel âge pouvait-il avoir ? se demanda-t-elle. Vingt ans ? Trente ans ? Elle n'aurait su le dire. Elle se sentait gauche et ridicule dans son fauteuil, trônant sur ce petit monde qui la bouleversait.

— Il y a trois jours, ce Chazeron, dont vous avez si joliment vanté les diableries, lança ses hommes et ses chiens à mes trousses, sur la plainte d'un jaloux qui, ne se contentant pas du mérite d'être cocu, affirmait que je l'avais délesté d'une somme rondelette. Ce qui était faux, je le regrette, car il n'est rien de plus désagréable que de ne pouvoir jouir des méfaits dont on vous accuse, vous en conviendrez !

— J'en conviens, s'amusa Isabeau à qui ce ton léger rendait quelques couleurs.

— Donc, ce bougre sur mes traces, je filais rue de la Farinerie lorsque je me trouvai encerclé devant l'entrée du cimetière. J'y courus, sans grand espoir. Au seuil de l'église, cette louve m'attendait. Je ne suis pas couard et décidai de vendre chèrement ma pelisse lorsque Marie a surgi derrière Ma et m'a invité à la suivre. La porte de l'église s'est refermée au nez des soldats qui avaient envahi les arcades. La suite, vous la connaissez : le passage secret dissimulé sous l'autel, la salle souterraine et le cri de rage de mes poursuivants qui retournèrent tout sens dessus dessous, sans parvenir à rien déceler de la cachette du roi des fous. Vos enfants m'ont adopté et invité à cette assemblée, car, je l'avoue, gente dame, ce suppléant m'exaspère et me gâte l'existence. Lui botter le derrière me plairait bien. Quoi qu'il en soit, je suis redevable aux vôtres. Vous avez bien des raisons d'être fière de leur témérité.

Isabeau sentit une main d'acier lui étreindre le cœur. Elle baissa les yeux vers Ma et, d'une voix altérée par une émotion qu'elle maîtrisait mal, murmura :

— Je le suis, messire. Je le suis.

Puis, se forçant à reprendre le contrôle de ses sentiments, elle se leva :

— Il est fort tard. L'aube est proche. J'ai grand besoin de repos. Cette maison est vôtre, restez-y, mais rendez-moi un service en retour.

Jean Latour acquiesça. Il s'était levé à son tour et se saisit de la main qu'Isabeau lui tendait.

— S'ils sont téméraires, ils sont surtout jeunes et impétueux, inconscients des dangers véritables qu'ils courent à braver la loi. Je voudrais, pour des raisons personnelles, qu'ils se tiennent loin de François de Chazeron. Essayez de les en convaincre.

Jean Latour s'inclina et déposa un baiser sur la main baguée d'Isabeau que quelques taches brunes entraînaient vers la vieillesse.

— Je veillerai sur eux, dame Isabelle, comme sur moi-même. Que le sommeil vous soit doux.

Incapable de supporter davantage d'émotion, Isabeau se retira sans un mot.

Alors qu'elle s'apprêtait à sortir pour gagner sa voiture qui l'attendait, Ma qui l'avait suivie s'avança jusqu'à elle et, d'une langue râpeuse, lécha sa main pendante. D'une voix sans timbre que des sanglots brouillaient, Isabeau lâcha dans la froidure de l'aube :

— Pardon, ma fille.

Puis la porte claqua, et la rue emporta son secret.

4.

La porte s'ouvrit dans une belle envolée comme Philippus allait y laisser choir le heurtoir de bronze. Les deux bras d'un homme à la stature vigoureuse se tendirent vers lui et le happèrent dans un élan de spontanéité fraternelle.

— À l'heure exacte ! s'exclama la voix qu'il ne reconnut pas, mais dont pourtant il savait l'origine.

Il étreignit avec chaleur cette masse humaine qu'il découvrait en redécouvrant son ami, tandis que Michel de Nostre-Dame, guilleret et ravi de sa surprise, enchaînait avec un bonheur évident :

— Par Dieu, que j'aime cette science, mon ami ! Et quel plaisir que ce temps passé à vous attendre en sachant votre venue !

— Est-ce pour cela que vous étouffez le vieillard que je suis ? se moqua Philippus, tout à la joie de cette effusion caractéristique des Provençaux.

Michel desserra son étreinte dans un rire puissant, qu'il corrigea d'une voix de basse :

— Par Dieu non, votre heure n'est point venue ! Avez-vous fait bon voyage ?

— Ne le savez-vous pas ? le taquina Philippus une nouvelle fois en détaillant le bel homme qui se tenait devant lui.

De l'enfant qu'il avait laissé, il reconnaissait l'œil perçant, rusé, clairvoyant, et les deux fossettes. C'était comme s'ils ne s'étaient jamais quittés.

— Si fait, et je regrette de n'avoir pas eu la présence d'esprit de vous indiquer ma nouvelle adresse, vous forçant ainsi à un pèlerinage qui retarda votre route. Mais que voulez-vous, je maîtrise mal encore ces visions et l'impatience l'emporte souvent sur le bon sens, ce qui est chose singulière quand on se heurte au sens caché des songes et que, par ma foi, qu'ils soient bons ou mauvais, on en est esclave.

Un nouveau rire salua cette diatribe. Philippus le regarda s'amuser de lui-même, retrouvant avec cet esprit brillant, bouillonnant et moqueur, toute la félicité de leur première rencontre. Une joie sereine l'envahit, effaçant d'un coup la tristesse de ces longues années sans but.

— Je suis heureux de nos retrouvailles, Michel. Vraiment heureux.

— Par Dieu, je le suis aussi, Paracelse ! renchérit Michel selon une formule qui lui semblait propre. Allons, venez, entrez. Couvert est mis et lit chauffé. En ce mois de septembre, les nuits sont fraîches. Le temps est une curiosité, voyez-vous. On croule sous la chaleur puis, sans prévenir, on s'aperçoit que l'on frissonne. Savez-vous que nombre de mes malades me viennent voir effrayés par ce signe, tant l'ombre de la peste plane sur ce pays ? Je travaille à une médication, mais il me faudra de longues années encore avant d'en voir l'aboutissement. Il est rassurant pourtant de savoir que persévérance obtiendra satisfaction. Mais ce n'est point là ce qui vous amène et je voudrais que nous n'en parlions pas cette nuit. Il me faut vous montrer quelque chose. Vous saurez ainsi comme moi que, quoi que l'on fasse, mon ami, le hasard n'existe pas. Venez !

Philippus se laissa guider par une porte à l'intérieur d'une pièce carrée dans laquelle brûlait un feu de cheminée. Une table couverte de mets attendait son appétit dans la lueur des lanternes.

Le logement était étroit, simple, mais aussi chaleureux que celui de Saint-Rémy-de-Provence dont Philippus avait conservé intact le souvenir. Il se sentit chez lui, comme s'il avait passé tout ce temps à chercher cet asile sûr, serein, cette coquille dans laquelle sa peine pourrait perdre son sens.

Ils mangèrent face à face, Philippus comblant le vide de ces années en écoutant Michel raconter son parcours.

De fait, jusqu'en 1520, celui-ci avait appris la médecine en Avignon. La peste arrêta ses études. Il se consacra alors à celle des simples et à la pharmacaitrie, suivant pas à pas la contagion pour s'instruire et se battre contre elle. Il ne s'était réinscrit en faculté à Montpellier qu'en octobre 1529. Cette épidémie qui avait ravagé le Languedoc, il l'avait rêvée quelques années auparavant, se voyant courbé au-dessus des charniers, même s'il avait peu le pouvoir de se voir lui-même, prélevant dans des flacons sang et fragments de peau pour les analyser. C'est ainsi qu'il avait trouvé le courage d'entreprendre ses recherches, accompagné de la certitude qu'il ne mourrait pas de la maladie, malgré son acharnement auprès des malades.

Pour ce qui était des sentiments, rien ne lui venait. Il avait trop souffert de ce qu'il avait vu avant que Philippus ne le quittât pour gagner l'Auvergne. Il ne l'avait pas cherché pourtant, il n'avait pas su, pas voulu modifier le cours du destin. Il savait qu'il n'en avait pas le droit, comme si la main céleste l'avait bâillonné contre son gré, lui imposant de savoir pour se préparer à affronter les événements, non pour les changer. Nul n'en avait le pouvoir. Longtemps, il s'était senti coupable de cette vie qu'il avait gâchée par son silence. De sorte qu'il avait introduit sans le chercher une sorte de barrière en lui qui empêchait les visions le concernant de perturber sa propre vie. Il ne voulait pas souffrir avant que les choses arrivent, pas davantage qu'il ne voulait précéder la joie. Sauf pour Philippus. Il avait su que le moment était venu d'une étrange manière.

Michel chassa ce souvenir d'un revers de main malgré l'impatience qu'il lisait dans les yeux de son compère.

— Demain, mon ami. Ne croyez pas que je veuille, par cette attente, me donner une importance que je n'ai pas. Il s'agit de circonstances particulières. Demain, la configuration céleste sera propice à ces révélations car d'autres me viendront qui combleront encore les silences, les interrogations. Je le sais. La précipitation entraînerait peut-être une modification de votre destin et, ainsi que je vous l'ai dit, Dieu tout-puissant m'a donné ce don particulier à cette seule condition. Il est de mon devoir de chrétien de m'y soumettre. Si je pervertissais ma foi, j'y perdrais mon âme.

— J'attendrai, assura Philippus.

— En ce cas, venez que je vous montre l'extraordinaire chose que constitue votre thème astral.

Fasciné par l'homme autant qu'il l'avait été par le jouvenceau, Philippus gravit sur ses traces les degrés de bois menant à l'étage de la petite maison. Une seule chambre s'y ouvrait, aussi grande que la salle dans laquelle ils avaient mangé. Un petit couloir desservait les latrines qui saillaient dans la façade au-dessus de la rue en une protubérance architecturale qu'il avait remarquée dans toutes les ruelles de la ville. Un simple trou dans le plancher laissait voir le caniveau qui courait le long des maisons, à ciel ouvert. Rien d'étonnant à ce que la peste se répandît dans les régions de France. Pour combattre le mal, il en était convaincu, il fallait assainir les villes par un réseau d'égouts.

Michel avait tenté de convaincre les habitants de sa ruelle de se ranger à son exemple : rajouter dans un baquet d'eau une poignée de chaux et le vider dans la tranchée pour évacuer les matières, tuant ainsi les germes. Mais bon nombre se moquaient de lui. La pluie lavait les pavés, emportant tout vers la place où se regroupaient les sillons merdeux. Là, un puits les noyait en terre. C'était bien suffisant !

L'hygiène embarrassait peu le peuple et les bourgeois. D'ailleurs, ne disait-on pas que se laver amenait la migraine ou la cacquesangue [1]? En certaines régions de France, les idées reçues étaient légion. Depuis la guerre de Cent Ans, on avait oublié le bon sens et la médecine devait faire face à un retour en arrière qui favorisait les épidémies.

Cet échange de points de vue les tint un long moment et Philippus fut heureux de constater que par maints aspects son ami lui ressemblait. Il rencontrerait sûrement lui aussi l'opposition de nombreux confrères, et il lui suggéra, à son exemple, d'étayer ses théories par un séjour en Égypte où lui-même avait trouvé tant de réponses et découvert tant de secrets. Michel le lui promit, dès qu'il le pourrait.

— Pour l'heure, contemplez ceci.

Courbé sur sa table de travail, il étala devant Philippus une carte qui la recouvrait tout entière et sur laquelle de nombreux signes se mêlaient à des chiffres, des cercles et des points. Philippus, ayant étudié l'astrologie, s'y intéressa au premier regard.

— Voyez, Philippus, insista Michel en suivant une ligne qui chevauchait points et signes, comme votre thème est peu courant. La nuit de votre naissance, des éléments trouvèrent une place étrange dans le ciel, Mercure en huit, Vénus et Saturne en cinq et douze...

— Comment diable avez-vous pu? demanda Philippus en écarquillant les yeux sur le curieux dessin qui apparaissait soudain.

— Je n'ai rien fait, Paracelse, qu'un thème comme tant d'autres. Écartez-vous, vous le verrez mieux.

Philippus obtempéra et Michel rapprocha les bougies aux quatre coins. Alors il eut une vue de l'ensemble que formait cet enchevêtrement astral sur la feuille. Son cœur se serra. Devant ses yeux incrédules, une tête de loup se détacha distinctement, occultant les signes qui la composaient.

— Impensable, bredouilla-t-il.

1. Dysenterie.

— Ce n'est pas le plus étrange, mon ami. Le plus étrange, c'est ceci !

Michel saisit une plume et relia entre eux quelques points, des oreilles du loup jusqu'au bas de la feuille. Lorsque les traits se rejoignirent, ils formèrent une chaîne terminée en une croix.

Philippus revint se pencher au-dessus du parchemin, éberlué. Il ne comprenait pas ce que cette tête signifiait mais elle le troublait car il y voyait la marque de ce qu'il avait vécu et qui le hantait encore.

— Croyez-moi, Philippus, depuis que je suis enfant, j'ai composé des dizaines de thèmes de toute nature, pour diverses gens. Jamais, m'entendez-vous, je n'ai vu pareille étrangeté. Et cependant, ce n'est pas tout. La nuit prochaine, cette configuration sera de nouveau visible. Voilà pourquoi je ne crois pas au hasard ! Ensemble nous lèverons le voile sur ce mystère, mon ami. Depuis notre rencontre, j'ai consacré beaucoup de temps à comprendre, à interpréter les signes, à tenter de m'expliquer pourquoi nos chemins s'étaient croisés, quel enseignement vous pourriez m'apporter, quels en seraient le prix et la récompense. J'ai dû effectuer de nombreuses recherches pour en arriver fortuitement à cette évidence, car c'est le hasard qui me la fit voir, comme je m'écartais de cette table pour étirer mes membres endoloris : votre destin est lié à un loup.

— Certains peuples parlent de vies antérieures...

— J'ai entendu ces théories. L'Église catholique les rejette.

— Des sorciers pourtant en font état aussi. Je crois que l'Église a peur. Luther a évoqué en Allemagne l'hypothèse d'une réincarnation assurant la survivance de l'âme. Tous se sont dressés contre lui. Il en a abandonné l'idée tant elle est contraire au concept du Paradis et de l'Enfer. Si cependant on admet cette possibilité, croyez-vous que mon âme ait pu être celle d'un loup ? Car les loups possèdent une âme, Michel. Je le sais, j'ai vécu parmi eux. J'ai rencontré une femme qui possédait le pouvoir de se transmuter en louve les nuits de pleine lune. Quelles étranges et obsédantes questions !

— Je n'ai pas de réponse, Paracelse. Cette croix signifie peut-être la volonté de Dieu. Peu de temps après cette révélation, j'ai rencontré ce jeune médecin qui finissait sa promotion. Je savais qu'il vous croiserait à son tour et vous ramènerait pour que nous puissions ensemble trouver la clé de l'énigme. Savez-vous pourquoi ? Cet homme portait un sacquet à la ceinture. Je l'avais croisé plusieurs fois à la faculté. Ce jour-là, je l'ai bousculé en glissant sur une feuille humide. Le sacquet s'est rompu de son attache et a déversé sur le parterre de la faculté les huit dés qu'il renfermait. Je me suis penché pour l'aider à les ramasser : ils avaient formé en tombant la lettre « P ».

— Quelle coïncidence...

— Le doigt du destin, plutôt. Le hasard n'existe pas. Tout est écrit.

— Dans l'œuvre de Dieu...

— Je le veux croire car je suis chrétien, mais de nombreux peuples ne croient pas en Dieu, ne savent même rien de son existence, et cependant ils croissent et leur destin est tracé de même, mon ami. La vérité est sans doute plus vaste, mais il est rassurant de l'imaginer ainsi, de confier à Dieu le soin d'avoir créé toute chose et d'en savoir sa fin. Allons, il faut dormir à présent. La nuit nous happe en ses rets et l'aube n'est pas loin de poindre tant nous avions à nous dire. Demain, vous me raconterez toute votre histoire, ensuite nous attendrons que l'obscurité recouvre la ville, le pays et le monde. Alors les astres parleront.

Ils s'étendirent côte à côte sur le lit et fermèrent les yeux pour se plonger dans l'abîme des perplexités. À l'inverse de Michel, Philippus ne parvint pas à dormir. Il avait l'impression que, depuis la table de travail, le regard du loup le veillait.

Lorsqu'il ouvrit les yeux pourtant, Michel n'était plus à ses côtés, il faisait grand jour dans la pièce, les cloches de la cathédrale appelaient à l'office et une odeur de viande grillée lui montait aux narines. Il ne se souvenait pas s'être endormi, il avait encore la conscience du chant d'un coq alors qu'une clarté rosâtre ourlait l'intérieur de la chambre.

Il s'étira douloureusement. À force de souvent dormir à même le sol, il avait peu l'habitude de ces matelas trop mous, si confortables que l'on s'y sentait aspiré, fondu. Il s'y réveillait toujours ankylosé. Il se leva, épancha une vessie trop pleine en se demandant si le trou à deux mètres du sol pouvait empêcher son urine d'éclabousser les passants et se prit à rire de cette farce. Malgré le point d'interrogation que Michel avait amené sur sa vie, il se sentait d'humeur joyeuse. Il lui tardait de retrouver sa fille ; avec l'aide de Michel, ce serait facile. C'est pour cela qu'il était venu. Il descendit l'escalier d'un pas alerte et à sa grande surprise tomba sur une vieille femme qui apportait une tranche de lard grillé accompagnée d'œufs sur le plat au-devant de lui.

— Vous voilà réveillé, messire ! l'apostropha-t-elle sur un ton de reproche, ce ne sont pas des manières de manquer l'office ! Dieu vous en punira.

Philippus se retint de lui avouer qu'il avait bien d'autres choses sur la conscience et se contenta de la débarrasser de son plateau, que selon toute vraisemblance elle lui montait.

— Où se tient Michel de Nostre-Dame ? demanda-t-il après l'avoir remerciée courtoisement.

— À l'église ! lâcha-t-elle comme une évidence.

Puis, reprenant son ton courroucé de vieille bigote, elle se signa et cracha :

— C'est qu'il se doit au Seigneur, notre bon maître. Pas comme certains...

— J'étais souffrant, vieille femme, le Seigneur me le pardonnera sans doute. Quand revient maître Michel ?

— Dans une heure, il recevra un malade.

Philippus tiqua. Michel l'avait pourtant assuré de sa journée. Il rapporta le plateau dans la cuisine où ils avaient dîné la veille et s'apprêtait à le poser lorsque la servante couina :

— Ménage est fait, mon bon ! Vous m'obligeriez de manger proprement.

Philippus poussa un soupir agacé mais acquiesça.

Il se laissa choir sur un banc et dévora de bel appétit. L'instant d'après, la vieille Margot glissait devant lui un gobelet rempli à ras d'un vin gouleyant et laissait étirer un sourire tendre sur ses lèvres sèches tandis qu'il la complimentait. Il l'apprivoisa assez pour obtenir d'elle quelques confidences, et, lorsque Michel parut sur le seuil, il avait appris qu'elle venait là chaque jour pour s'occuper du ménage et de la mangeaille en échange de quelques sous et de la gratuité des soins pour elle et sa famille.

Un moment plus tard, Michel lui confiait le souci d'une de ses voisines qui portait gros ventre et qu'il voulait lui faire examiner pour avoir son avis.

— Elle est enceinte de huit mois et saigne souvent. Elle n'a point maigri mais blanchit de jour en jour. Je suis inquiet et ne saurais dire ce qui se passe. L'enfant bouge normalement.

Lorsque la jeune femme arriva, soutenue par sa mère, Philippus quant à lui n'hésita pas longtemps sur le diagnostic. Une légère palpation lui confirma ce dont il se doutait. L'enfant avait percé la poche placentaire et le liquide les pourrissait tous deux. Sûr de son fait, il la fit coucher sur la table de la cuisine et lui administra une médication qu'il avait conçue en mêlant entre autres de la jusquiame noire et du houblon. Lorsqu'elle fut endormie, il ouvrit le ventre de part en part. Michel l'assista efficacement, fier de la précision des gestes de son ami, sans douter d'aucune de ses initiatives.

À quelques heures près, le nourrisson, une fille, était mort-né. Philippus l'enveloppa dans un linge tiède et la confia à sa grand-mère tandis que Michel cautérisait l'hémorragie, nettoyait l'infection puis recousait l'infortunée, toujours inconsciente. Jamais il n'avait vu mettre un enfant au monde de cette façon.

— Tu apprendras bien d'autres choses en Égypte, mon ami, lui affirma Philippus. Il serait sage que notre patiente restât ici cette nuit pour soulager sa fièvre, car elle en aura sûrement. Pour que l'enfant vive, il lui faut une nourrice. Le lait ne vient jamais lorsqu'on intervient contre la nature. Il lui faut aussi le contact de sa mère. Ne les séparez pas et veillez à ce qu'elle ait chaud.

Avant que la journée fût achevée, une paillasse avait été dressée auprès de la cheminée et les deux miraculées dormaient paisiblement l'une contre l'autre, veillées par l'aïeule qui, les larmes aux yeux, avait béni cent fois les deux médecins. Michel et Philippus se relayèrent jusqu'aux matines afin de réduire la fébrilité. Lorsqu'elle tomba brusquement, ils surent que la femme était sauvée. La fillette était chétive, frêle, mais vivace, et Philippus ne put s'empêcher d'y voir un nouveau signe du destin. N'était-ce point ainsi qu'il avait vu la sienne pour la première et dernière fois, en délivrant sa mère ? Il n'avait pas oublié.

Comme il rejoignait Michel dans la chambre à l'étage, il se confia à lui, l'émotion vive dans ses mains fatiguées. Michel se borna à hocher la tête en signe d'assentiment.

Il l'invita à lui raconter son histoire dans les détails, tout en gardant les yeux clos sur les images qu'elle faisait naître. Philippus ne s'arrêta qu'après les dernières révélations de Huc de la Faye. La nuit s'était avancée. Il était épuisé. Dans la lueur faiblissante des chandelles, Michel, allongé sur sa couche, se laissait absorber, dissoudre dans une impalpable succession d'émotions et de couleurs. Des voix se mêlaient à des bruits diffus, à des souffles, un vent glacial le faisait frissonner dans la sensation d'une course effrénée, puis soudain il l'aperçut, dressée sur l'éperon rocheux qui surplombait une mer de cadavres : la louve. La louve grise à la chaînette d'or. Elle tourna vers lui son regard d'émeraude, s'approcha à pénétrer dans son propre regard et fondit son âme à la sienne.

Alors Michel écarquilla les yeux et hurla.

5.

— Viens, allons, ne sois pas gourd, Constant ! s'emporta Marie.

— Ta tante l'a interdit, Marie. Si elle l'apprend, elle nous punira.

— Et qui le lui dira, sot que tu es ? Allons ! C'est moins amusant sans toi, mais je te préviens que j'irai quand même !

— Oh ! les filles, tempêta Constant en tapant du pied dans une pierre que la chaussée avait oubliée là.

Il appuya les mains sur ses hanches et se renfrogna. Pour sûr qu'il avait envie de cette farce, mais il était inquiet. Le guet avait été renforcé dans la ville et à cette heure tous dormaient à Paris. Ils auraient bien dû faire de même !

Marie papillonna autour de lui, gracieuse malgré les vêtements de gueuse qu'elle avait mis pour la circonstance. Ainsi, ils se fondaient mieux dans les recoins des ruelles par cette nuit sans lune, et si par malchance il leur fallait s'aplatir au sol pour n'être point vus, elle ne risquait ni de tacher ni de trouer ses beaux habits.

— Si tu m'accompagnes, je te donnerai un baiser, glissa-t-elle en s'approchant de lui à le frôler.

Constant sentit son cœur battre plus fort, s'en étonna presque, puis repoussa la jouvencelle en lâchant :

— Quel bien cela me fera-t-il ?

— Grand bien, tu peux m'en croire. À voir comme cela me plaît à moi !

Aussi vive que l'éclair, elle s'approcha, déposa un baiser léger sur ses lèvres et se recula aussitôt en étouffant un rire. Malgré l'obscurité, elle devinait son trouble et sa gêne.

— Alors ? dit-elle d'une voix convaincante et langoureuse.

— Alors, rien, grogna Constant, les sens aux aguets.

Il ne pouvait nier son attirance pour Marie. Ils avaient grandi ensemble, chahuté ensemble, mais son corps exprimait désormais le besoin d'autres jeux, et, s'il était sûr qu'elle éprouvait pour lui les mêmes sentiments, il se fâchait toujours qu'elle s'en moquât.

— Tu n'es pas amusant, Constant. Tant pis, annonça-t-elle résolue.

Elle ramassa du crottin de cheval dans ses mains et s'avança à découvert jusqu'à l'angle de la rue des Deux-Siciles où le roi François venait quelque temps plus tôt de replacer la statue de la Vierge qu'ils avaient mutilée deux ans auparavant.

Marie visa. La crotte fraîche quitta ses doigts et atterrit en une flaque collante sur le visage de la Sainte Mère. Elle retint un cri de joie et lança un regard en arrière. Mais l'ombre était trop dense et lui masquait Constant. Elle savait pourtant qu'il ne pourrait résister longtemps à l'envie de la rejoindre. Elle s'accroupit, gratta le sol qu'elle savait merdeux à cet endroit et ajusta un nouveau tir.

Au moment où elle recommençait encore, le cri de Constant la tira de son activité :

— Les soldats, Marie ! Les soldats !

Elle aperçut leurs lanternes en même temps qu'eux. Vive comme l'éclair, elle s'éloigna dans la direction opposée, se doutant que Constant avait déjà filé. Elle courut un moment en relevant ses jupes le plus haut qu'elle put, se sentant talonnée par le souffle des chiens qu'ils avaient lâchés sur ses traces. Elle connaissait Paris comme son escarcelle. Elle savait parfaitement où elle allait. Ce n'était pas la première fois qu'elle se faisait courser.

Elle s'étala pourtant de tout son long sur une jambe avancée en travers de sa route. Une main puissante la happa et la redressa alors que les chiens arrivaient sur elle. Elle se débattit de toutes ses forces, mais la poigne ne se desserra pas dans son dos.

— Lâchez-moi, ils vont me dévorer. S'il vous plaît?

Le visage que la lanterne lui offrit alors lui fit regretter aussitôt d'avoir osé se plaindre. Les bêtes continuaient d'aboyer, mais n'attaquaient pas. La seule présence de leur maître les en empêchait. Le guet les rejoignit, essoufflé :

— C'est notre gibier, messire. Une chance que vous soyez passé par là.

— Une chance, dites-vous?

Le timbre était glacial, présomptueux et hautain.

— Si vous mangiez moins, vous seriez plus alertes!

Marie se retint de rire. Ce n'était pas le lieu, même si elle trouvait que l'homme avait raison, heureusement pour elle.

— Qu'a-t-elle fait? demanda-t-il encore.

— Elle a profané la statue martyre, messire prévôt.

Le sang de Marie se glaça. Si celui-ci était le suppléant du prévôt objet de la mise en garde de sa tante, elle était dans une fâcheuse posture. Pourvu que Constant ne soit pas trop loin et ait eu l'idée de prévenir les gueux.

— Voyez-moi ça!

François de Chazeron lâcha Marie dans un mouvement ample qui l'envoya s'asseoir brutalement sur le sol puant. Les soldats éclatèrent d'un rire gras. Marie ne savait trop si elle devait en faire autant. Étrangement, elle avait le sentiment que parler ne pourrait que nuire à sa cause.

— Que comptez-vous en faire, sergent ?
— La conduire au Châtelet et lui trancher les mains !
Marie se mit à frissonner. C'était là le châtiment des voleurs. Elle se décida à implorer clémence. Elle rampa à quatre pattes jusqu'au prévôt, se dressa à genoux et lui offrit un piteux spectacle tant elle était crottée, décoiffée et noircie de figure. Elle joignit ses petites mains en une prière.
— S'il vous plaît, messire. C'était une mauvaise farce poussée par quelque démon et j'en demande pardon à Dieu tout-puissant. J'irai faire pénitence sur l'heure à Sainte-Geneviève si proche, et prierai pour vous autant qu'il vous plaira. Mais comment le pourrai-je si je ne peux joindre les mains pour louer le Seigneur ?
Le rire des soldats redoubla de violence et Marie sentit une rage sourde battre ses tempes. Elle se força pourtant à la contrition et auréola son visage du sourire le plus angélique qui soit.
— Tu as raison, sans aucun doute, affirma François de Chazeron, clouant net l'hilarité de ses hommes. Les mains sont bien nécessaires aux garces de ton espèce. Emmenez-la et amusez-vous d'elle. Ensuite, vous la relâcherez, les cachots sont assez remplis !
Un grognement d'approbation gagna les trois hommes. Marie hasarda dans un ultime élan de sincérité :
— Pitié, messire. Je suis vierge encore.
— Tant mieux, ricana François de Chazeron. Ton éducation sera faite cette nuit et je gage même que tu y prendras du plaisir.
Laissant le sergent lier les poignets de Marie, il s'écarta du groupe, héla les chiens sur ses traces et tourna les talons, satisfait de sa sentence.
Quelques instants plus tard, Marie, les mains attachées par une corde au pommeau de la selle du sergent, suivait d'un pas rapide le trot des chevaux, des larmes de rage et

d'impuissance devant les yeux. Ce n'était pas tant sa police qu'elle aurait mise en pièces en cet instant, mais lui, ce François de Chazeron, ce pourceau immonde et satisfait.

Ils longeaient les rives de la Seine lorsque le sergent freina son cheval.

— Holà, lança-t-il.

Marie s'en félicita. Elle était fourbue de ce pas qui n'était pas le sien, de cette posture inconfortable. Le lieu était désert. Seule la berge en contrebas bruissait du clapotement du fleuve contre l'herbe fine. Le sergent mit pied à terre et héla ses hommes :

— Cette selle m'échauffe le sang ! Cela me suffit bien. L'endroit est d'autant plus propice qu'un bon bain décrottera cette donzelle ! À terre, soldats !

Joignant le geste à la parole, il sauta à bas et dénoua l'attache, l'enroulant autour de son poing. De l'autre main, il tira sa rapière et la pointa sur le buste de Marie, coupant net les lacets du corsage.

— Recule et baigne-toi, ordonna-t-il en s'appliquant à trancher les bretelles qui retenaient encore les pans ouverts du bustier.

La poitrine blanche et rondement menue de la jouvencelle s'affirma dans la pénombre. Pour échapper à son regard salace, Marie obtempéra et se laissa glisser dans le fleuve. Ses mollets étaient en feu et, quoi qu'elle puisse faire, rien n'était mieux que de gagner du temps. Nombre de gueux arpentaient les berges de jour comme de nuit. À la faveur de l'obscurité, il était facile de faire quelque pêche miraculeuse et gratuite. Tous la connaissaient. Elle pouvait compter sur leur aide.

Elle se trempa quelques minutes puis se sentit de nouveau happée. Le bain dans l'eau fraîche lui avait rendu sa vitalité et l'impression de fatigue avait disparu dans ses jambes. Elle était bien décidée à se défendre.

Un coup sec la projeta en avant. Déséquilibrée, elle se réceptionna sur les genoux dans la bourbe de la berge, rageuse. Elle voulut se relever, mais le sergent ne lui en laissa pas le temps. Un coup de pied la percuta au menton et l'envoya rouler sur le flanc, étourdie par la surprise autant que par la violence. L'homme se coucha sur elle sans façon, fort du ricanement de ses comparses.

Marie s'arqua sous le poids et entreprit de le repousser comme il pétrissait ses seins en grognant :

— Tiens-toi tranquille, catin !

Mais cela ne fit qu'augmenter sa rage. Comme il baisait sa gorge trépidante, elle s'agrippa à ses cheveux à pleines mains et planta ses crocs à portée. L'homme hurla. Aussitôt, un autre vint à la rescousse, agrippa les poignets de Marie et la força à lâcher prise en glissant sous sa gorge le fil de sa lame :

— Suffit ! hurla-t-il. Ou je te saigne comme une truie !

— Cette peste m'a arraché l'oreille ! vociféra le sergent qui s'était redressé et portait sa main à la plaie.

De colère, il la gifla violemment. Marie ne broncha pas. La lame était bien trop près de son col.

— Tiens-la. Qu'on en finisse ! Ensuite, tu mourras, ajouta-t-il sur les lèvres de Marie.

Il écarta avec vigueur les cuisses serrées, le souffle rauque, du sang dégoulinant le long de sa chevelure poisseuse. Marie serra les dents, en cet instant elle n'aurait su dire ce qui la tenait le plus aux tripes : la rage, l'effroi ou la meurtrissure de ces ongles qui griffaient ses hanches.

Il n'eut pas le temps de fouiller son ventre. Il s'écroula d'un bloc sur elle et Marie reçut en plein visage le flot de sang qui jaillit de sa bouche ouverte. Au même instant, elle perçut un cri assorti d'un plongeon. Les mains qui enserraient ses poings la lâchèrent aussi et Marie entendit le choc sourd d'un corps qui s'effondre.

Dans un râle de victoire, elle repoussa le cadavre qui la couvrait encore, et saisit la main qui se tendait vers elle. Elle la savait amie. De fait, depuis quelques secondes, elle avait cessé d'avoir peur. La nuit lui avait porté une odeur familière. Tandis qu'elle se redressait, Ma sortit de l'eau et s'ébroua activement. À la surprise de Marie pourtant, ce ne fut pas Constant qu'elle trouva face à elle, mais leur nouvel ami : Jean Latour.

— Pas de mal ? demanda-t-il simplement.

— Rien d'irréparable. Où est Constant ?

— Là ! répondit la voix du jouvenceau qui essuyait le fil de son coutelas sur son pourpoint en s'avançant vers eux. Il ne faut pas traîner ici. Le guet patrouille aux abords du Châtelet, si la lune se dévoile on nous apercevra.

— Filons ! approuva Marie en retroussant ses jupes.

— Attends ! l'arrêta Jean.

Galamment, il dégagea de ses épaules le mantel noir qui l'enveloppait et en couvrit celles de la jouvencelle. Marie se sentit piquer un fard. Elle en avait oublié sa nudité. Elle baissa les yeux pour ne pas croiser ceux de Constant et de Jean, et resserra les pans de la cape sur sa poitrine.

— Ma ! appela-t-elle, mais la louve était déjà contre sa cuisse.

Elle chiffonna avec tendresse sa belle tête et s'élança au pas de course sur le chemin, ses deux amis sur ses traces.

Lorsque Isabeau pénétra chez sa sœur, elle était furieuse. L'aube pointait sur les toits de Paris et c'était Constant qui était venu l'avertir.

Albérie la reçut, calme, Jean Latour à ses côtés.

— Où est Marie ? s'emporta-t-elle.

— Elle dort, la rassura Albérie. Tout va bien. Ils sont intervenus à temps.

Mais Isabeau avait une lueur de folie dans le regard. Cette lueur qu'Albérie avait surprise tant de fois après ce que François de Chazeron lui avait fait endurer. Ce n'était plus Isabelle de Saint-Chamond qui se dressait devant elle, mais Isabeau des louves, face à ses propres démons.

— Calme-toi, imposa Albérie. La petite est sauve. Ma n'aurait pas permis que cela se produise. Calme-toi, répéta-t-elle.

Mais Isabeau avait peine à s'apaiser. Ses yeux roulaient de la louve à la porte fermée derrière laquelle la jouvencelle dormait. Ils s'arrêtèrent sur Jean Latour qui la reconnut à peine tant son visage était déformé par l'angoisse et une souffrance presque tangible.

Isabeau empoigna les épaules d'Albérie avec violence et la secoua :

— J'avais interdit qu'elle l'approche ! Interdit !

— Je sais. Mais c'est terminé à présent, insista Albérie, apaisante.

— Tu ne comprends pas, Albérie, rien n'est terminé. Rien ! Je le hais ! Oh ! Seigneur Dieu que je le hais !

Hallebrenée de rage et d'inquiétude, elle s'écroula dans un spasme entre les bras de sa sœur, des sanglots étreignant sa gorge. Elle s'était préparée à affronter son bourreau, mais pas de cette façon-là. Pas dans l'idée du viol. Malgré les années, ce qui l'effrayait le plus restait là, tapi dans l'ombre. Elle n'était pas guérie. Elle l'avait cru. Elle s'était seulement menti pour mieux accepter.

Elle repoussa Albérie et s'agenouilla devant la louve qui s'avançait vers elle en geignant. Albérie s'écarta. Elle était gênée de la voir offrir pareil spectacle à Constant et à Jean. Elle ne trouva pourtant pas les mots pour l'empêcher. Isabeau étreignit le col de Ma et y enfouit ses larmes. Partageant sa détresse, la louve lui léchait le cou. Mère et fille enlacées. Au-delà des apparences. Au-delà du pardon.

— Je n'aurais pas dû quitter Montguerlhe, je n'aurais pas dû te laisser agir à ma place. Jamais, geignit Isabeau, le regard perdu dans de lointains souvenirs.

Albérie se retourna vers Jean.

— Il vaut mieux nous retirer, mon ami. Pour des raisons que je ne saurais vous expliquer, ma sœur se tient pour personnellement responsable de ce qui est arrivé. Je vous prie d'oublier son égarement.

Elle fit signe à Constant de les suivre, s'agaça de lire dans le regard du jouvenceau une peine réelle à ce spectacle, puis referma la porte sur cette étreinte qu'elle seule pouvait comprendre.

Jean Latour ne dit mot, prit congé et s'éloigna au gré des ruelles. Il ne savait trop que penser de ce qu'il venait de découvrir, mais un sentiment étrange lui étreignait le cœur. Et à sa grande surprise, ce n'était ni de la pitié ni de la honte. Bien plutôt l'envie de succéder à cette louve et de serrer cette femme dans ses bras.

Isabeau resta longuement dans l'antichambre avec Ma. Longtemps, elle parla, osa enfin ces mots qui hurlaient dans son ventre depuis qu'elle avait pris conscience de son sentiment de mère. Ma lui lécha le visage, les mains, la couvrant de ses grands yeux tristes qui brillaient d'une véritable tendresse. Elle aurait pu mordre, se venger à son tour de ce qu'elle était devenue, mais elle n'avait jamais cessé d'aimer cette mère qui l'avait trahie. Dans son corps d'animal le ressenti était plus violent, l'intuition aussi. Elle percevait ses remords, sa souffrance, dans ses attitudes, dans ses phrases, dans ses non-dits. Elle s'était vue mère dans ses yeux. L'une et l'autre n'avaient qu'une seule raison de vivre : Marie. Et pour Marie, elles étaient prêtes à tout.

Lorsque Albérie les rejoignit, Isabeau s'était apaisée et jouait avec la louve, des sillons de larmes sur ses joues.

— Il est temps de dire la vérité à la petite, annonça-t-elle à sa sœur.

Albérie hocha la tête. Elle aussi avait eu peur pour cette nièce qu'elle aimait comme sa fille. Lorsque Constant était accouru, en nage, pour expliquer que Marie avait été prise, elle avait cru défaillir. Jean Latour se trouvait là. Elle l'avait déchargé de sa surveillance pour lui confier une mission auprès des bourgeois. Comme elle l'avait regretté alors ! Sans hésiter, il avait bondi sur les traces de Constant, rassuré de savoir que Ma les guiderait vers elle le moment venu. Jusqu'à ce qu'ils reparaissent tous quatre, pourtant, Albérie s'était rongé les sangs, se refusant à prévenir Isabeau tant qu'elle ne saurait pas l'issue de ce drame. Elle savait aussi ce que cela impliquait.

Ensemble, elles attendirent que Marie s'éveille. Lorsqu'elle parut sur le seuil de sa chambre, le visage commotionné par les coups, elle ne s'étonna pas de leur présence et s'inquiéta seulement de l'absence de Constant.

— Je l'ai envoyé apaiser Bertille et les gueux. Il nous rejoindra. Nous avons à parler, Marie. L'heure est grave et il est temps pour toi de connaître les véritables raisons de notre tourment.

Marie coula un regard curieux d'Albérie à Isabeau puis se laissa glisser sur le tapis et noua ses bras autour du cou de Ma qui passa une langue râpeuse sur sa joue.

— Je sais, commença-t-elle, je n'aurais pas dû. Mais j'ai été bien punie et je vous assure que je ne recommencerai plus.

— Ce n'est pas de cela qu'il s'agit, Marie, annonça à son tour Isabeau en s'agenouillant devant elle. Mais du secret de tes origines.

— Mes origines ? demanda Marie en écarquillant les yeux.

— Te souviens-tu des initiales au dos de ta médaille ? l'interrogea Albérie.

— Oui, non, répondit Marie en haussant les épaules. Je l'ai depuis que je suis toute petite. Je n'ai jamais...

Machinalement, elle avait porté la main à son cou pour ramener la chaînette sur son corsage.

Isabeau et Albérie échangèrent un regard d'inquiétude.

— Ma chaîne... je l'ai perdue, constata Marie en contemplant ses doigts vides.

François de Chazeron laissa son cheval piétiner sur place. Il n'avait aucune envie de salir ses souliers dans l'eau bourbeuse de la rive alors qu'il était attendu au palais.

Le spectacle pourtant l'agaçait. Il reconnaissait ses hommes mortellement touchés. Deux seulement. L'un percé dans l'échine, l'autre la gorge tranchée. Le troisième n'avait pas reparu. Il le supposa tombé à l'eau et emporté par le courant. La patrouille du matin les avait trouvés, attirée par le nombre de badauds qui s'étaient agglutinés autour du triste spectacle des charognards.

François avait tenu à s'assurer lui-même de la scène. Il enrageait. Il aurait mieux fait d'éliminer cette petite peste puisqu'on l'avait secourue. Ces gueux étaient une plaie répugnante à Paris. Il se promit d'y mettre bon ordre.

Comme il s'apprêtait à rebrousser chemin, un des soldats le héla :

— Messire ! Voyez !

Il s'approcha de l'encolure du palefroi qui piaffait d'impatience autant que son maître. Chazeron tendit sa main gantée de noir vers l'objet qu'on lui tendait. Il sourcilla :

— Où avez-vous trouvé ceci ?

— Le sergent Borsia l'avait en main, messire. Comme s'il l'avait arraché avant de mourir.

François de Chazeron fit sauter dans sa main la chaînette et le médaillon. Il connaissait cet objet. Fouillant dans ses souvenirs, il le retourna. Un « A », un « M » et un « C » entrelacés assortis d'une date familière l'assurèrent qu'il ne rêvait pas. Un sentiment pervers de victoire autant que de colère l'envahit. Il fourra le bijou maculé de boue dans sa bourse puis ordonna :

— Retournez Paris en tout sens mais retrouvez-moi cette gueuse, lieutenant. Elle se prénomme Antoinette-Marie et si j'en crois ces indices doit s'acoquiner avec la cour des Miracles. Offrez une récompense, torturez quelques miséreux, mais je veux cette jouvencelle, vous entendez ?

— Bien, messire.

— Une chose encore : touchez un seul de ses cheveux, malmenez-la ou violentez-la et vous connaîtrez le sort de vos comparses ici défunts. Qu'elle soit intacte, vous m'avez compris ?

— C'est qu'elle a sûrement de quoi se défendre, messire, tempéra le soldat que toutes ces précautions ennuyaient.

— Bien plus encore que vous l'imaginez, lieutenant, mais vous me répondrez de sa vie et de sa vertu ou ceci coupera court à vos remords.

Il pointa sur la gorge vassale une lame promptement sortie du fourreau. L'homme déglutit et acquiesça.

Chazeron eut un sourire satisfait.

— Je vous donne deux jours.

Rengainant son épée, François de Chazeron fit faire volte-face à son cheval et partit au galop vers le Louvre, obligeant la foule qui grouillait sur le chemin à s'écarter.

Il était autant enjoué que furieux contre lui-même. Ainsi, ce qu'il avait pressenti depuis toujours était exact. Sa fille était bel et bien vivante ! Quel sot était-il de ne l'avoir pas reconnue ! Il haïssait les gueux mais se força cette fois à leur reconnaître quelque utilité. Sans leur intervention, cette enfant dont il pouvait espérer un beau mariage aurait été déshonorée, et sur son ordre encore ! Il éclata d'un rire démoniaque et jeta dans le vent :

— À nous deux, Albérie de la Faye !

6.

Philippus s'agaça une fois encore de devoir faire halte. Son âne tirait une langue démesurée et refusait d'aller plus avant. Et cependant, plus les lieues défilaient, plus il s'impatientait d'arriver à Paris.

Il donna une secousse sur la longe mais l'animal ne cilla pas.

— Bougre de coquin, veux-tu bien marcher ? L'auberge est à deux pas. Allons !

Il s'arc-bouta, se laissa dépasser par quelques-uns qui l'apostrophèrent en se moquant :

— Les baudets sont comme leur maître, l'ami ! La sottise leur sort par les oreilles et les immobilise !

— Riez, riez, marmonna Philippus dans sa barbe, puis à l'animal : Cesse donc de nous ridiculiser, mauvaise bête ! Je te promets une belle avoine au tournant du chemin !

Comme ragaillardi par la promesse, l'âne consentit quelques pas mais s'écarta de Philippus lorsque celui-ci fit mine de lui grimper sur le dos.

— Peste soit de ces baudets, grogna Philippus qui, résolu à la docilité pour poursuivre sa route, enroula la longe autour de sa main et allongea son pas.

L'âne poussa un braiment de satisfaction et suivit son maître, grommelant et tempêtant, jusqu'à l'auberge où de nombreux marchands l'avaient précédé.

Avant de confier l'animal au garçonnet qui le mena à l'écurie, il lui claqua la croupe d'une tape rancunière. L'animal brailla et rua dans le vide. Philippus haussa les épaules. On aurait dit que l'âne se gaussait de lui.

Quand il pénétra dans l'auberge, l'agitation lui éclata aux oreilles. Il s'installa à une table et opta pour la tourte qu'on lui recommandait, assortie d'une omelette et d'un pichet de vin. L'endroit était bruyant, mais cette atmosphère lui était familière et chaleureuse. Elle constituait son univers quotidien depuis toujours.

Malgré son impatience, il se sentait joyeux. Il avait failli repasser par Vollore après les révélations de Michel de Nostre-Dame, afin de partager avec Huc l'impossible réalité qu'elles supposaient, mais il y avait renoncé. Le temps lui pressait trop de donner un sens à tout cela.

Il mangea goulûment puis s'appuya contre le mur qui offrait un dosseret au banc de bois sur lequel il s'était laissé choir. Des rires fusaient çà et là, de la musique aussi, en paiement d'un repas. Deux hommes se querellaient à propos d'une partie de dés que le perdant refusait d'honorer.

Quelques lieues encore. Les routes étaient de plus en plus encombrées, le verbe montait à certains croisements. On sentait à l'empressement des gens l'effervescence de la capitale si proche.

Philippus s'en réjouit. S'il avait seulement pu brûler les étapes. Courir jusqu'à elles.

— Satanée bourrique, grommela-t-il entre ses dents en songeant à son âne.

— Eh là ! Sont-ce des façons d'aguicher une dame, rustre ?

Philippus releva les yeux sur l'imposante matrone qui penchait une poitrine débordante au-dessus de sa table. Il sourit :

— Loin de moi cette idée, damoiselle.

— En ce cas, tu m'offres à boire car j'ai grand soif?

Philippus se retint d'éclater de rire. Il n'avait pas envie d'une catin et moins encore de celle-ci malgré ses fards et ses dentelles.

— Hélas, ma bourse est vide et je serais de fort triste compagnie.

— Je vois, grogna-t-elle en refoulant dans son corsage sa poitrine pigeonnante d'une poigne énergique, messire est un avare! Tu ne sais pas ce que tu perds! lui lança-t-elle avant de s'éloigner d'une démarche porcine.

Philippus réprima un rictus de dégoût puis jeta quelques pièces dans son assiette et se leva. Il lui restait à peine de quoi payer sa nuit. Il se maudit de son âme dépensière et gagna l'écurie, non sans s'offrir le luxe au passage de claquer les fesses de la voluptueuse qui aguichait un autre client.

Elle lui décocha un regard noir tandis qu'il songeait que la croupe de son baudet était plus ferme que celle-là.

Seul dans son coin, il s'écroula sur la paille fraîche. Demain, il serait à jeun mais cela n'avait plus d'importance. Il se souvenait du jouvenceau alerte qu'il était quinze ans auparavant. Ce jourd'hui, il était bouffi par la mauvaise chère et la vinasse. Valait-il mieux au fond que cette ribaude misérable qu'il avait repoussée? Quel père serait-il pour cette enfant? N'aurait-elle point honte de ce qu'il était devenu?

Il tenta de s'endormir, mais cette fois encore le sommeil tarda à venir :

— La louve, la louve, s'était écrié Michel de Nostre-Dame, les yeux dilatés par sa mystérieuse connaissance, elle porte la chaîne. La chaîne et la croix. Elle est la femme, l'épouse, la mère, elle est celle par laquelle le pardon viendra!

La chaîne et la croix. « D'or ciselé », avait précisé Michel. Philippus l'avait passée lui-même au cou de Loraline. Il entendait encore les paroles de Michel se mêler à celles de Huc : Marie jouant avec la louve, la louve au collier d'or, Cythar à ses côtés. Il ignorait par quelle magie la mutation s'était opérée, mais une évidence lui était apparue. À lui aussi, Albérie avait menti. Elle avait éloigné Loraline de lui et conduit Marie là où elle pensait qu'il ne la trouverait jamais plus.

« Trois femmes, avait prédit Michel, deux louves unies par la mort, le sang, la haine et l'amour. Et cependant leur prison est la clé. La clé de la croix. »

Philippus avait consciencieusement noté les paroles énigmatiques de son ami. Sa transe achevée, Michel avait été incapable de leur donner un sens. Comme à l'accoutumée, il ne se souvenait de rien hormis de ce regard métallique qui lui avait pénétré l'âme avant de se transformer en un autre regard pathétique et languissant, dans lequel, étrangement mêlés, il avait deviné le visage d'une femme et celui de Philippus.

« Elles sont à Paris, avait conclu Michel. Cherche l'homme en noir et tu les trouveras. Cherche la tour du roi. »

Quels pouvaient être cette tour et cet homme en noir ? Rien n'était plus obscur que les prédictions de Michel. Rien n'était plus grisant pourtant que de découvrir grâce à elles une raison de vivre.

Philippus finit par s'endormir dans un tourbillon de pensées et de visages. Hallebrené, hallebrené et heureux de savoir qu'il avait encore un rôle à jouer dans la vie de Loraline.

Certain cependant que sa propre vie en dépendrait.

La porte Saint-Antoine était passablement encombrée et Philippus dut patienter un long moment au sein d'une foule bigarrée, remuante et aboyante, avant de franchir le guet. Comme il se glissait sur le pont-levis, il avisa un mouvement d'armes derrière lui. Machinalement, il tourna la tête pour voir deux soldats s'emparer d'une fillette juchée au côté d'un homme sur une charrette couverte de tonneaux. La mignonne vociférait, jetait quelques coups de pied à la volée, tandis que son père s'égosillait en expliquant qu'il venait de Lyon, s'affirmait simple marchand et qu'il n'avait jamais vu en aucun endroit manières plus cavalières. Rien n'y fit, la jouvencelle fut traînée vers la bastille, à gauche, imposante et altière, tandis que plaignant et charrette rejoignaient sous bonne escorte un emplacement de stationnement.

Philippus ne s'attarda pas sur la place. Autour de lui, des gens grimaçaient, se chamaillaient ou commentaient le zèle des soldats. La plupart semblaient de méchante humeur :

— C'est ainsi depuis trois jours ! Vivement qu'ils y mettent la main dessus à cette parjure ! Ces luthériens du diable gâtent le commerce ! Voyez mes fruits comme ils sont blets de trop d'attente !

Les protestations jalonnèrent la descente de la rue Saint-Antoine puis s'estompèrent dans l'agitation foisonnante de la capitale. Philippus n'aimait pas Paris. Sans un sol, il lui fallait un hébergement pour entreprendre ses recherches et il avait bien assez de recommandations pour être reçu. Il longea le cimetière Saint-Jean, s'engagea rue de l'Hôpital pour arrêter son âne devant l'hospice de l'église Saint-Gervais.

Quelque temps plus tard, l'animal confié à un novice, il se faisait introduire auprès de Jean Pointet, chirurgien genevois installé à Paris, un confrère auquel il avait envoyé une lettre en quittant Montpellier.

— Votre courrier m'est parvenu hier à peine, mon ami, expliqua celui-ci après l'avoir fait patienter plus d'une heure. Pardonnez-moi de vous avoir fait attendre, vous savez ce que sont les urgences. Bien sûr, elles sont différentes de celles des champs de bataille que vous connaissez, mais il arrive encore bien trop d'accidents à Paris. Pour l'heure, il m'a fallu procéder à l'amputation d'une jambe gangrenée. Je fais prévention, hélas, peu s'interrogent sur la gravité d'une blessure jusqu'à ce que la fièvre les fasse délirer et porter ici. L'homme est jeune, il se remettra, mais une fois encore je n'ai eu d'autre recours que de cautériser au fer rouge.

Philippus approuva. Son ami Érasme de Rotterdam n'avait pas menti. L'homme était affable, peu prétentieux, et étonnamment bavard.

— Ainsi donc vous cherchez un gîte ?

— Si fait, messire Jean. Des affaires urgentes et personnelles m'obligent à séjourner à Paris, hélas, comme vous vous en doutez, j'ai bourse vide, mettant mon talent au service de la route et plaisant peu à mes confrères par mes concepts.

— Il n'y a pas de honte à s'appliquer à ses idées et à mener le verbe haut. Je fais peu de cas, croyez-le, de cette stupide valeur qu'ont les gens de bien. Il ne suffit pas d'être bien né pour relever la tête, mais plus sûrement d'être loyal, juste et généreux. La fortune est l'apanage des donneurs de courbettes. Vous et moi sommes d'une autre trempe. Vous êtes chez vous autant qu'il vous plaira.

Jean rit de bon cœur et Philippus l'en remercia avant de poursuivre :

— Érasme m'a souvent parlé de vous, il avait été impressionné par votre jeunesse curieuse. Il m'a répété d'oser vous faire visite si mes pas me guidaient vers Paris.

— Il a eu raison. Notre amitié épistolaire s'est nourrie de votre travail, croyez-le. Vous le connaissez depuis longtemps, n'est-ce pas ?

— Depuis février 1526. Nous nous sommes croisés chez un ami commun, un éditeur de Bâle : Froben.

— Oui, oui, de fait il m'en souvient. Mais vous devez être fatigué et affamé. Moi-même j'opère à tour de bras depuis l'aube. Je vais vous faire conduire jusqu'à votre cellule. Elle est bien modeste, mais garnie de paille fraîche. Comment trouvez-vous Paris, mon cher ? Notre bon roi François veut mettre bon ordre dans cette puanteur. Il prétend que la construction est d'un goût primaire, qu'il faut rénover, donner de l'ampleur, de l'allure. Depuis qu'il a fait de cette ville la capitale de la France, il lui rêve des élégances de jouvencelle. À croire qu'il s'est entiché d'elle comme d'une nouvelle maîtresse...

Jean éclata d'un rire joyeux, fier de sa comparaison. Sa pétulance rappela à Philippus celle de Michel. Décidément, songea-t-il, cette jeunesse est gaie, entreprenante et fort plaisante !

Il installa sommairement son ballotin dans l'étroite pièce qu'on lui assigna, puis fit un honneur d'autant plus grand aux tourtes et aux pâtés que le repas de la veille était fort loin.

Même s'il brûlait d'impatience de se mettre en quête de sa fille, il savait que la trouver ne serait pas facile. Il ignorait sous quelle identité elle était élevée, si encore depuis dix années elle demeurait toujours à Paris. Bien que Michel ait été formel à ce sujet, il restait une foule de points si obscurs qu'ils étaient à eux seuls un repoussoir.

Mais Philippus ne désespérait pas. Il avait pour sa part quelques éléments : Albérie dépendant de la pleine lune devait se loger en lisière de la forêt, à moins de trouver en ville un passage qui lui permette d'aller et venir. Il était peu vraisemblable que Loraline soit en ville. Un loup aurait attiré l'attention, effrayé la populace. Elles devaient obligatoirement se tenir en un lieu secret, où leur différence pourrait se cultiver sans danger. Et tout en dissimulant le véritable objet de sa quête, Philippus entendait bien questionner Jean sur les lieux susceptibles de le rapprocher de sa progéniture. Restait le mystère de la tour du roi. Quelle était-elle ? La tour de Nesle ? Quel rôle pouvait bien jouer le roi de France dans l'écheveau de leurs vies ? Philippus serait-il seulement reçu s'il demandait audience ? Et pour quoi dire, quoi demander ? Sans parler de François de Chazeron qui, au dire de Huc de la Faye, occupait une charge importante dans la ville. Il était peu vraisemblable qu'il le reconnaisse tant il avait changé d'aspect et même de figure, mais trop de questions ne risquaient-elles pas de ramener ce tourmenteur sur leurs traces ? Il se promit d'être prudent.

Lorsque Jean Pointet le rejoignit, le couvre-feu sonnait. Les yeux cernés, les traits tirés, le chirurgien semblait avoir vieilli d'un coup. Il était épuisé d'avoir opéré la journée entière. Il s'efforça pourtant de faire bonne figure à son invité, soupa avec lui de grand appétit et, s'il ne posa aucune question, l'assura qu'il mettrait à son service la compétence d'un de ses amis, fervent admirateur d'Érasme.

— Jean Calvin est sincère et appliqué, poursuivit-il. Il a étudié comme Érasme au collège Montaigu à Paris, puis le droit à Orléans et à Bourges. Il est actuellement ici au collège de Fortet et je gage qu'il sera heureux de vous rencontrer. Il se reconnaît davantage dans l'humanisme d'Érasme que dans les théories de Luther, même si comme moi il s'affiche dans son camp qui est dans le royaume le seul mouvement d'opposition marqué à l'Église catholique. Cependant, lui et moi dénonçons cette doctrine de la prédestination.

— Elle ne me satisfait pas non plus et cependant des faits indéniables m'y ramènent aujourd'hui. Je ne peux rien dire, hélas ! pour créditer Luther, moins encore pour soutenir Érasme, une chose est certaine cependant, mon cœur va à la Réforme. Depuis bien longtemps.

— Jean Calvin vous aidera dans vos recherches. Soyez prudent toutefois, Paris grouille de gens d'armes peu amènes depuis quelques jours. Une patrouille a été mise en pièces et beaucoup pensent que la société secrète que nous formons y est mêlée. De fait, ils recherchent une jouvencelle. Je pense connaître la bougresse, elle est, après sa mère et sa tante, la plus engagée des luthériennes et ne manque aucune occasion de ridiculiser les prélats ; pourtant, elle est incapable d'avoir entraîné cette tuerie. Les bourgeois et autres adeptes de la doctrine sont des couards, en aucun cas des meurtriers. Je crois plutôt que le suppléant du prévôt de Paris a lui-même organisé cette feinte pour attirer sur nous la haine du peuple. Il a annoncé dès son arrivée qu'il comptait débarrasser la ville de ses mendiants, voleurs et hérétiques. Rien de plus facile dès lors que de faire d'un des nôtres un bouc émissaire. Par chance, il ignore qui est cette fille et aucun de nous ne la trahira. Pas davantage les gueux de la cour des Miracles. Ils mourraient sous la torture plutôt que de la dénoncer. Tout cela vous donne le sentiment qui anime la capitale, mon ami. Ne posez vos questions qu'à gens de confiance. Jean Calvin connaît du monde. Il vous guidera. Pour ma part, j'assiste peu aux réunions des réformés : comme vous le savez, l'obscurité porte leurs manigances, le sommeil quant à moi me gagne tôt. Je vais donc vous laisser. Dès demain, avec une lettre d'introduction, l'on vous conduira auprès de Calvin.

— Je ne sais comment vous remercier.

— En restant discret, mon ami. Ne rien afficher permet de demeurer libre, ne l'oubliez pas, libre d'agir, de penser et de combattre l'injustice.

— Je m'en souviendrai. Que la nuit vous soit réparatrice !

— Et la vôtre profitable.

Ils se séparèrent au seuil du corridor, dans le murmure psalmodiant des prières.

Lorsque Philippus s'éveilla le lendemain matin, Jean Pointet était déjà à pied d'œuvre auprès de ses malades.

7.

Isabeau précéda Jean Latour dans son bureau. Bertille se terrait avec les gueux dans le souterrain qui reliait le logis d'Albérie au Temple. Plusieurs d'entre eux avaient été saisis par la violence répressive et soudaine du guet et conduits en prison. L'un d'eux avait été relâché, le visage brûlé par des charbons ardents, pour raconter aux autres les tourments qu'ils subiraient en ne livrant pas les coupables. Les autres s'étaient laissé démembrer par la roue, dépecer ou trépaner sans donner la moindre information. Ils étaient morts dignes. La cour des Miracles avait son code d'honneur. Un honneur bien plus grand que celui de ses bourreaux. Constant était le fils de leur roi, et Marie celle qu'il aimait. Elle était des leurs. Pour rien au monde, pas même la vie, ils n'auraient sacrifié la jouvencelle.

Lors ils se terraient, espérant que la colère de François de Chazeron s'apaiserait, protégeant Marie et Ma dans leurs refuges, sachant que nul n'oserait profaner les tombes.

Isabeau avait les traits tirés. Depuis l'atelier de confection et la boutique de l'autre côté du jardin, des rires et des chants lui parvenaient, mêlés aux gloussements des clientes. La vie se perpétuait dans une activité à cent lieues de ses propres tourments. Cela la rassurait. La cour se pressait chez elle, légitimait sa fonction, son droit, son nom, contre toute attaque. Elle avait même reçu la veille Anne de Pisseleu, la maîtresse du roi François. La devanture était belle, elle s'y affichait avec talent et désinvolture. Son cœur et son âme pourtant n'étaient que déchirures.

Elle invita Jean Latour à prendre un siège. Ils étaient seuls. Elle savait que Bertille craignait pour les siens. Elle n'avait pas hésité à l'envoyer les rejoindre. De plus, elle avait besoin de solitude pour s'apaiser, se convaincre d'agir. Elle se força à sourire. L'homme la fixait avec une douceur inhabituelle. Refusant de laisser peser le silence entre eux, il exposa clairement l'objet de sa visite :

— Vous avez une piètre opinion de ma personne, dame Isabelle, ce qui est fort compréhensible compte tenu de la réputation que l'on me fit à Paris, et cependant rien ne m'importe plus ce jourd'hui que votre confiance. On rafle, on torture, on découd pour retrouver Marie. On offre même récompense juteuse, je tenais à ce que vous sachiez que rien ne pourra me contraindre à la livrer au prévôt. Rien. Si ce n'est elle-même. Pour sauver les siens et arrêter la tuerie.

Isabeau blêmit et crispa ses doigts sur l'accoudoir du fauteuil. Jean chassa un culice [1] d'une main agacée puis reprit :

— Rassurez-vous. Je n'en ai rien fait. Mais Marie insiste depuis hier pour que je la fasse sortir discrètement du souterrain où désormais, pour combattre cette folie, Croquemitaine la retient prisonnière. Elle veut affronter François de Chazeron et me laisser de surcroît encaisser la récompense pour dédommager les familles de ceux qui ont été pris. Votre nièce a une âme noble, dame Isabelle. Noble et généreuse. Mais je ne l'ai pas sauvée de ces hommes pour mieux la perdre. D'autant qu'elle n'est pas coupable

1. Moustique.

de les avoir occis. J'ai bien songé à me livrer à sa place mais elle m'a convaincu que cela ne servirait en rien sa cause. « C'est moi et moi seule qu'il veut. Je le sais », m'a-t-elle affirmé. Mon instinct me porte à croire qu'elle a raison. Je suis inquiet. Je ne faillirai pas à ma promesse de la protéger mais j'ai peur qu'elle ne parvienne à convaincre Constant. Elle possède sur lui le pouvoir de l'amour et je sens bien qu'elle finira par trouver les arguments pour le fléchir. Voilà pourquoi il me fallait vous rencontrer, pour vous laisser le soin d'agir.

— Je vous en remercie, Jean. Infiniment. De fait, je craignais que Marie ne réagisse ainsi. Il ne le faut pas. Elle ignore de quoi cet être est capable. Ce n'est pas même un homme, c'est le diable en personne.

Jean se pencha vers elle et lui saisit les mains avec douceur. Elles étaient glacées. L'espace d'un instant, une lueur de folie fureta dans l'amande du regard d'Isabeau, mais elle se ressaisit vite et se força de nouveau à un pâle sourire.

— Racontez-moi, Isabelle. Faites de moi l'esclave de votre confiance, pour n'être plus seule face à cet invisible qui vous ronge. Depuis que je vous vis, je n'ai de penchant que pour la noblesse de vos yeux. On me dit coureur de dot, acceptez la sincérité de mes sentiments pour preuve qu'il n'en est rien.

— Je suis bien vieille, messire, pour croire à vos épanchements, se moqua-t-elle tristement.

— Ne me faites pas l'injure de croire qu'une autre saurait mieux me satisfaire. Je suis un être imparfait et sans doute ambitieux, mais jamais je n'ai menti. Laissez-moi vous aider et sauver Marie.

— Soit. Ma vous a choisi. Elle ne l'aurait pas fait si je devais me défier de vous. Je vais tout vous raconter, mon ami, ensuite vous comprendrez combien je tremble pour les miens.

Jean l'écouta cérémonieusement, passionné par l'extravagance de son récit, le cœur révulsé de colère et de compassion. Le visage d'Isabeau reflétait chacun de ses souvenirs comme autant de morsures. À plusieurs reprises, il eut envie de se précipiter pour essuyer les larmes qui glissaient malgré elle sur ses joues.

Lorsqu'elle se tut, il n'avait plus qu'un sentiment au cœur : la vengeance.

Il se leva et la força d'un geste à en faire autant. Lorsqu'il la prit dans ses bras, elle s'y laissa bercer comme autrefois par La Palice, avec le même sentiment d'être perdue et d'avoir tout à reconstruire. Il fouilla son regard avec passion, puis s'empara de ses lèvres comme si le souffle lui manquait et qu'il lui faille respirer sa lumière.

Isabeau s'abandonna, naufragée d'un instant, à l'ancrage de cette bouche chaleureuse et gourmande qui fit chavirer sa souffrance. Comme cela lui avait manqué !

— Aimez-moi, Jean, murmura-t-elle en fermant les yeux.

— Je vous aime déjà, ma dame, affirma-t-il en la soulevant de terre au creux de ses bras pour l'emporter dans la chambre voisine.

Lorsqu'il dénuda sur ses seins lourds la cicatrice que François de Chazeron y avait imprimée, Isabeau détourna la tête. Jean la fixa en silence puis sourit largement, satisfait de l'idée qui venait de lui traverser l'esprit.

Avant de la beliner avec toute la tendresse et l'expérience qui avaient aussi fait sa réputation, il lui glissa :

— Cette marque sera la perte du seigneur de Vollore, Isabelle. Nous allons lui donner ce qu'il souhaite et bien plus encore. Faites-moi confiance, mon amour, et par Dieu tout-puissant, je le jure, vous et les vôtres serez enfin vengées.

Philippus entendit sonner le glas comme il achevait son matinel. Machinalement, à l'exemple de tous les Parisiens, il se précipita à la fenêtre et tendit l'oreille. Le murmure se répandit de ruelle en ruelle bien avant la proclamation du héraut. Louise de Savoie, la mère du roi, venait de trépasser à Saint-Maur-des-Fossés.

Une houle souleva Paris, faisant oublier un instant haine et rancœur. Avec elle s'éteignait une grande dame. La France était en deuil.

Philippus referma la croisée. Il était peu concerné par l'affaire en ce 23 septembre 1531 et songea, malgré sa compassion naturelle, que ces obsèques royales à Nostre-Dame allaient rassembler à Paris bien davantage de gens et de pagaille qu'à l'ordinaire. Ce qui, somme toute, n'arrangerait pas ses recherches.

Sa lettre de recommandation sur lui, il ne s'accorda pas davantage de temps en flânerie. Il devait agir sur l'heure et retrouver Marie.

Jean Calvin le reçut avec plaisir tant il était fier d'accueillir et de servir un ami d'Érasme qu'il vénérait.

— Je vous assisterai de mon mieux si vous m'assurez en échange de porter ma dédicace, demanda-t-il fébrile en tendant à Paracelse l'*Essai sur le libre arbitre* traduit en français et relié plein cuir.

— L'édition de 1524? demanda Philippus en prenant l'ouvrage avec précaution. Diantre... Traduit par vos soins et relié hors commerce si j'en juge par la facture. Exemplaire unique. Mes compliments!

Calvin gonfla son jabot dans un mouvement de fierté.

— La traduction tardait en France. Il fallait un écrit aux propos de ce maître. Je m'y suis essayé. J'aimerais le lui offrir en gage de mon admiration.

Il ouvrit le livre et montra à Philippus les mots que sa plume enthousiaste avait griffonnés sur la page de garde :

« Puissé-je un jour vous donner matière à vous réjouir des enseignements que vous me donnâtes.

« Votre dévoué serviteur. »

Il avait signé « J. Calvin » avec grâce et émotion. Philippus s'en attendrit.

— C'est un bel hommage et je gage qu'il en sera touché, car c'est avant tout un homme simple qui malgré son savoir et ses soixante-cinq ans continue de croire en la jeunesse européenne comme courant porteur d'idées nouvelles et justes. Je le lui remettrai, soyez-en assuré.

— Vous me comblerez. À présent, racontez-moi tout et n'omettez rien. Je vous servirai comme s'il s'agissait de moi.

Alors, Philippus se lança :

— Savez-vous quelque affaire à propos d'une femme-loup ?

François de Chazeron décacheta la missive qu'on venait de lui faire porter. L'écriture était fine, élégante et racée. Le contenu le ravit :

« Je sais où se cache celle que vous cherchez. Je vous y conduirai si vous venez à moi. Seul.

« Isabelle de Saint-Chamond, lingère du roi. »

Le nom et l'enseigne lui étaient familiers, il les avait surpris sur nombre de bouches à la cour. Lui-même avait été tenté de s'y présenter pour se faire faire une nouvelle chemise. Il ne douta pas un instant des ragots qu'un tel endroit pouvait entendre circuler. Il ne douta pas un instant non plus de son pouvoir et de sa force.

Il s'apprêta en songeant qu'il avait eu raison d'activer sa police et, à l'invitation de la dame, sella son cheval pour s'y rendre.

Lorsque Françoise lui annonça que le suppléant du prévôt demandait à lui parler, Isabeau sentit son courage lui manquer. Elle savait pourtant que Jean avait raison. Elle exigea qu'on fît patienter François de Chazeron sous quelque prétexte et envoya quérir Jean qui attendait en sa demeure de l'autre côté du jardin. Il n'interviendrait qu'en cas d'absolue nécessité, mais le savoir dans la pièce voisine la rassurerait, l'aiderait à affronter son bourreau.

Elle se servit une rasade copieuse de liqueur de myrtille et se força au calme. Tant de manigances avaient échoué. Elle jouait sa vie, sa réputation. Et cependant une toute petite voix lui susurrait à l'oreille qu'aujourd'hui elle était influente et intouchable. Cela avait beau être vrai, le roi François était absent. Et La Palice n'était plus. Restait Jean. Jean qui l'avait belinée comme aucun homme jamais, pas même Jacques de Chabannes. Jean qui n'avait pas hésité à tuer pour sauver l'honneur de Marie.

Sitôt qu'il franchit le seuil, il la pressa contre lui :

— Pas d'angoisse. Ne lui montre pas que tu as peur de lui. Il ne te violera pas, même si l'envie le presse. Cela ira ?

— Je crois.

— Le sort en est jeté. Il doit payer. N'oublie pas cela. Quoi qu'il dise ou fasse. C'est ta force.

Elle hocha la tête, le laissa refermer la porte derrière lui et demanda qu'on introduise son visiteur. Elle s'installa derrière son bureau pour mettre de la distance entre eux puis détacha la gorgerette de dentelle qui ornait son décolleté. Encadrée par le velours bleu de son corset pigeonnant, la marque infamante se détacha comme une injure. Elle était prête.

Lorsque la porte s'ouvrit, elle s'affaira quelques minutes encore, feignant de terminer une correspondance en s'efforçant de ne pas faire trembler sa plume. Son front baissé sur l'écritoire lui masquait ses traits et elle perçut un mouvement d'impatience dans sa silhouette. Il fallait déstabiliser sa prestance, son orgueil. Partout, il se posait en maître. Elle devait inverser les rôles. Lorsqu'elle redressa la tête, elle était calme.

— Approchez, messire. Il fut un temps où je ne vous inspirais pas tant de patience.

Il s'avança jusqu'à ce que la lumière lui révèle totalement le sourire d'Isabeau, digne et presque arrogant, et sa gorge tendue comme un défi.

— Vous !

La surprise alluma sur son visage un éclat de cruauté et de perversité.

— N'en finirez-vous donc jamais de mourir ? cracha-t-il spontanément.

— Hélas ! répliqua-t-elle. Je suis, semble-t-il, née pour empoisonner votre vie, comme vous avez empoisonné la mienne.

François de Chazeron éclata de rire, la déstabilisant à son tour. Elle n'en laissa rien paraître et profita de ce qu'il s'affalait dans une chaise à bras pour se ressaisir. Elle ne devait pas se laisser affaiblir par ses souvenirs. Ils se toisèrent du regard, mais elle ne cilla pas. Elle n'était plus une victime. Elle était lingère du roi de France. François de Chazeron ne s'y trompa pas. Il lança, affable :

— Je t'ai connue seulement capable de nourrir une basse-cour, et voilà que, par un miracle incompréhensible, je te retrouve adulée des plus grands de ce royaume ! Impressionnant, je dois le reconnaître.

Isabeau s'en réconforta.

— La haine a parfois du bon, messire. Je devrais vous remercier puisque vous m'avez appris le goût du pouvoir et de la revanche.

— Trêve de mondanités, catin !

Il bondit et appuya la jointure de ses doigts blanchis sur le devant du bureau, penché vers elle, un rictus aigre sur le visage. Isabeau s'était préparée à cette réaction. Son cœur accéléra ses battements en percevant le souffle de François sur sa poitrine, mais elle ne bougea pas et conserva son sourire.

Ce fut lui qui s'en trouva désarçonné.

— Je ne t'effraie plus, il semble !

Il avança un doigt et effleura la cicatrice. Isabeau se retint de hurler. Cet attouchement la brûlait, et tout à la fois confortait sa haine. Elle répliqua, le regard fier et droit dans le sien.

— En trente ans, j'ai appris à me défendre.

Il ricana, s'amusant à suivre le contour de la marque :

— J'ai eu plaisir à cela. C'est étrange. Tu es une vieille femme aujourd'hui et pourtant plus désirable qu'autrefois. À peine plus marquée par les années. J'ai toujours pensé que tu avais trouvé la pierre philosophale. Cette officine, ta renommée et jusqu'à ta beauté le prouvent. Tu m'appartiens, Isabeau, ce sceau en est la preuve. À cause de lui, je suis sûr qu'aucun amant n'a réussi à te satisfaire !

Isabeau s'écarta de la caresse en se laissant aller contre le dosseret du fauteuil. Elle éclata d'un rire franc.

— Quel présomptueux vous êtes ! Même les loups étaient de meilleurs amants que vous. Vous ne m'inspirez aujourd'hui rien d'autre qu'une totale indifférence, François de Chazeron. Vous mettez Paris à feu et à sang, retardez la livraison des marchandises par vos contrôles et nuisez à mes affaires. Je sais où se cache la gueuse que vous cherchez. Débarrassez-nous d'elle. Elle fait le jeu des luthériens, parjure, crache et nuit au commerce.

— Tu connais le sort des meurtriers. Elle devra être pendue et brûlée si elle est reconnue coupable.

— Que voulez-vous que cela me fasse ? répondit Isabeau en affichant une moue dédaigneuse. Vous m'avez rendue veuve en pendant mon époux et bisée devant son gibet. Croyez-vous donc que la vue d'une potence puisse encore me briser le cœur ?

Elle crânait, mais savait qu'il fallait le convaincre. François la jaugea un instant et Isabeau s'enorgueillit de la lueur d'admiration qu'elle lut dans son regard. Jean avait raison. Elle était devenue bien plus forte qu'elle le croyait. Affronter François de Chazeron la lavait jusque dans l'âme.

— Je ne t'ai pas seulement imprimé ma marque en vérité, je t'ai rendue aussi inhumaine que moi. Nous pourrions faire de grandes choses ensemble.

— J'ai fait de grandes choses sans vous, Chazeron. Vous ne m'êtes d'aucune utilité ce jourd'hui.

— Où est ma fille ?

Isabeau prit un air faussement surpris et troublé.

— Votre fille ?

— Oui, ma fille, Antoinette-Marie de Chazeron. Cette gueuse que tu veux me vendre pour l'échafaud. Le sergent qui a été assassiné tenait ceci en main.

Il sortit de sa manche le médaillon de Marie et le jeta sur le bureau. Isabeau s'en saisit et laissa courir le silence. Elle sentait monter la colère de François. Il choisit la perfidie :

— Décidément, la vengeance ne te sied pas, Isabeau. Sans cette médaille, j'aurais pendu et brûlé ma propre chair, apaisant sans doute quelques-unes de tes anciennes blessures. Qu'est donc devenue ta sœur, cette Albérie de la Faye que son couard d'époux a fait passer pour morte ? Je me moquais bien d'elle et de cette enfant jusqu'à ce que j'entende parler d'une louve grise chez un ami habitant la Courtille. Une louve qui aux dires de quelques fous avait le pouvoir de se transformer en femme. C'est à cause de cela que j'ai brigué ce poste. Je me suis longtemps demandé ce qui s'était produit dans ce cachot à Montguerlhe, comment la ribaude avait pu s'échapper. Aussi incroyable que ce soit, il a bien fallu que je me rende à l'évidence : la transmutation s'était opérée. La fiole contenait l'alkaheist, n'est-ce pas ?

Isabeau releva la tête et afficha sur son doux visage un rictus cruel.

— Oui. Si vous n'aviez pas chassé votre épouse, Albérie n'aurait jamais enlevé Antoinette-Marie. Mais elle avait tout perdu. Elle est venue me rejoindre à Paris où je m'étais réfugiée et comptait demander une rançon pour la petite. Je l'en ai dissuadée.

— Où est-elle ?

— Pourquoi la livrerais-je à présent, puisqu'elle ne sera pas pendue ? Il me suffirait de l'entraîner dans mon sillage une nuit de pleine lune.

Isabeau s'étonnait elle-même de son audace et de sa cruauté qui se nourrissaient désormais de la fascination qu'elle lisait dans le regard de François.

— Il me serait facile de t'emprisonner pour parjure, connivence avec les hérétiques.

— Sous quelles preuves ?

— Les faux témoins se paient.

— Mes relations sont plus influentes que les vôtres, Chazeron.

— Certes, mais à la pleine lune chacun pourrait découvrir le véritable visage de la sorcière que je t'accuserai d'être.

Il éclata de rire et s'assit négligemment sur un coin du bureau.

— Cette joute ne nous mène à rien, reprit-il. Nous sommes semblables désormais. Faisons la paix. Rends-moi ma fille et j'oublie ce que je sais.

— Qu'y gagnerais-je ?

— Tu n'y perdrais rien de ce que tu as acquis, ce qui est déjà beaucoup, non ? Et qui sait ? Peut-être finirais-tu par accepter l'évidence de ton propre désir ? Ensemble, notre pouvoir serait immense. Songes-y. Tu m'appartiens, Isabeau, et tu aimes cette servitude, sans quoi tu n'aurais pas passé toutes ces années à me haïr.

— Je vais y réfléchir, Chazeron, mais vous devez savoir qu'Antoinette-Marie ne sera pas facile à convaincre et à arracher à ses amis.

— Conduis-moi à elle. Tu lui diras la vérité.

— Vous viendrez seul. Sans gardes. Si elle a peur, elle s'enfuira.

— Ma lame écartera tes manigances, s'il t'en prenait l'envie.

— Demain, à la tombée de la nuit. Porte du Temple. Je vous y attendrai.

— Soit.

Il se leva, la salua d'un clin d'œil et sortit de la pièce, satisfait. Alors seulement, Isabeau se prit la tête entre les mains, épuisée.

— Tu as été parfaite, la félicita Jean en la rejoignant.

— Et s'il faisait du mal à Marie ? S'il découvrait la vérité ? Jamais je ne me le pardonnerais.

— Marie est fine et rusée. Elle saura se défendre, bien plus sûrement l'abuser. Allons à présent. Il faut nous préparer.

Isabeau hocha la tête. Cette fois, elles étaient quatre, unies par le même destin, la même connivence, la même force. Il ne pouvait rien leur arriver.

Elle enroula ses bras autour du cou de Jean et chercha ses lèvres avec volupté. François de Chazeron avait tort. Elle ne lui appartiendrait jamais.

8.

L'abbé Boussart dévisagea Philippus de la tête aux pieds comme s'il lui fallait jauger à sa mise sa sincérité. Il hésita longuement puis poussa un soupir à fendre l'âme. Lui donner l'information que le médecin était venu chercher lui coûtait. Il n'avait pas totalement confiance en ce Jean Calvin, dont Isabeau elle-même se méfiait. De fait, Calvin affichait ouvertement sa préférence envers Érasme, contre Luther. Ce Paracelse n'était-il pas là pour troubler à son tour leur assemblée ? Calvin n'aurait-il pas conclu un pacte avec Chazeron pour retrouver l'enfant et perdre Isabeau devenue trop influente ?

Le regard de Philippus restait droit, fier et sincère. Il vibrait d'un espoir intense qui décida finalement l'abbé :

— Soit ! Si votre désir de retrouver Marie est légitime, il est de mon devoir de vous aider. Cependant, sachez que vous serez impitoyablement jugé si vous vous attaquez à notre combat de quelque manière que ce soit.

— Je ne suis ni traître ni parjure, l'abbé. Je cherche simplement la trace de ma fille.

— En ce cas, ce soir, votre destin se jouera. Nous verrons qui, de Dieu ou du diable, guide vos pas. Jean Calvin vous conduira.

Philippus le remercia puis, dans le sillage de Calvin, s'éloigna le long des ruelles. Un instant, il eut le sentiment d'être épié et se retourna, mais il ne vit rien que la foule bigarrée qui se pressait aux marches de Nostre-Dame, rien qu'un nain qui tendait sa sébile en chantonnant :

— Pièce tombée, pièce perdue. Pièce perdue, pièce trouvée aux petites mains.

Le temps d'un passant interposé sur son chemin, l'homme avait disparu. Philippus s'en réconforta. Si on le suivait ainsi, alors sa fille n'était pas loin. Calvin n'avait rien voulu lui dire, il l'avait seulement conduit à Nostre-Dame en affirmant que seul il ne pouvait décider de raconter ce qu'il savait. Cela n'avait réussi qu'à intriguer Philippus davantage encore. À présent, il se sentait rassuré. L'heure approchait. Il ne questionna pas davantage Jean qui s'était retranché dans un mutisme prudent. Pour détendre son nouvel ami et s'appliquer à passer le temps, il lança d'une voix guillerette :

— Et si nous parlions de ce vieil Érasme ?

Le visage de Jean Calvin s'éclaira aussitôt et, tandis qu'il entraînait Philippus vers une taverne, celui-ci se conforta dans l'idée que la nuit serait belle.

L'orage menaçait au-dessus de Paris. Parfois, de longs éclairs criblaient la nuit d'encre de spasmes grimaçants, révélant les silhouettes encapuchonnées qui se tenaient contre le pilier de soubassement de la porte du Temple.

Refusant qu'elle s'exposât, Jean avait accompagné Isabeau. La lame au fourreau mais une main serrée sur son poignard discrètement niché contre son flanc, il attendait Chazeron de pied ferme.

Celui-ci arriva comme les premières gouttes tombaient. Il semblait seul, aussi loin que pouvait porter le regard, mais Isabeau ne s'y fia pas. Elle avait habitué ses yeux à voir et ses sens à percevoir bien au-delà de l'ombre. François de

Chazeron descendit de cheval avec une belle prestance et se présenta devant eux à visage découvert.

Isabeau ne souriait pas, fidèle à l'image qu'elle s'était créée la veille. Elle lui tendit seulement un bandeau noir.

— Que veux-tu que j'en fasse ?, ironisa Chazeron.

— Il est ma garantie que vous ne reviendrez pas épurer notre cachette. Si vous voulez revoir Antoinette-Marie, vous devez respecter ces contraintes.

— Soit, puisque tu aimes le risque et le jeu, persifla-t-il d'un ton égrillard, je saurai te le rappeler, crois-le !

— Ce ne sera pas nécessaire, Chazeron, j'ai bien assez de mémoire, répliqua-t-elle sans se laisser distraire.

François lui offrit un sourire carnassier puis noua l'étoffe autour de son front.

— Votre cheval restera là. Vous le trouverez en revenant.

Jean Latour lui glissa une corde courte dans la main droite.

— Je serai devant vous et tiendrai l'autre extrémité. Il n'y a aucun obstacle sur notre chemin, seulement quelques escaliers dont je vous compterai les marches.

Isabeau fit de même dans sa main gauche.

— Je fermerai votre pas. Tant que vous tiendrez ces cordes, vous nous assurerez de ne rien voir de l'endroit où l'on vous conduit. Si vous les lâchez, vous serez en danger.

— J'aurais pu mourir de ta main bien des fois, Isabeau, cette fois non plus tu ne trouveras pas le courage d'en finir avec ton passé.

Pour toute réponse, Jean fit jouer une des pierres dans l'encadrement du pilier et celui-ci révéla un passage.

Ils marchèrent longuement dans le boyau secret qui reliait le Temple à plusieurs habitations de la rue Vieille, s'arrêtant dans la cave d'Albérie qu'un autre mécanisme leur ouvrit. Celle-ci les y attendait, Marie et Constant à ses côtés.

Tandis que Jean rebroussait chemin, Isabeau ôta son bandeau à Chazeron. La lanterne dansait sur l'ombre des murs et Chazeron prit le temps d'inspecter l'endroit en se frottant les poignets.

Son regard s'arrêta sur Marie qu'Isabeau avait rejointe près de tonnelets et d'étagères encombrées de conserves.

— Tu n'as rien à craindre de lui, Marie.

Puis, se tournant vers François de Chazeron qui n'avait pas bronché :

— Voici Antoinette-Marie. Elle est celle que vous cherchez.

Contournant un escalier qui ramenait vers la cuisine, il s'avança vers elle, une once de douceur sur le visage. Marie recula.

— Ne vous approchez pas d'elle, gronda Constant.

— Du calme, mon jeune ami, répliqua François, je veux seulement vérifier que l'on ne m'a pas menti.

Il sortit le médaillon de sa poche et le tendit à la jouvencelle.

— Ceci t'appartient-il ?

Marie s'en empara vivement et s'empressa de rattacher la chaîne autour de son cou :

— Vos hommes me l'ont arraché sur la berge, bougonna-t-elle.

Et fixant François droit dans les yeux :

— Vous devez cesser de tourmenter les gueux. Ils ne sont pas responsables !

— Ils ont voulu te défendre, oui, je le sais, mais c'était le seul moyen de te retrouver. Sais-tu qui est ton père ?

— Un mécréant, si j'en juge par vos crimes ! lâcha-t-elle perfide en levant le menton.

François de Chazeron sourit. Cette petite lui plaisait.

— Ainsi donc, elles t'ont appris qui j'étais.

— Cela ne me donne pas l'obligation de vous suivre.

Le seigneur de Vollore soupira en se tournant vers Isabeau :

— Existe-t-il des preuves de sa naissance ?

Ce fut Albérie qui tendit l'acte de naissance qu'elle avait emporté avec l'enfant. François le déroula et hocha la tête.

— Il vous aurait été facile de glisser cette médaille au cou de votre progéniture, Albérie, ou d'une autre. Ce document ne prouve rien hormis la naissance d'Antoinette-Marie de Chazeron.

— Retrousse ta manche, Marie, ordonna Albérie.

La jouvencelle hésita un instant, puis releva la dentelle de sa chemise. La cicatrice s'étalait sur deux doigts et Chazeron la reconnut aussitôt.

— Te souviens-tu des circonstances de cet accident? demanda-t-il avec douceur.

— Je me souviens avoir couru derrière un chien. Je jouais, je crois. J'ai trébuché sur une racine. Il y avait un rocher effilé à fleur de terre. C'est tante Albérie qui m'a soignée. Il y avait du sang partout. Vous m'avez grondée parce que je pleurais.

— Comment sais-tu que c'était moi ?

— Parce que tante Albérie m'a donné l'ordre d'obéir à mon père ! Cela vous suffit-il, monseigneur ? se moqua-t-elle en assortissant sa grimace agacée d'une révérence.

— Je vais te ramener à Vollore pour qu'on y fasse ton instruction.

Marie se recula encore.

— Jamais ! cracha-t-elle. C'est ici que sont les miens. Auprès des gueux et de la Réforme. Vous ne pouvez m'obliger à vous suivre.

— La Réforme sera dispersée d'ici peu. Le roi ne permettra pas longtemps encore le désordre qu'elle engendre. Quant à tes amis, tu devras les oublier. Tu es née Antoinette-Marie de Chazeron et ton devoir est de donner des héritiers à ta terre. Il est grand temps de s'occuper de ton éducation.

Constant s'interposa comme François de Chazeron saisissait le bras de Marie.

— Ne la touchez pas ! gronda-t-il mauvais, la main sur le manche du poignard.

Mais Chazeron fut plus vif. D'un poing solide, crocheté au menton, il l'envoya rouler à terre.

— Ne te mêle pas de cela, morveux.

— Je vous interdis de toucher à Constant, s'emporta Marie qui voulut aider son ami à se redresser.

Chazeron la retint.

— Suffit, péronnelle ! Albérie t'a enlevée à ton foyer et ce jourd'hui tu es une charge pour ces garces. Si ce n'était vrai, je ne serais point là.

— Je ne vous crois pas ! Vous ne le laisserez pas m'emmener, n'est-ce pas ? gémit-elle en se tournant vers Albérie et Isabeau.

Mais, d'un même geste, celles-ci s'écartèrent et rejoignirent Constant qui se redressait, l'œil noir.

— Ce que dit cet homme est vrai, Marie, affirma Albérie avec douceur. Je t'ai enlevée aux tiens pour me venger de lui. Tu es de noble naissance. Il est temps pour toi de reprendre ta place et ton rang.

— Non ! cria Constant, mais Isabeau l'arrêta :

— Laisse-la partir, Constant. Crois-moi, c'est mieux ainsi.

— Peu m'importe la vérité, je refuse de vous suivre ! affirma Marie en tentant de se dégager.

— Très bien, s'emporta François de Chazeron, alors tu dois savoir que je massacrerai chaque gueux à Paris, à commencer par ce Croquemitaine qui est leur roi, ensuite je débusquerai un à un ces conjurés de la Réforme jusqu'à ce qu'il ne reste plus rien autour de toi que les ruines de cette famille dont tu te prétends héritière.

Marie blanchit et s'immobilisa :

— Vous ne ferez pas cela ?

— Et qui m'en empêchera ? J'en ai le pouvoir, tu le sais. Il ne tient qu'à toi de sauver les tiens !

— Vous n'avez pas le droit, ragea-t-elle au bord des larmes.

— Oh ! si, j'en ai le droit. Je suis ton père, Antoinette-Marie !

— Non ! affirma une voix puissante dans le dos de François.

Isabeau poussa un cri de surprise qui fit se retourner Chazeron. Juché sur les marches de l'escalier, Philippus se dressait sur sa route, une espingole armée dans la main.

— Il est temps de payer pour vos crimes, Chazeron ! Lâchez cette enfant, ordonna-t-il.

À cet instant, le souterrain s'ouvrit et deux gardes surgirent en criant à Chazeron de s'écarter. Philippus n'eut pas le temps de comprendre ce qui se passait. Il se sentit projeté en avant au moment même où le coup de feu partit. Il dévala les degrés, s'écroula sur la terre battue et reçut une masse geignante sur son ventre.

— Ma ! hurla Marie.

Défaites, Isabeau et Albérie semblaient pétrifiées par la soudaineté et la violence de l'action. D'un geste vif, Marie échappa à Chazeron et s'agenouilla au chevet de ces deux corps enchevêtrés sur lesquels s'élargissait une tache écarlate.

Hébété, Philippus se voyait entouré d'hommes d'armes, la louve couchée sur lui. Elle ne gémissait plus, dardait seulement dans le sien son regard d'émeraude, poignant de tendresse.

— Ma... murmura Marie.

La louve grise lui lécha la main pour la rassurer.

— Elle vous a sauvé, dit-elle à Philippus, les joues ruisselantes de larmes. Pourquoi ? Ma, pourquoi ?

— Je suis ton père, Marie, osa Philippus la gorge nouée dans un murmure, retenant sa respiration pour s'assurer des battements de cœur de Ma, lourds et réguliers.

Marie caressa le col de Ma avec tendresse. Quand François écarta ses hommes pour se saisir d'elle, elle chuchota pour Philippus seul :

— Alors sauvez-la ! Sauvez ma mère...

Philippus noua ses bras autour du cou de la bête et regarda François qui entraînait Marie dans son sillage en clamant :

— Nous sommes quittes, Isabeau ! Ne te mets plus en travers de mon chemin. Ou comme cette louve tu mourras.

Deux gardes assurant ses arrières, il s'enfonça dans le boyau avec Marie. Lorsqu'ils eurent disparu, Isabeau se précipita vers les deux corps enlacés. Philippus n'osait bouger, le nez perdu dans sa fourrure, leurs larmes mêlées d'une tendresse éperdue.

— Est-elle... ? s'enquit Isabeau le cœur déchiré.

Avant que Philippus ait pu répondre, Ma leva une patte et la posa sur la main qu'avançait Isabeau.

— Tout ira bien, je suis là, murmura-t-elle à son tour. Êtes-vous blessé ? demanda-t-elle à Philippus, d'un ton beaucoup plus rude.

— Non, pas comme vous l'imaginez.

— Alors ne bougez pas. Je dois m'assurer qu'il n'y a pas de risque à déplacer Ma.

— Prenez le temps qu'il vous faudra.

Il ne comprenait pas, il ne comprenait plus. Il laissa Isabeau examiner la profondeur de la blessure de la louve. Il ne voyait pas où elle avait été touchée dans sa propre posture. Il percevait seulement sa souffrance, même si le regard émeraude brûlait d'un feu ardent. Le même qu'hier dans celui de Loraline. Il sentait la croix d'or ciselée marquer sa poitrine au travers de sa chemise. Tout était confus. Désespérément.

Il s'était présenté avec Calvin au logis d'Albérie, était entré selon l'habitude consentie aux luthériens, sans attendre de réponse. Des voix les avaient guidés vers l'escalier de la cave qui s'ouvrait dans la cuisine. Philippus avait eu tôt fait de reconnaître celle de Chazeron mêlée aux suppliques de Marie.

Il avait sorti cette espingole, saisie il y avait longtemps déjà sur un champ de bataille pour couvrir sa propre retraite et qu'il portait toujours, cachée sous son mantel.

Calvin était resté en retrait, plus téméraire dans ses discours qu'en ses actes, et Philippus avait décidé d'intervenir.

À présent, tout était nébuleux en lui. Son regard, d'un mouvement, avait reconnu Loraline et Albérie qui sacrifiaient Marie à ce monstre contre son gré. Il ne comprenait pas. Saisissant à peine que celle qu'il avait prise pour Loraline n'était qu'une autre, abusé par la foudroyante ressemblance. Tandis que contre sa chair, celle qu'il aimait se mourait. Derrière l'odeur de la bête, c'était celle de Loraline qu'il retrouvait. Cette odeur particulière entre femme et louve qui l'avait submergé de désir et d'amour tant de fois dans la grotte de Montguerlhe.

Albérie et Constant s'avancèrent à l'appel d'Isabeau. Le jouvenceau s'était réfugié dans les bras de sa tante et pleurait à gros sanglots.

— Elle perd beaucoup de sang mais aucun organe vital n'est touché. Il faut extraire la balle. Vous êtes chirurgien, je crois, lança Isabeau à Philippus, vous m'assisterez. À mon signal, ordonna-t-elle à ses comparses.

Jean Latour qui venait de reparaître glissa lui aussi ses mains sous le flanc abîmé.

Isabeau compta jusqu'à trois et tous ensemble levèrent d'un même geste tandis qu'Isabeau faisait passer une toile épaisse entre la louve et Philippus.

Engourdi par la froidure du sol de terre battue et le poids de Ma, Philippus se redressa. Déjà l'étrange cortège emportait le brancard, et montait précautionneusement l'escalier. Arrivé sur le palier à son tour, il accrocha le regard de Calvin qui l'attendait, immobile et ennuyé :

— Je n'ai pas eu le temps... commença-t-il.

Mais Philippus l'arrêta d'un :

— C'est sans importance.

Calvin poussa un soupir navré puis s'épancha d'une tape amicale sur le bras de Philippus.

— Le destin est en marche. Suivons-le, ami.

Philippus lui emboîta le pas, le cœur lourd. Il venait une fois encore de perdre sa fille. Il ne perdrait pas Loraline. Quelle que soit son apparence, elle l'aimait toujours. Elle l'avait prouvé par son geste instinctif. Et aussi aberrant que cela puisse paraître, en la serrant contre lui, il avait compris à quel point sa propre existence était un non-sens. À quel point il avait attendu cet instant contre toute raison. À quel point lui aussi l'aimait encore.

En quelques enjambées, il rejoignit Albérie et Constant qui soutenaient la belle tête de la louve.

— Vous êtes un imbécile, Philippus, lui jeta Albérie par-dessus son épaule.

— Je la sauverai, lâcha-t-il pour seule défense.

Désespéré, il fixa son regard sur la chaînette qui tressautait à chaque pas sur la poitrine ensanglantée de Ma, et se mit à prier silencieusement, tandis qu'on l'étendait sur la table de la cuisine.

L'opération fut longue et Philippus assista de son mieux les gestes d'Isabeau. Il n'avait rien demandé lorsque Albérie avait prononcé ce nom que tant de fois il avait entendu entre les lèvres de Loraline. Les explications viendraient plus tard. Il manquait tant de maillons à la chaîne des jours qu'il serait devenu fou s'il avait seulement prêté l'oreille aux murmures de son âme. Il se réfugia donc dans les actes.

Isabeau savait où, comment intervenir. Lui n'aurait pu. Bien sûr, il avait maintes fois vu Loraline soigner les loups blessés dans la montagne, avait écouté, appris leur anatomie de sa bouche. Mais tout cela était si loin. Combien d'humains avait-il perdus sur les champs de bataille, combien d'éclats avait-il extraits pour rien ? Isabeau ordonnait, il obéissait. Peu lui importait de savoir comment elle avait compris qui il était, comment elle le jugeait. Elle transpirait à grosses gouttes. Albérie tenait appliqué un chiffon enduit de somnifère sur le museau de Ma. Lui passait les instruments, tenait les écarteurs, veillait à ce que Jean baissât la lanterne au juste niveau. Il se gorgeait de cette impression d'utilité fictive pour oublier sa peur. Sa peur panique de voir réapparaître la femme sous la louve.

— Si elle meurt, elle reprendra son apparence, lui avait affirmé Albérie en aparté. Priez, Philippus, pour ne jamais revoir son visage.

Il en était terrifié. D'autant que ce visage volé par Chazeron, il l'avait devant les yeux au travers d'Isabeau. Malgré les ans, quelques rides furtives, une nuance à peine plus soutenue dans le regard, elle était un miroir. Un miroir dans lequel il aurait bu toutes les larmes du monde pour oublier le cauchemar des siennes.

— Finissez, je suis épuisée, lui ordonna Isabeau.

Elle souriait, et Philippus se sentit renaître.

— Cousez dans le sens de pousse du poil, comme pour un crâne, ou la cicatrice serait douloureuse, affirma-t-elle encore avant d'éponger son front moite.

Philippus hocha la tête. Isabeau avait annoncé que la balle avait pénétré le flanc droit et rebondi sur les côtes à moins d'un demi-pouce du poumon.

Ma avait eu de la chance. Lui aussi. La balle l'aurait tué.

Il s'appliqua à recoudre la plaie dans laquelle Isabeau avait versé une large rasade de liqueur de pavot. Un sang propre et clair avait jailli à son contact, emportant les dernières saletés.

— Il n'y aura pas d'infection, avait-elle annoncé.

Mais il le savait déjà. Loraline lui avait enseigné les vertus miraculeuses de la plante et l'art autant que les différentes manières de l'utiliser. N'en avait-il pas testé lui-même l'efficacité ? Le bandage achevé, Albérie retira le linge du museau de Ma. Puis ils se laissèrent tomber sur un banc de bois appuyé contre un mur. Tous les quatre.

Constant dormait depuis longtemps, recroquevillé en boule dans la pièce attenante. Calvin avait jugé bon de retourner chez lui, non sans avoir prévenu les gueux et les réformés que les hommes de Chazeron avaient forcé leur repaire et qu'il valait mieux ne pas se regrouper avant nouvel ordre.

Albérie ferma les yeux et s'adossa à la muraille. Elle était fourbue, fourbue mais satisfaite. Ma dormait encore, le souffle régulier. Isabeau et Philippus ne parvenaient pas à détacher leur regard de cette table de bois où le sang commençait à coaguler.

— Vous avez fait du bel ouvrage, Isabeau, lâcha-t-il sincère.

Isabeau tourna vers lui un visage aux yeux cernés, zébré par endroits encore d'un rouge noirâtre.

— Vous aussi, mon ami... Compte tenu de votre sotte intervention.

— La vengeance était à votre portée, répondit-il. Je ne comprends pas. Que va-t-il advenir de Marie ?

Isabeau eut un sourire franc.

— Ne vous inquiétez pas pour elle. Cette scène à laquelle vous avez assisté était montée de toutes pièces. Nous savions que Chazeron avait posté des hommes autour de la porte du Temple. Rien n'échappe aux gueux, même si nul ne les voit. Le passage ne s'ouvre de l'extérieur que par une manœuvre habile que les soldats n'auraient pu reproduire dans l'obscurité. Jean est retourné leur ouvrir et s'est ingénié à les guider.

— Pourquoi ?

— Il fallait que Chazeron s'imagine emmener Marie contre son gré. C'était le seul moyen pour qu'il ne se doute de rien. Il va la conduire à Vollore.

— Et ensuite ?

— Ensuite ? Ensuite, il mourra.

Philippus laissa échapper une grimace sceptique. Isabeau posa sur son avant-bras une main chaleureuse.

— Moi-même j'ai douté devant l'audace de cette intrigue, mais Marie m'a convaincue. Je me demandais hier encore de qui elle avait hérité cette persévérance, ce courage, en me disant que le sang de François de Chazeron en était peut-être à l'origine. Je me trompais. Elle ressemble à son père assurément. Je vous prie de me pardonner, Philippus. Sans mon égoïsme, sans ma folie, vous auriez élevé cette enfant avec Loraline et l'ordre des choses nous aurait tous rendus heureux.

— Comment avez-vous deviné qui j'étais ?

— Comme vous, Ma était sur le qui-vive, tapie dans l'ombre, prête à intervenir si Chazeron tentait de faire du mal à Marie. Puis vous avez surgi et elle vous a plaqué au sol pour vous sauver. Je ne connaissais pas votre nom, Albérie l'a murmuré en s'effarant de la scène, donnant une réalité à mon sentiment. On ne sacrifie pas sa vie sans raison. Ma est un animal, son instinct de survie est plus fort encore que celui des humains. Si vous doutiez de l'amour de ma fille, preuve vous a été donnée que seule son apparence a changé.

— Elle m'importe peu. J'ai été abusé par votre ressemblance, j'ai cru que, comme pour Albérie, la transformation était périodique. Jamais je ne l'aurais exposée, si j'avais su.

— Elle vivra.

— N'existe-t-il pas un moyen de lui rendre son véritable visage ?

— Hélas ! Croyez-vous que j'aurais accepté mon destin si cela était ? répliqua Albérie avec une pointe de sarcasme.

Philippus tourna le visage vers elle. Elle n'avait pas ouvert les yeux. La tête renversée contre le mur, elle semblait dormir.

— Pourquoi m'avoir menti ? Je ne l'aurais jamais abandonnée.

— Elle ne voulait pas vous condamner à vivre en reclus auprès d'une bête, comme elle l'avait fait avec Cythar des années durant. Vous n'étiez plus du même monde. Elle vous aimait.

— Tout cela est de votre faute. Si vous m'aviez autorisé à l'emmener quand il était temps... jeta-t-il malgré lui.

— Ce n'est pas si simple, Philippus, objecta Isabeau. Croyez-moi. Il m'a fallu réapprendre à vivre pour m'apercevoir que j'aimais Loraline, que j'avais eu tort de lui laisser croire à ma mort. Je voulais aiguiser sa haine, que Chazeron meure de la main même de celle que sa cruauté avait engendrée. Seule cette pensée me donnait la force d'affronter le jour suivant. Lorsque je tenais ma fille sur les genoux, je l'imaginais comme une arme impitoyable qui me laverait sans remords de l'injure de son géniteur. Je n'avais pas compris, jusqu'à ce que je sois séparée d'elle, qu'elle n'était rien d'autre qu'une enfant. Mon enfant. Lorsque je suis revenue pour tenter de réparer mes erreurs, il était trop tard. Alors ma sœur m'a menti, à moi aussi. Je n'ai découvert la vérité sur Marie, Ma et vous-même que tout récemment. Sur l'instant, j'en ai voulu aussi à Albérie de m'avoir tenue loin des miens. Aujourd'hui, je sais qu'elle a eu raison. J'ai passé ces dernières années à me reconstruire. L'aurais-je pu de la même manière en croisant le regard de Ma au quotidien ? Aurais-je pu rire sans me condamner pour ma faute ? Aurais-je pu me pardonner assez pour faire face à Chazeron ? Ma et moi nous nous sommes découvertes différemment grâce à mon ignorance. Elle a su comprendre mes erreurs. Elle a su me pardonner. Je n'ai pas engendré un monstre, Philippus, elle a été conçue dans l'horreur, la perversité, et cependant elle porte en son âme la plus généreuse et belle des lumières. Grâce à l'amour sans doute dont vous l'avez bercée.

— Je me suis si souvent perdu sans elle, avoua-t-il, ému de la confidence d'Isabeau.

— Chazeron va payer, Philippus.

— Cela ne me suffit pas, dame Isabeau. Dieu m'est témoin que ce savoir acquis au fil des ans ne l'aura pas été en vain. J'y consacrerai le restant de ma vie s'il le faut, mais je lui rendrai son apparence. Je vous rendrai votre fille, Isabeau, et je ferai d'elle mon épouse. Je vous en fais serment.

9.

Huc de la Faye s'émerveilla lorsque, à la suite de son seigneur, Marie descendit de voiture. Ses paupières étaient gonflées et des marques rosées, laissées par la manche de sa gorgerette sur laquelle elle s'était assoupie, lui marbraient le visage, mais elle demeurait si jolie qu'on eût dit un bouton de rose. Marie ouvrit un œil curieux sur l'imposante bâtisse mais davantage encore sur lui. Huc se contenta d'une révérence. Il avait espéré que Philippus retrouverait Marie le premier ; puisque visiblement ce n'était pas le cas, il lui faudrait mourir pour avoir trahi son maître. Il s'y était préparé dès réception du courrier de François. Fort de cette certitude, c'est avec le regard droit et fier qu'il toisa Chazeron en se redressant.

— Antoinette-Marie, voici mon prévôt, Huc de la Faye, jeta François, l'air mauvais.

— Êtes-vous l'époux de tante Albérie ? demanda aussitôt Marie en s'avançant vers lui, souriante.

Huc sentit son cœur se serrer à l'évocation de sa femme. Il hocha la tête et ajouta d'une voix troublée par l'émotion :

— Je vous souhaite la bienvenue chez vous, damoiselle Antoinette-Marie.

— Conduis-la à Bénédicte, qu'elle lui donne une chambre, lui prépare un bain, et fasse monter ses malles. Ne traîne pas. Nous avons à parler.

Le ton était froid, cassant. Huc s'en moqua. Mourir lui était égal depuis longtemps. Sa seule inquiétude était Marie. Il arrondit élégamment son coude et lança :

— Accepterez-vous mon bras, damoiselle ?

— Parbleu, Huc, s'exclama Marie en riant, vous êtes un vrai chevalier. Je ne peux en dire autant de certaines personnes, ajouta-t-elle en jetant à François de Chazeron une œillade méprisante.

Il ne la releva pas et les regarda pénétrer dans le castel en ruminant sa rage. Avant longtemps cette petite peste serait mariée à un généreux parti. Il n'avait plus besoin d'intendant pour Vollore. Il était temps de se débarrasser de Huc de la Faye. Résolument, il leur emboîta le pas pour donner ses ordres aux domestiques.

— Accompagnez-moi, Huc, demanda Marie comme l'intendante voulait l'entraîner vers un escalier de pierre.

— Votre père m'attend, objecta-t-il sans conviction.

— Eh bien, il attendra ! Allons !

Elle lui tendit une main franche et Huc la suivit sous l'œil réprobateur de Bénédicte. Elle ne dit mot pourtant. Elle appréciait davantage le prévôt que son maître.

— Laissez-nous, Bénédicte, mon père veut que vous me fassiez préparer un bain. Et de fait j'en ai grand besoin. Allez !

— C'est que, damoiselle, il n'est pas bienséant de rester...

— Dehors ! ordonna-t-elle gentiment avec une moue déterminée. J'apprendrai dès demain les manières qu'on m'imposera. Pour l'heure, mes souhaits sont des ordres, Bénédicte.

— Bien, damoiselle.

La porte se referma sur son visage contrit. Huc était émerveillé par tant d'aplomb et de beauté.

— Mon bon Huc, commença-t-elle en lui prenant les mains. Tante Albérie m'a chargée de vous dire toute sa tendresse. Je sais que plus d'une fois vous m'avez relevée lorsque je trébuchais et me blessais et je me souviens de vous alors que j'ai fort peu gardé d'autres visages en mémoire.

— Je suis si heureux de vous revoir. Moins, que ce soit auprès de lui, affirma-t-il. Vous êtes devenue si belle, Marie. Si forte semble-t-il...

— Davantage encore que vous ne croyez, Huc. Nous avons peu de temps et je ne peux rien vous dire, chuchota-t-elle, mais ayez confiance en moi. Tante Albérie me l'a dit, Chazeron voudra vous punir. Acceptez sa sentence et fiez-vous à moi.

Huc écarquilla des yeux ronds, mais Marie posa un doigt sur ses lèvres et lui décocha un clin d'œil. Puis, se levant sur la pointe des pieds, elle plaqua une bise douce sur sa joue râpeuse.

— Allez à présent. Il enrage sûrement déjà.

Elle le précéda, ouvrit la porte et le chassa d'une courbette malicieuse. Intrigué mais confiant, Huc descendit l'escalier pour rejoindre le cabinet de François.

Restée seule dans sa chambre, Marie se précipita à la fenêtre et embrassa d'un regard satisfait les jardins tapissés de feuilles mordorées. L'automne était aux portes de l'Auvergne.

— Avant longtemps, François de Chazeron, tout ceci sera à moi.

Elle tournoya dans l'espace en une danse joyeuse puis se laissa tomber les bras écartés sur le lit à baldaquin.

— Le bal des louves va pouvoir commencer !

Lorsque Bénédicte s'annonça, précédant le baquet porté par deux jouvencelles, elle trouva Marie l'œil vif et le rire aux lèvres.

— Tu seras pendu à l'aube après-demain, annonça François alors que Huc achevait à peine de refermer la porte derrière lui.

François lui tournait le dos, son visage barré de colère se perdait dans la scène qui se déroulait derrière la croisée. Elle donnait sur un enclos où un palefrenier achevait le dressage d'un destrier. L'homme ne ménageait pas les coups de verge pour l'obliger à courir dans le cercle qu'il lui imposait. Chaque coup qui cinglait la croupe de l'animal apaisait en François son désir de battre le prévôt au sang.

Il lui fit face, gardant ses mains serrées dans son dos sur un fouet imaginaire. Huc s'attendait à cette sentence. Il n'objecta pas. François eut un rire agacé :

— Tu as toujours été un guavashé, Huc de la Faye. Même aujourd'hui. Il y a longtemps que j'aurais dû te punir. Tu as cru mettre ton aimée hors de portée de ma justice et te venger en m'enlevant ma fille. Je n'ai jamais cru à ton mensonge. Jamais. Mais il m'était égal somme toute. Ton geste écartait de moi ma propre épouse. En choisissant le couvent, elle est sortie de ma vie et m'a laissé ses biens. Tu me rendais service au fond, d'autant que ta servilité était sans limites si j'en juge par ton administration parfaite. À moins que tu n'aies géré Vollore que pour Antoinette-Marie ? Était-ce cela, le plan d'Albérie, Huc, la faire réapparaître lorsque je serais défunt ? Elle est ma seule héritière légitime. Savais-tu qu'Isabeau était en vie ?

Huc accusa le coup en blêmissant. Cela, il l'ignorait. Il ne répondit rien cependant. François se mit à arpenter la pièce, comme il l'avait vu faire de nombreuses fois lorsqu'il suivait le cheminement de ses pensées torturées.

— Non, bien sûr, tu l'ignorais. Il faut te rendre à l'évidence, mon bon Huc, tu as été trahi par celle que tu aimais et voulais protéger. J'ai récupéré ma fille, mais jamais Antoinette-Marie ne sera l'héritière de Vollore. J'ai eu quatre bâtards, que je compte bien légitimer dès que cette petite peste sera mariée. L'union que scellera ce mariage me paiera des manigances que vous avez tramées. Elle est jolie, vive. D'ici quelques mois, je la présenterai au roi et demanderai qu'elle soit au service de la future épouse du duc d'Orléans, le jeune Henri. Sa situation attirera bien vite les prétendants des plus riches familles. Mais tu ne seras plus là pour le voir, Huc, pas davantage que ta femme et cette Isabeau de malheur. Tu vas périr. Ensuite, ce sera leur tour, dès que je retournerai à Paris. Je vais personnellement m'occuper des luthériens qu'elles soutiennent et des miséreux qui gangrènent les rues de Paris. Le roi ne m'en sera que plus favorable. Tu aurais bien mieux fait de t'en tenir à ton rôle de prévôt, Huc. La châtellenie de Vollore tout entière est lasse de tes complots.

— Il me reste un point à éclaircir avant de mourir. Une dernière volonté en somme, jeta Huc, narquois.

— C'est de coutume, consentit François, agacé pourtant par cette superbe.

— Guillaume de Montboissier – paix à son âme – était persuadé que vous étiez le meurtrier des prêtres dépêchés sur sa recommandation pour enquête et exorcisme. Souvenez-vous, c'était quelques semaines à peine avant que vous ne vissiez Isabeau à Fermouly et fissiez basculer son destin et le mien.

— Ce sot d'abbé s'imaginait pouvoir me contraindre à réduire mes activités. Il était venu plaider la cause misérable de ces marmots que j'utilisais pour mes expériences. Au nom de la charité chrétienne !

François ricana. Il semblait ravi soudain de lâcher la bride à ses souvenirs, à la noirceur de son âme. Huc balança la tête avec dégoût.

— Ainsi donc, il avait raison. Vous avez massacré les clercs et les enfants aussi.

— Tu oublies quelques pucelles. Oui, durant plus de quinze ans, j'ai arraché leur cœur pour le jeter battant encore dans mes potions, j'ai trépané leur cerveau pour en boire la substance, j'ai usé de tous ces artifices et bien plus encore pour trouver l'alkaheist. Et c'était une noble cause. Changer le plomb en or, atteindre à l'éternelle jeunesse. Sans remords. Ils étaient une charge souvent pour leur famille. Je n'en prenais que deux dans l'année, à chaque solstice, en lune pleine comme il est écrit dans de nombreux traités. Une nuit, Guillaume de Montboissier m'a vu emporter l'un d'eux vers le château sans qu'il réapparaisse jamais. Il a voulu faire pression sur moi : je finançais sa chapelle, il fermait les yeux. Jolie morale d'Église, ne trouves-tu pas ? Je lui ai ri au nez. Il n'avait aucune preuve. Alors il a eu l'idée d'envoyer à moi ces légats pour m'accuser de sorcellerie et de commerce avec Satan. Je me suis couvert d'une peau de loup, ayant entendu maints ragots sur la présence d'une louve grise aux abords des fermages. Je les ai égorgés, lacérant leur chair pour laisser croire à la bête. Jusqu'à ce que je croise le chemin d'Isabeau. J'ignore d'où elle a hérité ce pouvoir. Ses aïeules, la Turleteuche surtout, étaient montrées du doigt comme sorcières. Cependant, nul n'aurait pu l'imaginer. Isabeau, un garou. J'ai montré à l'abbé du Moutier les poils recueillis sur mon pourpoint après l'avoir prise et l'ai obligé à les comparer à ceux trouvés dans la main du dernier cadavre de clerc. Je l'ai convaincu que cette femme était la meurtrière, qu'elle seule avait occis moines et enfants les nuits de pleine lune et que je n'aurais aucun scrupule à brûler les siens sur un bûcher s'il osait encore me salir de ses soupçons. Comme toi, je pense, il a voulu protéger cette Albérie dont tu as fait ton épouse. Il s'est tu. J'ai même ouvert ma bourse pour acheter ma repentance d'avoir abusé de cette sorcière. Pour purger mon âme et mon corps dans l'hypothèse où Satan se serait introduit en moi au moment de l'hymen. Faut-il être sot pour croire pareille fable ! La vérité est qu'il se moquait bien de ces vies sacrifiées à la science. Son orgueil avait été satisfait. Au fronton de sa chapelle, il fit graver ses initiales pour la postérité. Peu lui importait que les miennes fussent en lettres de sang aux dormants de l'athanor. Il suffit. Tu fus un homme de bien, Huc de la Faye, et, comme tel, couard et sans ambition. C'est ton seul crime, mais il te condamne.

Il se dirigea d'un pas égal vers la porte et l'ouvrit.

— Conduisez-le au cachot et faites mander l'abbé pour sa confession.

— Une dernière chose, avez-vous renoncé à l'alkaheist, François de Chazeron ?

L'œil de François s'alluma.

— Jamais ! Isabeau en détient le secret. Le roi me consentira aisément sa main. Et comme tu le sais, il n'est aucune femme qui fasse des cachotteries à son époux lorsqu'il demande gentiment des comptes...

Huc se laissa emmener sans résistance ainsi qu'il l'avait promis à Marie, mais une nausée aigre lui retournait l'estomac. Et tandis que le rire dément de François s'amenuisait dans la froidure humide du cachot, il ne put s'empêcher d'espérer un ultime miracle. Il était inconcevable que Dieu puisse encore fermer les yeux sur les souffrances de cette terre.

— Si vous laissez les miens tranquilles, je vous donnerai l'alkaheist.

François releva la tête de son bureau. Marie se tenait devant lui, droite et fière, le regard empli d'une colère maîtrisée. Il ne l'avait pas entendue entrer. Dans sa robe vert amande, elle était ravissante, bien loin de la sauvageonne qu'il avait arrêtée dans les rues de Paris. Il la dévisagea avec surprise et admiration. Elle lui sourit.

— Relâchez Huc et épargnez mes amis, mon père, puisque je suis votre fille et qu'il me faut vous appeler ainsi. Je connais le secret de tante Isabeau. Oubliez-la, oubliez-les, et je partagerai ce savoir avec vous. Et davantage encore.

François fronça les sourcils. Marie sentit son intérêt dans l'éclat de ses prunelles. Elle s'approcha de lui et chuchota, par-dessus l'écritoire :

— Je connais vos intentions. J'ai tout entendu de votre conversation avec Huc. Les gueux ont cet avantage de savoir épier sans être vus... Je vous obéirai. En tous points. Je serai soumise et docile comme il se doit et bien plus qu'une alliance utile vous livrerai la fortune qui dort sous vos pieds et qu'Isabeau vous a abandonnée en s'enfuyant.

François s'appuya lourdement contre la chaise à bras. Décidément, cette enfant lui plaisait. Elle était bien de sa descendance, assurément. Il répliqua pourtant :

— Cette fortune dont tu parles a servi à payer mes dettes et quelques faveurs. Il ne reste rien dans la grotte, damoiselle Je-sais-tout.

Marie sourit de plus belle. Elle se jeta, aérienne, dans un fauteuil qui accusait l'usure du temps sur le cuir de son rembourrage et pianota sur l'accoudoir avec amusement.

— Damoiselle Je-sais-tout contre messire Beau-finaud ! Voilà qui ferait assurément joli titre à une comédie, ne trouvez-vous pas, mon père ? Car vous êtes évidemment moins futé qu'il n'y paraît... Croyez-vous tante Isabeau à ce point sotte ? Elle vous a abandonné quelques miettes de ce que l'alkaheist lui a procuré. Les miettes seulement. Je le sais. Cet or, cette montagne d'or, je l'ai vue.

François déglutit péniblement. Il était livide de convoitise et d'orgueil bafoué. Marie s'amusait de lui, il le lisait dans chaque fossette de son visage mutin, et cependant elle disait vrai. Il le sentait. Il le savait. L'alkaheist était encore à Montguerlhe.

— Raconte-moi, lâcha-t-il d'une voix avide.

Marie prenait un plaisir malsain à sa vengeance. Elle jubilait intérieurement. Isabeau et Albérie n'avaient pas menti. Pour cette pierre philosophale, il était prêt à tout. Elle raconta en ménageant ses effets :

— Tante Albérie quittait régulièrement Paris pour visiter sa famille en Auvergne, comme elle disait. Elle en rapportait deux sacs emplis d'or, qui servaient toutes les causes, aussi bien la sienne et celle de tante Isabeau que celle des miséreux au moment des disettes, ou encore celle de la Réforme par des dons judicieux à l'édition des livres de Luther ou d'Érasme. Je me moquais bien de tout cela. Une fois, je devais avoir dix ou douze ans, je ne sais plus, Constant m'a interrogé sur cette fortune. Je lui ai répondu que je l'ignorais mais que ma tante était très riche. « En ce cas, pourquoi n'est-elle pas à la cour du roi ? Tous les nobles y sont ! Et seuls les nobles sont riches », m'a-t-il rétorqué. Ce fut une sorte de révélation. Il avait raison, il y avait quelque chose d'étrange dans ce manège. Par jeu autant que par curiosité, je me suis mise à les épier, avec Constant et sa jeune sœur Solène. C'était amusant. Je glanais çà et là des informations au détour d'une phrase, sans vraiment en comprendre le sens, et puis l'an dernier, je me suis lancée. J'ai demandé à tante Albérie ce qu'était l'alkaheist et d'où provenait l'or. Quelques jours plus tard, elle m'emmenait avec elle. Au terme d'un long parcours souterrain, elle me montra le mécanisme secret qui ouvrait la salle cachée. Ensuite, elle étendit les bras et m'annonça, satisfaite de mon éblouissement : « Ici est notre trésor. Grâce à ceci ! » Elle m'a montré une bouteille emplie d'un liquide d'un ambre violacé et une pierre de teinte sombre. Elle a débouché le flacon, a versé quelques gouttes dans sa main et les a lapées comme un animal. Elle s'est tordue de douleur durant plusieurs minutes, puis a saisi la pierre et l'a approchée d'un rocher. Il a suffi que l'une et l'autre entrent en contact pour que la roche se transforme en un morceau d'or. Elle a fabriqué ainsi de quoi remplir deux sacs, puis nous avons refermé le passage et sommes parties, une fois les effets du produit dissipés. Lorsque je lui ai demandé pourquoi elle n'utilisait pas directement celui qui se trouvait là, elle m'a répondu qu'il arriverait un temps où la liqueur serait épuisée. Alors cela constituerait leur réserve, car elle n'avait plus la possibilité d'en fabriquer d'autre sans courir d'énormes risques d'attirer l'attention. Voilà, messire mon père. Satisfait?

Le seigneur de Vollore se frotta la barbe nerveusement. Ainsi, Isabeau n'avait pas menti, le récipient contenait l'alkaheist, et c'était sur lui qu'elles avaient testé son innocuité pour le mettre au point.

— Le flacon. Qu'est devenu le flacon?

— Tante Albérie l'a remis à sa place, dans la pièce auprès de la pierre. Elle préférait laisser l'alkaheist à Montguerlhe, de crainte d'être détroussée en chemin ou qu'on ne découvre à Paris son usage. L'or peut se remplacer. Pas ce secret.

François se mit à trembler. Marie disait la vérité indiscutablement. Lui seul avait vu la liqueur, avait connu ses effets. Il demanda encore :

— Te souviens-tu de l'endroit?

— Je le retrouverai sans peine, depuis cette église où nous avions laissé la litière.

— Son nom?

— Saint-Jehan-du-Passet.

François exultait. Il avait fouillé les souterrains sans rien trouver et moins encore la sortie sur la chapelle. C'était donc par là qu'Isabeau avait fui et Albérie ensuite. La petite église ne voyait de prêtre que deux fois dans la semaine. Il était aisé en cet endroit isolé d'aller et venir de nuit sans attirer l'attention.

— Était-ce une nuit de pleine lune?

— Non. Tante Albérie m'a expliqué que le mélange était désormais stable. Il leur a fallu dix ans pour y parvenir. N'importe qui peut le consommer sans danger, n'importe quand. À raison d'une rasade pour un effet prolongé de quelques jours ou de quelques gouttes pour quelques heures. Tante Albérie n'avait pas l'utilité d'une grande quantité. Le plus étrange était qu'après l'avoir absorbé, ses rides s'estompaient, se lissaient. De fait, je ne l'ai jamais vue vieillir.

— Nous irons. Cette nuit.

— Sûrement pas, mon père.

Marie lui offrit son sourire le plus engageant mais son regard reflétait l'inflexibilité. François sentit la colère le gagner.

— Très bien, je t'écoute.

— Relâchez Huc sur l'heure et chassez-le. Il s'en ira rejoindre son épouse et lui révélera quel a été le prix de sa vie. Tante Albérie et Isabeau continueront leurs affaires à Paris. Vous, vous pourrez présenter votre fille au roi avec magnificence, légitimer votre nom et votre titre et serez libre comme seuls les puissants le sont. J'aime ces gens, François de Chazeron, ils sont quinze années de ma vie durant lesquelles ils m'ont aimée comme leur fille. Si je leur en veux de s'être détournés ainsi, je sais qu'ils ont agi pour le bien de tous et par crainte de votre courroux. Le voyage qui m'amena ici m'a permis d'y voir plus clair, de comprendre leur geste.

— En ce cas, pourquoi les trahis-tu ?

— Je ne l'aurais pas fait si vous n'étiez parjure à la parole donnée. Je vous l'ai dit. Je vous conduirai. En échange de leur liberté et de leur oubli. J'en veux pour cela engagement écrit.

François de Chazeron réfléchit un instant. Il ne désirait Isabeau que pour l'alkaheist. Quant à Huc, il l'avait épargné si souvent déjà...

— Soit, dit-il. Je fais libérer Huc de la Faye sur-le-champ. Tu le verras toi-même partir avec ses armes et un courrier attestant qu'il est dégagé de ses charges. Un autre signifiera à Isabeau de ne plus se trouver sur ma route. Je ferai murer le passage et nul autre que nous ne saura qu'il a existé en cette contrée. Tu as ma promesse que je respecterai cet engagement.

— En ce cas, mon père, dès la nuit prochaine, nous irons.

Marie se leva avec grâce, lui offrit une révérence radieuse, puis sortit de la pièce aussi silencieusement qu'elle était entrée.

Huc n'eut pas le temps de déprécier la froidure crasseuse du cachot. Deux de ses anciens compagnons d'armes le vinrent chercher et le conduisirent jusqu'à ses appartements, insistant sur le fait qu'il devait au plus tôt rassembler ses affaires; François de Chazeron voulait le voir.

À peine Huc entré dans le cabinet, François lui tendit deux missives et annonça froidement :

— J'ai décidé de te faire grâce. Ton épouse est à Paris, rejoins-la et confie-lui ceci. Tu trouveras sur ce pli l'adresse d'Isabeau. Tu vas t'écarter de ma route, Huc de la Faye, définitivement. Par ce document que tu vas me signer, tu m'abandonnes tes forêts de même que ton titre.

— De quoi vivrai-je ? lança ironiquement Huc.

— Tu vivras, n'est-ce point assez déjà ? Il me faut réparation pour ta conduite. Signe !

Huc serra les poings, un instant rebelle à l'idée de voir tomber ce qui lui restait de ses ancêtres entre ces mains indignes, puis se décida, aidé par cette petite voix en sa mémoire, celle de Marie qui l'incitait à la soumission. Certain soudain que la jouvencelle avait sa manigance, il abdiqua son titre et sa maigre fortune sous l'œil narquois de François de Chazeron.

— Tu pars sur l'heure. Voici ta solde, elle sera suffisante pour ton voyage. Nous sommes quittes, mais ne remets jamais les pieds en ce pays. Si j'y surprenais seulement l'un des tiens, vous seriez abattus comme des loups malfaisants. Suis-je assez clair ?

— Je m'en souviendrai, n'ayez crainte !

— Je n'ai jamais eu aucune crainte te concernant, prévôt. Tu es l'être le plus misérablement guavashé que je connaisse. Tu vas rejoindre les pouilleux de ton espèce en cour des Miracles. Et pardieu, cette perspective me sied autrement que ta mort.

— Suis-je libre ? demanda encore Huc, rageur derrière sa feinte indifférence.

— Tu l'es. Au plaisir de ta déchéance, mon ami.

Huc ne répliqua pas. Il jeta sur son épaule son maigre balluchon et, déterminé, sortit sans refermer la porte.

Comme il franchissait le porche de l'écurie pour faire seller son cheval, il trouva la pièce vide de valets, mais l'animal paré. Il s'apprêtait à monter en selle lorsque la voix de Marie surgit, fine et légère, d'un recoin sombre :

— Ne te retourne pas, Huc, il te surveille mais ne peut m'entendre. Trace ton chemin par des voies détournées car je n'ai nulle confiance en sa parole. Il pourrait bien envoyer ses hommes sur tes pas. Va, et ne te soucie que de toi. Dis seulement à tante Albérie que je n'avais pas le choix. Elle comprendra. Adieu, messire Huc.

Huc poussa sa monture, le cœur serré. Comme il passait dans la cour, Marie se détacha de l'ombre et lui sourit. Il la salua d'un léger signe de tête avant de s'élancer au trot hors des murs de Vollore.

Elle attendit quelques minutes pour laisser le temps à l'espion de Chazeron d'aller faire son rapport, puis sortit en sifflotant. Lorsqu'elle croisa le valet d'écurie qui, sa mission achevée, s'en revenait en claudiquant selon son habitude, elle lui offrit son plus gracieux minois qu'elle assortit d'un léger :

— Belle soirée, n'est-il pas ?

Mais au lieu de répondre, il baissa la tête sur sa délation et allongea le pas, comme s'il avait honte soudain d'avoir répété ce qu'il avait ouï. Marie n'insista pas. À Paris, il aurait été son ami, ici, il n'était qu'un esclave de plus, bienveillant envers le maître qui lui donnait du travail malgré sa boiterie. Et de fait, sans le savoir, il la servait aussi, en renforçant auprès de François l'opinion qu'elle voulait qu'il ait d'elle.

10.

Ils mangèrent en silence, face à face dans la grande salle de réception, chacun à un bout de la table longue et massive, se jaugeant du coin de l'œil. Marie déploya tout l'art qu'elle avait appris d'Isabeau, et mania avec aisance les couverts. François de Chazeron ne pouvait s'empêcher, malgré son excitation pour leur expédition, de l'admirer. Savamment mise en valeur par sa robe grenat, sa longue chevelure domptée par un chaperon dont les oreillettes de satin étaient ornées de perles, elle était en tous points différente de celle qu'il avait enlevée trois semaines auparavant. Elle était à Vollore depuis quelques heures seulement et régnait sur le lieu avec une prestance qu'aucune autre, pas même Antoinette, n'avait eue. Marie le troublait, par son regard droit et fier, gris acier, par sa grâce et sa sensualité naissante qui l'auréolait tout entière. Un instant, l'idée lui vint qu'il pourrait tout aussi bien l'épouser lui-même, qu'elle ne déparerait point à son bras. Mais il chassa aussitôt cette perspective incestueuse. Il avait récupéré Marie pour s'allier un riche et précieux parti. Il lui fallait s'en tenir à son argument. Mais sangdieu ! Qu'il regrettait qu'elle fût sa fille !

— Huc s'en est allé, je l'ai vu, annonça Marie en repoussant son assiette. Vous avez tenu promesse, il me faut m'acquitter de la mienne. Si vous êtes prêt, je le suis aussi.

François se leva aussitôt, sans laisser seulement le temps au page de reculer sa chaise. Marie se plia quant à elle de bonne grâce à cette coutume, pour bien marquer qu'elle était capable de s'adapter en tout lieu, puis le précéda par le couloir qui ramenait vers les écuries.

— Je croyais devoir faire ton instruction, ne put s'empêcher de lâcher François, admiratif, il semble que j'aie eu tort. Tu as fort peu à apprendre.

— On peut vivre à la cour des Miracles et savoir singer les grands ! riposta Marie avec humour.

François se contenta d'un sourire qui se perdit dans le balancement sensuel des hanches de la jouvencelle. Il serra les poings sur la vague de désir qui le submergea. En un instant, sa décision fut prise. S'il ne pouvait l'épouser, il pouvait bien la prendre. Il ne serait pas le premier père à faire ainsi l'éducation de sa fille. Elle n'en serait que plus gaillarde à l'heure de ses noces. Cette idée apaisa à peine le bouillonnement de ses sens et, lorsqu'ils franchirent tous deux le pont-levis en direction de Saint-Jehan-du-Passet, il était bien davantage obsédé par sa proximité que par celle de cette pierre philosophale tant rêvée.

Ils attachèrent leurs montures à un chêne planté sur la colline au milieu de tant d'autres, puis Marie le guida derrière l'autel. À des lieues à la ronde il n'y avait âme qui vive. Elle alluma une lanterne avec une pierre à feu et s'avança sans faillir vers le souterrain rocheux qui plongeait dans les entrailles de la montagne.

François se laissa conduire en silence. L'odeur humide du lieu l'écœurait un peu, mais son désir de posséder l'alkaheist autant que la jouvencelle lui donnait de l'allant.

Il dut très vite renoncer à se repérer dans ce dédale qui s'enfonçait de plus en plus profondément. Marie semblait savoir où elle le menait. Il la suivait sans méfiance, peut-être parce qu'elle lui ressemblait mais n'avait, elle, aucune confiance en lui. Sa réaction à l'égard de Huc tantôt l'avait confortée dans son sentiment. Elle avait tout intérêt désormais à le servir.

Le boyau s'arrêta soudainement en cul-de-sac. François fronça les sourcils. Marie se tourna vers lui, annonçant :

— Nous y sommes. Mais vous me devez une faveur, cher père. Tante Albérie m'a refusé de goûter au contenu de la fiole, prenant pour prétexte stupide que la pierre ne devait avoir qu'un maître. Ce jourd'hui les choses ont changé. Je veux ma part de pouvoir. Je veux être votre égale.

François se sentit piqué au vif. Il hocha mécaniquement la tête, mais son regard avide trahissait bien son sentiment. Jamais il n'accepterait qu'une femme soit son égale, pas même sa fille. Il lui coûtait bien assez de savoir que ces sorcières avaient joui de ce privilège avant lui. Marie se contenta de ce signe d'assentiment et dirigea ses pas vers une roche qui saillait parmi d'autres. Elle frotta à deux endroits distincts, fit apparaître le mécanisme d'ouverture, puis appuya sur plusieurs signes sculptés qui s'enfoncèrent tour à tour.

Elle avait à peine achevé qu'une large pierre se disjoignait pour leur livrer passage. Marie s'y engouffra, Chazeron sur ses traces. François dut se frotter les yeux pour s'assurer qu'il ne rêvait pas. Dans le flamboiement de la torche, l'or resplendissait partout où ses yeux se portaient. Avide, il s'avança et tomba à genoux au milieu des pièces qu'il fit glisser entre ses doigts.

— L'alkaheist est là, annonça Marie en le frôlant pour s'approcher de la fiole qui trônait sur une étagère, à côté d'une pierre volcanique.

Voyant qu'elle allait s'en emparer, François se releva impulsivement et la bouscula pour s'en saisir le premier. Prompte et agile, Marie rétablit son équilibre, faisant à peine vaciller la lanterne. Elle recula, lui laissant le champ libre.

François retourna le flacon dans sa main.

— Oui, c'est bien ça. Cette couleur étrange, à peine plus noirâtre qu'autrefois. La chair de la vie.

Il le déboucha puis s'empara de la pierre avec la même impatience, tenant chacun dans une main, les jaugeant avec cupidité.

— Quelques gouttes seulement, mon père, rappela Marie. J'en veux aussi, vous avez promis.

Mais François l'entendit à peine. Les effets seraient permanents, avait-elle dit tantôt. Permanents. Il serait ainsi l'homme le plus riche du monde, aurait la vie éternelle. Il posa les yeux sur la jouvencelle et son regard se fit plus vicieux encore. Il n'aurait dès lors plus besoin d'héritier, pourrait satisfaire tous ses caprices, y compris celui d'épouser Marie, de l'aimer, de la rendre femme.

— Vous avez promis, insista Marie en se rapprochant de lui, une main tendue vers la petite bouteille.

Il la leva d'un trait au fond de sa gorge, rendu fou et aveugle par cette seule idée de partage. Satisfaite, Marie recula lentement. Lorsque la fiole tomba à terre et que Chazeron serra ses deux mains sur la pierre, elle ne put dominer plus longtemps le plaisir de sa victoire, lui offrant un sourire ravi. À peine s'en étonna-t-il que déjà une violente douleur le pliait en deux et pâlissait ses traits. Il leva les yeux vers elle et ne lut sur son visage qu'une haine farouche.

— Tu vas mourir, François de Chazeron. Mourir au milieu de cet or pour lequel tu t'es damné.

— Qu'est-ce qui... ? commença-t-il en tentant de se redresser, mais la souffrance en son ventre fut si mordante qu'elle l'en empêcha.

Des spasmes lui contractaient maintenant les muscles et ses os semblaient se déchirer, s'écarteler, tandis que son rythme cardiaque s'accélérait à le rendre fou.

— L'alkaheist n'existe pas, Chazeron, ce n'est rien d'autre qu'un poison. Violent, irréversible, continua-t-elle.

Tu vas mourir, à moins que tu ne te transformes en loup, comme ma mère, il y a quinze ans.

Marie éclata d'un rire féroce. François écarquilla les yeux, sentant dans tout son être qu'elle disait vrai. Dans un sursaut de colère, il tenta de se jeter sur elle, mais Marie l'esquiva adroitement et François s'aplatit face contre terre. Elle en profita pour s'accroupir sur ses reins et tirer sa lame du fourreau. Elle avait peu de temps, elle le savait. Albérie l'avait mise en garde.

Elle gagna le passage l'épée au poing, prête à sortir si nécessaire. Mais elle voulait sa vengeance, celle des siens, jusqu'au bout. D'une voix altérée par la violence de ses actes, elle avoua :

— Je ne suis pas ta fille, François de Chazeron, mais ta petite-fille. Celle que tu as prise il y a seize années pour Isabeau était ma mère et l'enfant illégitime de ton viol. Pour me sauver de toi, elle m'a échangée contre le nourrisson de ton épouse, avant de se transformer en cette louve grise que tes hommes ont blessée à Paris.

— C'est impossible, gronda François entre deux spasmes qui le firent régurgiter un flot de sang. Tu mens. Tu mens ! ragea-t-il.

Marie se retourna et leva la lanterne à hauteur de sa nuque qu'elle dénuda d'une main leste.

— Vois si je mens.

François laissa échapper un cri de rage autant que de douleur. Brusquement, les choses prenaient un sens, en perdaient un autre. De nouveau, Marie lui fit face.

— La marque des louves, Chazeron. Je suis de leur race, et de la tienne aussi. Voilà pourquoi jouer cette comédie me fut facile. Ton sang coule en mes veines et par lui je vais reprendre de droit ce que tu as volé à ma mère, à ma grand-mère et à ma tante : leur identité, leur nom. Et leur donner, me donner pouvoir et puissance dont tu m'as faite l'héritière. Tu vas souffrir longtemps et mourir de même.

Au milieu de cet or. Seul comme une bête tandis que je danserai au bal des louves. Adieu, grand-père ! Tu rêvais de fortune. La voilà faite !

François se tordit de douleur et Marie vit ses vêtements se disloquer. Elle n'attendit pas davantage. D'un geste vif, elle sortit de la cavité et referma le mécanisme. Le cri de haine de François se perdit dans la muraille. Avant même qu'il ait trouvé la force de se redresser, il était emmuré.

Alors seulement, Antoinette-Marie de Chazeron se mit à rire à gorge déployée.

Lorsqu'elle jaillit de l'église, la nuit régnait encore sur l'Auvergne, une nuit claire et fraîche, une nuit qui annonçait l'approche des premières gelées. Sans remords, l'âme et le cœur soulagés, elle rejoignit la silhouette qui l'attendait au côté du cheval de François. Jean Latour repoussa son capuchon et Marie lui sourit de connivence.

Lorsqu'elle fut près de lui, elle devança ses questions par une autre :

— Qu'est-il advenu de Ma ? Voici trois semaines que je suis rongée d'inquiétude !

— Ma va bien, Marie. Philippus et Isabeau l'ont sauvée. J'ai quitté Paris alors qu'elle s'éveillait soignée de ses blessures, bride abattue sur vos traces pour m'assurer que tout se déroulait comme prévu. Puisque tu ressors seule, j'en déduis que c'est le cas.

— Isabeau avait raison. Il désirait tant la pierre philosophale qu'il est tombé tête baissée dans notre piège. Ce fut un jeu d'enfant. Cette salle sera son tombeau. Le temps me dure de l'absence des miens. Rentrons à Paris, Jean.

— Hélas ! point encore, belle Marie. Il nous faut donner le change.

Il lui prit les bras avec douceur devant sa moue tristounette.

— Tu es parvenue à accomplir ce que les tiens ont rêvé trente années durant. Tu dois aller au bout à présent.

— Pourquoi Constant ne t'a-t-il pas accompagné ?

— Isabeau le lui a interdit. Elle a eu raison. Nul ne doit savoir la mort de François de Chazeron. Allons, Marie. Il faut agir avant l'aube.

— Je le sais.

Il déposa doucettement un baiser sur son front et Marie sentit son cœur battre plus vite, plus fort. Jean la troublait. Différemment de Constant, c'était un fait. Une bouffée de rage la cueillit au ventre. Elle accomplirait sa mission, mais non pas pour Isabeau ou Albérie. Pour elle. Pour avoir le droit de choisir sa vie.

Alors qu'elle enfourchait son cheval, elle tourna la tête vers Jean et s'attarda sur ses gestes prompts et efficaces qui le juchèrent en selle d'un saut.

— Dis, Jean ? Tu l'aimes, Isabeau ? osa-t-elle demander.

Étonné, il tourna vers elle ses grands yeux noirs et répondit un oui franc, direct, comme il l'était lui-même, malgré sa réputation. Il ajouta tout de même :

— Pourquoi ?

Marie se mordit la lèvre. Comment lui dire qu'elle aurait voulu, qu'elle aurait aimé goûter l'interdit sur ses lèvres charnues ? Comment avouer qu'elle aimait Constant, mais vibrait au son de sa voix à lui ?

L'obscurité voilait encore sur son visage le fard de ses tourments. Il se rapprocha d'elle, son cheval nerveux. Dans un souffle aiguisé par la tension de ces dernières heures, elle lâcha pourtant, sans le regarder :

— Elle est vieille. Moi pas.

Sans attendre de réponse, elle talonna sa monture et le planta là. Il la rejoignit sur la grand-route. L'air avait fraîchi sensiblement à l'approche de l'aube. Mais ni l'un ni l'autre n'en sentit la morsure. À leur arrivée, le pont-levis s'abaissa sur un signal du guetteur. Marie avait dégagé son visage du capuchon de laine de son mantel, mais Jean gardait la tête baissée. Ils étaient partis deux, ils rentraient deux. Des trois gardes à la porte, aucun ne posa de question. Il est vrai que François de Chazeron était personnage assez discret et désagréable pour qu'on ne s'interrogeât pas sur ses affaires.

La maisonnée sommeillait encore. Marie précéda Jean dans les couloirs jusqu'à la chambre de François pour qu'il ramasse quelques effets. Le temps leur était compté. Elle évita délibérément son regard, gênée par son audace de tantôt. Jean ne laissa rien paraître de son émoi. L'aveu de la jouvencelle avait révélé en lui sa propre attirance. Il était convaincu d'éprouver pour Isabeau une tendresse réelle, hors du commun. Mais ce qu'avait dit Marie était vrai. Marie avait cette jeunesse, cette fraîcheur à laquelle aucun homme ne pouvait rester insensible. Lui moins encore qu'un autre, qui n'avait sa vie durant que papillonné de couche en couche.

Marie ouvrit plusieurs coffres, pour s'activer à ses côtés. Il ne leur fallut que peu de temps pour remplir un sac de voyage et y rajouter une bague à cachet au sceau des Chazeron. Comme ils finissaient leur besogne, le coq chanta dans la basse-cour.

— Je dois partir, avant que le palefrenier soit aux écuries et s'aperçoive du subterfuge.

— Oui, grommela Marie avec un pâle sourire.

Elle était triste soudain. Ce castel qui n'était pas le sien la renvoyait à une solitude inaccoutumée. Jean s'en troubla davantage. Leurs regards s'accrochèrent et il laissa ses doigts ramasser une mèche noire qui s'était esquivée de son chaperon durant leur course.

— Dans quelques semaines, un courrier au sceau de Chazeron te rappellera à Paris. Ne retourne pas dans les souterrains. Plus tard seulement.

— Je serai patiente. Pour tout à l'heure...

— Chut, glissa-t-il, son doigt retenant les mots sur sa bouche souple. L'amour et le désir sont deux émois bien distincts, Marie. Ne tente pas le pécheur que je suis. Nous nous perdrions l'un et l'autre.

Il se pencha sur son souffle et ébaucha un baiser léger sur ses lèvres, puis s'effaça pour sortir de la pièce.

— Jean, l'arrêta Marie, une bouffée d'indépendance au cœur, dis à Isabeau que je ne suis pas ma mère. Personne, jamais, ne commandera mon destin.

Jean se retourna et la dévisagea gravement. Son menton relevé offrait un défi à ses larmes et à sa soudaine détresse. Il lâcha son sac et avança une main fébrile. Elle se retrouva dans ses bras aussi soudainement qu'il en avait éprouvé le besoin. Marie chavira dans ce baiser impérieux et sensuel qui révélait en son corps la sauvageonne au sang des louves. Puis il la repoussa avec la même détermination.

— Ton destin est en marche, Marie. Es-tu sûre de le contrôler jamais ?

Il ramassa son bagage et s'échappa, alors qu'un arceau de vapeurs rosées embrasait le ciel derrière la croisée.

Marie lui emboîta le pas jusqu'à l'écurie, tremblante d'une fièvre insoupçonnée. Elle s'apaisa de le voir enfourcher le cheval de François comme le palefrenier paraissait en ébouriffant sa chevelure aussi flamboyante et rêche que le crin. Son capuchon sur les sourcils, Jean s'avança jusqu'au pont-levis, le passa sans encombre, en prenant soin que l'on remarquât son sac de voyage, puis lança sa monture sur la voie, le corps ardent et l'esprit brouillé.

Au palefrenier qui l'avait rejointe et regardait partir son maître d'un air dubitatif qu'augmentaient un bâillement sonore et un grattage approfondi de sa crinière pouilleuse, Marie affirma, agacée :

— Voilà donc mon père ! Il m'entraîne en ce lieu, aboie des ordres, renvoie ses gens, me fait courir les champs de nuitée pour me délimiter ses terres et s'en retourne à Paris avant qu'il soit jour. Existe-t-il personnage plus imprévisible, impertinent et saugrenu en ce monde ?

— Pour vrai, damoiselle, approuva le simplet, une expression de totale incompréhension sur ses traits, autant pour le langage de la fille que pour l'attitude du maître.

Il se moquait bien de ses bizarreries et n'en retenait qu'une pour son fait. Chazeron lui avait promis deux sols pour espionner Marie et, lui parti, sa bourse restait vide. Marie le laissa à ses réflexions dont elle n'entendait rien et s'en retourna au château. Le jour s'était levé et du givre accrochait une mousseline blanche sur les feuilles qui jonchaient le sol. Elle frissonna.

À l'intérieur de la salle commune, des servantes s'activaient déjà, portant des pots de lait sur la table. Remarquant sa mine défaite, l'une d'elles lui en versa un godet et le lui tendit au moment où Bénédicte entrait. L'intendante avisa sa tenue froissée et sa coiffe désordonnée. Elle leva les bras au ciel en grommelant :

— Par tous les saints, d'où revenez-vous en pareil équipage ? Que va dire messire votre père ?

Marie bâilla. Elle était épuisée soudain. Elle traversa la salle et se planta devant elle.

— Mon père est retourné à Paris se rendre à sa fonction. Il semble qu'elle soit à ses yeux plus importante que sa fille...

— Mais il m'avait dressé une liste hier encore des réceptions à donner... protesta Bénédicte sans comprendre.

— Oubliez-les, ma bonne, affirma Marie en bâillant encore, comme je vais oublier les promesses qu'il me fit en me ramenant ici. Il semble que mon père soit aussi imprévisible qu'indélicat. Il m'a chargé de vous dire qu'en son absence je serai sous votre autorité. Elle me convient. Sitôt que j'aurai récupéré ce sommeil qui me fit défaut.

Elle plaqua une bise sur la joue rebondie de la matrone qui arrondit un sourire satisfait, puis s'effaça dans le corridor en titubant.

Sitôt la porte de sa chambre refermée, Marie s'effondra tout habillée sur sa courtepointe. La pièce était froide, mais elle n'en ressentit aucune peine. Tout en elle n'était que brûlure. Elle sombra dans un sommeil perturbé aux rêves grimaçants dans lequel le seigneur de Montguerlhe mourait en gémissant son nom.

Huc se dandina d'un pied sur l'autre devant l'enseigne du « Fil du roi », vérifiant une fois encore l'adresse donnée par Chazeron. Il était crotté jusqu'au chapeau qui ne parvenait plus à contenir les torrents de pluie s'abattant sur la ville. La rue charriait des flots de boue mêlés d'immondices, recouvrant ses bottes. Il avait vendu son cheval à deux lieues de Paris. La pauvre bête était épuisée. Lui aussi, mais il s'était contraint à avancer à pied, malgré le mauvais temps. Tant de questions le tenaient éveillé depuis son départ d'Auvergne, tant d'espoir aussi.

— Pousse-toi, sombre sot, cria une voix.

Il s'aperçut soudain qu'il était en plein milieu de la rue et gênait le passage. Il s'avança sous le porche, ébroua sa pèlerine, vida son galurin et poussa la porte, faisant tinter un carillon léger dans le vacarme de l'orage.

— Vous êtes trempé, messire ! constata une voix inconnue.

La jouvencelle semblait surprise autant que dégoûtée.

— Je cherche une dame, commença Huc en toussotant pour éclaircir sa voix éraillée par des maux de gorge.

— Posez cette aune de tissu, ma fille, et courez prendre les mesures de Mme de Bernardin, elle a un peu forci et s'entête à...

Le reste de la phrase demeura en suspens sur les lèvres d'Albérie qui venait d'entrer dans la pièce. Malgré cette barbe fournie et argentée qui lui faisait un collier et son allure misérable, Albérie le reconnut d'un bloc.

— Quelle dame, messire ? s'enquit la jouvencelle qui n'avait pas seulement remarqué sa patronne dans son dos.

— Celle-ci, sourit Huc, stupéfait quant à lui de la transformation que lui offrait son épouse.

— Mon cher Huc, dit-elle en s'avançant. Ne restons pas là, venez ! ajouta-t-elle en lui prenant les mains. Carolys, dites à ma sœur que mon époux vient d'arriver.

— Votre époux, dame Albérie ? commença la petite.

Puis, comprenant qu'elle se montrait indiscrète, elle s'empressa de rectifier :

— J'y cours sur-le-champ.

Carolys disparut aussitôt. Huc ne trouvait pas les mots. Il se laissa emmener.

— D'abord, débarrasse-toi ! insista Albérie tandis qu'ils pénétraient dans le vestibule du logis d'Isabeau.

Mais déjà Bertille accourait.

— Qu'est-ce donc, Albérie ?

— Mon époux, Bertille.

— Par tous les saints, s'exclama Bertille en trépignant d'indignation, il est trempé !

— Pardonnez-moi, commença Huc, mais les mots se perdirent sur les lèvres de sa femme.

N'y tenant plus, Albérie s'était suspendue à son cou et l'embrassait. Il hésita un instant à l'enlacer pour ne point la salir, puis céda à son propre désir, sous les grognements de Bertille, gênée :

— En voilà bien des manières ! Et mon plancher qui est gâté ! Albérie, voyons, votre robe ! Bon sang, finit-elle par dire en sortant de la pièce, je ne veux pas voir cela ! Non, je ne veux pas le voir !

Leur étreinte s'étouffa dans un rire. Huc encadra de ses grosses mains les joues rosées de son aimée.

— Seigneur Dieu, Albérie, que tu es devenue belle d'avoir vécu en paix !

— Toi aussi, tu m'as manqué, Huc, répondit-elle en fouillant son regard du sien, métallique.

— Allons-nous pouvoir décrotter votre époux à présent ? insista la voix coléreuse de Bertille.

Tous deux se tournèrent de concert. Les poings plantés sur les hanches, les sourcils froncés, la naine se courrouçait pour ne pas pleurer d'émotion. C'était sa façon à elle de lutter contre sa trop grande sensibilité.

— Je le crois, Bertille ! Mais si tu veux bien je vais m'en charger, compte tenu de sa grande taille, tu aurais du mal à le frotter.

— Albérie ! Comme si... se défendit la naine en rougissant jusqu'aux oreilles.

— Viens, Huc. Bertille est une excellente cuisinière. Elle se fera un réel plaisir de te préparer collation.

— Bien sûr ! Mais qu'il se déchausse avant d'aller plus loin.

— Vos désirs sont des ordres, jouvencelle, obtempéra Huc, charmeur.

Bertille se laissa adoucir, piqua un nouveau fard sous son regard baissé et s'éloigna en roulant des hanches.

— Je trouverai bien quelques pâtés... et du jambon, et des tourtes, énuméra-t-elle pour se distraire.

Huc retira ses bottes, inondant plus encore le plancher de la tourbe qu'elles contenaient, puis suivit Albérie vers une salle d'eau située à l'étage.

Lorsque Bertille frappa à la porte pour annoncer qu'elle portait de l'eau chaude, seul un grognement lui répondit. Elle posa ses seaux sur le seuil, essuya ses petites mains à son tablier et soupira en s'en retournant :

— Tout de même, il aurait pu attendre d'être baigné !

L'instant d'après, elle s'en plaignait auprès d'Isabeau qui, sitôt apprise la nouvelle, s'était empressée à son logis.

— Garde les tourtes au chaud, s'attendrit Isabeau à son récit. Ils ont du temps à rattraper. Je reviendrai plus tard. Tiens, ajouta-t-elle en tendant un mouchoir à la naine. Mouche ton nez.

Avant que Bertille ait pu protester, Isabeau s'éclipsa sur un clin d'œil. Elle se sentait légère. Deux courriers de Marie avaient précédé le retour de Huc et de Jean. Le premier lui apprenait avec ironie la mort de Chazeron dans « d'atroces souffrances, hélas ! » et la visite de Huc, le second daté de quelques jours seulement racontait combien elle se plaisait somme toute à s'inquiéter de ses terres. Marie avait consulté les registres laissés par Huc et, avec l'aide de Bénédicte, s'était avisée de poursuivre les actions lancées par le prévôt pour soulager les manants d'un hiver rude. Contre toute attente, Marie demandait aux siens la permission de demeurer à Vollore jusqu'au printemps.

Isabeau s'en était réjouie. Cet héritage était le sien, et rien ne la comblait davantage que de savoir Marie heureuse et à la place que leur asservissement lui avait offerte. Son seul souci était la réaction de Constant.

Depuis que Marie avait été emmenée, le jouvenceau avait évolué. De guilleret, il était devenu taciturne, se rebellait à la moindre occasion, parfois même en réunion avec les luthériens. Comme s'il en voulait au monde entier du vide qui le rongeait.

Il était vrai qu'en deux mois seulement, beaucoup de choses avaient changé. Le prévôt en titre Jean de la Barre avait repris son poste, ses blessures guéries, et s'il se montrait plus discret dans ses affinités avec les réformés, il ne songeait pas à faire du zèle. Sitôt après que Chazeron avait rendu sa charge de suppléant par un courrier officiel rédigé de la main de Marie, il avait déchiré ses dossiers et oublié les persécutions. Les luthériens autant que les gueux l'en avaient remercié par quelques largesses coutumières.

Ma s'était remise très vite. Philippus ne la quittait pas, dormait près d'elle, ce qui exaspérait un peu plus Constant, déjà fort abattu d'avoir perdu Marie. Isabeau avait bien tenté de lui expliquer toute l'histoire, il refusait de l'entendre. Il se moquait de savoir que Philippus était le père et Ma la mère de Marie, pour sa part, il n'avait qu'une certitude : on ne se débarrassait pas des gens lorsqu'on les aimait. Avoir déguisé Marie en noblesse, à ses yeux, c'était pis que la prison, pis que la mort. Si Marie disait s'y plaire, c'était seulement parce qu'elle était trop fière pour se plaindre de son regret. S'il avait su monter à cheval, il se serait précipité en Auvergne pour la délivrer. Il s'y était essayé malgré la peur que lui inspiraient ces animaux, s'était retrouvé le derrière époussetant la chaussée sous les quolibets des gueux et avait renoncé en se disant que dès son retour, Jean lui montrerait.

Mais Jean tardait. Tout comme Huc.

Isabeau retourna à ses comptes l'esprit en paix. Si l'un était arrivé, l'autre ne tarderait plus.

Le soir au souper, chez elle, elle ne s'attrista que de l'absence de Constant. Ce fut une étrange soirée en vérité. Ils étaient tous là : Philippus et Ma, Albérie et Huc. Ils étaient émus, tous. Émus de se retrouver ainsi, l'âme à vif de tant de souvenirs, endeuillée de mensonges, de trahisons, et cependant plus gorgée d'amour, de pardon et de reconnaissance encore. Ils parlèrent longtemps. Isabeau s'était préparée à l'idée que Huc lui reprocherait tout, rien, quelque chose. Il l'avait seulement embrassée avec un franc sourire et les yeux pétillants.

— La lumière est belle ce soir, avait-il simplement constaté.

Elle avait comme les autres compris de quelle lumière il parlait. Celle de la vérité, celle de l'abnégation, du courage et de la persévérance. Celle qui avait su sublimer leur malheur et leur soumission. Ils avaient ri, ensemble. Parlé de Marie, ensemble. Fait le deuil de Chazeron. Ensemble.

Jean s'annonça deux jours plus tard. Il avait été détourné de sa route par la peste.

— Il fallait s'y attendre. Nous devons nous y préparer, répondit Philippus soucieux.

Une semaine plus tard, avec son ami Jean Pointet, ils sillonnaient Paris pour prévenir l'épidémie, la besace pleine de pains de savon qu'Isabeau avait achetés avec quelques bourgeois craintifs.

La rumeur ne tarda pas à enfler. Le mal rongeait la France, s'étendait tel un serpent croustelevé. L'on se mit en procession, en prières. Malgré le danger, le roi décida de sillonner ses provinces, satisfait de se rendre dans celles que la mort de sa mère lui avait léguées, voyageant avec son épouse et le dauphin de France.

Dans les villes et les villages touchés par le fléau, on se mit à espérer son passage, persuadé que s'il pouvait guérir les écrouelles à l'exemple de ses pères, il sauverait ses gens et la France de même.

Les pluies torrentielles qui s'abattirent sur Paris mirent la Seine à quai. Forts des conseils prodigués, de nombreux habitants se lavèrent à ces débordements pour se protéger. L'épidémie ne gagna pas la ville mais laissa peu de temps à chacun pour penser.

Deux êtres pourtant se torturaient. Constant qui comptait les jours jusqu'au printemps, grandissant et forcissant à devenir un homme, et Jean qu'un simple baiser avait réussi à perturber.

L'hiver passa sur un pays en souffrance. Les nouvelles de Marie étaient bonnes et rassuraient les siens. La maison de Vollore avait été épargnée par l'épidémie, même si de nombreux foyers s'étaient déclarés en Auvergne. Marie se disait heureuse d'aider ses gens, comme elle s'était prise à les appeler. Elle se sentait utile, plus encore qu'à la cour des Miracles, et se satisfaisait d'améliorer leur sort. Pour tous au château de Vollore, François de Chazeron était le destinataire de ses lettres à Paris où sa charge le retenait.

Bénédicte trouvait fort heureux que sa jeune et nouvelle maîtresse ait remplacé son bougonnant seigneur et n'avait aucune méfiance. Suivant les conseils de Jean, Marie n'était pas retournée dans les souterrains de Montguerlhe. Tous lui manquaient pourtant, surtout Constant, et elle se réjouissait à l'idée de les retrouver dès que neige et verglas permettraient autre passage que celui du courrier.

Lorsque, le 25 avril, une nouvelle lettre arriva à la boutique, Isabeau s'empressa de la décacheter, certaine que Marie annonçait son retour.

Au lieu de cela, elle blêmit et n'eut pas le temps de répondre à Carolys qui s'en inquiétait. Son sang se figea et elle tomba en arrière sur le dallage.

Elle s'éveilla sur la banquette du vestibule. Les visages penchés au-dessus d'elle étaient graves et la mémoire lui revint aussitôt. Elle se dressa et s'adossa au cuir.

— Est-ce bien ce que je crois ? demanda-t-elle.

— Hélas ! lui répondit Albérie d'une voix étranglée.

— Nous devons partir là-bas, conclut Isabeau. Sur-le-champ. Cette fois, je ne fuirai pas, ma sœur.

— Bertille s'apprête à vos bagages, intervint Jean. Les miens sont déjà prêts, ajouta-t-il en portant la main à sa lame.

— Alors, ce qui doit être sera.

11.

— Un cavalier vient d'arriver, damoiselle Antoinette-Marie.

Sans laisser le temps à sa servante d'émettre un autre discours, Marie dévala les marches en courant, au risque de se prendre les pieds dans ses jupons.

L'homme secouait son mantel de voyage trempé par la pluie. Son chapeau coulait lamentablement de chaque côté de son visage qu'il avait protégé d'un masque de cuir.

— Constant ! appela-t-elle le cœur battant.

Il défit le lacet du masque et Marie put découvrir son visage qu'une barbe noirâtre ourlait au menton.

— Jean, rectifia-t-elle en freinant son pas, sans véritablement s'en sentir déçue.

— Bonsoir, Marie, répondit-il en lui ouvrant ses bras.

Elle s'y réfugia. Elle avait mauvaise mine, les joues creusées et les yeux cernés, le cheveu rêche et une ride soucieuse sur le front. Il y déposa un baiser tendre et l'enlaça avec affection.

— Constant n'est pas loin. À quelques dizaines de lieues seulement. Nous avons cassé une roue dans une ornière à la sortie de Clermont. J'ai jugé plus prudent de ne pas se laisser rattraper par la nuit. Dès demain, les tiens nous rejoindront. Je tenais à t'en avertir.

Marie s'écarta de lui, les yeux exorbités par une frayeur évidente.

— Non, il ne faut pas qu'ils viennent. Partons sur l'heure, tous deux. Je ne saurais rester davantage en cet endroit maudit, Jean. Emmène-moi, je t'en prie. Je t'en prie.

Jean s'attarda un instant sur ses traits. Il l'avait quittée un peu triste mais rayonnante. Elle n'était plus que l'ombre de la jouvencelle espiègle et sensuelle dont il se souvenait. Se pouvait-il que Constant ait eu raison ? Que ces lettres n'aient été que faux-semblants ?

— La nuit est noire, froide et venteuse. Ce serait folie de repartir à l'instant. Nous sommes en sécurité ici, Marie. Guide-moi, nous avons à parler.

— Messire, où se tient notre maître ? Nous portez-vous de ses nouvelles ? s'inquiéta la ronde Bénédicte qui accourait des cuisines.

— Hélas, sa charge est d'importance et le retient encore à Paris, répondit Jean en la saluant du menton. Il m'envoie au-devant de votre prévôt qui s'en retourne sa mission accomplie.

Bénédicte roula des yeux ronds.

— Messire Huc ?

— Lui-même. Qui mieux que lui pourrait arrêter ces crimes ?

Bénédicte s'en soulagea aussitôt. Marie avait eu soin de calmer les ragots que les gardes avaient relayés. Huc avait finalement été envoyé à Paris au-devant de son maître, qui avait jugé plus utile de l'utiliser pour ses talents que de le punir pour de mauvais placements. Nul n'avait de raison de douter d'elle. Les rumeurs avaient cessé.

— Vous devez avoir faim ! lança-t-elle en guise de bienvenue.

Jean hocha la tête, mais l'air désespéré de Marie le força à la patience.

— Je dois m'entretenir avec damoiselle Antoinette-Marie en privé, tels sont mes ordres.

Marie à ces mots parut retrouver un semblant de lucidité. Elle s'empara de son bras et allongea le pas.

— Suivez-moi. Le dernier courrier de mon père me conseillait de m'en remettre à messire Huc et à vous.

Bénédicte les regarda s'éloigner dans le corridor vers le cabinet de François investi par Marie depuis son arrivée. Elle se souvenait du messager qui lui avait confié la semaine précédente la missive au cachet des Chazeron. Marie avait semblé soulagée à sa lecture. Elle comprenait mieux désormais pourquoi. Rassérénée, elle gagna les cuisines.

La porte se refermait à peine sur eux que Marie éclata en sanglots sur le pourpoint de Jean, ce soir du 25 mai 1532.

Jean l'entraîna aussitôt vers une banquette recouverte d'un velours bleu qui trônait sous la fenêtre aux volets intérieurs barrés. Elle se nicha contre lui, incapable de retenir plus avant la tension qui s'était abattue sur ses épaules ces dernières semaines. Elle était éreintée.

Jean ne savait comment l'apaiser. Il se contenta de la bercer tendrement en caressant sa nuque secouée de spasmes. Un instant, elle se moucha d'un revers de manche et cela le fit sourire. Il songea à Constant, laissé sur la route avec les autres, pesneux de ne pouvoir enfourcher un cheval et l'accompagner. Il avait raison. Marie n'avait changé que d'habit. En elle dormait encore la sauvageonne de la cour des Miracles. « Dis-lui que je l'aime », avait-il recommandé à Jean tandis qu'il tournait la bride vers Thiers, mais Jean n'y parvenait pas. Il avait passé l'hiver à beliner Isabeau en se demandant pourquoi le baiser volé à Marie illuminait de ses rêves le restant de ses nuits. Il tenait à Isabeau. Sincèrement. Alors quoi ? Son appétit charnel, qu'il avait fort grand, troublait-il son tempérament? Il ne pouvait s'en convaincre. Marie éveillait en lui un sentiment plus confus, mélange insidieux d'amitié, de respect et de sensualité. Un sentiment qu'il avait perçu partagé et profond, malgré leurs liens ailleurs, lorsqu'il l'avait embrassée. Il n'avait pu s'en défaire, malgré son affection pour Constant et l'idée de trahir sa confiance. À cet instant encore, alors que ses pleurs s'espaçaient, il ne songeait qu'à cela. La rassurer. Se satisfaisant au-delà du raisonnable d'être le premier auprès d'elle.

— C'est fini, Marie. Tu n'as plus rien à craindre désormais, ni de lui ni de personne.

Il extirpa son mouchoir et le lui tendit comme elle allait frotter de nouveau sa manche sur son visage. Marie lui sourit, le regard empli de reconnaissance et d'espoir. Elle moucha son nez et revint contre sa poitrine, se troublant malgré sa tourmente des battements fous de son cœur. Lorsque le sien s'emporta, elle leva sur lui un visage étonné et sensuel qui jeta à bas ses maigres résolutions.

Jean s'empara de sa bouche entrouverte avec le sentiment d'épouser sa tempête, comme le capitaine d'un navire prêt à tout pour le garder à flot.

Marie se laissa guider en gémissant. Elle avait eu si peur ces dernières semaines, sans pouvoir lutter contre la nuit, contre cette menace invisible qu'elle pouvait cependant percevoir sous ses fenêtres. Elle avait fait barrer toutes les portes des pièces qui contenaient une cheminée et placer des hommes d'armes au guet. Mais elle le sentait rôder autour d'elle, vicieux et meurtrier.

Jean s'écarta de son visage ruisselant, essoufflé par ce baiser comme s'il avait absorbé son âme. Marie gémit encore, abandonnée et lascive, rassurée de se sentir de nouveau vivante dans cette chair qui mendiait la caresse. Il tenta un instant de se faire violence, de refouler en lui ce désir sauvage qui lui faisait mal, chercha pour s'en convaincre le visage confiant de Constant qui le croyait son ami, mais n'y parvint pas.

D'un doigt agile, il fit glisser les lacets du corsage et les agrafes de sa robe et la dénuda jusqu'à la taille. Marie s'allongea sur la banquette, les yeux fermés. Elle avait maigri et ses petits seins ronds remplissaient à peine les mains de Jean, mais il ne put s'empêcher de la trouver plus belle qu'aucune autre. De fait, jamais encore il n'avait autant eu l'impression d'être utile, comme si ces doigts qui se promenaient sur sa peau blanche réveillaient chaque parcelle de vie en elle. Il la sentait tressauter, se tendre et se détendre, s'offrir autant que se laisser convoiter, d'instinct. Cet instinct de survie qu'il avait pressenti chez Isabeau la première fois qu'il l'avait faite sienne. Il s'attarda longuement à la découvrir, cherchant dans ses gémissements des justifications à sa misérable attitude.

Elle était vierge, il le savait. En d'autres temps, d'autres lieux, il s'en serait moqué, aurait joui d'elle comme d'une catin, sans se soucier de l'engrosser ou de la laisser insatisfaite. Marie méritait mieux que cela. Elle méritait l'amant qu'il avait appris à devenir et que les bourgeoises achetaient parfois lorsqu'il boudait leurs couches pour faire monter les enchères. Pour Isabeau, il avait fait une croix sur ce passé méprisable. Pour Marie, il en retrouvait la perversité afin de la combler mieux qu'aucune autre. Il lui devait la vie. Il lui rendait la vie. Une bouffée d'orgueil le submergea lorsque la jouvencelle jouit de ses caresses. Sûr de son fait, il s'empara de sa virginité en buvant son plaisir sur ses lèvres, comme d'une source que nul encore n'avait regardée jaillir.

— As-tu toujours faim ?

Jean entrouvrit les yeux et s'attarda sur le visage adouci de Marie.

— Je crois.

— Nous devrions regagner la grande salle où Bénédicte doit pleurer sur ses beignets refroidis, s'amusa Marie.

— Sans doute.

Mais Jean ne trouvait pas le courage de bouger. Rester immobile ainsi, contre elle, c'était protéger cet interdit de la douceur d'un songe. Il n'aimerait pas sa réalité. Il le savait. Il soupira, passant avec tendresse un doigt sur le soyeux de son épaule.

— Il nous faut oublier cet égarement, Marie.

Il la sentit se raidir. Il aurait pu attendre mais il ne voulait pas que s'installe entre eux cette complicité irréversible des passions adultères.

— Tu aimes Constant et il t'aime, ajouta-t-il en affermissant sa voix, comme Marie restait silencieuse. Demain, il sera à tes côtés, et Isabeau aux miens. Je ne regrette rien, Marie, mais tu mérites bien mieux que...

Elle le coupa d'un ton sec en se redressant :

— Ne te fatigue pas, Jean. J'ai compris. J'avais peur, tu m'as réconfortée à ta manière. J'avais besoin de cette tendresse et je ne t'en veux pas. Nous sommes quittes. Nul ne saura.

Il ne répondit pas. Il la regarda se rhabiller fébrilement. Elle était en colère, mais il avait le sentiment que c'était contre elle davantage que contre lui. Tristement, il songea qu'il était encore plus vil et guavashé qu'il ne l'avait pensé. À son tour, il rattacha ses lacets.

Sans un mot de plus, le corps apaisé malgré leur peine, ils rejoignirent Bénédicte qui n'osa aucun commentaire, mais souligna seulement qu'on aurait dû l'avertir de la longueur de l'entretien.

Ce à quoi Marie répondit, par un sourire, que le lendemain verrait cinq convives de plus à Vollore.

La jouvencelle passa la paume de sa main sur son ventre et ses seins, tout en grimaçant dans le miroir.

Non, décidément, il n'y avait rien de changé. Elle s'était toujours demandé si cela se voyait, la première fois. Non. Rien. Elle était devenue une femme, et son corps en taisait le secret. Elle en avait voulu à Jean de la rejeter ainsi, si vite, mais cela n'avait pas duré. Il était un ami sûr. En fouillant dans ses souvenirs, elle s'était aperçu qu'il l'avait toujours attirée, sans pour autant qu'elle pût se convaincre de l'avoir aimé. C'était donc mieux ainsi. Elle allait retrouver Constant. Rencontrer enfin ce père qu'elle avait entrevu et cesser d'avoir peur. Elle se sentait chez elle à Vollore, davantage qu'à Paris malgré son agitation. Elle avait sa place ici. Une place à part. Une raison d'être. Tout était simple en fait. Constant l'épouserait. Elle lui donnerait des enfants et cette terre serait leur berceau. Oui, tout était simple.

Lorsqu'elle retrouva Jean, attablé devant un matinel, elle souriait d'aise et il s'en félicita. Il n'avait pu dormir, tenaillé par ses sentiments contradictoires. Le visage serein et reposé de Marie le lava de ses doutes une fois pour toutes. Et c'est de bonne humeur qu'il lui raconta les anecdotes de leur voyage.

La voiture s'annonça dans l'après-midi, alors que le jour déclinait à peine. Marie n'eut pas le temps de leur souhaiter la bienvenue que Ma se dressait devant elle en jappant.

— Seigneur Jésus ! Mais c'est un loup ! s'effraya Bénédicte qui s'était avancée pour accueillir l'équipage.

— Un loup dressé et inoffensif, rectifia Jean en posant une main rassurante sur son épaule.

Bénédicte en rougit jusqu'aux oreilles, mais ne songea pas à s'en défaire. Le sire était fort séduisant et cette protection, ma foi, ne lui déplaisait aucunement. Marie s'accroupit et frotta affectueusement son nez dans la fourrure grise.

— Ma ! s'exclama-t-elle. Comme tu m'as manqué !

— Et moi ? Est-ce que je t'ai manqué ?

Marie releva son visage et trouva celui de Constant, mûri et brûlant de tendresse. Elle se redressa et sourit à l'assemblée des siens qu'un même regard d'amour posé sur elle unissait.

— Vous m'avez tous manqué, affirma-t-elle avant de refermer ses bras sur la nuque de Constant.

Constant l'étreignit avec force, heureux autant que mal à l'aise et gourd soudain de la retrouver aussi belle malgré sa petite figure.

— Entrons, dit-elle simplement. Nous avons beaucoup à nous raconter.

Bénédicte se retira sitôt le succulent repas achevé. Elle n'avait retenu que ce qu'ils avaient laissé paraître. Huc de la Faye revenait au pays avec une épousée et cette Isabeau était à la fois sa sœur et de la parentèle de François de Chazeron. De fait, il n'y avait plus au château quiconque en mesure de reconnaître Albérie. Si son visage avait un air familier à certains trop jeunes pour se souvenir de son rôle, il était facile de l'expliquer par cette parenté qui eût pu l'amener à visiter autrefois sa famille. Et Bénédicte se moquait bien de ces histoires. Elle n'en demanda pas davantage que lors du retour de Marie. François de Chazeron avait été clair : il ramenait sa fille, élevée dans un couvent puisque la folie de sa mère l'avait obligé à se séparer de l'une comme de l'autre, dans l'intérêt de l'enfant. Ces têtes nouvelles et chaleureuses à l'égard de la petiote lui plaisaient d'autant plus qu'elle s'était prise d'une affection sincère pour Marie, comme tous au castel. Qu'elle soit attachée à une louve n'y changeait rien.

— J'ai eu si peu de temps pour vous découvrir, mon père ! s'attendrit Marie en s'adressant à Philippus qui la couvait de fierté.

— Nous le prendrons. Dès lors que nous aurons ramené la paix sur cette demeure.

Marie frissonna et son regard trahit sa peur. Elle eut un pâle sourire. Il était temps de leur conter sa mésaventure.

— J'ignore si nous en sommes capables. Et de fait, jusqu'à hier soir où Jean m'a rassurée sur vos intentions, je n'avais qu'un souhait, partir au plus vite et le plus loin possible d'ici quand j'avais, je l'avoue, trouvé bonheur à y demeurer jusqu'à ces dernières semaines.

Constant pinça les lèvres et se renfrogna.

— Cette expédition est folie à mon sens. Si tu le veux, nous repartons dès l'aube. Chez nous, ajouta-t-il.

Mais Marie secoua la tête.

— Non, Constant. Vous revoir m'a donné le courage qui me manquait. Il faut en finir cette fois ou jamais plus je ne dormirai en paix.

— Que s'est-il passé, Marie ? demanda enfin Isabeau avec douceur, même si son être tout entier le savait déjà.

— Chazeron est revenu. Du moins je le crois, même s'il est différent. Oh ! Seigneur Dieu, si vous l'aviez pu voir comme je l'ai vu. Nous avons créé un monstre ! Un monstre ! gémit Marie, un frisson lui parcourant l'échine.

Elle avait besoin soudain d'extirper d'elle ces images, cette terreur qui la hantait depuis plus d'un mois.

— Cela a commencé au début du printemps avec le redoux, expliqua-t-elle. Des paysans sont venus se plaindre au sergent que des moutons avaient disparu ou été retrouvés à moitié dévorés. À Fermouly, la basse-cour avait été décimée, les treillis arrachés et deux chiens éventrés. Puis une femme de la Grimardie répandit la rumeur : ce n'était pas un loup comme tous l'avaient cru d'abord, mais une effroyable bête. Un garou. Elle l'avait vu, dans la lueur blafarde de la lune, ravager son étable. Son mari avait forte fièvre, elle avait voulu prendre la faux pour chasser ce ténébrion, mais il s'était enfui en la voyant. D'autres corroborèrent la description qu'elle en fit : la bête était dressée sur des jambes couvertes de longs poils, ses bras piqués sur un torse court se terminaient par des griffes. Le visage était difforme, le front humain se poursuivait par un museau allongé. Il n'attaquait pas les fermiers, semblant les narguer de sa présence maléfique pour les laisser le détailler et en trembler, ensuite il tombait à quatre pattes et détalait à une vitesse étonnante. Cela dans un unique périmètre qui englobait Montguerlhe et Vollore. Les premiers temps, je me suis terrée, lançant seulement la garde à sa chasse, escortée des plus courageux des villages voisins, mais la traque resta vaine. J'étais effrayée et refusais de voir la vérité. Ce ne pouvait être lui. Il était mort. Je l'avais moi-même emmuré, à l'agonie. Mais le sommeil me fuyait, des cauchemars emplis de lémures [1] me réveillaient en sueur dès que je m'assoupissais. Je devais en avoir le cœur net. Un matin, très tôt, j'ai feinté le guet et me suis rendue à Saint-Jehan-du-Passet, seule, une espingole chargée sous mon mantel, me souvenant combien de fois auparavant j'avais vaincu les soldats de la prévôté parisienne. Ma propre lâcheté me fit rire. J'avais déjà affronté cet homme et si ce n'était lui, il ne serait pas plus dangereux que d'autres. Le passage était toujours muré, mais la salle se révéla vide. Le flacon de poison était encore à terre dans la poussière, vidé, des traces de griffes couvraient le sol. J'ai inspecté chaque recoin et j'ai fini par découvrir la brèche, provoquée par un éboulement de rocher. Dans son désir de survivre, Chazeron avait dû sentir de l'air qui passait par là et avait écarté les pierres. Je me suis risquée sur ses traces et suis sortie dans la salle attenante, celle où l'on fondait la monnaie en lingots. Je l'ai contournée puis suis revenue sur mes pas, effrayée. Je ne l'ai pas vu mais il était là, tapi, quelque part, à se repaître de mon tourment. Je pouvais presque respirer son parfum mêlé aux effluves sauvages de la bête. De retour à Vollore, j'ai dû subir les foudres de Bénédicte à laquelle il m'a fallu mentir, prétendre que j'avais visité l'abbé du Mou-

1. Esprits des morts.

tier, mais j'étais glacée. Ma première réaction a été de vous écrire pour vous supplier de me venir chercher. Sitôt cette lettre partie pourtant, je l'ai regretté. J'avais fait exactement ce que Chazeron espérait. C'était pour cette raison qu'il m'avait épargnée, quand il lui aurait été facile de me surprendre. C'est à nous quatre qu'il se veut mesurer. J'ai expédié un second courrier, mais le messager fut retrouvé égorgé le matin suivant à quelques coudées de l'enceinte du château. J'ai alors mis sous surveillance toutes les pièces qui contenaient une cheminée. Vous m'aviez appris l'essentiel de ce que je devais raconter à Chazeron pour le convaincre de me suivre, mais j'ignorais les accès secrets des autres souterrains. Il pouvait s'introduire dans le château s'il le souhaitait, étrangler ou égorger mes gens pour me punir et accroître ma terreur. J'ai donné mes ordres, expliquant à tous qu'une créature démoniaque pouvait s'infiltrer dans les conduits et qu'il était bon, jusqu'à ce que nos prières nous en délivrent, de ne pas pénétrer dans ces pièces. Durant une huitaine, tout s'est calmé. Il avait obtenu ce qu'il voulait et vous attendait. J'ai pu dormir un peu, m'apaiser. Cela a recommencé il y a trois nuits. Ma jument s'est agitée dans l'étable, les autres chevaux se mirent à hennir, réveillant la maisonnée. Bénédicte a refusé de me laisser sortir. Je me suis rendue dans le cabinet de François, ai ouvert les volets, le visage collé aux carreaux pour scruter l'obscurité que les lanternes des gens d'armes accourus balayaient. Et il s'est dressé devant moi, écrasant son museau sur la vitre, le regard injecté de sang, une fraction de seconde avant de disparaître. Jamais je n'ai vu autant de haine. J'ai repoussé les battants, je ne sais comment, puis suis restée prostrée à l'autre bout de la pièce, sursautant au moindre bruit, comme si je m'attendais à ce qu'il y pénètre. Au matin, Bénédicte m'a annoncé que ma jument avait été éventrée, qu'il avait fallu l'abattre. Jusqu'à l'arrivée de Jean hier soir, j'étais terrorisée, sous le choc encore de cette terrible vision, acheva Marie grimaçant sous le poids de ces proches souvenirs.

Jean hocha la tête en silence, mais Constant explosa :

— Eh bien je ne laisserai pas ce monstre te martyriser plus longtemps. Demain, je te ramène à Paris, que cela te plaise ou non.

Marie écarquilla les yeux, surprise.

— Mais je ne veux pas retourner à Paris, Constant.

— Bien sûr que si, affirma-t-il en haussant les épaules. Ta place est à la cour des Miracles, avec moi. Là-bas, tu es en sécurité. Ils peuvent très bien le traquer sans nous. Ce n'est pas notre combat, Marie, c'est celui d'Isabeau.

Une vague de tristesse noya la voix de la jeune fille.

— Tu ne comprends pas, Constant. Cette terre est ma terre désormais et ces gens comptent sur moi. Je ne veux pas repartir. Ce combat, comme tu l'appelles, est devenu le mien.

Constant la dévisagea, un instant incrédule, puis la colère perça dans ses yeux, trahissant la blessure d'avoir été repoussé.

— Tu dis n'importe quoi ! affirma-t-il en se dressant.

Avant qu'elle ait pu répondre, il était sorti de la pièce. Ce fut Albérie qui rompit le silence pesant :

— Laisse-lui le temps, Marie. Il s'est beaucoup inquiété. Il était persuadé que vivre ici était pour toi une corvée. Lorsque tout sera rentré dans l'ordre, l'un et l'autre vous y verrez plus clair.

Marie hocha la tête, la gorge nouée.

— Il est important que tu te souviennes de ce détail, Marie, demanda Isabeau qui s'était concentrée sur ses propres souvenirs au long du récit de la jouvencelle, es-tu certaine que la fiole était vide ?

— Oui, grand-mère. Je peux le jurer. J'ai vu Chazeron l'absorber jusqu'à la moindre goutte. Cela aurait dû le tuer. Pas le transformer. Il n'est pas de notre race, ajouta-t-elle, se souvenant des paroles d'Albérie lorsqu'ils avaient émis cette possibilité en remembrance [1] du sort de Loraline.

— Cela ne peut signifier qu'une seule chose, observa Philippus, songeur.

Son regard croisa celui d'Isabeau qui hocha la tête.

— L'alkaheist.

— Oui. Sans le chercher, Isabeau, vous avez découvert son secret.

— Ce n'est pas un hasard. J'ai passé quinze années de réclusion à tenter de percer ce mystère pour rendre à ma sœur une vie normale. Je croyais avoir échoué. Et c'est le cas. La formulation est incomplète ou instable puisque Chazeron est difforme. Elle ne peut s'appliquer qu'à ceux de notre sang.

— C'est bien suffisant pour notre usage, ne croyez-vous pas ?

— Certes.

— Je ne comprends rien à votre verbiage, s'excusa Marie. Quelle importance cela peut-il bien avoir ?

— L'alkaheist est la clé, Marie, expliqua Philippus que cette pensée avait régénéré, la clé pour rendre son visage à ta mère.

— C'est vrai ? s'éclaira Marie.

— Ce n'est pas si simple, hélas, tempéra Isabeau. Il faut trouver l'antidote de cette potion et ce n'est possible qu'avec elle. Or, tu viens de me le confirmer, le seul flacon qui restait était celui-là même que Chazeron a vidé.

— Tu es sûre, grand-mère ? insista Marie qui ne songeait plus soudain qu'à cette belle perspective.

— J'avais laissé celui-ci dans ce lieu protégé pour le cas où quelque chose arriverait lorsque j'ai quitté Montguerlhe. Loraline avait une fiole en réserve pour l'usage que je lui destinais et j'en avais emporté une avec moi à Paris. Je l'ai offerte à la sœur du roi lorsqu'il fut empri-

1. Souvenir.

sonné, pour assassiner Charles Quint, n'ayant hélas pas réussi à percer plus avant son secret. Elle s'est brisée durant son voyage de retour. Je le regrette, Marie, car, avec ton père, peut-être aurions-nous pu achever ce qui fut commencé.

— Chazeron détient probablement ce secret en lui, objecta Philippus. Il nous suffira de recréer l'alkaheist à partir de vos notes.

— Je l'espère, Philippus.

— Vous n'abandonnerez pas, n'est-ce pas ? insista Marie en caressant la louve qui depuis le début de la soirée était couchée à ses pieds.

Isabeau s'attendrit de ce tableau et sourit à sa petite-fille.

— Jamais, Marie. Jamais. Quoi qu'il puisse m'en coûter.

— Or donc, il nous faut nous préparer et ourdir manigance pour en finir, conclut Jean. Et en cela, j'ai ma petite idée.

Jean l'exposa et fut approuvé très vite par Huc qui affirma pouvoir compter sur le soutien de son ami Bertrandeau, en toute discrétion. Vingt minutes plus tard, ils se séparaient vers les chambres qui leur avaient été préparées, le cœur plus léger.

Marie, à qui ces perspectives avaient rendu l'appétit, décida malgré l'heure tardive de chaparder quelques biscuits en cuisine.

Elle fut surprise et ravie d'y trouver Constant, attablé, sous l'œil charmeur et curieux de Bénédicte. L'intendante avait bien espéré lui soutirer quelques informations lorsqu'il s'était présenté un moment plus tôt, réclamant quelque chose à boire, mais, malgré ses efforts de conversation, le jouvenceau renfrogné restait plus muet qu'une carpe.

— Je te croyais couchée, s'inquiéta Marie en s'adressant à Bénédicte.

— Et qui s'occuperait des tourtes pour demain ? bougonna-t-elle. Et des pâtés ? Et des tartes ? Les marmitons peut-être ?

Marie se précipita et l'embrassa spontanément sur la joue, qui rosit aussitôt :

— Oh ! pardon ! pardon, Bénédicte. Je ne voulais pas te froisser, tu le sais bien... Tu as tellement de travail déjà que...

— Ça va, ça va... J'avais terminé de toute façon, s'adoucit Bénédicte en essuyant ses mains sur son tablier taché avant de le dénouer. Je vous laisse. Il y a du lait chaud à la cannelle dans le poêlon.

Lorsqu'elle se fut éloignée, le silence retomba sur la vaste cuisine. Marie se servit une collation. Elle ne savait pas par quoi commencer. Constant avait tellement changé en quelques mois. Comme elle.

— Elle t'aime bien, on dirait.

Le ton était bourru, mais le cœur de Marie s'en sentit regonflé. Posant son bol de lait à côté de Constant sur la table encombrée de pâtisseries, elle se pencha à son oreille et y glissa :

— Moi aussi, je t'aime, Constant.

Il se retourna d'un mouvement ample et ses yeux s'enflammèrent autant que ses genoux sur lesquels s'était renversé le liquide brûlant. Marie éclata d'un rire clair tandis qu'il se levait et sautait d'un pied sur l'autre en jurant. Mi-furieux, mi-amusé, il se rua sur elle et l'enlaça. L'hilarité de Marie se perdit dans le baiser fougueux qu'il lui donna, chassant d'un coup les effluves de leur enfance.

Un instant, Marie entrouvrit les yeux et croisa le regard douloureux de Jean campé dans l'embrasure de la porte. Elle les referma aussitôt et s'abandonna aux bras de Constant, se persuadant qu'elle avait rêvé.

— Nous deux, c'est pour la vie, pas vrai ? gémit la voix de Constant dans ses cheveux.

— Oui, répondit-elle de tout son cœur.

Mais cette certitude ne réglait rien entre eux.

Les huit jours qui suivirent furent une véritable fête, malgré la menace. Il n'y eut pas d'autres incidents alentour, et chacun d'eux en savait la raison : le seigneur de Vollore voulait cette confrontation. Restait à savoir sur qui se refermerait le piège. Aucun n'avait envie d'y songer, tout au bonheur des retrouvailles. Marie s'émerveillait de ce père qu'elle découvrait. Par lui, elle apprit enfin ce que seule sa mère aurait pu lui conter. Leur étrange rencontre, leur serment. Elle voulait tout savoir de lui, d'eux, avide de découvrir qui elle était, après tant d'années d'ignorance, de mensonges que pourtant elle ne reprochait à personne. Elle était fascinée aussi par cette pierre philosophale, par le secret de la mutation qu'avait subie Loraline. Elle ouvrit à Isabeau et Philippus la porte du premier étage qu'elle avait fait forcer, n'en ayant pas la clé, s'attendrit de voir sa grand-mère y retrouver ses croquis, ses annotations, et Philippus y déchiffrer les travaux les plus récents de Chazeron. Elle voulait tout savoir, tout apprendre : l'alchimie, l'anatomie, la chirurgie, l'astrologie, persuadée qu'ainsi elle se rapprocherait des siens davantage encore, en participant à leurs travaux.

Constant restait grognon devant son enthousiasme.

Elle évitait d'y penser. La vérité la blessait, car il était évident que Constant n'aimait pas Vollore. De fait, il ne supportait pas de rester enfermé dans l'enceinte du château, habitué à sa liberté. Marie le savait. Elle se mentait en songeant qu'après ce serait différent, refusant de voir le fossé qui se creusait entre eux, et se réjouissait qu'il aidât Huc et Jean à préparer la traque avec Bertrandeau.

Elle eut lieu enfin. Le 6 juin 1532. Sous la lune pleine. Ce fut une nuit étrange. Malgré ses réticences, Albérie avait fini par se laisser convaincre d'attendre au milieu des siens que sa propre transformation s'opère. Philippus s'était invité pour noter chaque étape dans le processus, chaque détail qui eût pu lui servir. Marie avait tenu à y assister, elle aussi, pour mieux comprendre la métamorphose de Ma. Si Albérie avait cédé à leurs raisons, elle s'était montrée plus réticente envers Huc, de peur que resurgisse entre eux le spectre des années passées. Huc savait mais n'avait jamais approché l'animal en elle. Parviendrait-il à l'aimer encore, à la toucher, à la caresser après cette vision cauchemardesque ? Tant de fois elle s'était elle-même détournée des miroirs... Leurs retrouvailles avaient été complices plus qu'elle ne l'avait espéré. Cette découverte n'allait-elle pas tout gâcher ?

— C'est la dernière barrière entre nous, Albérie. Peut-être le seul moyen pour moi de découvrir totalement la femme que j'ai épousée. Cette partie-là de toi ne m'appartient pas. Offre-la-moi. Je suis prêt à la recevoir.

Elle avait fini par le croire. Elle s'abandonna, accoucha de la louve grise dans cette même chambre où pour la première fois ils avaient fait l'amour. Là où tout avait commencé. À Montguerlhe, pillé, dévasté, abandonné à sa malédiction. Gardé seulement par quelques hommes qui encaissaient les droits de passage des pèlerins, des voyageurs sur la voie romaine.

Elle s'offrit à ses démons en hurlant, des larmes dans les yeux de son époux, entourée des siens écartelés par sa souffrance. Ensuite, il fallut se ressaisir, lutter contre l'émotion qui les avait gagnés tous jusqu'en leurs tripes. Aller au-devant du véritable monstre de Montguerlhe. Et l'affronter.

Isabeau marcha devant, les deux louves sur ses talons, Marie fermant la procession. « Quatre femmes, deux louves », songea Philippus en les voyant s'éloigner dans la lueur des torches. Son cœur se serra. Dieu qu'il les admirait, Dieu qu'il les aimait ! Il s'engagea dans le souterrain le premier pour guider Jean, Constant, Huc et Bertrandeau, suivit un instant la lueur qui le précédait puis obliqua vers la droite.

En pénétrant dans la grotte, Isabeau se mit à tousser, gênée par ces vapeurs de soufre que son corps refusait de reconnaître. Elle s'était habituée à d'autres odeurs. Celles-ci lui donnaient la nausée et ramenaient en elle le dégoût de ce qu'elle avait été.

— Est-ce que tout va bien, grand-mère ? s'inquiéta Marie.

Isabeau hocha la tête en étouffant un spasme nauséeux. Marie regarda les deux louves disparaître dans l'ombre vers la forêt, tandis qu'Isabeau se forçait à avancer.

— Moi aussi, j'ai peur, dit Marie.

— Il ne faut pas, affirma Isabeau en enflammant les torches couvertes de toiles d'araignées encore piquées sur les murs.

Une douce lumière se répandit sur les pierres, dissipant l'angoissante pénombre.

— Sera-ce long ? demanda Marie en se rapprochant de sa grand-mère.

Elle était effrayée et Isabeau passa un bras affectueux autour de ses épaules.

— Non, je ne pense pas. Tu n'as rien à craindre, Marie. Il ne te fera aucun mal. Je suis persuadée qu'il t'a jugée sur tes actes depuis que tu as investi Vollore. Qui d'autre à part toi pourrait assurer sa descendance ? Son sang coule en tes veines. Il ne te tuera pas. Il l'aurait déjà fait.

— Mais toi ?

— Moi ?

Elle partit d'un rire triste. Comment lui dire qu'elle était venue ici pour mourir ? Pour les sauver toutes trois ? Comment lui dire qu'elle n'avait plus d'angoisse, qu'elle avait cette intime conviction que le temps était venu ?

— Ne t'inquiète pas pour moi. La seule différence entre hier et aujourd'hui, c'est qu'il porte son véritable visage au lieu de le cacher. Ce sera plus facile. À présent, fais ce que je t'ai dit. Enferme-toi dans cette pièce et n'en sors pas avant que je t'appelle.

— Je ne comprends pas... commença Marie.

— Tu comprendras. Plus tard. Obéis-moi, Marie. Pour l'amour des tiens. Fais-moi confiance. Il doit me croire seule. Sans quoi il ne viendra pas et nous ne pourrons nous en débarrasser. Va.

Marie se glissa à contrecœur dans la salle mortuaire qu'Isabeau avait balayée de sa torche pour s'assurer qu'elle était vide. Elle obéirait mais avec l'étrange sentiment qu'Isabeau dictait d'autres règles que celles qu'ils avaient établies tous ensemble.

Isabeau alluma la torche qui faisait face à la longue table sur laquelle tant de fois elle avait dépecé et observé les cadavres. Les flacons étaient brisés sur des restants d'étagères, Chazeron avait raflé ceux qui contenaient les embryons des monstres qu'elle avait engendrés. Il n'avait pas su les utiliser. Il n'avait pas reproduit l'alkaheist. Tout son travail avait été perdu. Elle serra les dents, refusant de s'attarder sur les vestiges pourris et couverts de poussière de ces heures de labeur. Elle s'appuya au plateau qu'elle avait autrefois taillé dans des arbres morts pour s'assurer de sa solidité, puis s'immobilisa en percevant le souffle rauque derrière elle.

— Je t'attendais, dit-elle simplement.

Et de ses mains qui ne tremblaient pas, elle se déshabilla.

— Tu avais raison, François. Je t'appartiens. Je l'ai toujours su, dit-elle d'une voix calme en lui faisant face, offrant à ses yeux rougis de haine le sceau des Chazeron sur sa poitrine nue. C'est ainsi que tu me voulais, n'est-ce pas, au lendemain de mes noces ? C'est ainsi que je viens à toi aujourd'hui. Plus de masque, plus de faux-semblants, plus de vengeance. Juste toi et moi. Là où tout a commencé.

Ensuite, tu pourras me tuer ici même ou me garder à tes côtés pour te servir. J'y suis soumise. Je ne te demande qu'une faveur. Laisse nos enfants vivre en paix sur cette terre. Tu as toujours été le maître. Et moi, rien d'autre qu'une servante. Aujourd'hui, je le sais. Et je vais te le prouver.

Elle s'approcha sans faillir, sans quitter ce regard pervers des yeux, et referma ses doigts sur le sexe dressé de convoitise. D'une main griffue il la gifla, la projetant contre la table qu'elle venait de quitter, puis se jeta sur elle et lécha la marque de sa servitude avec sa langue râpeuse de loup. Alors, Isabeau ferma les yeux et mourut pour la seconde fois.

Il se retirait d'elle lorsqu'un cliquetis se fit entendre, apporté par l'écho. Il grogna et la releva en l'agrippant par le bras. Sans résistance, Isabeau se laissa emmener. Se servant d'elle comme d'un bouclier, il se fraya un passage au milieu des cinq hommes. Dans la lueur des torches, le corps nu d'Isabeau brillait comme une injure à la monstruosité de Chazeron.

Elle accrocha l'air effaré de Philippus et sut qu'il avait compris. Elle lui sourit. L'heure était proche.

— Laissez-nous passer, Huc, articula-t-elle d'une voix étouffée par les doigts qui lui enserraient à présent la gorge.

— Faites ce qu'elle dit, insista Philippus.

Jean, Constant et Bertrandeau s'écartèrent. Isabeau devina la colère de Jean à son regard sur son ventre. C'est alors qu'elle en sentit la morsure. Mais il était trop tard. Elle avait fait son choix et ne regrettait rien.

Soudain, Chazeron hurla et la lâcha pour porter ses poings en arrière. Isabeau prit conscience qu'ils tournaient le dos à la chambre mortuaire. Le cri de Constant rejoignit le sien. Marie fut projetée avec violence contre un rocher, tandis que le monstre arrachait la vieille lance qu'elle avait fichée dans ses côtes.

Profitant de cette diversion, d'une même enjambée, Huc et Jean entraînèrent Isabeau hors de portée tandis que Constant hurlait à Bertrandeau :

— À mort la bête !

Chazeron détala à quatre pattes et les distança dans le dédale des souterrains, jusqu'à ce que deux louves, regards haineux et crocs retroussés, lui barrent le passage. Il hésita un instant à rebrousser chemin, puis se redressa et leur fit face, les griffes en avant.

La cape de Philippus drapée sur sa nudité, Isabeau se pencha au-dessus de Marie, inconsciente. Sous sa tête, un filet de sang tachait le rocher. Philippus sortit de son escarcelle un flacon de liqueur et en fit couler quelques gouttes sur ses lèvres blanches. La jouvencelle toussota puis ouvrit les yeux.

— Ne te redresse pas surtout, exigea Philippus. Tourne la tête lentement.

Il examina la plaie. Elle n'était que superficielle et un sourire franc rassura Isabeau.

— Une jolie bosse et une belle frayeur, conclut-il en tendant à Isabeau sa fiole.

Elle en versa aussitôt une giclée sur la plaie, faisant grimacer la blessée.

— Et Chazeron ? demanda Marie tout à fait réveillée à présent.

— Les autres le pourchassent. Il n'ira pas loin. Cesse de bouger, l'enjoignit Isabeau. Il faut panser cette blessure. Et plus un mot !

Philippus déchira un pan de sa chemise et, tandis qu'Isabeau s'éloignait, entreprit de bander la tête de Marie.

Revenue dans la pièce où elle venait de jouer la vie des siens, Isabeau ramassa ses vêtements et, faisant glisser de ses épaules la cape, se rhabilla sans remords. Sa tête bourdonnait un peu et du sang perlait encore sur sa joue à l'endroit de la gifle, mais elle n'avait pas mal. Chazeron l'avait prise, mais il ne l'avait pas violée. Elle s'était offerte. Et s'il le fallait, elle recommencerait. Avant de quitter la pièce pourtant, elle concentra toutes ses forces en une seule prière et murmura pour l'ombre complice :

— Seigneur Dieu, faites que je sois engrossée.

Constant avait beau balancer sa torche de droite et de gauche dans l'étroitesse du boyau, il ne voyait que trois corps entrelacés en un ballet macabre, sans pouvoir distinguer qui avait le dessus. Aucun d'eux n'osait intervenir tant tout était confus. Parfois, Chazeron se dressait, parfois, il se roulait à terre, harcelé par la haine des deux louves. Cela dura, dura encore. Les pelages mouillés de sueur, de bave et de sang brillaient sous l'éclat des flammes.

Puis Chazeron resta à terre. Un instant encore les louves s'acharnèrent sur lui, excitées par leur victoire. Enfin, elles s'écartèrent. Jean et Constant s'approchèrent, coutelas au poing. Jean posa ses doigts à la base du cou et sentit la vie s'échapper au rythme irrégulier et ralenti du pouls.

Lorsqu'il n'y eut plus rien, il se tourna vers les louves qui mutuellement léchaient leurs blessures.

— Il est mort, annonça-t-il.

— Qu'il brûle en enfer ! maugréa Constant.

Et, les plantant là, il partit en courant s'enquérir de Marie.

12.

Il était là. Cadavre immobile et éventré dans toute sa monstruosité. Posé comme un objet d'étude sur cette table où elle avait sacrifié les gnomes sortis de son ventre, et son ventre même. Par amour. L'amour des siens.

Elle s'était crue tout entière de haine. Durant des années. S'imaginant que chacun de ses actes était esprit de vengeance. Elle s'était trompée. Elle n'avait été qu'amour. Amour perdu, amour volé, amour trahi, amour.

Isabeau regarda Philippus scier le crâne épais de la bête, mettre à nu cette cervelle dont la folie s'était enfin échappée. Livrerait-elle les secrets de son âme ? Elle l'espérait. Pour n'avoir pas à donner naissance à l'enfant. Pour n'avoir pas à tuer. La mort de Chazeron l'avait éreintée. Elle l'avait trop attendue.

Philippus lui jeta un regard inquiet. Elle lui sourit. Elle se sentait lasse. Elle comprenait pourquoi Loraline avait choisi cet homme. Il avait dû être beau. Il était devenu laid. De cette laideur que procurent l'oubli de soi, le dégoût de la vie. Des années durant, dans cette grotte, elle s'était enlaidie, elle aussi. Puis il y avait eu Paris. Et ces gens qui avaient su réveiller sa beauté perdue. Grâce à leur amour. Elle se devait de lui rendre la sienne. Celle de

Loraline aussi. Surtout. Ensuite, elle pourrait dormir. Enfin.

— Vous devriez aller vous reposer.

Elle secoua la tête.

— Ma place est ici, Philippus. Je n'ai pas tout consigné par écrit. L'alkaheist n'a qu'un seul maître, ajouta-t-elle pour plaisanter.

Philippus acquiesça. Elle semblait prête à défaillir mais se tenait droite, et son regard ne cillait pas, malgré le sang épars, malgré l'odeur puante de cette chair à la texture étrange. Elle avait seulement jeté un linge sur le sexe nu, comme si cela suffisait pour oublier. Oublier son sacrifice. Jamais il n'avait connu de femme comme elle. Jamais il n'en connaîtrait d'autre. Il écarta les os du crâne et avec un infini respect annonça :

— Son âme vous appartient, madame. Puissiez-vous y retrouver Dieu.

Isabeau inspira profondément puis plongea sans faillir ses doigts dans l'orifice béant.

Albérie portait éparses sur son corps les traces de morsures de la bête. Elle ne se souvenait pas de s'être couchée. Mais elle s'éveillait seule. Elle en frissonna un instant puis la tendresse de Huc baigna sa mémoire. À l'instant où elle redevenait femme, il l'avait embrassée, avait murmuré qu'il l'aimait. Entière. Plus que la mort de Chazeron, la vengeance des siens, c'était cela qu'elle avait attendu sa vie durant. Cette acceptation totale de sa différence. Enfin réconciliée avec son double, elle sentit ses yeux piquer. Elle pouvait pleurer sans retenue. Elle n'avait rien d'autre qu'une enveloppe de peau à laver. Son âme, elle, était propre. À jamais.

Ils n'étaient pas rentrés à Vollore. Huc avait jugé préférable d'achever la nuit à Montguerlhe, même si la forteresse n'avait plus rien de confortable. Il y avait gardé deux chambres intactes. Celle où il avait aimé son épouse et celle que s'était octroyée Antoinette de Chazeron lors de son séjour en 1516. C'était si loin. Il avait étendu Marie dans cette dernière, laissant Constant dormir sur un tapis élimé, au pied du lit, pour ne pas la gêner. Marie n'avait pas voulu voir la dépouille de Chazeron. Sa tête lui faisait mal et Philippus avait jugé plus prudent de lui administrer un sédatif.

Albérie poussa la porte qui, malgré sa discrétion, grinça lamentablement, dressant l'oreille de Ma.

Comme elle, la louve était couverte de plaies, mais aucune n'avait été assez profonde pour l'empêcher de rejoindre les enfants. Constant s'était finalement couché près de Marie sur la courtepointe du lit, et c'est le col de Ma qu'il entourait de ses bras. Recroquevillée en boule contre eux, on ne devinait de la jouvencelle que l'épais bandage qui entourait son visage.

— Tout va bien ? chuchota Albérie.

Les yeux de Ma clignèrent. Ils brillaient d'un sentiment de quiétude et de bonheur. Albérie referma la porte et s'éclipsa, mue par d'anciens gestes. Il y avait si longtemps qu'elle n'avait descendu cet escalier. Il sentait la crasse au lieu de la cire, la sueur d'hommes qui avaient transféré leurs quartiers dans le logis, le jugeant plus confortable que la tour carrée, massive.

Montguerlhe avait perdu ses fonctions. Elle y avait veillé en empoisonnant son eau. Une façon comme une autre de se venger. Elle le regretta un instant, mais chassa ses remords d'un geste de main, en même temps que la mouche grasse posée sur son front. Ce qu'il restait de l'endroit était bien suffisant pour sa souvenance.

Elle trouva Jean et Huc attablés. Un abbé déjeunait avec eux, qui lui sembla familier. L'homme, d'un âge certain, écarquilla les yeux et bredouilla malgré sa bouche pleine :

— Par tous les saints du Paradis ! Albérie, vous êtes en vie !

Le timbre de la voix la ramena onze ans en arrière et elle s'avança avec plaisir au-devant de sa panse rebondie :

— Frère Étienne ! Je vous croyais quant à moi enterré sous vos notes et depuis fort longtemps.

Il se leva et l'étreignit avec tendresse, puis, s'écartant d'elle, pointa un doigt accusateur vers Huc.

— Me faire consigner ses funérailles, à moi, ton propre frère ! Sacrilège. Double sacrilège ! Tu devrais avoir honte du nom que tu portes, Huc de la Faye !

Huc partit d'un rire sonore. Il s'était préparé à la réaction de son aîné.

— Que pouvais-je d'autre, Étienne ? Te mettre dans le secret aurait risqué de te faire pendre. Et de fait, j'ignorais ce que mon épouse était devenue ces années durant.

Étienne laissa retomber sa colère et serra avec empressement les mains d'Albérie.

— À la veille de mon trépas, j'apprends cette vérité qui apaise de vieilles blessures. Ainsi, Antoinette-Marie est sauve et les soupçons de mes supérieurs sont confirmés. Chazeron avait bien ce pouvoir démoniaque du garou. Je me languis de le voir de mes propres yeux. Ensuite, nous érigerons un bûcher et tous pourront voir sa monstrueuse dépouille se purifier par les flammes. Le pays enfin pourra renaître dans la paix du Christ.

Albérie frissonna malgré elle. Un bûcher risquerait d'attirer là un de ces familiers de l'Inquisition toulousaine. Il poserait des questions, examinerait le corps, s'apercevrait de sa dissection et mènerait enquête. Tout son être se révulsait à cette perspective. Huc dut percevoir sa peur car il intervint aussitôt.

— Non, Étienne. Rien de tout cela ou de grands malheurs s'abattraient sur ces terres !

— Mais enfin, Huc, de quoi veux-tu parler ?

— Oserai-je avouer à ses gens que nous avons traqué et tué Chazeron, leur maître ? L'habit que tu portes suffirait-il à m'empêcher d'être jugé pour trahison ? Nul ne peut reconnaître Chazeron sous ce nouveau visage et sa disparition seule me condamnerait. Tout comme Albérie d'avoir enlevé Marie autrefois, même si aucun mal ne lui fut fait. Qui acceptera de croire qu'elle l'a ravie à ses parents pour la préserver du Malin ? Qui, mon frère ? En ce pays, on est prompt à brûler et à juger ensuite. Toi-même de par nos liens de parenté serais soupçonné d'avoir falsifié les registres que tu tiens. Antoinette-Marie et Albérie y sont mortes sous ta plume et la foi de mon serment.

L'abbé se rassit et une sueur aigre baigna son front qu'il épongea à un coin de nappe.

— Hélas, il dit vrai, frère Étienne, insista Albérie. Ne vaut-il pas mieux oublier ? La paix viendra dans les cœurs si la bête ne surgit plus. Et, croyez-le, elle ne surgira plus.

— La verrai-je seulement ? demanda Étienne, vaincu par ces évidences.

— Dès que ce médecin dont je t'ai parlé aura fini de l'examiner. Ce cas de science l'intéressait au plus haut point.

— Écrira-t-il un traité de lycanthropie ?

— Je l'ignore. Lui-même l'ignore encore. Mais l'occasion était trop belle d'étudier la bête.

— Je le ferais si je le pouvais encore. Mais je ne suis plus qu'un modeste et fort vieil annotier. Je me sens las tout à coup, Huc.

— Votre grand âge y est pour quelque chose, sans doute, s'apitoya un instant Albérie.

L'œil vif et courroucé du vieillard (il allait sur sa soixante-dixième année) s'alluma.

— Je penche plutôt pour cet appétit que vous m'avez coupé et qui me rappelle à l'ordre. Tranchez-moi donc cette salaison de lard et accompagnez-la d'un pichet de vin, que j'y puise toutes les raisons du monde de ne pas vous maudire.

Albérie se retint de rire autant que Jean, Huc et Bertrandeau, et s'appliqua à satisfaire l'appétit de son beau-frère. Ils mangèrent perdus dans leurs pensées respectives puis Étienne troubla le silence.

— Il faut annoncer la nouvelle à dame Antoinette.

Albérie et Huc échangèrent un regard ennuyé. L'abbé insista :

— Elle a, depuis ce jour, fermé sa porte à la lumière et vit cloîtrée dans un couvent, priant chaque instant pour que la mort la prenne. C'est sa fille, Albérie ! Vos raisons étaient louables, mais son chagrin constitue un reproche que mon pardon ne saurait effacer. Rendez-lui Antoinette-Marie. Si elle vous pardonne à son tour, alors j'emporterai ce secret en ma tombe.

Albérie hocha la tête.

— Je vous le promets. Dès qu'Antoinette-Marie sera remise.

— Il faudra brûler le corps, ajouta-t-il, satisfait d'avoir obtenu raison pour sa première requête.

— La cheminée du donjon fera l'affaire, assura Huc.

— Je ne pourrai dissimuler la vérité à Antoine de Colonges. Il l'a espérée sa vie durant.

— Il t'a dépêché ici sur mes ordres, comment peux-tu supposer son ignorance ?

Étienne fronça les sourcils. Le père Antoine lui avait dit de se rendre à Montguerlhe sans aucune consigne particulière, c'était vrai. Il avait seulement l'air content. Lui-même s'était demandé ce qui pouvait motiver cet ordre, mais il n'était pas dans ses habitudes d'en contester aucun.

— Je l'ai fait prévenir ce matin, poursuivit Huc. S'il n'est venu en personne, c'est que d'autres obligations l'empêchaient d'accourir. Nous l'attendons. Je sais qu'il ne tardera pas.

— Bien. Bien. Je sens mon appétit qui revient.

Cette fois, Jean, qui s'était tu jusque-là, ne put s'empêcher de rire. À lui seul, l'homme avait ingurgité une bonne douzaine d'œufs coque, la moitié d'un jambon et autant de tourtes qu'eux quatre réunis.

Albérie se leva de table et Huc lui emboîta le pas. Comme ils sortaient de la pièce, elle lui glissa, amusée :

— Je pense que mon rôle d'intendante vient de me rattraper. S'il reste jusqu'à demain, les placards seront vides. Tu devrais envoyer Bertrandeau à Vollore pour qu'on nous ravitaille. Décidément, ton frère n'a pas changé.

— Toi, si, mon épouse, annonça Huc d'un air grave qui la figea.

D'un geste ample, il l'enlaça et chuchota à son oreille :

— Tu es encore plus belle maintenant qu'entière je te vois. Et si tu en crois le vieillard que je suis, j'ai bigrement envie de toi.

Albérie sentit son cœur battre la chamade et une vague de bonheur la submerger. Leurs lèvres gourmandes se trouvèrent et le temps les oublia.

La migraine tourmenta Marie toute la journée. Elle ne quitta pas sa chambre et Constant veilla sur elle avec une attention qui la toucha. Il lui portait ses repas, s'éclipsait lorsqu'elle réclamait le vase et frappait à la porte avant de passer le seuil. Il refusait qu'elle parle et la regardait dormir, le cœur lourd de tous ces mots qu'il n'osait lui dire, espérant comme un fou les entendre de sa bouche à elle. C'était à Ma qu'il les chuchotait, ces interrogations, ces doutes ; comme lorsqu'il était enfant et que pour une raison inconnue Marie le boudait. Il ne comprenait pas tout ce qui se passait. De cette famille, rien ne l'étonnait, il baignait dans leur étrangeté depuis son enfance au point que c'étaient les autres qui lui semblaient anormaux. Il ne savait pas comment ni pourquoi elles possédaient ce pouvoir des loups, mais le trouvait aussi normal que le nanisme de son père, ou le fait d'avoir deux mères aussi différentes. Tout cela était son univers. Non, ce qui constituait un mystère pour lui, c'était cet attachement soudain de Marie à la noblesse que tant de fois, ensemble, ils avaient raillée et dépouillée. Et cela l'effrayait bien plus qu'une armée entière de garous.

Antoine de Colonges arriva en même temps que Bertrandeau et le ravitaillement, le soir même. Il avait vieilli mais, à l'inverse de frère Étienne, il était d'une maigreur effrayante. La peau collait à ses pommettes sèches et ridées, et il semblait plus cadavérique que Chazeron. À frère Étienne on présenta Isabeau comme une cousine d'Albérie chez qui elle avait trouvé refuge à Paris, Huc ayant jugé qu'il valait mieux lui distiller la vérité au compte-gouttes. Ma ne se montra pas.

À l'encontre des théories d'Albérie, Chazeron conserva son apparence bestiale sous son masque de mort. Philippus et Isabeau refusèrent d'y voir la preuve évidente que la mutation ne pouvait s'inverser. On brûla le cadavre dans la vaste cheminée de la tour de guet, par morceaux. Du seigneur de Vollore et Montguerlhe, ne resta plus bientôt que la pestilence d'une âcre fumée noire qui lécha les murs de la pièce, les poutrelles de bois, et força chacun à sortir.

L'odeur de chair brûlée rôda longuement par-dessus les toits de la contrée puis, chassée par un vent d'est, s'en fut se perdre et s'oublier.

Les cendres du tourmenteur furent transportées par Isabeau au sommet de cette tour d'où trente et un ans plus tôt Chazeron guettait l'acharnement des loups sur son corps violenté. Isabeau les emprisonna tant qu'elle put entre ses doigts, puis ouvrit ses mains par-dessus les vallons et murmura :

— Puisse Dieu te pardonner, ce que je ne pus jamais !

Ensuite seulement, après avoir remercié Bertrandeau pour sa complicité et son amitié, le laissant rejoindre les siens, satisfait d'avoir épuré la contrée, ils s'en retournèrent à Vollore, l'âme légère et le cœur en paix.

La porte s'ouvrit en silence. La chambre moniale était éclairée d'une simple bougie et seul un air vif soulevait les rideaux épais, délivrant par intermittence un rai de soleil.

Antoinette était alitée et, selon l'abbesse, ses jours étaient comptés. À chacune de ses toux purulentes le contour de ses paupières se cernait davantage d'un violet profond. Elle était pâle autant que les draps blancs. Marie en frissonna mais s'avança pourtant, encadrée par Huc et Albérie. Elle avait accepté de jouer le jeu. Peut-être parce que de lointains souvenirs la lui rappelaient aimante et rieuse, cette femme qu'autrefois elle appelait mère.

La novice tapota l'épaule de la dormeuse.

— On vous visite, dame Antoinette.

Elle ouvrit les yeux, s'attarda un instant sur les visages qui s'approchaient d'elle, puis les referma en murmurant :

— Un beau rêve me tenait. J'y voyais ma fille. Ne m'éveillez plus, mon bon Huc.

— Allons-nous-en, souffla Marie que des larmes étreignirent malgré elle.

— Nous avons promis, l'encouragea Albérie, touchée par des remords tardifs.

— Non, elle a raison, intervint Huc dont le regard s'était fait douloureux. Il est trop tard.

Trouvant soudain en elle un courage fait de tendresse, Marie s'avança jusqu'au lit et prit entre les siennes la paume décharnée d'Antoinette.

— Je vous suis revenue, mère. Huc me ramène auprès de vous, il m'a retrouvée.

Antoinette battit des cils et sourit. De sa main libre, elle envoya un geste gracieux cerner les contours du visage noyé de larmes sincères.

— Oui, chuchota-t-elle en retenant une quinte de toux dans sa poitrine sifflante. Tu lui ressembles. Mon Antoinette avait des yeux ronds comme les tiens.

— Je suis Antoinette-Marie, mère. On me ravit à vous enfant.

— Je le savais. Je l'ai toujours su. Je l'ai supplié de ne pas me séparer de toi, mais il disait que tu étais morte. Il voulait me voir devenir folle pour me répudier, mais il n'a pas réussi. Je suis restée sa femme. Tu lui as échappé. Comme moi.

Elle referma les yeux sur sa douce démence.

— Il est mort, mère. Votre époux est mort.

Un instant, ces mots n'éveillèrent aucun écho, puis des larmes se mirent à couler sur les joues émaciées et les doigts serrèrent ceux de Marie.

— Huc, mon cher Huc, est-ce vrai ? chuchota une voix noyée.

Huc s'approcha à son tour tandis qu'Albérie reculait, laissant l'obscurité l'avaler tout entière. Cette femme avait été sa rivale. Albérie n'avait fait que se protéger, elle ne lui avait pas pris sa fille, elle avait emmené sa nièce. Rien de plus. Rien que de légitime. Elle n'était pas responsable de ce qu'Antoinette avait fait du reste de son existence. Seul Chazeron l'était. Et cependant, elle en était bouleversée.

Huc s'agenouilla à son tour et chassa sur le front blanc une mèche argentée. La réclusion l'avait changée. À moins de quarante ans, Antoinette ressemblait à une vieille femme.

— Votre époux est défunt, dame Antoinette. Je l'ai tué pour sauver Antoinette-Marie. Antoinette-Marie que j'ai retrouvée vivante et belle. Comme vous l'êtes encore.

Son regard d'une infinie tendresse balaya leurs visages tourmentés.

— J'ai tant prié. Oui, tant prié. Mon Antoinette. Mon bébé. Mon amour. Mes amours perdues.

Elle s'empara de la main que Huc lui tendait.

— Pas un instant je n'ai cessé de vous aimer. De vous attendre. Je savais que vous viendriez.

Une quinte de toux la releva et l'envoya cracher quelques filets de sang sur le linge déjà souillé posé sur la courtepointe. Lorsqu'elle retomba sur l'oreiller, elle était plus pâle encore, presque translucide. Ses yeux avaient cette teinte vitreuse de ceux des êtres en partance. Marie ne put retenir un sanglot, bouleversée par cette femme qu'elle avait si peu connue pourtant, mais dont l'affection oubliée lui poignait le cœur. Huc lui-même ne parvenait pas à se détacher de celle qu'autrefois il avait faite sienne. Il ne se souvenait plus vraiment s'il l'avait aimée. Albérie seule avait compté, compterait toujours.

Ils attendaient qu'elle recouvre quelques forces. Mais elles semblaient la quitter de seconde en seconde et sa respiration n'était qu'un sifflement craintif et alterné.

— Je vais mourir, Huc. Hélas, je le sens bien qui m'appelle à ses côtés. Il ne me laissera pas en paix. Jamais. C'est mon amour pour toi qu'il n'a pas pardonné, Huc. Mon époux est ainsi fait. Il ne permettra pas que je vous aie retrouvé. Antoinette, mon Antoinette. Entends-moi. Plus près.

Marie se pencha sur ce qui n'était qu'un murmure épuisé et désespéré.

— Tu es la dame de Vollore désormais. La seule. L'unique. En mémoire de moi, par Dieu tout-puissant, sois celle que je n'ai pas été.

— Je le jure, ma mère. Je le jure sur le mal qu'on vous a fait.

Antoinette de Chazeron s'endormit un sourire aux lèvres. Quelques instants plus tard, tous trois quittaient la cellule en silence. Marie ne demanda pas à Huc ce qui l'avait lié à Antoinette. Elle s'en moquait. Elle était venue par devoir, elle s'en retournait avec le sentiment qu'une part d'elle-même se mourait en ces murs. Une part d'elle-même qu'elle ne pourrait oublier.

Trois jours après, un messager l'avertit de la mort d'Antoinette. Alors, le serment qu'elle lui avait fait prit toute son ampleur.

Elle était la dame de Vollore. Elle l'avait toujours été. Depuis sa naissance. Depuis que le cours des choses avait été changé.

Il suffit à Constant d'un regard sur le front douloureux de Marie pour le comprendre. À Paris, Marie ne reviendrait jamais.

13.

Novembre 1532 s'étirait. L'Auvergne était sereine, le spectre de la bête s'était éloigné et la vie avait repris son cours.

Marie caressa son ventre rebondi et se laissa aller contre le tronc de l'arbre centenaire qui se dressait au milieu du parc du château. « Le seul rescapé d'une effroyable tempête », avait affirmé Huc. Elle se sentait lasse et anormalement forcie. Sept mois seulement. Albérie lui prédisait des jumeaux. De fait, cette grossesse l'ennuyait. Non qu'elle ne se sentît pas mère, c'était l'identité du père qui lui pesait. Jean. Une fois. Une seule fois de toute son existence. Et tant de conséquences.

Elle soupira et passa une main tendre sur son nombril. Il faisait tiède et sec. Au point qu'on eût pu se croire au printemps. Le chiot qu'elle avait adopté quelques semaines auparavant s'étira sans vergogne sur ses doigts de pied dans une herbe soigneusement fauchée, près de Ma qui l'avait elle aussi pris en affection. Marie ne pouvait s'empêcher de songer à Constant. Au moment des adieux, elle lui avait dit qu'elle l'aimait, qu'elle le voulait à ses côtés, ici, pour toujours. Il avait eu un regard triste et avait répondu : « Tu as choisi ton monde, Marie. Ce n'est pas le mien. » Comme elle insistait, il l'avait toisée : « Je ne suis pas comme mes oncles, Marie. Je n'ai pas l'âme d'un bouffon. » Alors elle s'était tue, ravalant ses larmes. Il avait raison. Même si leur éducation était similaire, sans nom en ce monde un individu ne représentait rien. Il n'en avait aucun à lui offrir et était bien trop fier pour accepter un titre qu'il ne respecterait jamais. Il partit avec Isabeau et Jean, deux mois après les funérailles d'Antoinette de Chazeron.

C'est en apprenant qu'Isabeau était grosse que Marie avait pensé à son propre retard de menstrues. Elle s'était tue. Il était trop tôt pour être sûre. Et puis qu'aurait-elle pu dire ? Elle avait choisi son destin.

— Tout est allé si vite, murmura-t-elle dans le silence du parc.

Isabeau et Philippus s'étaient enfermés dans la tour, sous les caissons d'alchimie, des semaines durant. Ils avaient recréé une potion qui n'avait eu aucun effet sur Ma, hormis celui de la rendre malade. Ils s'étaient acharnés mais il avait fallu se rendre à l'évidence. Chazeron ne leur avait pas légué le secret de l'alkaheist.

— L'enfant que je porte est le fruit d'une modification de la nature. Lui seul peut nous donner la clé. Sera-t-il loup ou humain, je l'ignore. Mais ce qu'il sera, nous devrons le sacrifier, avait annoncé froidement Isabeau en leur révélant l'échec de leur recherche et la vérité sur ce qui s'était passé avec Chazeron dans la grotte.

Devant leur mutisme, elle avait poursuivi :

— Philippus et moi avons pris une double décision. Je vais regagner Paris pour m'occuper de mes affaires délaissées depuis trop longtemps. Philippus de son côté retournera en Suisse et s'appliquera à rassembler, outre ses propres notes, tous les écrits qu'il pourra trouver sur la pierre philosophale. Peut-être quelque chose m'échappe-t-il. Un geste, un mélange. Par moments tout me semble si loin, à d'autres si proche. Ma mémoire me joue des tours. Nous nous retrouverons ici au début de l'hiver et reprendrons nos expériences dès que j'aurai mis au monde cette « chose ».

— Comment peux-tu accepter l'idée de cet être en toi ? avait gémi Albérie avec une pointe de dégoût non déguisée.

Isabeau l'avait fixée longuement avec une dureté que Marie ne lui connaissait pas, puis avait lâché :

— De la même manière que j'ai supporté les autres. Pour que tu puisses toi aussi porter un jour un enfant humain.

Albérie avait baissé la tête douloureusement. Elle avait failli oublier que l'alkaheist était né à cause d'elle, de sa souffrance, de son désespoir de ne pas donner de fils à Huc. C'est pour toutes ces raisons qu'Isabeau et la Turleteuche avaient entrepris leurs recherches. L'idée de le tester sur Chazeron, et de le tuer avec, était venue bien après.

— Moi, je ne reviendrai pas.

Marie avait senti son cœur se briser et tous les regards avaient convergé vers Constant, dos au mur, bras croisés sur cette évidence. Ses yeux lourds et noirs pesaient sur elle comme un ciel d'orage. Elle avait seulement répondu : « Je sais », et Isabeau avait repris la parole pour expliquer que chacun ici était libre de ses choix, mais que désormais ils étaient une famille. Unis ou désunis, le même secret les liait.

Constant avait hoché la tête et Ma s'était couchée à ses pieds comme pour affirmer sa confiance en lui.

Ils s'étaient séparés quelques jours plus tard. Ma était restée auprès de Marie, mais on la sentait déchirée du départ de Philippus. Huc et Albérie s'installèrent à Vollore et nul n'y trouva à redire.

Bertrandeau, selon leurs accords, fit courir le bruit que messire Huc avait tué la bête et qu'il avait fait son rapport à François de Chazeron.

Le chiot s'étira en jappant d'aise et Marie le ramena sur ses genoux. La lettre d'Isabeau tomba à terre et elle laissa le vent d'une douceur inhabituelle en ce début d'hiver la pousser au milieu des feuilles mortes.

Dans quelques semaines, Isabeau et Jean seraient là de nouveau, tout comme Philippus. Elle pouvait mentir, Albérie le lui avait recommandé, dire qu'elle attendait l'enfant de Constant. Jean ne serait pas dupe. Elle aurait mieux fait sans doute d'avorter comme sa tante l'avait conseillé tout d'abord. Mais pas plus qu'alors elle ne regrettait sa décision. Elle se savait faite pour cela. Pour donner des enfants à cette terre. Qu'ils n'aient pas de père n'avait pas d'importance. Ils porteraient le nom de Chazeron. C'était bien suffisant pour les légitimer.

Le chiot se mit à mordiller ses doigts, puis sauta sur l'enfant qui bougeait. Aussitôt, Ma se leva et l'emporta fermement par l'échine jusqu'à terre.

— Ma, il ne me gênait pas ! s'indigna Marie en riant.

La louve lui coula un regard empli de tendresse, et se mit à jouer avec Noirot qui revenait à la charge, cette fois avec ses pattes.

— Ce sont nos enfants, mère, murmura Marie en couvrant son ventre, et je jure qu'un jour comme ce chiot tu les tiendras dans tes bras.

La louve lécha avec douceur la main que Marie tendait au-dessus de sa tête. Ravi de jouer les trouble-fête, Noirot tira sur la manche du mantel de la jeune fille. Il fallut un coup de museau de Ma pour lui faire lâcher prise et l'envoyer rouler dans l'herbe où, boudeur, il se terra le nez sur ses pattes de devant. Marie éclata d'un rire joyeux, se leva et, se tenant les reins d'une main ferme, s'en revint vers le château où la cloche sonnait le repas.

Philippus se frotta les yeux à la vue du ventre qui précédait les bras tendus de sa fille.

— Dieu du ciel, s'exclama-t-il, en prenant à pleines mains cette sphère.

Aussitôt, l'émotion le submergea et il enlaça tant qu'il put cette enfant chérie, ce qui se borna à frotter l'un contre l'autre deux ventres rebondis et scella leur complicité d'un joyeux éclat de rire. L'instant d'après, c'était Ma qu'il couvrait de sa tendresse, exprimant en un regard combien elle lui avait manqué.

Le soir même, Philippus confirma les soupçons d'Albérie en examinant Marie.

— Les battements de cœur sont bien distincts. De fait, ma fille, ils sont au moins deux à se partager ce nid-là ! La délivrance ne tardera pas.

— Deux ! Comment est-ce possible ?

— Ma foi, le père est de bonne semence. Quand arrive-t-il ?

Marie se mordit les lèvres. Philippus fronça les sourcils.

— Tu n'as rien dit à Constant, n'est-ce pas ?

Elle n'hésita qu'un instant puis lâcha tristement :

— Jean Latour est le père.

Philippus prit un air ennuyé, mais s'abstint d'émettre un jugement. Avec des gestes précis, il rangea ses instruments dans sa valise de cuir, puis s'assit au pied du lit de la jouvencelle.

— Veux-tu qu'on en parle ? demanda-t-il simplement en lui prenant les mains.

— Il n'y a rien à dire. Cela s'est passé cette nuit avant votre arrivée à Vollore. J'étais effrayée, perdue. Nous nous sommes laissé gagner l'un et l'autre. Je ne lui reproche rien.

Elle haussa les épaules. Lui remercia le ciel de n'avoir pas l'intéressé sous la main pour dégourdir ses poings sur l'heure. Il avait connu lui-même bien assez de femmes dans sa vie pour savoir que l'on n'abusait pas inconsidérément d'une vierge. Jean s'était conduit comme un franc goujat et il ne perdrait pas l'occasion de le lui reprocher. Marie dut sentir sa colère, car elle supplia :

— Ne lui dis rien, je t'en prie. Il ignore ma grossesse et je ferai tout pour qu'il ne puisse s'en croire responsable. Isabeau l'aime, je crois. Je ne veux pas causer de drame.

— Il devrait réparer.

— Je ne l'aime pas.

— Soit. Je ne m'en mêlerai pas. Mais cela coûte à mon orgueil de père.

— Songe plutôt à ta fierté d'être grand-père. Et doublement de surcroît.

— Grand-père...

Philippus embrassa les mains de Marie avec ferveur.

— J'ai bien assez d'amour et de temps à rattraper pour vous chérir tous les trois.

Isabeau et Jean arrivèrent la semaine suivante. Si Isabeau s'étonna, Jean blêmit au-delà du possible et Philippus dut se contrôler pour ne pas lui sauter au collet. Pourtant, fidèle à sa promesse, il ne broncha pas et le salua comme si de rien n'était. Isabeau quant à elle ne posa aucune question. Elle était épuisée. Malgré le beau temps qui s'éternisait sur la France, le voyage avait été difficile. Elle n'était plus jeune et avait beaucoup forci. Philippus lui recommanda la couche sur l'heure pour qu'elle puisse sans danger mettre la « chose » – comme elle persistait à l'appeler – au monde.

Isabeau s'y plia de bonne grâce et s'en remit à l'attention de sa sœur qui ne demandait pas mieux. Marie évitait soigneusement de se retrouver seule avec Jean et Philippus l'y aidait, gentiment, en se tenant autant qu'il le pouvait dans son sillage. Cela arriva pourtant.

Isabeau se sentit mal deux jours plus tard et Albérie envoya quérir Philippus. Marie voulut l'accompagner mais il refusa son aide. Le ventre d'Isabeau était bas. L'accouchement approchait et il ne voulait pas effrayer Marie. Elle se trouva seule dans le couloir, désemparée. Avant qu'elle ait pu s'y opposer, Jean la saisit par le bras. L'entraînant dans une chambre voisine, il prit soin de refermer la porte derrière eux.

— Ta fuite est un aveu, Marie, annonça-t-il sans préambule. J'ai souvent été inconséquent et futile, coureur de dot et de jupons, briguant des faveurs et des écus, mais avec franchise, sans me montrer meilleur que je n'étais, sans rien promettre que je ne pusse tenir. Pas cette fois. Je ne peux pas te laisser porter mes enfants, Marie.

— Ce ne sont pas tes enfants, affirma-t-elle d'une voix tremblante.

Un éclair de colère traversa les prunelles de Jean. Il lui agrippa les poignets avec violence, lui arrachant une grimace, et la força à soutenir son regard.

— Tu me fais mal, gémit-elle. Lâche-moi.

— Pas avant d'entendre la vérité, Marie.

— Et qu'y changerais-tu ?

La dureté du visage de Marie lui fit lâcher prise. Un moment, il ne sut que dire, puis d'une voix éteinte il annonça :

— Je vais réparer.

Marie éclata d'un rire qui sonnait faux.

— Oublie cela, Jean. J'ai choisi de garder ce présent de vie. Tu ne me dois rien.

— Je t'ai déshonorée. Cela a un sens pour moi.

— C'était avant qu'il fallait y songer, riposta-t-elle sans amertume.

Il se laissa choir pourtant sur le lit et se prit la tête entre les mains.

— Tu ne comprends pas, Marie.

— Il n'y a rien à comprendre. C'est mon choix. Je t'ai provoqué, souviens-toi. Tu n'as rien à te reprocher. Et je ne te reproche rien.

Il se redressa vivement et de nouveau s'empara de ses poings avec fébrilité.

— Tu ne comprends pas, répéta-t-il. Je n'ai pas cessé un instant de penser à cette nuit. Voir Constant te repousser me rendait fou, te surprendre entre ses bras me rendait fou aussi. Je ne comprenais rien. C'est Isabeau qui m'a ouvert les yeux. Je t'aime, Marie. Épouse-moi.

Marie sentit ses jambes flageoler. Elle ouvrit la bouche pour répondre, mais aucun son n'en jaillit. Ce n'était pas cet aveu qui la bouleversait, mais le fait qu'Isabeau soit au courant de sa traîtrise. Elle blêmit tant que Jean la cueillit dans ses bras et l'aida à s'allonger sur le lit. Il chercha ses lèvres avec douceur. Elle ne lui résista pas. Elle n'en avait pas la force. Ce baiser pourtant lui révéla son évidence.

Lorsque Jean s'écarta d'elle, elle avait repris ses couleurs.

— Je ne veux qu'un seul père pour mes enfants, affirma-t-elle, et ce n'est pas toi, Jean. Je ne t'aime pas. J'éprouve du désir, oui. Seulement un désir qui m'emplit de honte.

Il accusa le coup, mais se reprit vite.

— Constant a choisi. Il ne veut pas de toi. Et quand bien même il reviendrait sur sa décision, accepterait-il les enfants d'un autre ? J'en doute.

— Il aurait pu lui aussi..., commença-t-elle.

— Tu mens. Constant est un cœur pur. Jamais il ne t'aurait déshonorée. Jamais. Et s'il l'avait fait, il serait resté.

— Tu as raison. Constant est un être sans malice, sans mensonge, sans fard. Comment peux-tu penser que je l'oublierai dans tes bras ? Je ne t'épouserai pas. Je suis de la race des louves, Jean. J'aurai des amants sans doute, mais pas d'autre amour en moi.

Il se redressa. Ces mots lui firent l'effet d'une injure. Sa main partit et la gifla au visage.

— Je ne te laisserai pas devenir une catin, gronda-t-il comme pour s'excuser d'un geste qu'il regrettait déjà.

Marie était rouge autant de colère que de la trace de ses doigts.

— En ce cas, Jean Latour, tiens-toi loin de moi, répondit-elle dans un souffle mauvais.

Il recula, effrayé par la douleur qui s'insinuait en lui. Une douleur qu'il n'avait jamais connue et pensait ne jamais devoir connaître. Il regarda ce ventre empli de vie qui tressautait sur la courtepointe malgré l'abondance des jupons puis se retourna et sortit de la pièce avec l'envie de découdre qui se trouverait sur son passage.

Marie resta longuement sans bouger. Elle ne pensait rien de ce qu'elle lui avait dit. Elle tenait à lui, même si sa tendresse était loin de celle qui la liait à Constant. Il aurait sûrement pu la rendre heureuse. Sûrement. Il serait devenu seigneur de Chazeron et ses enfants auraient grandi dans une vraie famille. Elle aurait fini par oublier Constant.

— Non, murmura-t-elle. Je ne pourrai pas.

Résolument, elle se leva et alla frapper à la porte d'Isabeau. Elle reposait contre plusieurs oreillers dans une chambre inondée d'un soleil persistant. Elle était seule.

— Approche, ma Marie, l'invita Isabeau en lui tendant une main chaleureuse. Ton père vient de partir. Il semble que cela soit proche pour toi comme pour moi.

Marie s'installa à ses pieds et Isabeau émit un petit rire en la voyant caler précautionneusement son ventre embarrassant sur ses genoux.

— Je ne sais plus qu'en faire, répliqua Marie, attendrie.

— Bientôt, tu sauras. L'épouseras-tu ?

Marie blêmit.

— Qui ? demanda-t-elle idiotement.

— Jean, bien sûr !

Marie baissa les yeux, amenant un voile de tendresse sur le visage d'Isabeau.

— Dès le jour où je l'ai vu, j'ai compris qu'il t'adorait. Regarde-moi, Marie. Je suis une vieille femme et Jean est de vingt ans mon cadet. Mon savoir le fascinait et il était sincère quand il prétendait m'aimer. Il s'en est convaincu, car entre vous il y avait Constant. Constant son ami. Constant à qui il devait aussi la vie. C'était plaisant d'être sa maîtresse. J'avais besoin de son intérêt, de son attention à un moment où tout brusquement me ramenait à mes angoisses passées. J'ai accepté ce qu'il me donnait en sachant que cela ne durerait pas. Que cela t'appartenait. Je t'aime, Marie. Tu es le prolongement de ma vie qui s'effile. Tant de fois, j'ai échoué. Tant de fois, le destin a eu raison de mes rêves. Ne laisse pas l'orgueil aveugler les tiens. Jean n'est pas parfait, mais il est loyal et fidèle. Le reste compte peu, crois-m'en. Épouse-le. Ce ne sera pas un mauvais choix.

— Je ne peux pas, grand-mère. Peut-être un jour. Pas pour l'heure.

— Quand ? demanda Isabeau.

— Quand je serai certaine d'avoir perdu Constant.

— N'est-ce point seulement l'entichement de cette âme d'enfant que tu refuses de perdre ?

— Non. Nous avons grandi ensemble, ri, pleuré ensemble, c'est sur ses lèvres que j'ai tracé mon premier baiser, certes, mais mon amour aussi a suivi cette route. Je n'ai jamais considéré Constant comme un frère. D'aussi loin que je me souvienne, j'ai toujours su qu'il resterait à mes côtés.

— Mais il ne s'y trouve pas. Et c'est à un autre que tu t'es offerte. Spontanément.

— Le désir...

— Non, Marie. Le désir est une chose. La peur, l'angoissante solitude pèsent sur les cœurs, mais, si tu aimais Constant de tout ton être, tu n'aurais pu supporter d'autre étreinte que la sienne. Crois-moi. Peut-être est-il celui dont tu rêvais, mais pas celui que ton âme a choisi en secret.

Marie resta un instant songeuse. Isabeau respecta son silence puis ajouta :

— Prends le temps d'y réfléchir. Quoi que tu décides, tu as ma bénédiction, Marie. Cette vie est la tienne. Personne, jamais, ne doit te la voler.

— Je m'en souviendrai, grand-mère.

Isabeau ferma les yeux et Marie s'éclipsa.

Le restant de la semaine fut morose. Le temps avait changé brusquement. Le froid survint sous forme de bourrasques de neige, alors que rien ne l'annonçait. En quelques heures, les sommets vallonneux de l'Auvergne furent recouverts d'un blanc laiteux et il fallut allumer les cheminées du château tant l'air qui en descendait glaçait les pièces. La fumée s'y éternisa jusqu'à ce que les conduits se réchauffent assez pour l'emporter au-dessus des toits, faisant racler les gorges, agaçant les nez, forçant à entrebâiller les fenêtres. Puis tout s'apaisa. La torpeur hivernale isola le château de Vollore et ses gens du reste de la contrée et décembre amena les préparatifs des fêtes de Noël.

Marie accoucha douze jours avant la naissance du Christ en le priant de toute son âme d'hérétique de lui laisser ses enfants. Les deux.

On les nomma Antoine et Gasparde, faux jumeaux qui ne se ressemblaient pas et qui braillaient du soir au matin, épuisant les seins de leur mère au point qu'il fallut quérir une nourrice à Thiers. Rassasiés enfin aux mamelles lourdes de la solide fermière, ils consentirent à laisser quelque repos à Marie.

Ma ne la quittait pas, veillant sur les siens avec une douceur qui avait fait très vite oublier au château sa nature de louve. Philippus ne cessait de fredonner des comptines gutturales dont il se souvenait avec attendrissement et Jean couvait sa progéniture d'un désir de paternité qui le surprenait autant que Marie.

Elle avait espéré qu'Isabeau lui remettrait une lettre de Constant en réponse à toutes celles qu'elle lui avait envoyées depuis leur séparation. Il n'avait pas écrit. Il s'activait dans le sillage de Jean Calvin, passait désormais tout son temps à soutenir la Réforme menacée par ses détracteurs, de plus en plus nombreux dans l'entourage du roi. Croquemitaine avait eu beau le raisonner, rien n'y faisait. Il allait jusqu'à distribuer la nuit des pamphlets contre l'Église. Il en semait au seuil des maisons, des boutiques, des ateliers, escorté de Solène, sa jeune sœur, et d'une bande d'autres garçons de son âge que Marie connaissait bien. Ils étaient leurs compagnons de jeux. Bertille s'en arrachait les cheveux, tremblant chaque nuit qu'ils soient arrêtés par le guet. Mais Constant n'écoutait rien ni personne. À part Calvin. Et Calvin se souciait peu d'autre chose que de sa propre gloire au travers de ses idées.

Marie en conclut qu'il se perdait dans cette tâche pour ne pas penser à elle. Mais elle n'y pouvait rien. Elle ne pouvait plus le rejoindre quand bien même elle l'aurait voulu. Et elle ne voulait pas quitter Vollore.

— Épouse-moi !

Elle s'éveilla sur ces mots. Jean était courbé au-dessus de ses lèvres. Les jumeaux avaient une semaine. Elle percevait leur souffle régulier dans les berceaux proches de son lit. Au-dehors la nuit était belle, piquetée d'étoiles. Elle secoua la tête mais il s'empara de sa bouche une nouvelle fois, comme s'il voulait refouler au plus profond d'elle cette résistance stupide. Marie se laissa emporter, gorgée encore de sommeil, puis il la quitta. Elle le regarda fuir sans remords puis se rendormit, se demandant à peine si elle avait rêvé.

Noël passa sur les vagissements des jumeaux. Ils prirent le nom de Chazeron sur le livre d'heures de Marie, ce qu'Étienne de la Faye, l'annotier du Moutier, consigna sans discuter. Jean grinça des dents, mais choisit d'attendre. Tant que Marie ne le chassait pas, il pouvait espérer la fléchir. Mais il se sentait peu fier d'évoluer ainsi entre elle et Isabeau, sans malice pourtant. De part et d'autre les choses étaient claires. Il les aimait toutes deux, pour des raisons différentes, mais il n'y pouvait rien.

L'année 1532 venait de tourner bride lorsque Isabeau accoucha de la « chose ». Par un après-midi pluvieux et maussade. Elle hurla longuement. Effrayés, les jumeaux ne tardèrent pas à pleurer de manière stridente, amenant sur le château une atmosphère de fin du monde.

Marie voulait assister Albérie, mais Philippus s'y opposa. Comme toutes les jeunes femmes en relevailles, elle était fragile et déprimée. Il ne tenait pas à ajouter à ces humeurs la vision d'un enfantement monstrueux. De fait, il s'en félicita, car il dut ouvrir ce ventre que la nature ne forçait pas et sortir l'enfant par la chirurgie. Car au-delà de la « chose », il y avait l'enfant.

Ils étaient accolés l'un à l'autre par une jambe et un bras. Prolongement d'une même chair pour un masque à deux visages. L'un était rond et poupin, l'autre n'était que poils et difformité. Siamois. Philippus n'avait jamais vu pareille étrangeté. Et fut heureux qu'Isabeau soit endormie.

Un instant, ils ne surent que faire devant cette naissance, puis Albérie saisit la jambe double. D'une main ferme, elle la suspendit en l'air et donna une tape dans le dos des nourrissons. Ils crièrent ensemble tandis que Philippus s'activait à recoudre le bas-ventre d'Isabeau.

— Si les fièvres ne la gagnent pas, elle s'en sortira, affirma-t-il en achevant le bandage.

— Que faisons-nous de « ça » ?

Le doigt tendu d'Albérie marquait son dégoût.

— Il convient de les séparer, je crois.

— En finir serait préférable !

— Seule Isabeau sait ce qu'il doit être. Elle choisira. Ils sont double, Albérie. Je ne veux pas qu'elle les découvre ainsi.

Il s'activa seul. Albérie ne broncha pas. Sur le visage doux du garçonnet, elle reconnaissait à s'y méprendre les traits de Loraline. À cause de cette ressemblance, elle savait déjà quel serait le choix de sa sœur. Isabeau s'éveilla tard dans la nuit, tourmentée par la fièvre et les cauchemars. Ils se relayèrent à son chevet puis au matin la température retomba et elle demanda à voir.

Mais ce qu'elle vit tout d'abord, ce fut Ma. Ma qui s'était faufilée dans la pièce derrière Philippus. Ma qui s'était approchée de la table où les langes se trouvaient. Ma qui, d'une langue râpeuse, léchait le visage du garçonnet.

— Montrez-le-moi, demanda Isabeau, attendrie.

Philippus lui présenta le nouveau-né, Ma sur ses traces jappant de joie comme un jeune chiot. Isabeau aurait voulu le haïr, elle ne le put pas. Comme Loraline, il était l'enfant de son tourmenteur. Mais il était aussi son enfant. Son fils.

Elle jeta un regard sur le monstre qu'Albérie lui tendait puis, d'une voix sereine, annonça :

— Nous sacrifierons la « chose ». L'autre vivra.

Philippus s'en sentit soulagé. Pas un instant il n'avait pu imaginer trépaner ce poupon gracieux. Comme pour leur donner raison, un grognement s'échappa des bras d'Albérie et la « chose » s'agita.

Isabeau détacha ses yeux du poupon que Ma ne quittait pas et affirma :

— L'autre ne vivra pas longtemps. Il faut agir vite. Je ne peux vous aider, Philippus, mais vous savez pas à pas ce qu'il faut faire. Alors faites et ramenez-moi Marie. Qu'elle sache qu'un Chazeron de plus vient de naître.

Malgré la haine qu'elle éprouvait pour le seigneur de Vollore, Marie approuva le choix de sa grand-mère. Elle se proposa de les élever tous les trois ensemble, auprès de Huc et d'Albérie qui venaient d'hériter d'un coup d'une belle descendance.

Ils couchèrent le petiot que l'on prénomma Gabriel auprès des autres et le nourrirent au même sein, tandis que, dans la tour du château, assisté d'Albérie, Philippus exécutait leur sentence.

Il fallut attendre fin février pour qu'Isabeau soit remise et apte à reprendre la route. L'alkaheist était prêt mais, tel qu'il était, il ne pouvait agir. Il fallait, à partir de lui, créer le contrepoison. Philippus estimait qu'il ne le pouvait à Vollore. Trop de cornues manquaient, de même qu'un deuxième athanor. À Bâle, il possédait davantage les moyens d'agir. Il résolut donc de partir, mais cette fois Ma manifesta son désir de l'accompagner.

Marie sentit son cœur se briser lorsqu'elle le comprit, mais ne s'y opposa pas. Elle n'était plus seule désormais. Elle avait une famille. Jean insista pour rester, mais Marie fut inflexible :

— Isabeau a plus que jamais besoin d'être secondée à la boutique. Je ne peux supporter l'idée qu'elle y retourne seule. Les chemins sont peu sûrs et à Paris la colère gronde contre les hérétiques. Elle a besoin de toi, quoi qu'elle en dise.

— Toi aussi.

— Non, Jean, ricana Marie. Bien au contraire, j'ai besoin de solitude pour mettre de l'ordre dans mes sentiments.

— Tu avoues donc qu'ils existent, se rengorgea-t-il.

— Tu es mon ami. Tu l'as toujours été. Ne m'en demande pas davantage. C'est un peu comme si je me retrouvais veuve de l'amour d'une vie. Laisse-moi le temps de faire mon deuil.

— Bien. J'accepte ton choix. Prends soin de nos enfants.

— Et toi, Jean, prends soin des miens. Prends soin de lui.

Jean hocha la tête. Constant restait son ami, mais il doutait qu'en apprenant la vérité il respecte encore le compagnon d'armes qu'il était.

Vollore se dépeupla des siens à nouveau. Mais cette fois, Marie se sentit abandonnée. Avec Ma, une partie de son enfance s'éloignait. Avec Jean, cette autre part d'insouciance. Mais elle était la dame de Vollore, désormais. Elle en avait fait le serment à sa mère d'adoption.

Elle serait cette vie qu'on lui avait volée.

Et cela dura quelques mois de bonheur et de sérénité à voir grandir ses enfants. Puis de nouveau le destin se mêla de défaire cet écheveau que les siens avaient tissé.

Par la volonté d'un homme.

Par le caprice d'un roi.

14.

Marie s'effaça en une révérence gracieuse devant la barbe en collerette et le nez aquilin de François Ier. Le château de Thiers était impraticable du fait de nombreuses réparations et c'est à Vollore que le roi de France avait choisi de faire halte cette nuitée.

On dispersa sa cour dans les modestes chambres de l'étage et des tentes se dressèrent prestement dans le parc et les jardins pour accueillir ceux qui n'y pouvaient trouver place. Par chance, succédant aux nombreuses giboulées qui avaient trempé mars, ce mois d'avril 1533 était baigné d'une belle et lumineuse tiédeur.

Avertie depuis quelques jours seulement de la décision et de la visite royales, Marie avait dû faire face en hâte au ravitaillement. Fort heureusement, Albérie, qui avait retrouvé ses marques et son intendance, avait paré avec prestesse et efficacité le moindre recoin du château du nécessaire comme du superflu.

Le roi François fut touché, autant par l'accueil qu'on lui fit que par ce minois rieur et charmant qui offrait à sa gourmandise naturelle un sourire aussi charnu qu'un fruit à croquer.

— Dame de Vollore, dit-il en la relevant d'une main baguée habituée à la caresse, vous comblez ma cour d'une charmante présence. Où se tient votre père, que je le félicite ?

— Il souhaite que vous lui pardonniez, Majesté. Il s'active pour ses affaires et n'a su que trop tard l'honneur que vous lui destiniez. Je suis seule ici avec mes enfants.

— Vos enfants ?

— Des triplés, Majesté.

Derrière le roi, un jouvenceau parut, la mine étonnée. Marie le reconnut aussitôt. Il s'agissait du dauphin, François.

Avec Constant, une fois, ils avaient jeté des bouses contre sa voiture. L'une d'elles l'avait atteint au pourpoint comme il descendait, causant alentour une réprobation générale. Ils n'avaient pu s'enfuir que grâce à leur agilité et étaient demeurés cachés plusieurs jours pour échapper à la sentence de mort que leur faisait encourir ce crime. Marie rougit malgré elle de ce souvenir cuisant et offrit au fils du roi une nouvelle révérence.

Elle avait grandi et il ne pouvait la reconnaître, mais elle ne put s'empêcher comme alors de se sentir en danger.

— Relevez-vous, ma dame. Cet exploit de maternité honore la France. D'autres en auraient queurvé [1]. À l'inverse, vous rayonnez.

— C'est par l'honneur de votre présence, Majesté.

François éclata du rire qui avait assis au-delà des frontières sa réputation de bon vivant et applaudit gaiement, amenant l'exemple en sa cour.

Étonnée et ravie, Marie s'empourpra de nouveau jusqu'aux oreilles et resta les bras ballants, sous l'œil du dauphin qui dévorait sa gêne avec un plaisir non dissimulé.

— Qu'on nous amène ces chérubins. Je veux les mettre sur l'heure sous ma royale protection. Ainsi que leur père dont la semence est bien vigoureuse.

1. Mourir, crever.

— Leur père s'est porté aux côtés du mien, hélas, s'empressa d'expliquer Marie, comme Bénédicte et Albérie amenaient les enfants dans leurs langes.

— Trois garçons ?

— Deux, Majesté, Gabriel, Antoine, et voici Gasparde, ma fille.

Le roi souleva les deux mâles dans ses bras et les offrit aux regards de la cour.

— Prenez donc exemple sur cette jouvencelle, dames de France, et n'ayez point honte d'offrir vos culs pour la postérité. À dater de ce jour, il y aura une prime pour chaque portée de triplés !

Un nouvel applaudissement accueillit la décision royale et Marie eut soudain l'impression de se retrouver au milieu d'une de ces farces que jouaient les gueux. D'autant que, s'étant frayé passage jusqu'à elle, le fou du roi, Triboulet, qu'elle connaissait bien pour être le frère de Croquemitaine, mimait avec force gestes et gémissements un accouplement simiesque pour le plus grand amusement de tous.

François le laissa distraire ses gens puis rendit les enfants à leur nourrice. Il tapa dans ses mains pour réclamer le silence.

— Holà ! cria-t-il. Qu'on nous donne à boire et à manger ! Quant à vous, belle dame, restez à mes côtés et contez-moi un peu quel traitement votre époux vous fit pour si beau résultat.

D'autorité, il la saisit par les épaules et l'entraîna. Elle se défendit d'un « Sire » à demi outré, mais cela n'eut pour effet que de faire rire le roi et ses fils qui lui emboîtaient le pas.

Albérie avait veillé à convier jongleurs et saltimbanques et le repas fut joyeusement animé. Le vin coulait à flots et le roi François resta fidèle à sa réputation de bon vivant, pinçant les fesses et les tétons des servantes lorsqu'elles se penchaient pour poser les plats, leur volant un baiser de-ci de-là. Marie se sentait mal à l'aise, mais il la respecta.

De fait, la jeune maîtresse du roi, Anne de Pisseleu, que Marie avait souvent vue à la boutique, la reconnut au cours du repas.

— N'êtes-vous point la nièce d'Isabelle de Saint-Chamond ?

— Si fait, avoua-t-elle.

Le roi se retourna vers elle et l'examina vivement.

— J'ignorais qu'elle fût apparentée à ce coquin de Chazeron, dit-il sans malice.

Marie se mordit les lèvres.

— Même un roi ne peut tout savoir, répliqua-t-elle d'un ton léger. Ne disiez-vous point tout à l'heure qu'une femme se doit de garder un soupçon de mystère ?

La réponse plut au roi car il marqua de l'étonnement puis s'écria :

— De l'esprit. Ma chère Anne, cette jeune dame n'est pas seulement une mère, elle a de l'esprit. Tant pis pour vos hommes, chère Marie, dès demain je vous enlève.

— Vous m'enlevez, Sire ? bafouilla Marie.

— Nos pas vont vers Marseille chercher une épouse à mon cadet. Votre père briguait une charge à la cour. Je vous offre celle de dame d'honneur de ma future bru.

— Mais, Sire, mes enfants !

— Vos nourrices savent y faire. Et votre époux y gagnera aussi. Allons, plus un mot, c'est décidé, vous nous accompagnerez.

— Et s'il me plaisait de refuser, Majesté ? s'offusqua Marie.

Avec un regard courroucé, le roi porta ces paroles à son oreille :

— Acceptez. Les luthériens ont besoin de vous en cour de France.

Marie plongea le nez dans son assiette. Elle comprenait soudain. Le roi estimait Isabeau. Mais elle s'était placée ouvertement du côté de ces hérétiques qu'il ne pourrait soutenir longtemps encore malgré ses affinités pour leurs croyances.

Marie avait choisi son destin, mais peut-être était-il ailleurs. Peut-être avait-elle aussi une mission à accomplir. Celle de sauver sa famille. Celle de sauver Constant dans l'autre camp. Malgré lui. Malgré tout.

En un éclair sa décision fut prise.

— Je vous suivrai, Sire, si vous me promettez de me laisser libre de rendre visite à mes enfants autant qu'il me plaira.

— Bigre, vous parlez de Fontainebleau comme d'une prison. Nul ne songe à vous contraindre, belle Marie, bien au contraire !

Marie croisa le regard vicieux du dauphin et, un instant, en eut un doute pernicieux. « Bah, se dit-elle en soutenant ses prunelles animées, j'ai vaincu bien d'autres démons que toi ! »

Le surlendemain, ses malles bouclées, elle bisait les petiots, Albérie et Huc, et dans sa litière suivait le sillage d'une cour joyeuse.

Albérie avait trouvé l'idée de sa nièce mauvaise jusqu'à ce que Marie lui rapporte les paroles du roi. La dernière lettre d'Isabeau faisait état d'un durcissement de l'opinion contre les luthériens. François Ier continuait de prendre leur défense.

— Ils sont ma famille aussi, expliqua Marie. J'ai grandi dans les théories de Luther. J'ai raillé la Vierge, porté cette foi nouvelle plus loin peut-être que de nombreux autres. J'ai appris beaucoup ces derniers mois, en astrologie, en rhétorique. Ici, mon savoir est inutile. À la cour du roi, il servira une cause. Peut-être me suis-je trompée ? Peut-être n'est-ce point le moment d'être seulement la dame de Vollore ?

— Embrasse Constant pour moi, répondit Albérie.

Au-delà du discours que tenait Marie, il en était un autre. Celui de son cœur.

— Tu as raison, ma tante, chuchota-t-elle en se jetant dans ses bras. Peut-être ai-je simplement besoin de choisir mon camp ?

— Alors va ! Et fais de ton mieux.

Albérie l'embrassa et la regarda partir, anxieuse. Huc enlaça sa femme avec tendresse et chuchota à son oreille :

— Nous voilà fin seuls, mon épousée. Je rêvais d'une grande et belle famille, nous l'avons ce jourd'hui.

— Étrange famille en effet, s'attendrit Albérie.

— Quelle importance. Un enfant n'est rien d'autre que ce que l'amour en fait. Et tu seras la meilleure des mères.

— En es-tu sûr, Huc de la Faye ?

— Plus que je ne l'ai jamais été.

— La petite a la marque. La marque des loups.

— Il faut se rendre à l'évidence, soupira Huc avec humour. Bon sang ne se perd jamais.

Quelques jours plus tard, le roi et sa cour atteignaient Le Puy. Marie avait partagé sa litière avec deux damoiselles charmantes qui l'avaient éclairée sur la bru du roi et se trouvait fort aise de ces détails. Elle pouvait désormais grâce à leur caquetage mettre un nom, une fonction, un titre et quelques ragots sur presque toutes les têtes. Elle en connaissait certaines.

C'était leur jeu favori, avec Constant, de s'installer sur les gargouilles de Nostre-Dame et de regarder la cour, quand celle-ci était à Paris, se réunir sur le parvis, étaler ses soieries et ses dentelles, laisser se nouer et se dénouer intrigues et gourgandages. Parfois, ils laissaient tomber quelques crottes dont ils avaient fait provision sur les manteaux d'hermine ou à côté. Il y avait tant de pigeons et de tourterelles à Paris que les nobles ne songeaient pas à regarder en l'air. Ils s'époussetaient, s'essuyaient, étalaient les taches pour le plus grand bonheur des sacripants. Parfois, ils se grimaient en mendiants, s'installaient sur le parvis et pleuraient après quelques pièces, repérant ainsi les bourses rebondies. Au détour d'une ruelle, ils en délestaient le propriétaire ou passaient le relais à d'autres, en attente.

Marie avait du mal à s'imaginer au milieu de ces gens qu'elle méprisait hier encore. Ils avaient des plaisirs futiles. Comme eux. À la différence qu'ils se vautraient dans une débauche de vin, de nourriture et de sexe qui l'écœurait un peu. Elle les voyait de loin, se sentait différente, mais son rire accompagnait leurs tours, mimait leurs gestes, donnant l'illusion parfaite qu'elle se trouvait à sa place, tandis qu'elle conservait une prudente réserve.

François Ier ne perdait pas une occasion de la citer comme un « ventre d'exception ». S'il n'eût été le roi, elle l'aurait volontiers giflé.

Auprès de la reine Éléonore pourtant, elle avait plaisir à se trouver. Discrète et d'une douceur faite de grâce, on oubliait vite avec elle son rang et sa fortune. Marie la trouvait belle. Les gens de cour la voyaient insipide tant ne brillaient que deux joyaux autour du roi : sa maîtresse Anne de Pisseleu et Diane de Poitiers, si parfaite qu'un seul de ses regards suffisait à mettre la cour et le jeune duc d'Orléans en émoi.

François Ier avait entrepris ce voyage pour s'en venir à la rencontre de sa bru, une Médicis prénommée Catherine qui scellerait, par sa dot, son alliance italienne, mais c'était aussi l'occasion pour lui de présenter son épouse et le dauphin. Ainsi, chaque fois qu'ils pénétraient dans une ville, la reine et le dauphin s'y avançaient les premiers pour y recevoir des vivats de liesse.

Il en fut ainsi au Puy où une fête somptueuse les attendait. Un banquet dressé sur la grand-place recevait toutes les chandelles de la ville. On avait barré les rues pour que le peuple pût voir le roi sans s'approcher par trop et l'on distribuait mangeaille au tout-venant.

Marie se trouva placée près de la reine. Pour, lui dit François, qu'un peu de sa fertilité baigne le lit de France. Cette place lui convenait car la discrétion d'Éléonore n'avait d'égale que sa gentillesse. En plein repas, qu'égayaient des jongleurs et autres ménestrels, un cortège s'avança, précédé d'une solide garde, sous l'œil inquiet de la populace.

Marie suspendit sa main qui portait à ses lèvres une cuisse de poulet aux épices et demeura bouche ouverte devant l'homme qui s'inclinait d'étrange manière dans un silence pesant. François se dressa avec un sourire affable et le salua à son tour :

— Khayr al-Dîn, quelle parole me portes-tu, mon ami ?

— Salut d'Allah pour ton âme et celui de mon maître Soliman. Voici pour te rendre grâce le présent qu'il t'envoie.

L'homme s'écarta et Marie tendit le cou pour mieux voir. Une quinzaine de prisonniers étaient enchaînés les uns aux autres, hommes et femmes mêlés, cheveux hirsutes et visages tannés par le soleil. Près d'eux, un lion en liberté montait la garde, qui hérissa le poil de chacun.

Le Turc lança un ordre et ses hommes détachèrent aussitôt les esclaves.

— Ce sont des chrétiens, Sire de France. Ils te sont rendus par Soliman en gage de son amitié.

— Majesté, savez-vous qui est cet homme ? demanda Marie, qui n'avait jamais eu l'occasion de voir teint aussi sombre, barbe aussi rougeoyante et habit aussi bigarré.

— On le surnomme Barberousse, c'est un chef pirate du Levant, capitan-pacha pour la Méditerranée et lieutenant de Soliman le Magnifique, lui répondit la reine. J'ignore ce que complote mon époux, mais je n'aime pas l'idée d'une alliance avec ce Turc.

Marie écouta à peine la fin de la phrase. François avait rejoint Barberousse et s'approchait du lion que celui-ci venait de lui offrir. Les prisonniers s'étaient écartés vivement de sa présence et avaient atterri près des tables d'où, par jeu et en criant, on leur jetait pain et viande. Marie détourna la tête en voyant la dignité perdue de ces hères, se disputant la pitance. Ils étaient maigres à faire peur et auraient mérité une place à table. Ils se contentaient d'attraper au vol ce qu'on daignait leur lancer ou de se jeter sur le parterre pour rattraper un os roulé dans la poussière.

— Il faut faire cesser cette comédie, gronda la reine.

Elle tapa dans ses mains, murmura un ordre au garde qui se pencha à son visage, et l'instant d'après les prisonniers étaient rassemblés et regroupés vers le campement de la cour avec obligation d'un bain, d'un habit et d'une table.

Marie en fut touchée, mais ne s'y attarda pas. Son instinct était en alerte. Elle ne pouvait quitter des yeux l'animal dressé auquel on donnait des ordres contradictoires. Plusieurs hommes, et parmi eux le dauphin, le piquaient avec un bâton, lui tiraient la queue ou la crinière. Marie sentait en elle la colère du fauve. Il grogna mais Barberousse claqua du fouet et il se tut encore.

Le danger pourtant était là. Nul ne semblait s'en préoccuper. Pas même ce Turc qui profitait de la présence du roi à ses côtés pour lui parler de connivence. Seul le lion leur prêtait attention. Une attention que Marie voyait se transformer en haine. Elle ne contrôla plus soudain la bienséance qui eût dû la laisser simple témoin. Elle se précipita, froissant sa robe entre les tables. Sans prévenir, le lion se ramassa sur ses pattes arrière et sauta sur un page qui passait à portée, plantant une mâchoire entière dans son bras avant de le rejeter, ensanglanté. La foule hurla. Barberousse tenta d'intervenir, mais l'animal n'obéissait plus. Prêt à bondir de nouveau, il se retourna vers le dauphin.

Mue par un fol instinct, Marie s'interposa entre eux, le regard droit dans celui de l'animal, la main tendue comme elle l'aurait fait pour apaiser une louve en colère. Elle murmura des sons qu'elle-même ne comprit pas. Contre toute attente, le fauve suspendit son attaque et s'immobilisa. Elle s'approcha de lui lentement tandis qu'il s'aplatissait devant elle, soumis. Elle ne prit pas conscience du silence incrédule qui avait entouré son geste, ni des yeux de convoitise du Turc. Elle s'agenouilla et lissa sa crinière en souriant.

— N'aie crainte, murmura-t-elle. Nul désormais ne t'ennuiera.

Le lion roula sur le dos et offrit son ventre à la caresse. Marie glissa ses doigts dans la masse somptueuse du pelage puis se retourna vers le roi et Barberousse.

— Ne l'abattez pas, Sire. Il était seulement effrayé et n'attaquera plus.

À ce moment seulement, elle se rendit compte qu'elle n'aurait pas dû se trouver là. Le Turc glissa quelque chose à l'oreille du roi. François Ier resta perplexe, contemplant comme les autres le spectacle insolite qu'elle offrait. De fait, elle était terrorisée à son tour. Et Ma n'était plus là comme autrefois pour la protéger.

Les deux hommes s'avancèrent vers elle. Le roi souriait et Barberousse semblait déçu de la réponse qu'il lui fit. Elle s'empara de la main tendue du monarque et se redressa, sa jupe de soie maculée de poussière jusqu'aux genoux. Elle sentit un fard lui monter aux joues ; ce fut Barberousse pourtant qui s'inclina devant elle.

— Vous êtes un bien précieux pour le royaume de France. Cet animal n'avait d'autre maître que moi. Qu'Allah vous protège si votre Dieu ne le fait pas.

Il enveloppa Marie d'un regard puissant puis recula, la main sur le cœur ; lorsqu'il fut à quelques pas, il lança un ordre et sa garde le rejoignit, impressionnante, vêtue de somptueux cafetans boutonnés jusqu'au col, leurs longs cimeterres tenus au flanc par une large ceinture de toile. D'un pas ferme, il tourna les talons et s'éloigna.

On recommençait à murmurer aux tables et dans la foule, propageant l'exploit de Marie, commentant son geste. « Comme une houle qui enfle jusqu'à la tempête », songea-t-elle, le cœur battant la chamade.

— Je vous dois la vie de mon fils, la mienne peut-être aussi. M'apprendrez-vous à dompter cet animal qui ronronne à vos pieds ?

Le fauve en effet contemplait à présent Marie comme un jeune chat sa maîtresse.

— J'ignore comment j'y suis parvenue, Sire. C'est comme si une main invisible m'avait guidée, trouva-t-elle la force de répondre.

— Je n'y vois que la main de Dieu et celle qui retient la vôtre n'est que gratitude et bienveillance, mon enfant.

— Sire, je...

— Rejoignons la table, voulez-vous ? coupa le monarque avec douceur.

Marie lui en sut gré. Le dauphin s'était écarté et l'on avait emmené le blessé. Le lion regarda Marie s'éloigner, sagement couché dans la poussière grise de cette place.

— Ne vous inquiétez pas, la rassura le roi. Barberousse me l'a affirmé : cet animal est dressé. Seule la méchanceté des hommes a réveillé sa fureur. Il rejoindra d'autres bêtes que l'on m'offrit et sera bien traité.

Deux lieutenants de Barberousse s'avancèrent en effet vers lui et lui passèrent une corde autour du col. Ils l'entraînèrent sur leurs talons sans incident.

— Savez-vous ce que Barberousse m'offrait pour cet exploit ? continua le roi comme ils arrivaient aux tables, encouragés par un applaudissement qui redonna quelques couleurs à Marie.

Sans lui laisser le temps de répondre, il poursuivit :

— La liberté de deux cents esclaves contre la vôtre dans le harem de Soliman.

Marie s'immobilisa net.

— Qu'avez-vous répondu, Sire ? bredouilla-t-elle.

— Qu'aucun trésor au monde ne valait la vie de mon fils. Soliman s'en remettra, acheva-t-il en clignant un œil complice et en lui lâchant la main.

Marie se laissa tomber sur son siège plus qu'elle ne s'assit et plongea le nez dans son assiette. À peine entendit-elle Éléonore lui glisser à l'oreille :

— Soyez fière. Vous avez la faveur du roi.

Mais Marie n'y prêta pas attention. Pas davantage qu'elle ne vit la haine dans les yeux d'Anne de Pisseleu et de son voisin, un prêtre qui s'en retournait à Toulouse. Elle ne songeait qu'à se faire oublier en grignotant sa viande.

« Sorcière, grondait une petite voix dans sa tête. Ils me voient comme une sorcière. » Et cette voix amenait en elle un relent de chair brûlée.

Le lendemain, ils reprenaient la route. Marie n'avait pas réussi à dormir. Elle avait fini par se dire qu'il fallait redresser la tête. Elle n'avait aucune raison de se sentir coupable. Le roi l'estimait. Il aurait pu se débarrasser d'elle, il ne l'avait pas fait. Il la protégerait de l'Inquisition si on s'inquiétait de ses dons. Rassérénée, elle sourit à chacun et se montra gaie, s'étonnant de lire un respect certain dans l'attitude de ceux qui la saluaient. Seule Anne de Pisseleu détourna la tête pour finalement lui lâcher en aparté :

— Vous ne serez qu'un caprice ! Si vous insistez, vous le regretterez.

Marie ne saisit pas sur l'instant ce qu'elle voulait dire. Elle ne le comprit que lorsque le roi vint la saluer et que son œil égrillard s'attarda sur ses formes que la grossesse avait épanouies.

— Ne vous éloignez pas de moi, insista-t-il comme Marie se sentait glacée.

Elle ne sut lui répondre, mais se tint pourtant à distance. Du dauphin comme de lui. Elle n'avait aucune envie de devenir sa favorite. Elle voulait seulement trouver sa place. Et elle savait que ce ne serait pas dans le lit du roi.

À Toulouse, Marie pourtant se rapprocha de lui. Il ne semblait pas vouloir la forcer et continuait à la présenter comme un « ventre d'exception » qui faisait gloire à la France. Mais l'air sentait la chair brûlée, et sur les hauteurs on dressait des bûchers chaque jour.

Une jouvencelle de quinze ans prénommée Paule s'avança au-devant du cortège et offrit au roi les clefs de la ville qui se mit aussitôt à acclamer son souverain. Ils y séjournèrent trois jours. Marie s'était drapée dans un voile de dignité. À qui lui demandait conseil pour dompter un animal sauvage, elle répondait que seule la prière le pouvait et qu'elle n'avait répondu qu'à la voix de Dieu. Mais la rumeur, qu'elle refusait d'entendre, lui prêtait de nombreux pouvoirs. Y compris celui d'avoir envoûté le roi.

Lorsque le Grand Inquisiteur vint s'entretenir longuement avec lui, Marie en trembla mais s'efforça de ne rien montrer de son inquiétude. La reine lui conservait son amitié et paraissait ravie de sa présence.

De l'entrevue, elle ne sut rien, mais elle se douta que le roi avait répondu de sa foi, car ils quittèrent la ville sans qu'elle fût inquiétée, ni même interrogée. Soulagée, elle relâcha la tension qui tendait ses traits et commença à se laisser prendre par la découverte de ces cités qui les accueillaient avec effusion et sincérité. Plus ils s'avançaient en pays de Languedoc, plus elle appréciait la bonhomie de ces gens, la richesse des paysages et de leur tempérament.

François Ier protégeait les arts comme il vénérait les femmes. Il avait offert à l'université de Toulouse le privilège de créer chevaliers les agrégés parvenus au degré doctoral. À Narbonne, il s'entretint longuement au sujet des ruines de nombreux monuments dispersés çà et là, et ordonna qu'elles soient utilisées pour border les portes de la ville dont les remparts devaient être renforcés.

Mais c'est de Nîmes que Marie conserva le plus éclatant souvenir. Ils y séjournèrent une semaine durant laquelle le roi imposa qu'on démolisse les habitations qui avaient empiété sur les ruines des arènes romaines.

Lorsque cela fut fait, la cour se réunit devant la Maison carrée et le roi imposa silence. Au moment où il s'agenouillait pour épousseter d'antiques inscriptions, un homme à la barbe brune et au visage gaillard s'avança derrière lui et d'un timbre haut récita :

— Dans la guerre ou la paix le bien d'autrui respecteras. Ainsi parmi les dieux, grand roi tu resteras.

Le roi se retourna et sourit à celui qui troublait son recueillement.

— Ces lettres t'ont parlé, mon ami, comme elles parlent à ton roi.

— C'est parce qu'elles vous attendaient, Sire, tout comme moi, affirma-t-il en se courbant.

— Et qui es-tu donc pour t'octroyer ce privilège ?

— Celui que le destin vous envoie et que vous êtes venu chercher.

Le roi éclata d'un rire clair devant ce mystérieux personnage qui semblait se moquer de sa prestance. Puis il se tourna vers sa cour et le présenta :

— Mes amis, voici celui que ma défunte mère redouta sitôt qu'il eut prédit le passage d'une comète amenant son trépas. Maître Nostradamus, astrologue de son état.

Comme Marie s'étourdissait de surprise, le regard de Michel de Nostre-Dame accrocha le sien. Une vague de tendresse l'envahit. Il était tel que son père l'avait décrit et, en un éclair, elle eut le sentiment qu'il la reconnaissait entre toutes. Comme pour lui donner raison, d'un léger signe de tête assorti d'un sourire malicieux, Nostradamus la salua, puis emboîta le pas au roi.

François Ier se réserva toute l'attention de l'astrologue et Marie ne put converser avec ce dernier que quelques heures avant leur départ. Elle désespérait de lui dire sa reconnaissance lorsqu'il se glissa jusqu'à elle et l'entraîna par le bras, faisant d'elle, une fois encore, le centre de tous les commérages.

— Avez-vous rencontré celui que l'on surnomme Paracelse ? lui demanda Michel sans préambule.

— Il vous tient en grande amitié, autant que sa fille, répondit Marie, par crainte d'oreilles indiscrètes trop à portée.

Michel se laissa gagner par un large sourire.

— Bien, bien, dit-il. Les choses sont ce qu'elles doivent être. Le roi m'a rapporté votre exploit, continua-t-il. Conseillez-lui d'offrir ce lion qu'il ne se résout pas à renvoyer à Paris. Il deviendrait embarrassant très vite, chère petite. Les rumeurs s'éteignent dès lors que leur objet s'oublie.

Marie tiqua. C'était là très exactement son sentiment. Pas plus tard que la veille, le fauve s'était agité dans sa cage et l'on était venu la quérir pour le calmer. Elle avait refusé, disant qu'elle n'entendait rien à ce pouvoir qu'on lui prêtait et qu'il suffirait sans doute de cesser de l'exposer aux agacements de la foule pour qu'il s'apaise. Question de bon sens, avait-elle ajouté.

— Je m'y emploierai, maître.

Nostradamus s'amusa de sa déférence, puis ajouta :

— Prenez garde à vous, Marie. Je savais que je vous verrais là et c'est la deuxième raison de ma visite. De graves dangers vous attendent, dont l'audace et la raison seules vous protégeront. L'amour aussi, si vous savez faire le bon choix.

— Quel est-il, maître ? demanda Marie, troublée.

— Hélas, ma vision ne dit pas tout. Par affection pour mon ami, je devais vous avertir de celle-ci. Elle est une énigme pour moi comme pour vous. Entendez et méditez-la : « Par l'ignorance des louves, un grand roi se pleurera. » Je vous laisse à votre destin. Saluez votre père pour moi. Je ne le reverrai pas.

Il leva la main tremblante de Marie jusqu'à ses lèvres et y déposa un baiser tendre, puis tourna les talons et s'effaça.

Marie se sentait pâle, mais soutint les regards curieux. « Le mage et la sorcière, que peuvent-ils comploter ? »

semblaient-ils demander. Elle releva le menton et s'éloigna à son tour.

À quelques jours de là, soit le 8 octobre 1533, le roi abandonnait la reine, le dauphin et la cour à Aubagne pour rejoindre Montmorency envoyé en fourrier à Marseille. Les derniers préparatifs du mariage ayant soulevé quelque désapprobation, le roi chargea ce dernier de dédommager les Marseillais qui avaient vu leurs maisons éventrées pour créer une allée nuptiale. Cela fait, il se prépara à rencontrer le pape Clément VII, oncle et tuteur de Catherine de Médicis.

Marie ne prêtait qu'une oreille distraite aux nouvelles qui leur parvenaient chaque soir et que chacun commentait à sa manière. Elle s'attardait seulement à comprendre ces curieuses épousailles pour pouvoir s'accommoder de la fonction que le roi lui avait donnée.

Et si autour d'elle on s'émerveillait des galères somptueuses dans le port, emplies de prélats et de présents, elle ne retenait que l'essentiel de ce mariage : Catherine de Médicis était un enjeu politique considérable. Sa dot était maigre mais représentait plus que le papier en témoignait. Le pape avait promis au roi son soutien pour récupérer ce Milanais auquel il ne cessait de rêver et que Charles Quint, son éternel rival, s'évertuait à lui reprendre. Et c'était là grande victoire sur ses ennemis que d'avoir lié avec le Saint-Père alliance aussi prometteuse.

Dans le château seigneurial du baron d'Aubagne où la cour attendait que le destin de la France se joue une nouvelle fois, Marie ne songeait qu'aux paroles de Michel de Nostre-Dame. Elles l'obsédaient par leur énigme, par leur pouvoir. Elle ne pouvait imaginer, de quelque manière que ce soit, devenir la cause de la mort du roi. Mais que pouvaient-elles signifier d'autre ? Quels étaient ou seraient ces choix dont il avait parlé ? Protégeraient-ils les siens ?

À peine se réjouit-elle des fêtes qui se préparaient et qui étaient nouvelles pour elle. À peine avait-elle conscience qu'elle avait quitté l'Auvergne depuis six mois déjà et qu'elle était sans nouvelles de sa famille tant les circonvolutions de leur voyage perdaient toute cohérence.

Puis Catherine de Médicis parut, le 23 octobre, juchée sur une haquenée rousse qui marchait l'amble. Son futur époux Henri, le second fils du roi, l'accueillit avec une morne indifférence et Marie se retrouva plongée soudain dans cette réalité qui lui avait échappé. Catherine s'agenouilla devant son promis. Elle semblait fière des manifestations de bienvenue des Marseillais, certaine de son importance.

Marie s'attarda à la dévisager. Elle n'était pas belle. Ses yeux saillaient à l'image de ces poissons qu'elle braconnait autrefois avec Constant dans la Seine. Son visage était bouffi et recevait en son milieu un nez épais et boutonneux sous le fard. De même, son cou large et court s'ouvrait sur des épaules trop rondes que sa taille moyenne ne permettait pas d'atténuer. Malgré ses atours somptueux, elle n'avait d'autre prestance que ce regard fier et cette bouche fine et sèche qui ne souriait pas.

— La pauvre enfant. Elle est orpheline et n'a connu, jusqu'à ce jour, que la haine à l'encontre de sa famille. De sorte qu'elle a vécu cloîtrée depuis son plus jeune âge. Pas étonnant qu'elle en soit ternie ! s'attendrit une comtesse à son côté.

Ces paroles firent à Marie l'effet d'un coup de fouet. Si quelqu'un pouvait comprendre le sentiment des siens, ce ne pouvait être que cette jouvencelle-là. Au moment où Catherine promena son regard dans sa direction, elle la salua. La duchesse sembla un instant surprise par ce visage empreint d'une sympathie réelle et spontanément lui rendit son sourire. Ce fut le seul qu'elle s'accorda.

Durant cinq jours, on festoya, et on échangea des cadeaux. Le lion attirait de nombreux curieux et Marie s'avisa que le cousin de Catherine, un noiraud prénommé Hippolyte, s'y intéressait de belle manière. À la première occasion, elle le signala au roi. Il trouva la remarque de Marie d'autant plus judicieuse qu'il s'agaçait de surprendre parfois le mot « sorcière » échappé d'une bouche malveillante. Marie lui plaisait, pour de nombreuses raisons.

Il offrit donc le lion de Khayr al-Dîn à Hippolyte qui s'en trouva fort satisfait, puis arma son fils chevalier. Le mariage qui suivit fut grandiose. Outre les nombreuses salves tirées depuis les galères, on mangea, but et dansa jusqu'à l'aube. Puis le roi, aviné et ravi, accompagna les époux jusqu'à leur lit de noces où, s'agrippant au baldaquin pour ne pas choir dans leur joute, il s'appliqua à vérifier que son fils honorait vaillamment son contrat de mariage, malgré certain désagrément de la nature placé à la verge.

Lorsque cela fut fait, il sortit de la pièce et s'en fut crier dans les couloirs du palais, chantant à tue-tête que l'Italie était fin prise et sa place bien bordée, ce qui ravit le pape, la cour, et déposa la nausée sur les lèvres de Marie en songeant combien Catherine avait dû s'en sentir gênée.

Ils s'en retournaient vers Paris lorsque François Ier fit irruption dans la chambre de Marie, un soir, sans prévenir. Elle venait juste de passer son vêtement de nuit et se mit à trembler lorsqu'il s'approcha d'elle, un sourire léger aux lèvres. Effrayée à l'idée de ce qu'il lui voulait, elle se laissa tomber à genoux devant lui et gémit :

— Ne me forcez pas, Sire. Laissez à mon époux le seul droit de m'aimer.

François s'arrêta net et la regarda, interloqué. Puis il saisit ces mains jointes en prière et la releva, touché de sa sincérité.

— Me croyez-vous capable de pareil acte, Marie ?

Elle se sentit honteuse d'avoir douté de son roi.

— Pardonnez-moi, Sire.

— Et de quoi, grand Dieu, de vous avoir surprise ?

Il promena ses doigts dans sa barbe épaisse. L'œil était mutin, rieur.

— Vous me plaisez, douce Marie, et je ne le puis nier. De fait, un ventre aussi bien constitué ne peut être qu'une chaude promesse pour tout homme, mais j'ai surpris votre réserve et plus encore les animosités que soulève mon intérêt. J'ai une épouse conciliante, mais une maîtresse fort jalouse. Si je n'avais d'autres desseins à votre égard qu'une nuit d'amour, je me serais bien moqué de l'une comme de l'autre, mais je ne vous ravis point aux vôtres pour cela.

Marie se sentit soulagée et un sourire de reconnaissance accompagna sa révérence.

— Pour tout le reste, Majesté, je suis aux ordres de mon roi.

— Pas d'ordre, non... Pas d'ordre. Asseyez-vous près de moi. Je ne peux m'attarder en votre chambre sans semer soupçons qui deviendraient rumeurs menaçantes pour votre tranquillité.

Marie obtempéra et se posa gracieusement sur le lit. François avait pris un air soucieux.

— J'ai reçu une plainte du parlement tandis que nous résidions à Marseille. Nicolas Cop, le recteur de l'Université, a prononcé un discours à la défense des hérétiques. Ma sœur, Marguerite d'Angoulême, protège les luthériens et moi-même je les estime pour la raison qu'ils sont en Allemagne les ennemis de ce Charles Quint détestable. J'ai des affinités pour leur foi, mais je suis aussi et surtout un roi chrétien, Marie. Et mon fils est désormais le neveu du pape. On me pousse à prendre position tranchée et la raison d'État m'y contraint. On m'a remis une liste de suspects. Isabelle de Saint-Chamond ne s'y trouve pas et je veillerai à ce que son nom soit oublié, mais je ne peux empêcher ces arrestations ni les procès qui suivront. Certains sont une réelle menace pour la paix civile, d'autres non. Je ferai de mon mieux pour apaiser les rancœurs, mais il viendra un temps, je le sais, où je ne pourrai empêcher les bûchers de se dresser.

Il lui empoigna les mains avec ferveur. Marie tremblait de nouveau. Mais plus de la peur de son roi.

— Aidez-moi à sauver ces vies qu'au nom du royaume je dois sacrifier. Rapportez à vos amis ces arguments que je vous donne. Que l'on ne puisse arrêter que ceux qui seront trouvés. En échange, je vous protégerai. J'ai parlé de vous à Catherine. Elle est férue de sciences occultes, d'astrologie, de dons. Votre aventure avec ce lion lui était déjà parvenue aux oreilles. Je vous commets auprès d'elle, ainsi que je vous l'ai promis.

— Mais, Sire, je n'entends rien à l'italien.

— N'ayez crainte, Catherine parle très bien le français. Près d'elle, vous serez près du pape et de moi. Vous ne risquerez rien et pourrez agir à votre aise. Le voulez-vous, chère enfant ?

— Pour le salut des miens, Sire, j'accepte.

— Alors, dormez en paix.

Il posa affectueusement un baiser sur son front et s'éclipsa aussitôt. Marie resta longtemps assise. En face d'elle, une large fenêtre à meneaux quadrillait une nuit sans nuages. Une nuit de pleine lune.

Pour donner à Philippus et Isabeau la possibilité d'aller au bout de leurs recherches et sauver sa race de sa malédiction, elle devait accomplir sa propre destinée.

« Sorcière, bûcher, hérétique ». Ces mots tournoyaient dans sa tête et lui donnaient la nausée. Au loin, un loup hurla et son cœur se mit à battre plus fort encore. Si elle n'avait été si loin de l'Auvergne, elle eût pu croire qu'Albérie pleurait.

Moins d'un mois plus tard, comme décembre s'annonçait, la folie commença.

15.

La tombe était petite. À peine celle d'un enfant. De cet enfant qu'il n'avait somme toute jamais cessé d'être. Marie était arrivée trop tard à Paris. Trop tard pour ses funérailles, trop tard pour lui dire adieu.

À peine la cour s'était-elle posée à Fontainebleau qu'elle rejoignait le domicile d'Isabeau pour la prévenir de sa nouvelle charge. Elle l'avait trouvée en deuil, les yeux bouffis.

— Croquemitaine est mort, furent ses paroles d'accueil.

Et Marie se retrouva en pleurs dans les bras de sa grand-mère.

Il était vieux. Les fièvres de l'hiver l'avaient emporté. Isabeau n'avait rien pu y changer. Cela faisait une semaine déjà qu'elle avait perdu son plus fidèle ami. Presque un père. Marie comprenait d'autant mieux sa tristesse qu'elle était aussi la sienne. Combien de fois les avait-il fait sauter sur ses genoux, avec Constant et Solène. Jusqu'à ce qu'ils deviennent des « géants », disait-il, des géants tout petits dans l'âme.

Lorsqu'elles eurent l'une et l'autre étanché le trop-plein de leur peine, Marie raconta. Isabeau la conforta dans sa décision. Elle avait toujours tenu le roi en grande estime et les luthériens la connaissaient assez bien pour l'entendre.

Sauf Jean Calvin. Il se moquait de ses contemporains, avait édicté ses propres règles, s'opposant par bien des dires à Luther. Cela n'avait semblé qu'un jeu à ses disciples. Mais aujourd'hui on parlait à couvert du mouvement calviniste. Isabeau n'y était pas opposée, car il allait dans le sens de sa propre réflexion, mais l'homme lui déplaisait de jour en jour davantage. Il tirait profit de toutes actions en parfait opportuniste, et laissait souvent les autres en première ligne. Il avait su les persuader qu'il fallait protéger le maître pour que ses idées se développent et perdurent. Même Clément Marot avait fini par s'écarter de lui. Il continuait ouvertement de plaider la foi des hérétiques mais le faisait dans le sillage de la sœur du roi, laquelle n'y cherchait aucune gloire. Seul Constant se perdait dans son souffle, effectuant en son nom les plus viles besognes, les plus hardies aussi. Ce qui rendait Lilvia et Bertille folles d'inquiétude, ainsi qu'Isabeau qui l'aimait tel un fils. Alors Jean suivait. Pas à pas. Pour le protéger de lui-même.

— Que fais-tu ici ?

La voix était sèche et Marie sentit sa peine redoubler. Elle s'était assise sur la tombe de terre, se moquant bien de souiller sa toilette de velours, égrenant de fins cailloux entre ses doigts comme autant d'années de bonheur perdues.

— Bonjour, Constant, parvint-elle à dire sans se retourner.

Il s'approcha d'elle et s'assit à son côté. Son regard était dur, de cette rage sourde que l'on met sur la souffrance. Mais Marie s'en moquait. Elle tendit la main, effleura sa joue hérissée d'une barbe indisciplinée et, l'instant suivant, pelotonnée dans ses bras, se mit à pleurer.

Ils restèrent longuement de la sorte, comme si Croquemitaine pouvait entendre bien au-delà des mots leur dernier message, s'attendant presque à voir ses bras torses jaillir de la terre et les enserrer, sa voix fluette se moquer de leur chagrin et déclamer, pince-sans-rire : « Quand vous serez grands, comme moi, ça vous passera ! »

Puis Constant releva la tête et un faible sourire éclaira son visage.

— C'est à nous à présent de le remplacer, affirma-t-il.

Marie baissa les yeux et, sans trouver la force de résister, se laissa entraîner. Elle avait espéré un tête-à-tête avec lui. Il n'en fut rien. Lorsqu'ils pénétrèrent dans le logis d'Albérie où Solène, la sœur de Constant, les accueillit, Marie se trouva face à Calvin et à Jean qui discutaient avec d'autres au-dessus d'une table couverte de pamphlets.

Jean Latour s'étonna un instant de sa présence, puis s'avança pour la saluer. Par Albérie, il avait su comme Isabeau que le roi avait entraîné Marie dans son sillage, mais n'avait eu d'autres nouvelles depuis. Les jumeaux allaient fêter leur premier anniversaire dans quelques semaines.

— Marie ? s'étonna Calvin avant même que Jean ait pu dire quoi que ce soit. Avez-vous laissé la garde royale à l'entrée ou vouliez-vous d'abord vous assurer de notre capture ? lança-t-il, acerbe et soupçonneux.

Marie s'en sentit glacée. Elle aurait voulu répondre mais Constant la devança. Il s'était écarté d'elle, livide.

— Expliquez-vous, maître, demanda-t-il.

— Comment, tu ne sais pas, Constant ? continua Calvin, un rictus mauvais étirant ses lèvres sèches. On raconte que Marie est la nouvelle maîtresse du roi et que nous lui devons ces arrestations en nombre. Elle nous a trahis, mon pauvre ami. Vois ses atours !

Constant la poignarda d'un regard exorbité. On lui avait bien dit que Marie avait quitté l'Auvergne avec la cour, mais il avait refusé d'entendre.

Le sang de la jeune femme ne fit qu'un tour. Elle se planta devant son accusateur et lui fit face, bouillant de rage.

— Je ne suis ni la maîtresse du roi ni une traîtresse. Et si quelqu'un s'avise ici d'en douter... gronda-t-elle en relevant ses manches comme elle l'avait fait tant de fois à l'heure d'une rixe. Jean la saisit par les épaules.

— Moi, je te crois, Marie. Des rumeurs circulent, alors explique-toi !

Elle leur raconta. La visite du roi à Vollore, son attachement aux idées de la Réforme, et son rôle double à la cour de France.

— Selon la volonté du roi, je suis venue pour vous aider.

— Nous n'avons que faire de la fourberie d'un roi qui cajole pour mieux frapper ! explosa Calvin en cognant du poing sur la table. S'il faut partir en croisade contre les papistes, nous le ferons. Le bûcher n'effraie pas les âmes valeureuses. N'est-ce pas, Constant ?

Mais Constant n'avait d'yeux que pour Marie et la main de Jean qui pesait encore sur le velours grenat. Il était livide.

Marie hurla en lui faisant face :

— Non ! C'est pour vous protéger que je suis là !

Mais il serra les dents et d'un geste prompt qui la laissa pantoise, il détala. Avant de courir sur ses traces, elle trouva la force de se dresser contre Calvin qui semblait jubiler.

— Vous me l'avez pris, Jean Calvin, grogna-t-elle, et pour cela vous me mettez à bas, mais je le sauverai malgré vous, et mes amis aussi.

— Vous auriez dû rester en Auvergne à élever vos bâtards, Marie, cria-t-il comme elle partait déjà.

Elle ne prit pas le temps de se retourner. Le poing de Jean Latour était parti et Calvin, le nez en sang, s'écrasa contre le mur opposé.

Constant avait disparu. Elle s'éparpilla un instant le long de ces ruelles qu'elle connaissait par cœur, se moquant des regards envieux que ses habits et sa cape au col d'hermine attiraient. Puis s'arrêta. Où pouvait-il bien être ? Elle leva les yeux, accrochant par hasard les hautes flèches de Nostre-Dame à ses souvenirs. Constant ne pouvait que se trouver là. Elle ne prit pas la peine de saluer le vieux père Boussart, trouva la porte ouverte et emprunta sans faillir l'escalier en colimaçon qui s'enroulait au cœur des murs de la cathédrale. Elle longea la coursive et l'aperçut, les pieds battant le vide, chevauchant une gargouille. Comme autrefois.

— Ne t'approche pas, grogna-t-il alors qu'un pigeon s'envolait sous le pas menu de Marie.

— Je suis revenue, Constant, dit-elle simplement, en se laissant glisser contre la pierre.

— Tu n'aurais pas dû partir. Jamais.

— Il le fallait, répondit-elle le cœur gros. Pour Ma.

À l'évocation de la louve, Constant tourna vers elle son visage tourmenté. Il avait changé. Sa barbe brune, ses traits creusés. Il était devenu un homme, mais son regard était tel que naguère. Il semblait perdu de la même façon que lorsque, enfant, elle le tourmentait, jouant de ses craintes ou de ses émois avec sa prescience de jouvencelle. Elle n'avait plus envie de jouer.

— J'ai cru que tu étais revenue pour moi, souffla-t-il. Fallait-il que je sois idiot !

— Pourquoi dis-tu cela ? Calvin ment, je te l'assure. J'ai entendu le roi. Il est ennuyé et sincère. Je peux être utile, servir la Réforme comme auparavant. N'étais-je pas la première à jurer, à blasphémer, à outrager la Vierge et les prélats ? Toi, tu me connais, Constant. Ai-je changé tant que cela ?

— Et plus encore, Marie, ragea-t-il. Autrefois, tu ne me mentais pas !

— Je ne comprends pas, commença-t-elle sans trouver les mots pour continuer.

Il ricana et se releva d'une pirouette. Il s'approcha d'elle, rageur, et se pencha au-dessus de son front, accrochant ses ongles aux griffures du temps dans la pierre.

— Non, tu ne comprends pas, Marie. Où étais-tu quand mon père te réclamait avant de mourir ? Que faisais-tu tandis que je lui assurais qu'ensemble nous serions à ses côtés le jour de Noël ? Qu'il nous marierait ainsi qu'il en avait rêvé ? Que tu le gâterais de beaux et grands petits-enfants ? Ces enfants que tu m'as refusés, Marie. Ces enfants qu'à un autre tu as donnés !

Il s'accroupit devant elle, les yeux emplis d'une fureur tenace. Elle aurait voulu nier, lui demander comment il savait, mais il ne lui en laissa pas le temps.

— As-tu oublié qui nous sommes, Marie ? Au roi des fous tout est dit, rien ne se tait. Ton exploit t'a précédée. Il n'est pas un drôle à Paris qui ne mime ce « ventre » dont le roi se rengorge. Un ventre de Marie qu'on peut sanctifier. Tu vois, même ce prénom dans leur bouche est devenu une injure. Sais-tu comment l'on te surnomme ? La vierge aux triplés ! J'en ai ri. À gorge déployée. Jusqu'à ce que j'apprenne que c'était toi que je moquais. Toi. Qui m'avais trahi.

— Ce ne sont pas des triplés, murmura-t-elle comme si cela pouvait avoir une quelconque importance.

— Oui, je sais. L'enfant, le monstre sacrifié. Ta grand-mère en son temps m'a raconté. Elle a simplement omis le reste. À la mort de mon père, j'ai pensé devenir fou de solitude, de rancœur. Je n'aurais jamais cru que je t'aimais autant.

Il pressa sa bouche dans ses cheveux avec une rage amère, glissant dans son oreille :

— Quand je t'ai vue sur la tombe, j'ai failli tout oublier, tout pardonner, parce que tu étais revenue. Ton regard, ta main sur ma joue comme avant. J'ai cru un instant. J'ai voulu croire que ce n'était qu'une farce. Une simple farce dont j'aurais fait les frais. Mais non, n'est-ce pas ?

Les lèvres glissèrent jusqu'à son cou, brutales, sauvages d'orgueil bafoué autant que de désir. Marie ne chercha pas à le repousser. Il écarta brutalement les lacets du corsage et s'empara de sa poitrine menue en gémissant :

— Dis-moi, dis-moi qu'il t'a violée, qu'il t'a trahie de même qu'il m'a trahi. Dis-le-moi, Marie, dis-le... supplia-t-il en cherchant sa bouche.

Mais le regard qu'il rencontra lui poignarda le cœur. Marie demandait seulement pardon.

— Tu as raison. Je t'ai trahi et je l'ai forcée.

Jean venait de surgir sur la coursive. Il avait mis du temps à les retrouver et était encore essoufflé.

— Tu arrives trop tard, Jean, grogna Constant que l'aveu silencieux de Marie avait pétrifié.

— Je t'assure... insista Jean en s'approchant, mais Constant tira sa dague et se releva vivement.

— Ne te mêle pas de ça, tu entends. Tu en as assez fait !

— Laisse-la partir et réglons ce différend entre hommes, demanda Jean en reculant prudemment. Juste toi et moi.

— Non ! intervint Marie en se redressant.

D'une main, elle s'accrocha au pourpoint de Constant, mais celui-ci la repoussa.

— C'est lui que tu es venu rejoindre, n'est-ce pas ? gronda-t-il. C'est tout à l'heure que j'ai compris. À sa main sur toi.

— Non, Constant. Je te le jure. Tu es le seul. Le seul que j'aie aimé. Le seul que j'aimerai jamais. Ça s'est passé la veille de votre arrivée à Vollore. J'étais terrorisée. Je ne... Oh ! Constant, j'aurais tellement voulu que ce soit toi, gémit-elle dans un sanglot.

Il parut décontenancé un moment, l'arme lui glissa des doigts, écorchant la pierre. Il ferma les yeux puis les rouvrit, amer.

— Mais tu n'as rien dit, Marie. Rien ! Tu m'as laissé partir. Pour pouvoir mettre ses enfants au monde.

— J'aurais pu avorter. Tu n'aurais rien su. Mais je n'ai pas trouvé la force. Je ne savais plus qui j'étais, ce que je voulais. Tu me rejetais. Je t'ai supplié de rester, souviens-toi. Je t'aime, Constant. J'ai tant rêvé que tu me pardonnes.

— Elle dit vrai. À cause de cela, elle a refusé de m'épouser, plaida Jean.

Le regard de Constant alla de l'un à l'autre, puis il se redressa hagard et lâcha :

— Tu aurais dû accepter car je ne te pardonnerai jamais.

Il recula contre la rambarde sculptée. Il était ivre de douleur. La tête lui tournait. En contemplant un instant les passants qui circulaient sur le parvis de la cathédrale si loin en contrebas, il se demanda si Marie se rappelait leurs jeux, quand il aimait se suspendre par les pieds aux gargouilles, pour l'effrayer... Elle était à lui, à lui seul. Jean allait payer pour avoir changé cela.

D'un violent coup de reins, il se jeta sur son rival qui se trouva catapulté avec force en arrière. Les deux hommes roulèrent l'un sur l'autre sur l'étroite coursive. Le coup de poing de Constant atteignit le visage de Jean. Marie hurla, puis se laissa choir de nouveau, bouleversée. C'était pour elle qu'ils allaient s'entretuer.

L'affrontement dura un long moment sans qu'elle puisse voir lequel avait le dessus, puis tout bascula. Constant sentit sous ses doigts la dague tombée à terre et s'en empara. Il la pointa sur la gorge de Jean qui le tenait à merci. Jean lâcha prise aussitôt et s'immobilisa, à califourchon sur ses cuisses.

— Vas-y, Constant, réclama-t-il le regard froid. Tu m'as sauvé la vie autrefois. Nous serons quittes. Alors, finissons-en.

La lame s'enfonça délicatement dans la peau, laissant perler sur l'acier une goutte de sang. Jean ne broncha pas. Marie pleurait doucement, sans oser intervenir de peur d'accroître la colère de Constant. Mais Jean s'y employa :

— J'ai abusé de son innocence pour la forcer à m'aimer. C'était facile car elle t'a dit vrai, elle était terrorisée et j'étais son ami. Elle avait confiance en moi. Je l'ai prise sans remords, persuadé que je saurais mieux la satisfaire que toi.

— Salaud ! gronda-t-il en faisant pénétrer plus loin la lame tandis que ces mots le poignardaient lui-même.

Marie n'en supporta pas davantage. Elle rampa jusqu'à Constant et supplia :

— Assez. Je t'en prie. Je ne vaux pas la mort d'un homme.

— Ne l'écoute pas, Constant. Vivre m'indiffère. J'ai perdu. Elle ne m'aimera jamais.

Constant hésita encore un instant puis retira sa dague.

— Je ne te rendrai pas ce service, l'ami. Tu vivras avec cette souffrance. Comme moi. J'y veillerai. À présent, partez ! Tous les deux !

— Constant... supplia Marie.

— Peut-être un jour, Marie. Pour l'heure, tu as choisi ton camp. Ton camp et ton roi.

— Viens, Marie, insista Jean en se redressant, indifférent au sang qui ruisselait sur sa gorge.

Marie essuya ses larmes d'un revers de main et murmura, comme Constant ne bougeait pas :

— Si j'ai d'autres enfants un jour, je jure qu'ils seront de toi, Constant.

Puis elle se laissa emmener.

Les mois qui suivirent ne furent que folie. Les arrestations, les procès, les supplices s'accélérèrent. Marie courait en tous sens, de cette cour frivole où elle apprenait la docilité d'une dame d'honneur auprès d'une jouvencelle austère, aux souterrains du Temple où se réunissaient souvent les hérétiques. Calvin avait fini par accepter son soutien, aidé sans doute par le poing convaincant de Jean Latour. Constant ne lui parlait pas. Lorsqu'ils se croisaient, il baissait les yeux et tournait les talons. Marie ne désespérait pas. Elle se réconfortait de ce « peut-être » lancé sur les ailes de Nostre-Dame. Elle s'étourdissait d'italien, assistait aux fêtes données par le roi dans ses divers châteaux et s'écartait prudemment de toute discussion animée où l'on traitait d'hérésie. Isabeau tenait encore son échoppe ouverte, mais les rumeurs affirmant son appartenance aux luthériens avaient amoindri sa clientèle. Il y avait désormais deux camps qui s'opposaient ouvertement. Et Isabeau sentait chaque jour davantage la précarité de sa situation. Son nom pourtant restait absent des listes.

Puis, un matin de mars, Jean Latour entra chez elle, l'air soucieux.

— Ils viennent d'arrêter Pointet, le chirurgien. Il a soigné des prêtres atteints de syphilis et leur a assené que le célibat était la cause de leur mal.

— Ce n'est pourtant que vérité, ragea Isabeau. Les catins pullulent dans les monastères et les maisons. Ils le relâcheront.

— Je crains fort que non, Isabeau. Sitôt emprisonné, il a refusé la confession et a blasphémé contre la Vierge en ne se prosternant pas devant elle. Il sera exécuté samedi en place Maubert.

Isabeau s'effondra dans une chaise à bras, livide. Jean s'agenouilla et lui prit les mains.

— Marie ne peut tout contrôler, Isabeau. Les actes dépassent même l'entendement du roi. Il faut partir.

— Je ne peux abandonner ma famille, Jean.

— Les tiens sont à Vollore. C'est devenu trop risqué. Outre la folie des papistes, il est celle de l'Inquisition. Dans l'ombre, la traque aux sorciers et aux alchimistes a repris. Les familiers rôdent et nombre de procès sont dictés sous leur contrôle. Jacques de la Croix a aussi été arrêté.

— C'est un alchimiste ! Philippus et moi l'avons rencontré.

— Mais aussi un prédicateur évangélique. Isabeau, ils brûleront qui les gêne et le roi n'en saura que le dixième.

— Mais il y a Marie, Constant, Bertille et tant d'autres.

— On nous surveille, Isabeau. Ils sont le petit peuple. Dans les profondeurs de Paris, on ne peut rien contre eux, mais nous les mettons en danger en tentant de les protéger, en les approchant. Quant à Marie, le roi veillera sur elle. Et moi sur Constant. Crois-moi, Isabeau. Il te faut quitter Paris. Et t'attacher à tes recherches pour sauver les tiens.

Isabeau hocha la tête, vaincue.

On conduisit Jean Pointet au bûcher. Attaché sur le monticule de fagots et de bois sec, on lui extirpa la langue de la bouche. D'un coup sec, le bourreau la trancha pour l'exposer aux acclamations d'une foule sanguinaire. « Celui-là ne blasphémera plus ! » grondait la houle humaine.

Quelques jours plus tard, Laurent Canu dit Jacques de la Croix s'enflammait à son tour, le dossier de son procès attaché par une corde autour de son ventre, suppliant Jésus de pardonner aux hommes leur folie.

Avril 1534 puait aux faubourgs. Isabeau congédia ses ouvrières et fit clouer des planches sur les fenêtres à meneaux. Elle quittait Paris comme elle avait quitté l'Auvergne : en tournant une page de sa vie. Elle emmenait avec elle Bertille qu'elle avait fini par convaincre.

Lilvia mourut six mois plus tard. Marie ne put la sauver. En pleine église, elle avait jailli de l'ombre et tranché la gorge du prélat qui condamnait les hérétiques. On l'avait jugée et conduite au bûcher sur l'heure. C'était une bohémienne. Une jeteuse de sorts. Une sorcière. Lorsque Constant l'apprit, le corps de sa mère n'était plus qu'un brandon qui achevait de se consumer. Cela le rendit fou. Tandis que Calvin quittait la France pour la Suisse, il restait à Paris, consolait sa sœur et préparait sa vengeance. Marie tenta de le raisonner, Jean de même. Il se retourna contre eux :

— Il suffit ! Emmène-la d'ici, Jean, et épouse-la ! C'est la mort que je veux, elle me débarrassera de vous. Elle me libérera de toi ! avait-il hurlé en pointant son doigt sur le buste de Marie.

Vif comme l'éclair, il s'était éclipsé, ses placards sous le bras. Marie éclata en sanglots dans les bras de Jean puis s'en retourna à Amboise. Cette nuit-là, le 17 octobre, la France entière croula sous la diatribe violente d'Antoine de Marcourt, un pasteur ami de Calvin. Son pamphlet s'élevait contre « les horribles et insupportables abus de la messe papale inventée contre la sainte Cène », injuriant « le pape et sa vermine de cardinaux, d'évêques et de prêtres, de moines et autres cafards diseurs de messe ».

François Ier en découvrit un épinglé sur la porte de sa chambre. D'un bond, il fut dans celle de Marie. Furieux.

— J'ai fait ce que j'ai pu. Je ne peux permettre cela. C'est une atteinte à ma souveraineté. Un danger pour l'État tout entier, Marie. Une déclaration de guerre. J'avais espéré qu'ils comprendraient. Ils refusent d'entendre vos avertissements, mes actes pour sauver leur foi. Isabelle de Saint-Chamond est hors de danger. Tenez-vous désormais loin des réformés, Marie, ou je ne répondrai plus de vous.

— Sire, je vous en conjure, supplia-t-elle les yeux rougis encore de son altercation avec Constant, certain qu'il était à l'origine de ce fait.

— Il est trop tard, Marie. Je dois sévir. Je suis le roi.

Il sortit, la laissant désemparée. Par son intermédiaire, Jean exposa aux artisans de l'ombre la décision du roi. Constant ne sut qu'en rire et cela l'affecta. Pour l'amour de Marie, il le protégerait contre lui-même, puisqu'elle ne le pouvait pas.

Quelques jours plus tard, une prime de deux cents écus fut offerte à quiconque dénoncerait le ou les provocateurs. Le bûcher attendait les coupables ainsi que leurs complices.

Constant connaissait bien les souterrains du Temple. Avec ses amis, il s'y cacha tandis que les condamnations se multipliaient sous la colère de l'Église. On brûla une maîtresse d'école qui n'avait pas fait réciter un Ave Maria, un paralytique qui prêchait l'Évangile de curieuse façon. Puis ces gens que Marie avait croisés tant de fois dans son enfance auprès d'Isabeau : le cordonnier Milon, le maçon Poille, Antoine Augereau, l'imprimeur.

Marie priait de toute son âme pour que cela cesse. Mais en dépit de ses prières de nouveaux libelles surgirent en janvier 1535, intitulés *Parantiphresis.* Le roi signa un décret interdisant aux éditeurs d'imprimer tout texte douteux sous peine de pendaison.

Puis il organisa une grande procession à travers Paris, promenant derrière lui les reliquaires et les châsses qui contenaient des fragments de la couronne d'épines, invitant la foule à psalmodier une prière à la Vierge. Son discours prononcé le soir même démontra avec force sa détermination : « Si mon bras était infecté de cette pourriture, je le voudrais séparé de mon corps ! »

Une semaine plus tard, un tribunal d'exception fut créé qui élargit le champ des coupables à tous ceux qui auraient hébergé des luthériens. Marie trembla mais, fidèle à son serment, le roi ne la désavoua pas.

Par crainte pourtant qu'on ne la fît suivre, elle se laissa oublier dans le sillage de Catherine de Médicis qui s'inquiétait de sa triste mine et de son peu d'allant. Elle répondit que ses enfants lui manquaient. Bien sûr, elle recevait fréquemment de leurs nouvelles, mais elle ne les avait pas vus depuis dix-huit mois. C'était vrai. Mais en partie seulement. Ce ventre-là lui rappelait qu'elle avait condamné Constant à se perdre dans sa foi. Elle ne parvenait pas à lui en vouloir de ne pas lui pardonner. Elle-même ne se le pardonnait pas. Elle aurait pu l'oublier, épouser Jean, mais elle ne pouvait s'y résoudre. Comme si quelque chose de plus fort que la raison guidait ses pas. Cet instinct sauvage qui était le sien. Cet instinct des louves que son cœur ne bridait pas.

Malgré les fumées pestilentielles qui viciaient les vents de France, la vie de cour n'était que rire, badinage et légèreté.

Comme s'il avait existé deux mondes dont la frontière se trouvait dans les somptueux jardins des châteaux d'Amboise, de Saint-Germain, de Fontainebleau ou du petit Madrid que le roi avait fait bâtir. Les artistes les plus renommés laissaient libre cours à leur créativité et étaient protégés autant par le roi que par sa maîtresse, Anne de Pisseleu, promue dame d'honneur de Catherine.

Marie la côtoyait donc chaque jour. Elles avaient fini par s'entendre. Anne était fort jalouse et intrigante, avait méchamment œuvré à l'oubli de la précédente maîtresse du roi, Françoise de Châteaubriant, et détestait Diane de Poitiers dont le roi appréciait la compagnie et les conseils. Mais elle s'était rendue au fait que Marie ne constituait pas pour elle une menace et appréciait son dévouement dans l'ombre.

Pourtant, Marie était plus proche de Catherine que d'Anne de Pisseleu. À la mort du pape Clément VII, moins d'une année après son mariage, Catherine avait eu peur d'être répudiée, mais François n'en avait manifesté aucune intention. S'il se plaisait à dire qu'il avait eu cette fille comme toute nue puisque la promesse de récupérer le Milanais avait été perdue dans le dernier souffle du pontife, il se rengorgeait de l'accent chantant de la jouvencelle. Il venait souvent la visiter, posant une main sur son ventre ou son oreille parfois. Il se désolait qu'elle ne fût toujours pas grosse et finissait par lui claquer une main familière sur la croupe en disant que beau cul donnerait belle naissance à vaillante joute.

— Ah ! Marie, Marie ! clamait-il en se retirant. Enseignez donc votre art à ces amants !

— Je m'y emploie, Sire, je m'y emploie !

Mais ce n'était que boutade. Catherine était sèche.

Elle s'était attachée à son époux, mais son unique amour était en Italie, avait-elle confié à Marie. Elle n'avait eu de cœur que pour son cousin, Hippolyte de Médicis, durant ces années où on l'avait séquestrée au mieux des intérêts de ce monde. Elle n'avait jusque-là connu qu'une existence triste et terne parmi les moniales. De la splendeur passée des Médicis ne lui restaient que des récits. Pas de mémoire. Elle vouait donc une profonde reconnaissance au roi de la conserver près du trône, même si elle le détestait de permettre que son époux se batte pour les couleurs de Diane de Poitiers.

Henri aimait Diane. Tendrement, sans espoir. La cour entière le savait. S'il était vaillant à jouter, plus d'une fois au moment de jouir, c'était son prénom à elle qu'il prononçait. Catherine faisait mine de ne rien entendre. Elle n'éprouvait rien. Ni désir ni plaisir. Seulement l'attachement d'une orpheline à la terre qui lui avait donné un nom. Elle ne s'en confiait pas à Anne de Pisseleu, mais à Marie.

— Que disent les astres ? lui demandait-elle souvent.

— Que vous serez mère et puissante, affirmait Marie avec certitude.

— Plus puissante que Diane ?

— Elle fanera, Catherine, et l'on vous vénérera.

— Apprends-moi les simples qui guérissent et ceux qu'il ne faut pas employer, suppliait-elle encore.

Marie hochait la tête, heureuse de s'évader en mettant à profit les connaissances de son père et de sa grand-mère. Elle lui parlait d'astrologie, d'anatomie, de théories alchimiques et de pharmacaitrie. Catherine faisait remplir ses jardins de plantes médicinales, prétendant que son savoir venait d'Italie. Car en échange de celui qu'elle détenait, Marie avait exigé une discrétion totale. Pour rien au monde elle n'aurait voulu attirer une nouvelle fois l'attention.

— Connais-tu le secret des poisons ?

Marie savait qu'un jour elle aurait à répondre à cette question.

— Celui qui guérit peut tuer, Duchesse, mais cette expression des choses ne m'intéresse pas. Je ne vous enseignerai que ce que je sais. Et cela je ne le sais pas.

Catherine avait feint de la croire, mais Marie n'était pas dupe. Elle ignorait quels étaient les desseins cachés de Catherine et s'en méfiait. C'était une catholique dont la foi puissante exécrait celle des luthériens. Si elle avait su que Marie les soutenait dans l'ombre, sans doute jamais ne lui aurait-elle confié combien l'odeur des chairs brûlées facilitait ses prières et la berçait !

À cause même de cette ferveur religieuse exacerbée qui agaçait Marie, Catherine était inquiète. Le roi s'alliait ouvertement avec le Grand Turc et dès les premiers jours de 1535 avait dépêché un ambassadeur permanent à Constantinople. Le seul but avoué de cette alliance était d'empêcher Charles Quint d'étendre son pouvoir en Europe.

— Sire, écoutez votre cœur, non votre orgueil, osa lui suggérer Marie, comme le roi l'avait fait mander.

Un sourire entrouvrit la barbe gourmande de François Ier.

— C'est pour nourrir les deux que vous êtes ici, Marie. Antoine du Bourg me supplie de cesser de faire des martyrs. La ligue de Smalkalde s'indigne de voir cette répression, autant que de m'imaginer saluant l'islam. Charles Quint m'exaspère et l'Italie m'obsède. Ah ! Marie, Marie, n'avez-vous point compris ce qui me guide ?

Marie secoua la tête. Elle s'était abrutie pour ne pas trembler des mois durant, se moquant bien de la politique.

— Cesser ces massacres, plier devant la foi des hérétiques aurait desservi le royaume, Marie. Au regard de la chrétienté, je suis le roi d'une France fille aînée de l'Église. Je distrais mes journées à la chasse, dans le lit des pucelles ou des catins, composant des poèmes et visitant mes artistes. La nuit pourtant, j'entends des cris et ceux que j'ai condamnés semblent me dire : « Des nôtres tu es le premier. »

Le roi passa une main lasse dans sa chevelure bouclée. Marie était gênée par cette confession, dans laquelle elle ne savait trop où était sa place. Le roi poursuivait cependant, indifférent à son tourment, allant et venant d'un pas lourd dans la pièce où elle se tenait droite.

— J'ai construit les bases de mon accord avec Soliman, sachant bien où cette alliance me conduirait, gardant cet atout dans ma manche si je ne pouvais contrôler les débordements. Ce fut le cas et j'y ai réagi comme le roi chrétien que je suis, en priant pourtant pour que cela cesse. Tolérer l'islam m'oblige à admettre les luthériens aux yeux du monde. Voyez, Marie, où est mon orgueil. Demander à un Dieu païen de me laisser vénérer le mien !

— Sire... commença Marie bouleversée.

— Allez dire à vos amis, s'il vous en reste, qu'ils ne seront plus inquiétés. Et pour qu'on les oublie je vais aller faire la guerre au seul de mes ennemis : Charles Quint. Il est une aragne sur l'Europe. Il me faut l'écraser ou je ne mourrai en paix.

Il marqua une pause, puis la détailla avec hardiesse.

— Vous êtes de plus en plus belle, Marie. Votre époux est fort loin. Pour me servir, vous avez cessé d'aimer.

Il s'approcha d'elle, triste sous son intérêt.

— Sire, murmura Marie touchée par sa confidence, mon cœur lui est fidèle autant que mon ventre maintenant et à jamais.

Le roi laissa un doigt glisser de sa joue à sa gorge puis le retira en soupirant :

— Si cela changeait, me laisseriez-vous vous beliner ?

— Si cela changeait ? Oui, Sire, j'en serais flattée, mais je prie Dieu que cela ne soit jamais, répondit-elle avec franchise.

— Alors, courez le rejoindre, mon enfant. À la cour de France, vous reviendrez quand vous le souhaiterez.

— Je vous en remercie, Sire.

— N'en faites rien, Marie. Je ne suis pas fier de ce que j'ai fait.

Il la quitta en baissant la tête et Marie se sentit plus solitaire que jamais.

Elle trouva Constant seul. Il était couché sur une paillasse dans une petite pièce souterraine. Dans un recoin, une table sommaire accueillait les restes d'un repas succinct et une chandelle. Jean avait dû guider les autres à quelque action secrète, se dit Marie. Elle savait qu'avec Constant ils se relayaient. Cela faisait plusieurs mois qu'elle ne les avait vus. Pour ne pas trahir leur cachette, elle glissait des billets dans la sébile des mendiants au milieu de quelques pièces. C'est ainsi qu'ils communiquaient. Au détour d'une rue, un malandrin la bousculait. Le soir, elle lisait fébrilement le message qu'elle trouvait dans ses vêtements. Les pourchassés avaient changé plusieurs fois de repaire, mais elle connaissait bien celui-ci.

Une fois, Constant et elle s'y étaient assoupis ensemble, à l'endroit même où il reposait, blottis l'un contre l'autre. Ils s'étaient embrassés comme des enfants. Elle devait avoir douze ou treize ans. À cette époque-là, ce n'était encore qu'un jeu. La première fois que son cœur s'était emballé.

Elle releva ses jupes, déchaussa ses pieds en silence et aussi prestement qu'autrefois se glissa à ses côtés. Il dormait profondément, ronflant par intermittence. Elle s'en attendrit. Auparavant, elle lui aurait pincé le nez en étouffant un rire. Elle se contenta de le contempler. Ses cheveux bruns bouclaient sur ses épaules qui s'étaient élargies encore et sa bouche entrouverte révélait des dents étonnamment blanches pour un gueux, preuve qu'il continuait à les frotter au savon comme Isabeau l'exigeait.

Marie se pelotonna contre lui en retenant son souffle et se laissa aller au plaisir de sa chaleur contre elle.

— Oh ! Constant, gémit-elle, comme tu me manques !

L'instant d'après elle dormait.

Il s'éveilla le premier, gêné de ne pouvoir trouver ses aises. Elle souriait, le nez dans son épaule, les yeux clos sur ses songes. Un moment, il se demanda s'il ne rêvait pas et resta sans bouger. La chandelle achevait de se consumer sur la table et l'obscurité s'alourdissait. Il l'aurait pourtant reconnue dans une nuit noire. Malgré les onguents, l'odeur de ses cheveux, de sa peau n'avait pas changé.

Il bougea et elle s'étira.

— Constant... J'ai rêvé que tu m'embrassais, dit-elle sans parvenir à retrouver totalement la réalité.

— Catin, gronda-t-il en se penchant sur elle, troublé malgré sa rancœur.

— Je t'aime, lui répondit-elle en enroulant ses bras autour de son cou.

La chandelle mourut sur la table comme leurs lèvres se trouvaient.

Elle s'abandonna à ses caresses avec un embrasement insoupçonné. Elle avait tant espéré qu'ils se réconcilieraient. Les doigts de Constant ouvrirent ses cuisses et elle gémit de plaisir en l'attirant contre elle. C'est alors que son cœur se figea. Au creux de son oreille, Constant venait de grogner, amer :

— Quel est le mieux aimant, Marie, ton roi ou moi ?

D'un poing rageur, elle le repoussa.

— Lâche-moi, cria-t-elle en tentant de se dégager, blessée de s'être laissé humilier.

Mais Constant n'avait aucune envie d'en rester là. Il l'immobilisa à pleines mains et chercha ses yeux que la nuit lui voilait.

— Oh ! non. Pourquoi me refuserais-tu ce que tu donnes à tout-va ? Tu me dois bien ça, non ? gronda-t-il, emporté par un désir dont il n'était plus maître.

— Je t'en prie, Constant, pas comme ça. Pas comme ça, supplia-t-elle dans un sanglot.

La lumière éclaira d'un coup son regard noyé et Constant suspendit son geste à l'instant de la prendre.

— Lâche-la, ordonna calmement la voix de Jean.

Un rictus cruel effleura les lèvres de Constant, puis retomba. Il s'en voulait et tout à la fois ces supplications lui faisaient du bien, le soulageaient. Il eut envie de lui demander pardon, de l'embrasser comme tout à l'heure, avant de se souvenir qu'elle l'avait trahi.

— Lâche-la, répéta Jean, sans colère.

La sienne revint. Il retira ses mains qui plaquaient les poignets de Marie sur la paillasse et se redressa.

— Tu vois, Marie. Même quand je veux faire la paix, il s'interpose entre nous.

Il reboutonna ses culottes comme Marie frottait ses yeux. Puis il se dirigea vers la table en jetant, amer :

— Sois rassuré, Jean, ton honneur est sauf, du moins quant à moi.

Il empoigna une bouteille où dormait un fond de vinasse et la vida, le cœur déchiré entre ces mots qu'il ne pouvait s'empêcher de lancer et cet amour qui lui brûlait l'âme. Jean serra les poings mais se contrôla.

— Est-ce que ça va? demanda-t-il à Marie qui se redressait.

Elle hocha la tête pour ne pas déclencher l'algarade entre les deux hommes, mais tout en elle criait le contraire.

Constant s'était retourné et la regarda se rajuster. Elle était belle, digne malgré ses yeux rougis. Sur le coup, il se dit qu'il n'était qu'un imbécile, qu'il avait tout gâché, par orgueil. Mais c'était auprès de Jean qu'elle se tenait droite. Jean qui l'avait prise. Jean qui lui avait fait deux enfants. Jean qui s'était immiscé encore une fois. Solène accompagnée de deux hommes franchit le boyau et la tension se dissipa comme par enchantement.

— Marie! s'écria l'un d'eux en la reconnaissant et en s'avançant vers elle.

C'était un de leurs compagnons d'enfance. Marie renifla et se jeta dans ses bras sans malice. Constant détourna la tête et empoigna une autre bouteille qu'il termina douloureusement. Marie souriait à présent, trop orgueilleuse pour laisser deviner sa peine.

— Bastien, je suis heureuse de te voir en vie toi aussi, affirma-t-elle.

— Tu as pleuré ?

— C'est la joie de vous revoir saufs, mentit-elle. C'est terminé, Bastien. Les répressions sont terminées. Le roi a baissé son bras, il n'y aura plus de persécutions. Il me l'a promis. Vous êtes libres.

— Était-ce la raison de ta visite ? s'enquit Constant d'une voix éteinte.

Elle lui fit face.

— Oui. Mon rôle à la cour n'a plus de sens désormais. Je vais regagner l'Auvergne et retrouver ma famille.

Constant baissa le nez et avala une nouvelle rasade. Il se sentait quinaud. Jean hésita un instant puis lâcha :

— Veux-tu que je t'escorte ?

— Non ! Non... J'aimerais rester seule avec Constant un moment, demanda-t-elle.

Jean s'en agaça mais se retira, faisant signe aux trois autres de le suivre.

— Ravie de t'avoir revue, Marie, affirma Solène en l'embrassant sur la joue.

— Prends soin de toi. Prenez soin de vous.

— J'y veillerai, assura Bastien.

Il cligna un œil complice et s'éclipsa en entraînant la cadette de Constant qui allait sur ses douze ans. Marie resta quelque temps les bras ballants puis s'approcha de Constant.

— Reste où tu es, Marie. Tu ne gagnes rien à pleurer sur moi.

Elle s'immobilisa. Elle avait mal. Mais elle ne lui en voulait pas.

— Malgré toi, malgré tout, je t'aime encore, Constant, mais il est clair que quoi que je fasse ou dise, tu ne me pardonneras pas. J'étais venue te demander de m'accepter à tes côtés à présent que le danger n'est plus là, mais c'était stupide. Alors je vais retourner à Vollore. Je n'ai pas été la maîtresse du roi, mais je ne peux changer ce qui fut. Jean est le père de mes enfants, je ne lui interdirai pas de les voir s'il le désire, mais je te l'ai dit : je t'appartiens pour mon malheur, pour le tien, et pour le sien, car je n'aurai d'autre amant que toi. Si un jour tu peux oublier et me rappeler auprès de toi...

— Je t'aime, Marie, lâcha-t-il.

— Je sais. Mais cela ne suffit pas, n'est-ce pas ?

— Non. Cela ne suffit pas.

Les yeux emplis de larmes, Marie se détourna.

— Alors adieu, Constant.

Elle sentit son combat, mais il n'y céda pas. Résolument, elle rejoignit l'air libre, embrassa Jean sur la joue et remonta dans sa litière.

Quelques jours plus tard, François Ier annonçait officiellement la fin de la répression et autorisait les luthériens à rentrer en France, à la condition toutefois qu'ils abjurent leur foi et y vivent en bons chrétiens.

Marie ne fut pas dupe. De fait, Jean Calvin n'y revint pas, ce qui n'empêcha nullement l'hérésie de perdurer et les sectes de se développer.

En regagnant l'Auvergne, Marie était lasse. Elle était la quatrième d'une race où l'amour n'avait été que souffrance. Elle songea à sa fille. Comme elle, elle portait la marque des loups. Les yeux fermés, elle se mit à prier :

« Puisse, Seigneur, cette malédiction s'arrêter là ! »

16.

Marie fut aise de retrouver Vollore. À peine descendue de voiture, une boule de poils lui sauta au visage. Comme elle repoussait Noirot qui lui faisait fête, elle entendit des cris et des pleurs. La voix d'Albérie les couvrit :

— Antoine, il suffit !

— Mais ce n'est pas moi, c'est...

— Tenez-vous droits et allez saluer votre mère.

Les trois enfants descendirent le grand escalier guindés dans leurs costumes qu'une algarade avait froissés. Marie sentit son cœur se serrer.

Gasparde avait hérité des yeux verts d'Isabeau et de Loraline, son nez retroussé se perdait dans des joues rondes et malicieuses. Elle semblait intimidée dans sa révérence appliquée. Quant à Antoine, il avait le visage sec et la tignasse noire de son père. Ironie du sort, Gabriel ressemblait davantage à sa « sœur » que le jumeau de celle-ci.

Marie s'agenouilla devant eux et ouvrit ses bras, le cœur en joie.

— Laissez donc ces manières et venez m'embrasser !

Ils s'avancèrent, gauches, et tendirent un baiser timide. Marie comprit qu'elle devait d'abord les apprivoiser. Isabeau parut, les mains couvertes de farine. Ses cheveux étaient aussi laiteux que ses mains désormais et Marie s'en attendrit. Délaissant ses enfants qui ne savaient que dire et faire, face à cette étrangère, elle embrassa Albérie et sa grand-mère avec effusion.

— Nous ne t'attendions pas avant demain, s'excusa Albérie en désignant du menton les vêtements tachés des garçonnets qui recommençaient à se pousser du coude.

Marie éclata d'un rire clair :

— La chaleur était lourde, j'ai activé le cocher. Quant à ces deux-là, n'y change rien.

Elle se tourna vers Antoine qui fusillait des yeux son frère. Gabriel l'avait pincé.

— Courez donc à la rivière, fripons.

L'œil des garçons étincela et, sans demander leur reste, ils détalèrent de concert sur leurs petites jambes.

— Puis-je les accompagner, ma mère ? murmura la voix timide de Gasparde.

— Comment, tu n'y es pas encore ?

Gasparde la gratifia d'un sourire radieux et d'une révérence qui ravit Marie.

Tandis qu'ils disparaissaient, la brise légère ramena leurs appels :

— Bertille, criaient-ils, dépêche-toi, vite, viiite ! !

Ajoutant à leur impatience, Noirot aboyait. Marie enroula ses bras autour des épaules d'Albérie et d'Isabeau, et franchit le seuil du château.

— Seigneur Dieu, s'exclama-t-elle, comme Vollore a changé !

De fait, c'était vrai. Les trois enfants âgés désormais de deux ans et demi amenaient une bouffée de vie et de gaieté sur chaque instant. Ils étaient querelleurs, agités, malicieux, et Marie se revoyait tout entière dans leurs rires et leurs farces.

Isabeau avait trouvé sa place en cuisine, s'activant aux fourneaux avec Albérie et Bénédicte. Bertille suivait les enfants pas à pas, ses petites jambes l'autorisant à leurs cachettes dans le parc. Comme pour Marie jadis, elle était la complice idéale. Sa taille d'enfant attirait la confiance et le jeu, ses cheveux grisonnants apaisaient les disputes et rétablissaient l'ordre.

— Je suis fourbue ! avouait-elle pourtant chaque soir, dès lors qu'ils étaient couchés.

Leur nourrice était restée au château et sa belle énergie s'avérait indispensable pour prendre le relais et accomplir les tâches les plus difficiles. Comme pour Isabeau, pour Bertille, les ans comptaient désormais. Les quatre femmes dirigeaient la maisonnée avec une tendre complicité. Marie en fut surprise.

La vie avait repris ses droits à Vollore, les rires fusaient. S'il manquait d'hommes, Huc savait le faire oublier. Il trônait en bout de table, et il lui suffisait d'un regard noir pour que les enfants piquent du nez dans leurs assiettes. Marie comprit qu'il était pour eux le père qu'elle ne leur donnait pas. C'était bien ainsi. Tout était à sa place. Elle y était également. Même si plus que jamais elle aurait voulu que Constant fût là. Le château d'autrefois n'existait plus que par sa forme. Il aurait aimé cette légèreté. Elle était sereine, loin des bouleversements, de la folie des hommes, et des rois. Les paysans étaient satisfaits, les artisans prospères, le moulin donnait rendement et les coustelleurs qui avaient déserté le pays au moment de la répression semblaient vouloir revenir en pays thiernois, à l'inverse de Lyon où nombre de tisserands s'étaient expatriés définitivement.

Tout était en ordre. Ou presque.

Isabeau n'était pas parvenue à trouver le contrepoison, malgré tous ses efforts. Elle s'appliquait à faire, refaire, sans succès. Chaque nuit de pleine lune, la louve grise reparaissait.

Un courrier était arrivé d'Augsbourg, accompagnant un traité sur la médecine relié plein cuir. Philippus y avait consigné tout le savoir d'Isabeau et la somme de ses propres recherches sous le nom de Paracelse. Ma suivait ses pérégrinations, au gré des alchimistes qu'il rencontrait ou en fonction des éléments qu'il tentait d'associer à ses déductions. Lui aussi stagnait. Par moments, il désespérait de parvenir à un résultat, d'autant qu'il avait dû souvent se méfier. Si en Allemagne et en Autriche le culte de Luther était encouragé, il restait encore des opposants, prêts à ressortir le vieux spectre de la sorcellerie pour accuser et mener au bûcher. Marie l'enviait un peu. Sa mère lui manquait souvent.

— En ce monde, affirmait Huc, rien n'est parfait ! Il faut s'accommoder de ce qu'on ne peut changer.

Avec Albérie, il était heureux. Pleinement. Pourtant lui aussi sentait les années peser sur ses épaules qui s'étaient voûtées. D'épaisses rides marquaient son front et le coin de ses yeux rieurs. Il était toujours prompt, habile et en bonne santé, mais il avait ses douleurs aux changements de temps même si la présence des enfants les lui faisait oublier.

L'été, puis l'automne passèrent sur le château de Vollore. Bien vite, Marie récupéra auprès des poupons cette tendresse qu'elle leur donnait. Elle recevait régulièrement des nouvelles de la cour mais n'avait nulle envie de la rejoindre, trop occupée au plaisir des siens, au ramassage des noisettes et des champignons, à la cueillette des pommes et des mûres. Avec les petiots tout était un jeu. Et Marie malgré ses vingt ans redevenait petite.

La reine Éléonore lui écrivait parfois, elle aussi. Marie aurait préféré mille fois être attachée à son service qu'à celui de Catherine de Médicis. L'épouse de François Ier était intelligente et elle l'appréciait pour sa finesse d'esprit autant que pour son charisme.

De fait, la reine était triste. Triste parce que la guerre entre son frère Charles Quint et son époux était une fois de plus inévitable. Le roi de France voulait le Milanais. Encore et toujours. Les préparatifs se sentaient dans tout le pays et le Thiernois n'y échappait pas. Nombreux étaient ceux qui s'engageaient dans l'armée que le roi levait. Mais Marie s'en moquait. Avec les siens, elle préparait Noël en espérant secrètement que son souhait serait exaucé.

Deux jours avant la veillée, une voiture s'arrêta devant le château dans une neige tenace qui tombait à gros flocons. Depuis le jardin, deux bonshommes armés de longs bâtons taillés en pointe et affublés d'un nez en bogue de marron semblaient narguer les voyageurs. Les enfançons les avaient fabriqués sitôt la première bourrasque, en bataillant à grand renfort de boules avant de concentrer leurs efforts sur ces nouveaux soldats du roi, comme ils les nommaient.

Marie s'avança sur le seuil, le cœur battant. Elle avait écrit à Jean pour l'inviter à festoyer, suppliant Bertille, à qui elle avait confié son tourment, d'en faire de même avec son fils. Lorsque Constant ouvrit les volets de la voiture, elle faillit s'élancer à sa rencontre, mais Bertille la devança et enroula ses bras aux genoux de son fils. Constant la souleva et la fit tournoyer en riant aux éclats. Et ce rire jailli du passé apaisa ses craintes.

Jean s'avança à son tour. Les deux garçons se poursuivaient hilares, jouant aux méchants rois dans les pièces du castel. Ils déboulèrent en hurlant par la porte ouverte et s'immobilisèrent net devant la scène. Le mantel relevé de Jean et son chapeau croulant sous la neige lui donnaient l'apparence d'un malandrin. Malgré la joie de Bertille, les enfants cherchèrent chacun la main de leur mère, et c'est ainsi que Marie accueillit les arrivants. Le cœur entre deux vies.

Jean l'embrassa sur la joue.

— Sale temps, grogna-t-il avant de s'engouffrer au sec.

Elle hocha la tête, sans pouvoir bouger. Constant avait juché la naine sur ses épaules et, malgré ses cris et les tapes rieuses qu'elle donnait à son chapeau, il monta gaillardement les marches au-devant de Marie.

— Bonjour, Marie.

Comme il passait devant Antoine, celui-ci lui décocha un coup de pied dans les tibias, poings serrés sur une sourde colère.

— Lâche ma Bertille, toi ! gronda-t-il.

Constant soutint le regard noir tandis que Bertille pouffait. Puis, aussi légèrement qu'une plume, il enleva le garçonnet d'une main leste et le coucha sous son bras, malgré ses gesticulations.

Se tournant vers Marie, il lança avant d'entrer :

— Celui-là, pas besoin de demander qui est son père !

Marie se mordit la lèvre et lui emboîta le pas.

Ce fut Bertille qui présenta les enfants aux arrivants, sitôt que Constant l'eut posée à terre après avoir relâché Antoine qui se cacha immédiatement derrière Marie.

— Constant est mon fils, affirma Bertille comme Antoine, rancunier, ne voulait pas saluer son bourreau.

Il écarquilla les yeux puis s'avança vers Constant, soupçonneux.

— Alors pourquoi tu es grand ?

Constant éclata de rire et s'agenouilla devant lui.

— Parce que Bertille me tirait toujours par les cheveux lorsque je faisais des bêtises.

Le regard d'Antoine se fit admiratif, soudain.

— Tu as dû en faire beaucoup, s'exclama Gabriel qui d'une enjambée rejoignit son frère.

— Beaucoup, oui !

Les deux garnements tendirent une main franche à Constant.

— Bienvenue à Vollore, dirent-ils ensemble.

Gasparde, mordillant une main dans sa bouche et tenant une poupée de chiffon de l'autre, s'avança vers Jean qui avait ôté son mantel et achevait de s'ébrouer.

— Et toi, demanda-t-elle en sortant son pouce, tu es qui ?

Marie se racla la gorge. Les deux garçonnets et Constant s'étaient tournés d'un même élan vers Jean.

— C'est votre... commença-t-elle.

— Je suis votre oncle, affirma Jean en se penchant pour enlever Gasparde dans ses bras. Oncle Jean.

Marie lui en fut reconnaissante. Elle voulut ajouter quelque chose qu'elle ne trouva pas. Elle croisa le regard de Constant mais ne sut traduire ce qu'il pensait. D'autorité, Gabriel et Antoine lui avaient saisi les mains et l'entraînaient pour jouer.

Les deux jours qui suivirent laissèrent peu de place à une intimité. Les garçons étaient surexcités. Ils voulaient tout savoir de Paris et du roi. Eux aussi voulaient faire la guerre au méchant Charles Quint et ne comprenaient pas que Jean et Constant ne se soient pas enrôlés dans les armées. Ils assaillaient les deux hommes d'incessantes questions auxquelles parfois ils étaient bien en peine de répondre. Marie, elle, était aux anges. Constant semblait s'entendre à merveille avec eux. Elle avait même surpris Gasparde sur ses genoux, elle si farouche et si timide. Jean passait aussi beaucoup de temps avec eux, comme avec Isabeau qui dès le premier soir lui avait ouvert la porte de sa chambre. Ils s'étaient aimés comme des amis que la tendresse préservait.

Marie aurait voulu avoir quelque discussion avec Constant, mais il s'éclipsait souvent le premier à la veillée et elle en avait conclu qu'il valait mieux le laisser venir. S'il avait fait le voyage, c'était sans doute qu'il était prêt à l'accepter.

— Pourquoi autorises-tu qu'une messe soit célébrée ? demanda-t-il, comme elle se trouvait en cuisine, le soir de Noël.

Marie se retourna. Appuyé au chambranle de la porte, il la dévisageait avec une lueur d'agacement dans la prunelle.

— Pour ceux de la maison qui ne sont pas luthériens. Nous n'irons pas quant à nous, Constant, mais j'ai vu trop de souffrance naître d'un différend. Ici, à Vollore, chacun est libre de sa foi. Et respecte celle de l'autre.

— Les enfants savent-ils faire la différence ?

— Je la leur apprendrai. Tout comme je leur apprendrai l'amour et la patience, la tolérance et la force de la liberté.

Ils furent interrompus par Bénédicte qui grogna que la place de Marie était à table et non en cuisine.

Marie chipa une orange confite dans un plat et s'échappa sous les coups de tablier. Constant s'effaça pour la laisser passer. Leurs doigts se frôlèrent et Marie crut que son cœur allait éclater.

La veillée fut chaleureuse et animée. Suivant cette tradition que Philippus leur avait enseignée, Huc avait fait couper un bel arbre. Enjolivé de boules de gui, décoré de nœuds rouges, il ornait un pan de mur. Dans la vaste cheminée, face à la longue table dressée d'argenterie, un porcelet tournoyait. Un des serviteurs l'arrosait de temps à autre à l'aide d'un entonnoir de fer rougi duquel s'écoulait du lard fondu. Posées sur une grille, des pommes cuisaient sur la braise en éclatant sous le jus ruisselant.

Les enfants se gorgeaient les narines des senteurs qui se mélangeaient, les yeux rivés sur les lumières tremblantes des bougies piquées çà et là sur les chandeliers. Marie se sentait revivre.

Le repas touchait à sa fin lorsque Constant se leva. Il tenait son verre à la main et avait les joues rougies par la chaleur autant que par le vin.

— Je suis venu te porter un présent, Mère, annonça-t-il gravement.

Marie sentit ses jambes flageoler et un espoir fou battit à ses tempes, mais les paroles de Constant lui firent l'effet d'une pluie glacée :

— Solène va me donner un fils. Je vais l'épouser.

Elle regarda Constant, puis Jean qui se détourna, gêné. Un petit cri lui échappa. Ensuite, elle ne vit plus rien. Autour d'elle tout s'était figé dans une nuit d'airain.

Lorsqu'elle s'éveilla, elle trouva Isabeau à ses côtés. Il lui suffit d'ouvrir les yeux pour que les paroles de Constant éclatent en son cœur. Isabeau se précipita et reçut ses pleurs sur sa poitrine généreuse.

— Là, mon petit, chuchota-t-elle. Pleure. Tu te sentiras mieux après.

— J'avais cru... gémit Marie dans ses larmes. J'avais cru... répéta-t-elle.

— Ce fut une surprise pour tous. Seul Jean savait, semble-t-il, et ce n'était pas à lui de l'annoncer.

— Pourquoi ? Tout était si parfait, sanglota Marie.

— Je suppose que c'est sa façon à lui de se venger. De briser cette image que nous donnions de la fête de Noël. Crois-moi pourtant, Marie, lorsque tu t'es évanouie, le vin aidant, il s'est mis à pleurer.

Marie releva la tête.

— Où est-il ?

— Il est parti, tôt ce matin.

— Ce matin ?

Marie se frotta les yeux. Elle n'avait pas remarqué qu'il faisait plein jour dans sa chambre.

— Tu as dormi d'une traite. Ces préparatifs t'avaient épuisée.

— Pourquoi ne m'avez-vous pas réveillée, j'aurais pu, j'aurais...

— Il a laissé ceci.

Isabeau tendit une lettre cachetée. Marie sécha son chagrin d'un revers de main et l'ouvrit.

« Marie.

« Ce qui est fait est fait, comme tu le dis si bien. Épouse Jean, il mérite les enfants que tu lui as donnés.

« Adieu.

« Constant. »

Elle froissa la lettre dans ses doigts et de rage l'envoya s'écraser contre le mur en face.

— Jamais ! cria-t-elle, comme s'il pouvait l'entendre. Jamais !

Puis elle se retourna et cacha son désespoir dans l'oreiller. Isabeau resta un moment encore et, jugeant qu'il valait mieux s'éclipser, referma tristement la lourde porte sur sa peine.

Marie ne quitta sa chambre que trois jours plus tard, amaigrie et maussade. Elle trouva Jean à quatre pattes, les deux garçons sur son dos, Gasparde battant des mains en criant :

— À moi, à moi !

Cela l'agaça et la gêna en même temps. Elle tourna les talons, enfila un mantel, ses bottines doublées d'hermine, et rabaissa un capuchon sur son visage creusé. Elle avait besoin d'air. Elle franchit le seuil en inspirant à pleins poumons. Le ciel était dégagé. Chaque pas dans la neige fraîche lui coûtait, mais elle n'en avait cure. Elle avança résolument jusqu'au gros chêne et se laissa tomber sur le banc couvert de neige.

— Tu vas prendre froid.

— Je m'en moque, répondit-elle à Jean qui l'avait rejointe.

Il s'agenouilla devant elle, pesneux.

— Je suis navré, Marie.

— Ce n'est pas ta faute, répondit-elle en haussant les épaules. Quand doit-elle accoucher ?

— En juillet.

— Cela fait longtemps qu'ils...

Mais les mots moururent sur ses lèvres. Elle ne pouvait imaginer Constant amoureux d'une autre. Encore moins de Solène.

— Je l'ignore. Ils ont toujours été proches. Autant que peuvent l'être un frère et une sœur. Lilvia aurait désapprouvé cette union. Bertille en est furieuse. Même s'ils n'ont pas le même père, ils sont sortis du même ventre. Je ne comprends pas. Mais peut-être n'y a-t-il rien à comprendre. Les gueux l'ont choisi pour roi. Il lui fallait une reine. Et ils aiment Solène autant qu'ils t'aimaient toi, en cour des Miracles.

— C'est stupide, Jean. Tu sais comme moi que la cour des Miracles n'est qu'une légende, qu'elle n'existe pas davantage que son prétendu roi.

— Ne parle pas comme ça, Marie.

Elle ricana et le fixa sans indulgence.

— Qu'une poignée de mendiants, d'estropiés et de ribaudes se réunissent dans la pourriture d'un cimetière suffit-il à créer un royaume ? Le roi des fous n'est que le chef d'une bande de brigands qui se moquent de la loi pour survivre. Nous le savons tous, Jean. Le reste n'est qu'une fable pour parodier l'esprit des rois. En grandissant, j'ai cessé d'y croire et vu la réalité telle qu'elle est. On peut la masquer, la travestir, lui donner des allures, mais il n'y a qu'une réalité. Celle de nos actes. Et les miens m'ont fait perdre l'homme que j'aimais.

— S'il t'aimait vraiment, il t'aurait pardonné.

— Qu'en sais-tu ?

Il soupira et lança :

— Je vais partir aussi, Marie... Dans les armées du roi.

Il y eut un silence que Marie ne brisa pas. Jean poursuivit :

— Le roi offre trois écus d'or par mois, un hoqueton de livrée, les armes et la promesse d'anoblir qui sera vaillant à devenir officier. Je n'ai pas de titre à t'offrir, pas d'or, pas de promesses, rien qu'un passé indigne de la dame de Vollore que tu es devenue. Quant à mon amour, il est infidèle car la couche des femmes m'attire encore même sous ton propre toit. J'ai donc plus de défauts qu'aucun autre et à ce titre tout devrait m'être refusé. Tu m'as donné pourtant les plus beaux enfants qui soient, Marie, et c'est la seule chose dont je sois fier. Même s'ils ignorent qui je suis, j'ai besoin d'aller chercher pour eux cette gloire que je n'ai pas.

Marie hocha la tête.

— Tu pourrais mourir au combat...

— Nul ne me pleurerait. Ni père, ni mère, ni eux, ni Isabeau, ni toi.

— Si, Jean. Tu me manqueras.

Il se pencha sur ses lèvres tremblantes et les embrassa doucement.

— Dieu m'est témoin, Marie, que j'ai tenu nombre de femmes dans mes bras, mais jamais aucune ne m'a autant comblé. Jamais.

— Resterais-tu si je t'épousais ? demanda-t-elle sans voix.

— Non. Mais je reviendrai du combat pour cela, ajouta-t-il en souriant. Ne laisse pas Constant gâcher ton rire, Marie. Tu es si belle lorsque tu ris. Rentrons à présent, ou tu seras glacée.

Elle se laissa emmener. Comme elle franchissait la porte, Gasparde se jeta dans ses bras.

Jean partit le lendemain, et l'hiver passa sur Vollore sans qu'aucune nouvelle leur parvienne. Ce fut un hiver froid que seules l'insouciance et la belle vigueur des triplés égayèrent.

Un courrier de Constant à sa mère lui apprit qu'il s'était marié comme juin fleurissait les derniers lilas. Solène ne tarderait plus à accoucher. Bertille déchira la lettre en pestant contre ce fils qui n'avait rien compris et refusa tout net de le rejoindre à Paris.

— J'ai toujours une fille ici, affirma-t-elle en pinçant les joues de Marie comme autrefois, et bien assez de petits-enfants pour oublier ma peine. Sèche donc la tienne. Ce vaurien ne mérite pas le bonheur que tu lui voulais !

Marie s'en réconforta. Philippus annonçait qu'il était sur une piste sérieuse et ne pouvait les visiter comme il l'avait espéré. Isabeau de son côté stagnait. Sa vue avait baissé avec l'âge et elle devait de plus en plus souvent s'appuyer sur Marie pour ses préparations. Cela n'entamait pas son optimisme. Même si pour l'heure ils n'avaient su que reproduire un poison. Ils l'avaient testé sur des animaux, ne parvenant à obtenir aucune mutation de quelque ordre que ce fût. Isabeau restait persuadée qu'ils tournaient autour de la « formule magique » comme elle disait, qu'il suffirait d'un éclair de conscience à un moment donné.

Début juillet, le frère de Huc, l'annotier de l'abbaye du Moutier, s'avança jusqu'au château. Il sentait la fatigue des ans peser sur ses épaules massives et, avant que la camarde sonne son heure, tenait à s'assurer que les enfants de Marie seraient pourvus. Sur ses conseils, elle rédigea donc un testament qu'il promit d'enregistrer dans le mois qui suivrait comme étant celui de François de Chazeron à l'égard de ses deux fils : Gabriel et Antoine. On y ajouta les terres de la Faye que Chazeron avait récupérées en bannissant Huc. Marie laissa courir le bruit que son père s'était enrôlé comme officier dans l'armée du roi.

L'argent commençait à manquer. Il ne restait quasiment plus rien du trésor caché sous Montguerlhe qu'Isabeau et Philippus chacun de leur côté engloutissaient dans leurs recherches. Et si les terres étaient prospères, il suffisait d'intempéries ou de sécheresses pour tout faire basculer. Marie se disait que les solutions viendraient.

Elle ne s'attendait pas à ce nouveau coup du sort.

La missive était brève et signée de Catherine de Médicis :

« Le roi est en grand péril, vous seule le pouvez sauver ! »

L'étrange prophétie de Michel de Nostre-Dame lui revint aussitôt en mémoire : « Par l'ignorance des louves, un grand roi se pleurera. »

Elle n'hésita qu'un instant. Si le destin se pouvait changer, alors elle devait retourner à Paris, quoi qu'il lui en coûtât. Juillet couvrait les champs d'épis blonds et généreux. Elle embrassa toute sa famille, promit aux enfants de revenir dès qu'elle le pourrait, et monta dans la voiture, l'esprit assailli de questions sans réponses.

Que pouvait-elle donc pour sauver son roi ?

Catherine était plus sèche que lorsqu'elle l'avait quittée. La mise austère, le teint blanc et les lèvres pincées, elle donnait l'impression d'un corbeau posé partout où on ne l'y attendait pas. Elle l'embrassa pourtant avec effusion. Marie en fut surprise mais ne s'y attarda pas. Peut-être demeurait-il, sous cette carapace, un peu de cette Italie exubérante et fantasque dont le génie était si expansif.

— Un complot se trame autour du roi, annonça-t-elle sans préambule après l'avoir introduite dans son cabinet. Il semble que certains soient las de le voir affronter l'empereur pour conquérir un Milanais fugace. Vous le savez, Marie, je suis bien informée car j'aime épier. Je ne peux m'attaquer aux fomentateurs du complot, mais je peux les assurer qu'ils sont surveillés. J'ai découvert celui qu'ils ont chargé d'assassiner le roi. Il doit partir sous huitaine rejoindre François et son armée. Donnez-moi le pouvoir des poisons et je pourrai l'empêcher. Le roi sauf, ses ennemis rentreront dans le rang pour n'être pas dénoncés.

Marie se ferma.

— Je n'ai pas ce pouvoir.

Catherine s'empourpra, mais contint sa colère.

— Vous mentez, je le sais. Si vous n'êtes de ses amis, alors vous êtes des conjurés, ajouta-t-elle, accusatrice.

Marie se laissa tomber sur une chaise. « Sauver le roi. Comme il l'avait sauvée. »

— Très bien, lâcha-t-elle. Je vous aiderai. Mais nul ne devra savoir que j'y suis mêlée.

— Nul ne saura ce que nous aurons fait, fidèle Marie. Je vous en donne ma parole. Et le serment d'une Médicis vaut plus qu'argent donné. Toutefois...

Elle sortit de sa manche une bourse rebondie et la laissa choir dans la main de Marie qu'elle avait saisie.

— Prenez, dit-elle. Vous en aurez besoin pour vous procurer les ingrédients, voire pour acheter le silence de l'apothicaire.

— Je n'ai pas... commença Marie, avant de s'abstenir.

Il était inutile que Catherine sache qu'Isabeau lui avait confié une fiole de sa préparation lorsqu'elle lui avait commenté les raisons de son retour. « On ne sait jamais. Si le besoin s'en présentait, nous aurions au moins la possibilité de le tester sur un humain », avait affirmé sa grand-mère. Cette idée pourtant la répugnait. Elle accepta la somme et quitta Catherine sur un sourire complice. Elle servait la cause des siens en servant celle de son roi. Un roi juste bien qu'orgueilleux. Un roi qu'elle respectait.

Le lendemain, elle remettait à la Médicis ce qu'elle lui avait demandé, en songeant que l'or arrivait à point nommé. Afin de n'éveiller aucun soupçon, elle décida de passer l'été à Fontainebleau où la cour commentait l'avancée des armées sur les territoires de Savoie qu'elles avaient forcés ; évitant de songer que, non loin de là, Constant berçait un nouveau-né.

Charles Quint et François Ier n'ayant pu trouver un accord concernant ce Milanais tant convoité, c'est l'empereur qui le premier lança l'offensive en foulant le sol de

France, malgré la réprobation du pape, malgré l'avis de ses gens. François en jubila. Son armée était à même de tenir tête à son ennemi. Il l'attendit en Provence, ordonnant que les fours et les moulins soient détruits. De même, il fit incendier les blés, répandre les vins à terre et empoisonner les puits en y déversant les fourrages, sous les regards désespérés des paysans.

— S'ils n'ont rien à manger, ils rebrousseront chemin ! affirma-t-il en campant sur le Rhône, prêt à en découdre.

Charles Quint, parvenu à Aix, se fit couronner roi d'Arles et comte de Provence, avec autorité et superbe.

— Nous brouterons l'herbe des prés et beuverons l'eau des pluies, mais, dussions-nous ramper, Paris plus bas encore devant moi se prosternera, répondit-il cyniquement.

Marie se tordait les mains à ces échos, ne cessant de se demander qui était le traître à la couronne. À son sens, il ne pouvait s'agir que d'un espion de Charles Quint. Et donc un familier de la reine Éléonore. Elle n'imaginait pas celle-ci dans pareil complot. Cette guerre entre son frère et son époux pesait au cœur de la reine et elle priait pour que cela cesse, s'épouvantant des messagers qui chaque jour déversaient l'ombre d'une tension grandissante.

— Le dauphin est mort ! Le dauphin a été assassiné ! cria le héraut sous les fenêtres du palais.

Marie se précipita, au milieu d'autres dames avec lesquelles elle brodait. Le messager avait mis pied à terre et elles se heurtèrent à lui comme la reine Éléonore s'avançait.

— Majesté, annonça-t-il en s'agenouillant devant elle. C'est triste nouvelle que le roi vous fait porter.

Un silence pesant cueillit la cour comme Éléonore, livide, l'invitait d'un geste à poursuivre.

— Hélas, Majesté, le dauphin François s'est éteint il y a trois jours à Tournon, où il s'apprêtait à rejoindre le roi.

— Comment est-ce arrivé ? demanda Éléonore en glissant sur un siège proche.

— Il semblerait que cela se soit passé après une partie de paume ce 10 août dernier. Monseigneur le dauphin avait soif et s'est désaltéré au verre que son écuyer lui tendait. Des convulsions l'ont saisi quelques minutes plus tard, affolant ses gens et l'obligeant à s'étendre. Cette aigue lui fut fatale, hélas ! De sorte que Sa Majesté a ordonné une enquête et fait arrêter l'écuyer Montecucculi.

C'était au tour de Marie de se sentir glacée. Le dauphin ? Traître à la couronne qu'il devait porter ? Elle se refusait à y croire. Un dégoût profond l'envahit. Avec ce crime, la Médicis devenait l'épouse d'un futur roi. Marie se tourna vers elle. Une lueur de satisfaction dans sa prunelle noire, Catherine souriait.

Quelques jours plus tard, son époux Henri de France était envoyé auprès d'Anne de Montmorency pour parfaire son éducation tandis que François Ier trahissait sa peine en se concentrant sur sa guerre.

— Vous avez abusé de ma confiance, abusé de mon amitié, fulminait Marie dans le cabinet de Catherine. Indifférente à sa colère, celle-ci semblait la narguer, l'œil narquois. Le sommeil avait fui la jeune femme depuis trois jours, depuis qu'elle avait compris qu'on s'était servi d'elle et que la prophétie de Nostradamus s'était réalisée. Cette prophétie que par ses actes elle avait cru combattre. Elle en voulait au mage, elle en voulait à Catherine et au monde entier.

— Calmez-vous et écoutez, petite sotte, la toisa Catherine pour finir.

Malgré sa courte taille, elle était imposante par ce faciès que Marie trouva plus laid encore qu'à l'accoutumée. Elle se tut, mais garda les poings serrés.

— Mon beau-frère était un être pervers, épris de puissance, de fêtes orgiaques et scandaleuses, sans aucun sens moral, n'écoutant que l'envie. Vous ne l'aimiez pas davantage que moi. Ses avances, ses regards, ses gestes obscènes vous agaçaient, vous me l'avez confié plus d'une fois !

— Cela ne signifie pas... commença Marie.

— Silence ! intima Catherine. Cet être répugnant épuisait par ses travers la santé que notre Seigneur lui avait donnée. Et cependant son père le vénérait, parce qu'il était l'aîné, le futur monarque de la France, parce qu'il lui ressemblait par son appétit charnel insatiable. Mais cela ne suffit pas pour faire un grand roi ! J'ai plus de respect pour le mien qu'aucune autre en ce royaume. Je lui dois ce que je suis. Mais voyez où le pousse son orgueil : à assécher la Provence, à affamer et à désoler son peuple par les pillages et les meurtres. Dieu m'est témoin que j'aime plus encore mon Italie, mais le Milanais vaut-il toutes ces vies sacrifiées, une France endettée et appauvrie, des greniers vides que l'hiver pleurera ? Après la mort de François Ier, l'histoire ne retiendra que ces splendides châteaux, ces œuvres d'art des artistes italiens qu'il aura vénérés, mais la vérité est que seul son caprice aura gouverné. Le dauphin n'aurait été qu'une pâle doublure pour la France. Moi, je lui ai donné un roi.

— Et une reine, il me semble ! ragea Marie que ce discours n'avait pas fait décolérer.

— Oui, une reine. Mais quoi que tu en penses, je n'ai pas agi pour mon vil intérêt. Henri seul est digne de succéder à son père. Il est vigoureux mais effacé. Rieur mais pas festard. Il n'aime qu'une femme mais n'a pas consommé cet amour. Mieux, il repousse les garces pour m'honorer de ses devoirs. Il est juste et droit, fidèle et guerrier, réfléchi et rusé. Ce n'est pas seulement mon époux, c'est un grand homme et pour lui, pour la France, je ne regrette rien de ce que j'ai fait.

— Je vous dénoncerai au roi, Catherine. Vous n'aviez pas le droit de vous substituer à Dieu.

Catherine éclata d'un rire cynique.

— Oh ! non, Marie, vous n'en direz rien. C'est notre secret. Si vous me perdez, je vous perdrai. Oubliez votre colère, votre orgueil bafoué, et réfléchissez plutôt au sens de mes paroles. Elles vous convaincront que nous sommes alliées. Liées. À jamais.

Marie soutint son regard un instant puis tourna les talons en se maudissant. Elle s'était fait piéger.

Le 14 septembre de cette année 1536, Charles Quint s'avouait vaincu par la famine qui lui avait coûté vingt mille hommes. Dans le nord de l'Italie, l'armée de l'empereur rebroussa chemin à son tour. Tandis que François Ier visitait ses terres, ordonnait la reconstruction des villes détruites comme Aix, ou endommagées comme Marseille, la cour à Fontainebleau festoyait avec largesse en l'honneur de son ennemi vaincu et repoussé.

Début décembre, le procès de Montecucculi fut ordonné à Lyon. Sous la torture, l'écuyer du dauphin avoua avoir empoisonné son maître sur l'ordre de Charles Quint, lequel avait de la même manière condamné François Ier. À aucun moment le nom de Catherine ou de Marie ne fut cité mais cela n'apaisa pas les remords de la jeune femme. Montecucculi fut écartelé par quatre chevaux en place de Grenelle.

— C'était insupportable, raconta Marguerite, la sœur du roi. Ses membres déchirés furent lapidés. Des enfants épilèrent sa barbe et ses cheveux. Son nez fut coupé, ses yeux arrachés de même que sa langue. De ma vie je n'ai vu spectacle aussi horrible !

Marie en fut persuadée, à voir son teint défait et ses mains tremblantes. Elle-même l'était. Si le roi apprenait qu'elle avait livré le poison, quel sort lui réserverait-on ?

Courant décembre, François Ier la fit appeler. Elle ne l'avait pas revu depuis que la paix avait été signée avec les hérétiques. Il l'embrassa avec chaleur sur le front, bien qu'il eût envie de laisser ses lèvres fureter sur les siennes.

— Comment se portent vos enfants, douce Marie ? demanda-t-il aussitôt. Les avez-vous trouvés en bonne santé, avez-vous bien joui d'eux ?

— Oui, Sire. Ils sont vigoureux et taquins. Les retrouver me fut un enchantement, avoua-t-elle avec sincérité.

— Votre époux vous a-t-il comblée ? badina-t-il comme à son habitude.

— Oui, Sire, mentit Marie en se mordant les lèvres.

— Mais je te manquais, n'est-ce pas ? Sinon pourquoi l'aurais-tu laissé ? poursuivit le roi en passant un doigt gourmand sur l'ovale de son visage.

« Constant est perdu et tu dois protéger ton secret », souffla une petite voix à ses tempes, une voix chargée de honte et de regrets.

— Oui, Sire, s'entendit-elle répondre, les yeux baissés. Vous me manquiez.

Un éclat sauvage embrasa le regard du roi. Il releva ce menton qui tremblait et embrassa cette bouche délicatement rosée. Marie s'abandonna, troublée par cette douceur inaccoutumée. Le roi était un bon amant, disait la rumeur. Peut-être lui apprendrait-il à oublier Constant. Mais cette fois, elle saurait se prémunir. Elle savait de sa grand-mère une potion de stérilité. Gaillardement, elle répondit à son baiser.

François Ier la rejoignit dans sa chambre lorsque le souffle de la nuit ne fut plus qu'un murmure sur le palais.

— Laisse ta porte ouverte, lui avait-il recommandé alors qu'elle prenait congé tantôt comme Anne de Montmorency s'annonçait. Elle obéit et moucha les chandelles, le cœur battant. Elle n'avait été prise qu'une fois, le roi n'allait-il pas rire de son inexpérience ?

Il se montra généreux de caresses et attentif, sans paraître rien remarquer de sa maladresse, bien au contraire révélant la sensualité qui sommeillait en elle. L'aube la cueillit épuisée et ravie d'avoir cédé. Le roi n'avait pas failli à sa réputation et l'avait comblée. Comme il se rhabillait, il se tourna vers elle.

— Une fois encore, je vais te confier un secret, Marie.

Avant qu'elle ait pu protester, il s'asseyait sur le lit et enchaînait en suivant le contour de son sein avec son doigt :

— Ce corps que tu m'as offert, plus d'une fois je l'ai admiré, aussi nu qu'en cet instant.

Marie demeura bouche bée.

— Sire... Comment...

— Ne t'en fâche pas, je t'en prie. De fait, il n'est pas une dame en ce lieu que je n'aie vu se baigner dans sa plus éclatante et insouciante beauté.

Il lâcha un petit rire coquin alors qu'elle fronçait les sourcils.

— Au-dessus des voûtes de ce petit lac où souvent vous vous ébattez se trouve une grotte, comme tu le sais. J'ai fait aménager un sentier qui y mène et un subtil jeu de miroirs me renvoie vos silhouettes à admirer.

— Oh ! mais c'est scandaleux ! gronda-t-elle vexée.

— Je dirais plutôt terriblement... excitant... s'amusa-t-il en se courbant au-dessus d'elle.

— Je ne vais plus oser me baigner désormais !

— Bien sûr que si. Tu as beaucoup de choses à apprendre, Marie. Le désir en est une. Tu es la seule à connaître mon secret, même Anne l'ignore. Elle est bien trop jalouse et aurait gâché mon plaisir en faisant murer l'observatoire !

— Alors, pourquoi me le dire ?

— Pour que tu songes que mes yeux seront des caresses désormais. Mes yeux et ceux d'autres gentilshommes qui parfois m'accompagnent.

Marie se sentit rougir jusqu'à l'âme. Comment pouvait-il penser un seul instant qu'elle ait envie de s'exposer ainsi, telle une catin. Elle s'en courrouça :

— Sire, j'avais cru que vous me respectiez.

— Marie, Marie, s'étonna-t-il, c'est vrai, sans quoi je t'aurais forcée et ne t'aurais rien dit. C'est un présent que je te fais. Tu as une nature généreuse et passionnée, mais tu l'ignores encore. À croire que ton époux est un benêt, observa-t-il amusé.

Comme elle ne réagissait pas, son sourire s'élargit et il poursuivit :

— Laisse donc ces sensations te gagner voluptueusement à ta prochaine baignade, elles t'en apprendront davantage sur tes émois et tes désirs qu'aucun homme, jamais. À part moi, nul ne saura que tu sais. Offre-moi à ton tour de t'épanouir à ce jeu bien innocent s'il est malicieux.

— Comment saurai-je que vous m'observez ?

— Tu ne le sauras pas, et ce trouble n'en sera que plus délicieux, crois-moi.

— Je ne sais si j'oserai, avoua-t-elle.

— Refuser de souscrire à d'aussi plaisantes habitudes attirerait des soupçons. Tu ne veux point me faire prendre, n'est-ce pas ? Anne me tuerait !

Cette évidence arracha un sourire à Marie, aussitôt retombé.

— Si elle apprenait que vous m'honorez, c'est moi qu'elle tuerait.

— Alors, choisis-toi un nouvel amant, jolie Marie.

— Déjà, Sire ? demanda-t-elle, certaine soudain de l'avoir déçu.

Il eut un sourire franc qu'il apposa sur sa bouche triste, puis il se redressa.

— Tu m'as offert une chose précieuse, depuis longtemps tu es la seule femme en ce palais en laquelle j'ai confiance. C'est à ce titre que je voulais te beliner. Je pourrais chasser Anne, faire de toi ma maîtresse, mais elle te détruirait toi ou ta famille pour se venger. Je ne le veux pas.

— Elle connaît aussi beaucoup de choses.

— En effet. Des affaires qui serviraient mes ennemis et ceux de la France. C'est un risque que je ne peux prendre. Or je me connais. Il ne faudrait pas longtemps à jouter que je sois éperdument amoureux de toi et prêt à toutes folies. Tu n'aimes pas le pouvoir, n'est-ce pas ?

— Non, Majesté. Il m'indiffère.

— Ne change pas, jolie Marie. Reste mon alliée. Cette nuit était un pacte entre nous. Je tenais à te révéler à l'amour. Je savais que ton époux ne l'avait fait puisque tu n'es pas mariée.

Marie faillit s'étrangler de surprise, mais ne chercha pas à nier :

— Comment l'avez-vous appris ?

— Ah ! Marie, Marie ! Candide et charmante. Quand un roi veut savoir, il sait ! Mais rassure-toi, je n'en dirai mot. Nous avons tous nos petits secrets. Le tien vaut le mien, non ?

— Je crois, Sire. Je le respecterai.

Elle se sentait sereine, soudain. François Ier se leva et s'étira comme le coq chantait une nouvelle fois. Il allait partir quand Marie l'arrêta d'une question qui l'avait effleurée :

— Sire, votre fils François...

Le roi se retourna et son visage accusa un rictus douloureux. Marie baissa les yeux sur son fardeau et poursuivit :

— M'avait-il... observée ?

— Une fois, avoua le roi. Il était pervers, poursuivit-il, et sa requête déplacée. Je l'ai giflé et lui ai interdit de t'approcher.

Marie en resta médusée.

— Pourquoi, Sire ?

Il eut une grimace triste.

— C'était mon fils et je l'aimais. Mais tout paillard que je sois, je réprouvais ces orgies où les dames étaient prises de force.

Marie resta sans voix un instant puis s'enquit :

— Pour cela, Sire, comment vous remercier jamais ?

Il accrocha son regard et le fouilla à l'en faire fléchir. Puis répliqua d'une voix morte :

— Sans l'imaginer, Marie, tu l'as déjà fait.

Il referma la porte et son pas ne fut qu'un glissement parmi ceux d'autres adultères qui s'en retournaient à leur légitimité.

Marie osait à peine respirer. Cette dernière phrase résonnait comme un écho en son cœur. Que pouvait-elle signifier ? Qu'il savait que le poison était son fait ? Qu'elle lui avait finalement rendu service ? Que Catherine avait raison en affirmant qu'Henri serait un meilleur roi que son frère ? N'était-ce point pour cette raison que François Ier avait tenté de convaincre Charles Quint de donner le Milanais à Henri au lieu de son cadet ? Parce que d'une façon ou d'une autre il l'avait condamné, ce fils chéri, ce fils aimé malgré ses vices ?

Le sommeil la cueillit sur ses doutes et ses interrogations. Sans le vouloir, elle avait forcé les secrets de la France et ce n'était point le destin qu'elle s'était tracé.

Quelques semaines plus tard, soit le 1er janvier 1537, Madeleine de France, fille de François Ier, épousait Jacques V roi d'Écosse selon les accords passés depuis longtemps entre les deux monarques.

Madeleine avait blêmi de ce mariage. Elle avait fini par se convaincre qu'elle devait s'y résoudre. Son époux n'était pas laid, mais sa chevelure blonde et bouclée l'effrayait.

— N'est-il point un Normand pour avoir ainsi la couleur des blés ? Ne sera-t-il point cruel à mon endroit comme ses ancêtres l'étaient ? pleurnichait-elle.

Éléonore et Catherine durent la rassurer en lui exposant qu'elles avaient toutes deux été contraintes au mariage d'État, et qu'elles s'en félicitaient. La cérémonie en la cathédrale Nostre-Dame fut somptueuse, mais Marie ne sut l'apprécier. En défilant sur le parvis avec les grands du royaume, elle songeait combien ils étaient petits et méprisables pour ceux qui, comme elle autrefois, les regardaient s'agiter depuis les tours. Peut-être Constant était-il juché là-haut sur une des gargouilles. Elle n'osait lever la tête de peur de deviner sa silhouette.

Trois jours avant la cérémonie, elle s'était baignée avec Madeleine, Catherine, Anne et d'autres dames de la cour. La source qui alimentait ce petit lac était chaude, si bien qu'elles l'appréciaient hiver comme été. Elles avaient batifolé comme d'ordinaire, mais Marie avait eu du mal à cacher le trouble qu'elle ressentait. Les paroles du roi la hantaient, d'autant qu'elle était convaincue qu'à les épier cette fois, il n'était pas seul. Elle en rougit pour Madeleine qui nageait sur le dos, ventre offert sans le savoir probablement aux yeux de son futur époux qui s'en régalait assurément.

— M'offrirez-vous votre bras ?

Marie se retourna et esquissa un hochement de tête en réponse au grand maître Anne de Montmorency. Âgé d'une quarantaine d'années, c'était le plus bel homme du royaume avec ses traits réguliers, ses lèvres charnues et ses yeux d'un bleu si pur qu'on s'y serait noyé. Il était aussi gourmand de femmes que son roi et sa réputation d'amant attirait elle aussi tous les échos, à double titre puisqu'il s'obstinait à demeurer célibataire, affirmant à qui le lui reprochait qu'il exécrait l'adultère et n'avait d'autre solution que le célibat pour y remédier. L'homme était charmeur, plaisant, il avait de l'humour autant que de la pratique guerrière, des vertus autant que des actions d'éclat à son actif.

En allongeant son pas dans le sien vers la cathédrale, Marie chassa avec humeur ses regrets dans l'ombre du passé.

« Moi aussi, j'ai choisi mon roi, songea-t-elle, contrainte par ton orgueil et ta volonté, Constant. Puisses-tu ne jamais le regretter. »

17.

Les tournois succédaient aux tournois dans une atmosphère de liesse en ce mois de janvier 1537 et le jeune Henri n'avait de cesse de les remporter pour Diane de Poitiers. Marie s'en réjouissait. Malgré la feinte indifférence de Catherine de Médicis, elle savait qu'elle s'en tourmentait.

Ce n'est somme toute, prétendait la *duchessina*, qu'un amour courtois. De ces amours qui font les légendes. Jamais Diane ne céderait à ce jouvenceau qu'elle avait tenu nouveau-né dans ses bras. Tout juste s'attendrissait-elle de cette attention qu'il lui prêtait. Henri pouvait bien se pâmer, l'honneur des Médicis n'en pâtirait pas. Elle se trompait.

Pour se venger, Marie tenait à favoriser l'amour sincère d'Henri pour cette femme qui, jamais, n'avait trahi ou comploté. Diane avait trente-sept ans, mais était fort loin d'être fanée. De fait, peu de femmes dans le royaume pouvaient soutenir son éclatante beauté.

Marie se laissait inviter de plus en plus souvent au château d'Écouen, chez Anne de Montmorency. Il semblait avoir choisi en elle sa nouvelle maîtresse et elle en acceptait l'idée, sans toutefois céder à ses regards empressés. Les fêtes que le grand maître organisait étaient somptueuses.

La musique, le vin, les jeux s'orchestraient savamment sur des thèmes sans cesse renouvelés, mais le plus souvent badins. Dans certaines pièces du château où ils se réunissaient, les amants des unes se perdaient sur les bouches des maîtresses des autres dans un subtil jeu d'échange et de frivolité. Marie s'en tenait écartée, préférant, loin de ces tourbillons effrayants et immoraux, se laisser courtiser par leur hôte. Lorsque le vin le rendait plus entreprenant, elle prenait congé. Diane venait, elle aussi, et Henri lui servait de galant empressé, amusant les convives. Marie et elle avaient sympathisé dans le secret des boudoirs. Tandis qu'on dansait, festoyait et aimait dans le château illuminé, une nuit, elles se prirent à deviser comme deux amies, à l'écart, tel qu'il seyait à l'image d'exceptionnelle rigueur que Diane imposait aux regards.

Un gentilhomme masqué les interrompit une première fois. Rejoint par le rire des dames qu'il devait trouver, il s'excusa et laissa retomber la tenture en les saluant. Puis ce fut un autre, pourchassant une belle qui s'amusait de sa hâte, jupon retroussé et corsage délacé, dans la pièce voisine que ce même rideau masquait volontairement. Un troisième s'interposa sur ce chemin, bloquant la fuite de la jouvencelle. Elle s'en plaignit en s'esclaffant et en suppliant, puis se laissa coucher sur un lit, ouvrant ses bras aux deux qui l'étreignirent et la déshabillèrent. Diane écarta les pans du rideau et risqua un œil discret, en invitant sa compagne à la rejoindre. Peu habituée à pareille attitude de la part de Diane, Marie détourna les yeux, gênée.

— Ouvrez les yeux au contraire, belle Marie, se moqua la veuve en déployant un éventail devant ses lèvres ourlées de rouge, ce siècle est à aimer.

— Pourquoi n'y cédez-vous point vous-même en ce cas ? répondit Marie, étonnée. Elles étaient seules, Henri et Montmorency s'étaient écartés pour leur chercher à boire.

— Avec qui, grand Dieu ? s'exclama faussement Diane d'un ton haut perché.

— Il vous aime et vous l'aimez, non ?
— Ce n'est qu'un enfant, plaida Diane.
— De belle prestance et vigueur, vous en conviendrez !
— Ma foi. Ma réputation pourtant s'y perdrait.
Marie haussa les épaules.
— L'on raille plus sûrement notre vertu que leur légèreté !
Comme les deux hommes, inséparables souvent, les rejoignaient, Diane glissa à Marie, songeuse :
— Alors je céderai si vous cédez, ma chère.
— Dans cette alcôve, à l'instant ? s'inquiéta Marie, surprise de l'avoir convaincue de si peu d'arguments.
— Au matin plutôt. Cette nuit, donnons-leur l'idée qu'ils ont su nous convaincre. Par jeu. Voulez-vous ?
— Que complotez-vous, mesdames ? lança le dauphin en ouvrant grand les tentures.
— Rien qui vous déplaise, Henri. Rien qui vous déplaise, s'amusa Diane. Voici venir votre père. Il semble de fort belle humeur.
S'avançant vers eux dans son habit de brocart et d'or, l'allure assortie d'un rire de géant, le roi s'amusait des propos d'un autre personnage assez rondouillard, au visage potelé, dont la malice fusait de la mine autant que des bras gesticulants.
— Tiens, tiens, nota en aparté Diane pour Marie, mais c'est ce bon à rien de Rabelais ! Tente-t-il de convaincre le roi de le laisser publier ?
Marie avait entendu plus d'une fois parler des ouvrages de ce médecin dont la paillardise et les excès étaient révélés sous le sobriquet de Gargantua et de Pantagruel. La cour boudait ses écritures et le roi s'en était lui-même offusqué.
— Mes amis, lâcha le roi. Ce drôle est plus distrayant que mes bouffons et, par Dieu, s'il n'était aussi grand je les échangerais !
— Sire, se renfrogna faussement l'homme, la laideur de mon âme vaudrait bien plus que leur difformité ! Servi-

teur… déclara-t-il en effectuant une révérence simiesque devant les dames.

Marie et Diane pouffèrent. Vraisemblablement, les deux hommes étaient avinés.

— Voyez, Sire, poursuivit Rabelais en se redressant. L'emploi est tout trouvé. En moins de temps qu'il n'en faudrait pour pisser, j'aurais gangrené votre palais.

— Vos ouvrages sont plutôt crus, messire, répliqua Diane en pinçant les lèvres. Pour ne pas dire vulgaires et dénués d'intérêt. Je préfère quant à moi me bercer des premiers vers de ce jouvenceau nommé Ronsard.

— Certes, répliqua Rabelais, un œil vicieux plongé dans le décolleté de Diane, aux roses il fourbit des épines, moi je n'ai qu'un dard grossier…

Le roi éclata d'un nouveau rire devant la mine dégoûtée de la belle :

— Voyez, ma chère Diane, l'homme ne changera jamais ! L'espoir seul me l'a fait appeler à Paris. Hélas pour la cour, sa mise autant que sa verve est fort méchamment charpentée !

— Je vois, répliqua Diane en ramenant son éventail sur sa gorge. Permettez pourtant, mon ami, que mes vœux s'ouvrent à des esprits plus hardis et princiers. Qu'en pensez-vous, Henri ?

Elle tourna vers lui un regard brûlant. Henri déglutit, opina du menton en se demandant s'il ne rêvait pas soudain tandis que le roi s'esclaffait :

— Bien, bien ! Voilà un augure qui me sied davantage qu'une froideur sanctifiée. Dans ce lieu, le cul seul est maître et valet. Anne, avez-vous montré à Marie ces vitraux à faire rougir même notre Rabelais ?

— Point encore, Majesté, mais sur votre ordre, je le ferai volontiers.

Marie, que cet échange amusait beaucoup, entra dans le jeu à son tour :

— Ils racontent, je crois, les amours de Psyché…

— Avec toute l'impudeur de leur sensualité, très chère, affirma Montmorency en portant à ses lèvres la main de Marie dont il s'était emparé.

Rabelais avança un bras et entoura à son tour sans façon les épaules de celle-ci.

— Si vous m'en croyez, belle dame, emmenez-moi aussi. Il faut bien être deux pour vous émerveiller, car ce que l'un verra, l'autre le montrera et vice versa.

Marie se dégagea d'une pirouette et repartit aussitôt :

— Et vous écrirez tantôt que Marie dans le vice versa... Nenni, messire. Votre réputation vous a précédé. Je m'en remets pour la visite à celui qui les a imaginés.

— C'est un excellent choix, Marie, approuva le roi, complice, comme Montmorency la saluait, ravi de ce que cela entendait.

Pour toute réponse, Rabelais se contorsionna et lâcha dans l'air ambiant une odeur viciée assortie d'un bruit de tonnerre.

Le roi fronça les sourcils puis s'adressa à l'homme comme les dames détournaient le front :

— Je fronce le nez sur vos vapeurs, l'ami.

— Que de verbiage, Sire, pour s'incommoder d'une simple vesse [1] !

François s'esclaffa une fois encore et saisit une coupe de vin d'Anjou sur le plateau qu'on lui tendait. Pour faire diversion, Montmorency ouvrit grand les volets des fenêtres au jour qui pointait, révélant les fameux vitraux dont le roi avait parlé. Nouant ses doigts à ceux de Marie, il l'invita à les regarder.

L'impudeur des corps que les éclats d'or et de pourpre révélaient tour à tour dans un savant ballet embrasa ses yeux et son cœur. Le roi, d'un geste, entraîna Rabelais.

— Venez donc, mon ami, changer d'air. Des vôtres, je suis régalé.

---

1. Pet.

— Vous me sauvez d'une tempête, Sire, j'aurais mauvaise grâce à bouter encore du vent !

Leurs rires se mêlèrent et s'estompèrent dans ceux nombreux du palais. Dans l'alcôve qui protégeait leurs secrets, le charme des vitraux s'insinuait sur les souffles de ces deux couples frémissants. Henri restait immobile, frôlant à peine Diane, de peur de sortir d'un rêve éveillé. Elle semblait pourtant se nourrir de l'instant et rayonnait.

Montmorency se courba vers l'oreille de Marie et murmura :

— L'heure est venue, je crois, de vous laisser aimer.

— Alors, apprenez-moi, messire, ce que j'ai dû oublier, s'entendit-elle répondre, brûlante d'un désir que l'atmosphère du château avait allumé.

— Accompagnez-moi à ma chambre, Henri, voulez-vous ? Cette lubricité m'inquiète, je ne voudrais point rencontrer quelque aviné, minauda Diane en attirant le dauphin sans autre forme de procès.

Montmorency engagea Marie sur leurs pas.

La chambre de celui-ci était contiguë à celle qu'il avait offerte à la grande sénéchale. Ils se séparèrent sur le seuil et Marie s'engouffra sans hésiter dans celle du grand maître. Des tapisseries érotiques aux bibelots de corps enlacés, tout n'était en ce lieu qu'une invitation à l'amour. Elle s'offrit comme le roi l'avait révélée, certaine que Diane, derrière la cloison, avait ouvert ses bras à l'homme qui la déifiait.

Le jour se leva sur le château d'Écouen, sertissant le plaisir dans un embrasement complice. À Fontainebleau, comme à l'accoutumée, Catherine de Médicis achevait de se parer pour se rendre au premier office de la journée, triste et sombre. Ces orgies-là, elle les exécrait !

Quelques jours plus tard, un billet parvint entre ses mains sèches. Il contenait un poème comme fréquemment il en circulait, ce jeu étant le favori des grands du royaume. Celui-ci était de Diane de Poitiers :

Voici vraiment qu'Amour un beau matin
S'en vint m'offrir fleurette très gentille
Et mon cœur s'en pâmait.
Car voyez-vous fleurette si gentille
Était garçon frais, dispos, jeunet
Ainsi tremblante et détournant les yeux
Henri, lui dis-je. Ah ! n'en serez déçue
Reprit Amour et soudain à ma vue
Va présentant un laurier merveilleux.
« Mieux vaut, lui dis-je, être sage que reine. »
Mais me sentis et frémir et trembler
Diane faillit vous devinez sans peine
De quel matin je prétends reparler.

De rage, Catherine envoya le rouleau de papier contre le mur. Les traits crispés sur une haine vorace, elle grogna en serrant les poings :

— Tu me donneras un fils, un royaume et un titre, jeune fou, ensuite tu mourras, dussé-je pour ce faire implorer le diable en personne !

— Marie ! appela-t-elle en traînant son ombre revêche dans les couloirs.

Mais Marie ne lui répondit pas. Un courrier venait de lui parvenir d'Auvergne. Recroquevillée sur son lit défait, elle pleurait à chaudes larmes. La missive était brève et provenait d'Albérie :

« Isabeau s'est éteinte ce matin. Nous t'attendons. »

Deux semaines plus tard, elle se jetait dans les bras de ses enfants et prenait son deuil.

— C'est Bertille qui l'a trouvée un jour qu'elle tardait à paraître. Elle est morte dans son sommeil, sereine, souriante et reposée, lui exposa Albérie dont le visage était marqué par le chagrin. En rangeant ses affaires, j'ai trouvé ceci, ajouta-t-elle en tendant une lettre à Marie. Sans doute voulait-elle te l'expédier. Je l'ignore. Ton nom y est inscrit. Je ne l'ai pas ouverte.

Marie la tourna et la retourna entre ses doigts glacés.

— J'ai besoin d'être seule.

— Nous veillerons à ce que tu ne sois pas dérangée, l'assura Huc avec tendresse.

Marie soupira en le détaillant à regret. Lui aussi avait changé. Ses cheveux étaient blanchis entièrement désormais, son visage creusé de rides et ses épaules voûtées. « Ainsi va la vie. Elle n'attend pas que se réalisent les rêves et les espoirs de chacun », songea-t-elle en se dirigeant vers l'escalier qui conduisait à sa chambre, la tête bourdonnante d'une migraine tenace.

Marie trouva sa fille les bras surchargés de poupées, assise sur le palier de l'escalier.

— Regarde, c'est grand-mère Isabeau qui me les a fabriquées. J'en ai une pour chaque mois de l'année, dit-elle fièrement. Tu as pleuré, mère ?

— C'est du bonheur de vous retrouver, mentit à moitié Marie en soulevant la fillette potelée dans ses bras. Tu as bien grandi durant mon absence. Les garçons ont-ils été gentils avec toi ?

— Oh ! non. Ils tirent mes tresses et défont mes lacets. Gabriel a même ouvert le ventre d'une de mes poupées pour l'opérer.

— Pour l'opérer ?

— Oui ! Il a pris le grand livre que grand-père nous a envoyé, tu sais, celui où on voit des gens couchés avec...

— Je vois, affirma Marie en imaginant la curiosité des garçons devant le traité de médecine et de chirurgie de Paracelse. Albérie les a grondés, j'espère...

— Oh ! oui, ils ont pris du fouet, mais ma poupée était navrée et Isabeau a dû la refaire. Elle lui a donné un joli nom : Loraline. C'est joli, pas vrai, maman ?

— Très joli, Gasparde. Oui, très joli, chuchota Marie en songeant à Ma, dont soudain l'absence la poignarda.

— Tu pleures, maman ? Pourquoi ? demanda l'enfant, l'œil mouillé à son tour de la peine qu'elle lisait sur son visage.

D'un coup, elle lâcha à terre ses poupées de chiffon et entoura sa mère de ses petits bras, en nichant sa bouche dans son cou.

— Isabeau nous a quittés, Gasparde. Sais-tu ce que cela signifie ? murmura Marie.

— Pas trop bien. Je sais qu'elle dort dans une grande boîte. C'est une drôle de litière. Mais tante Albérie dit que c'est ainsi que l'on voyage pour aller au Paradis. Est-ce qu'elle reviendra bientôt ?

— Non, ma chérie, nous ne la reverrons jamais.

— Elle ne viendra plus jouer avec nous ?

— Non, Gasparde.

D'un seul coup, la fillette fondit en larmes et hoqueta dans le cou de sa mère :

— Alors, je n'aurai plus jamais de poupées ?

— Bien sûr que si, ma chérie, mais elles seront différentes. Tout sera différent.

Marie entendit les garçons se chamailler au pied de l'escalier. D'un pas mal assuré, alourdie par sa charge, elle descendit les gronder. Devant le tourment affiché sans fausse pudeur sur ses traits, ils baissèrent la tête et s'éloignèrent, reprenant leurs jeux sitôt l'angle du corridor tourné.

Marie emmena Gasparde dans sa chambre. Bercée par la tendresse de sa mère retrouvée, l'enfant ne tarda pas à s'endormir sur le lit, contre elle. Marie laissa les paroles d'Albérie soulager sa tête lourde.

L'office avait été sobre, aussi simple qu'Isabeau. Ils l'avaient enterrée dans le caveau des Chazeron et nul n'avait songé à s'enquérir de sa légitimité. Elle avait conquis tous les cœurs à Vollore et personne jamais ne s'était inquiété de son passé. Albérie ne mentionna pas son décès dans les registres du castel. Isabelle de Saint-Chamond n'avait jamais existé et Isabeau était défunte un certain jour de l'an 1500. Trente-sept ans plus tard, il ne restait d'elle que des souvenirs, l'héritage des Chazeron que sa vengeance leur avait légué et cette lettre.

Marie l'ouvrit alors que la nuit descendait sur Vollore, une nuit froide de février. La neige tombait silencieuse sur les toits d'ardoises, mais le souffle régulier de Gasparde réchauffait son sein et son cœur.

« Ma très chère enfant.

« Mes forces s'amenuisent depuis quelques semaines sans que j'y puisse rien changer. Le temps désormais m'est compté. Je le sens. Je le sais. Je n'en dis mot à quiconque pour ne pas ajouter à ma propre peine celle de ma famille mais je crois qu'Albérie l'a deviné. Voici deux nuits que les loups hurlent sous ma croisée. Elle l'a forcément remarqué. Je ne te reverrai donc pas et je le regrette, comme tant d'autres choses.

« J'ai échoué, Marie. Je n'ai su percer le secret de la transmutation. Cette potion somme toute n'a été qu'un coup de chance, ou un coup de folie ! J'étais alors entre femme et louve, laquelle des deux a engendré ce mystère, je l'ignore toujours, j'avais seulement cet insaisissable sentiment que quelque chose à travers moi devait s'accomplir. Tu le sais, je ne suis pas loquace, je ne l'ai jamais été. Par pudeur, par honte peut-être. Il y a tant de choses que j'aurais voulu vous dire, je ne les ai qu'effleurées. Ta mère me manque, Marie, comme un enfant avorté, j'aurais tant voulu la regarder naître une seconde fois. À la première, je n'étais que haine. Elle m'a appris l'amour, la notion de clan, de famille, d'héritage aussi.

« Tu m'as permis de regarder s'épanouir d'autres enfants, insouciants et libres. Même si le mien ne m'appelle que grand-mère, il me nourrit d'un lien avec mon passé et Loraline. J'ai tour à tour honte, regret ou tendresse de l'avoir enfanté. Honte pour tout le mal que j'ai répandu à chercher la vengeance. Elle est vaine, Marie. Au-delà des acquis, de cette terre qui en a résulté. Elle n'a été que tourments, vanité et blessures. Son prix m'a ôté depuis longtemps une réelle soif de vivre. Tout se paie. Tout, Marie.

« Voilà pourquoi je me livre à toi aujourd'hui. Ce que tu détiens de domaines, de pouvoir, aucun des miens autrefois n'en aurait seulement rêvé. J'ai bousculé l'ordre des choses, vous ai forgé un destin par des actes qui, je le croyais, étaient sans conséquences. Je voudrais que tu t'en souviennes à l'heure des choix, pour te préserver telle que je t'aime, sincère, altruiste, appliquée et curieuse, juste, généreuse et tendre. Ne laisse pas le pouvoir te corrompre, l'argent t'avilir, l'amour te faner. Garde devant tes yeux cette enfant du miroir, celle de la rue, celle des mendiants, pour ne jamais oublier ni d'où tu viens ni ce que tu es.

« Il y a mille façons de transformer un individu en monstre. Cette potion n'en offrait que l'apparence. Plus vilaine est celle de la cupidité, de l'ignorance, de l'orgueil et de la jalousie. Les dangers en sont réels en cour de France. Je m'en suis préservée. Je n'ai aimé de toute mon âme qu'un seul homme après Jacques de Chabannes. Il me l'a bien rendu, même s'il n'en a rien su. Cet homme qui fut mon roi et demeure le tien n'a jamais pu voir qui j'étais en réalité. Ne reproduis pas la même erreur, Marie. Constant a de l'orgueil, et cet orgueil l'a conduit en épousailles, pourtant lui seul te connaît comme je te connais.

« Un jour viendra, mon enfant, où il te faudra regarder cette vérité en face et l'accepter. Te battre pour elle sera peut-être ta seule façon de ne pas te perdre à jamais. Continue mes recherches, ta fille après toi pour délivrer notre race de cette différence qui nous singularise, mais ne les laisse pas l'oublier. Elle est notre force. Elle est ce que nous avons de plus précieux.

« Dis à ta mère que je lui demande pardon. Une fois encore et pour la dernière. Et plus que tout, reste cette grande dame que tu es.

« Ta grand-mère, Isabeau. »

Marie replia soigneusement la lettre à l'écriture penchée et tremblante, un sourire léger au cœur de sa peine. Elle comprenait mieux désormais pourquoi François Ier l'avait introduite en cour de France, et sa pâleur lorsqu'elle lui avait annoncé la mort d'Isabeau.

Elle moucha la chandelle, ferma les yeux, puis murmura dans le silence retombé de la maisonnée, serrant le petit corps de sa fille plus fort contre le sien :

— Tu te trompais, Isabeau. Le roi t'aimait.

Il fallut quelques jours encore pour que le château sorte de l'engourdissement que le deuil avait provoqué. Seuls les enfants avaient retrouvé leur entrain, bousculant cette vie ralentie.

Gasparde ne quittait pas sa mère et avait repris son pouce à sucer, Marie ne trouvant pas la force de la gronder. Bertille lui donnait du souci. Elle boitait et semblait fatiguée. La disparition d'Isabeau l'affectait visiblement mais elle était persuadée que ce n'était pas son seul tourment. Un matin qu'elle aidait en cuisine, Marie demanda si Jean avait été prévenu. Albérie répondit par l'affirmative :

— Son courrier a précédé ton arrivée de quelques heures. Il aurait voulu être à nos côtés, mais on ne lui a pas accordé l'autorisation de quitter son poste, dans le Nord.

— Se porte-t-il bien ? demanda Marie qui n'avait pas eu de ses nouvelles depuis qu'elle avait regagné Paris en juillet dernier. La mort du dauphin François et sa culpabilité lui avaient fait tout oublier.

— Il semble. Il écrit souvent pour s'inquiéter des enfants. Et de toi, ajouta Albérie. C'est un bon garçon au fond, il aurait mérité que tu en fasses un époux. Je n'aime pas l'idée que la guerre éclate de nouveau et nous l'enlève.

— Le roi n'y tient pas, affirma Marie. Il a assigné Charles Quint à comparaître devant un lit de justice, mais celui-ci lui a ri au nez. S'il s'entête, les combats reprendront sûrement. Jean le sait.

Bertille s'éclaircit la voix pour feindre une simple curiosité :

— As-tu vu Constant à Paris ?

— Non, Bertille, avoua Marie, notant la tristesse de son regard. T'a-t-il écrit ?

Bertille secoua la tête et Marie sentit la détresse monter en elle. Elle s'approcha et s'agenouilla pour enlacer la petite femme.

— Pourquoi ne lui rendrais-tu pas visite ?

Bertille racla sa gorge :

— Non, je suis trop vieille, désormais. Et puis il nous a fait trop de peine. Il mérite bien ce qui lui arrive !

— Ne fais pas comme Isabeau, ne reste pas sur des regrets.

Marie déplia la lettre qu'elle gardait sur son cœur et la lut aux deux femmes. Ensuite, elle empoigna Bertille par la taille et l'assit sur la table, malgré ses protestations.

— C'est ton fils, Bertille, et je sais que tu aimes Solène autant que moi. Que tu le veuilles ou non, je te ramène à Paris et nous irons ensemble visiter ce petit-fils qu'ils t'ont donné. Ensuite, tu décideras où tes vieux jours se dérouleront.

— Cela te sera pénible... nota la naine.

— Autant que pour lui l'an dernier. Isabeau avait raison, Bertille. Il faut affronter la réalité, quelle qu'elle soit, quoi qu'il en coûte. Nos erreurs doivent nous servir à avancer, pas à nous leurrer. C'est à ce prix que nos vies ont un sens. Au printemps nous irons. J'écrirai à Jean dès demain. Je sais combien la mort d'Isabeau a dû l'affecter. Il doit savoir que nous tenons à ce qu'il revienne.

— L'épouseras-tu finalement ?

Marie laissa le silence accompagner sa réflexion.

— Peut-être est-il temps, oui, d'accepter ce que je ne peux changer.

— Tu renonces donc à Constant ? Malgré la lettre d'Isabeau !

— C'est lui qui a renoncé à moi, tante Albérie. Savais-tu pour le roi ? demanda-t-elle encore.

— Moi, je le savais, répondit Bertille en souriant, mais elle ne me l'a jamais dit. Jacques de Chabannes avait su se l'attacher et elle lui est restée fidèle. Je me souviens de sa première rencontre avec François Ier. Quelque chose de palpable est passé entre eux. « Sire, a dit La Palice en s'en apercevant, voici une fleur que j'aimerais garder. » Et le roi a répondu qu'à maréchal aussi fidèle rien ne pouvait être refusé. C'était du temps de Françoise de Châteaubriant, sa première maîtresse. Il aurait suffi de peu, je crois, pour qu'Isabeau la chasse. Elle était trop abîmée alors. Elle n'aimait pas assez le pouvoir.

— Je crois surtout qu'elle avait peur, affirma Albérie qui découvrait comme Marie ce secret. Peur qu'on découvre sa vérité.

Les enfants entrèrent bruyamment dans la cuisine, Antoine le premier, jouant des coudes comme toujours, interrompant leur complicité :

— Nous avons faim, annonça-t-il en s'immobilisant, perturbé dans ses repères par la vision de la naine posée sur la table.

— Si nous oublions l'heure, vous savez bien nous la rappeler, galopins ! gronda celle-ci en acceptant la main de Marie pour descendre. Il y a de la compote pour goûter. Et que je n'en surprenne pas un à m'imiter ! tempêta-t-elle en secouant un doigt faussement sévère.

Gasparde regarda tour à tour la naine et la table d'un air inspiré, puis affirma du haut de ses quatre ans, les poings sur ses petites hanches :

— Comment veux-tu que je fasse ? Tu as caché l'échelle.

Toutes trois pouffèrent et tandis que Bertille étalait de la compote de myrtilles sur de belles tranches de pain, Marie assit Gasparde et Gabriel sur ses genoux tandis qu'Antoine cherchait ceux d'Albérie. Une odeur de lait chaud envahit bientôt la pièce, et Marie se laissa bercer.

Philippus n'avait pas eu besoin de la missive d'Albérie pour apprendre la mort d'Isabeau. Ma avait hurlé à la lune la nuit où elle avait quitté la terre des vivants. Ils se trouvaient alors en Autriche.

Avec elle, il parcourait tout lieu, tout itinéraire lui permettant d'acquérir connaissance ou argent. Comme Isabeau, avec laquelle il entretenait une étroite correspondance, il se heurtait à un mur. Isabeau était bloquée à Vollore, lui pouvait chercher ailleurs que dans les livres, lus, relus et usés des mêmes formules, des mêmes constats. C'était ainsi qu'en son jeune âge il avait acquis son savoir, sur les chemins, en écoutant sages et sorcières. Il n'était pas un lieu où elles se trouvaient qu'il ne voulût explorer. Il ne renonçait pas. Souvent, l'on se retournait sur Ma et, d'un commun accord, ils avaient décidé de se séparer aux abords des villes. La forêt qui couvrait l'Allemagne, l'Autriche, la Hongrie, la Suisse et la Bohême permettait à Ma de n'être pas inquiétée, ni séparée trop longtemps de l'homme qu'elle avait choisi de suivre. Les autres loups ne s'approchaient pas d'elle. Elle vivait de chasse et trouvait toujours un abri même au cœur du plus froid des hivers. Elle ne se plaignait jamais. Parfois, Philippus s'en voulait de la contraindre à cette vie sauvage. Plusieurs fois, il avait suggéré de la reconduire à Vollore auprès des siens et d'agir seul. Le regard d'amour et de tristesse de la louve l'en avait dissuadé. Ma tenait à sa présence. Plus que tout.

Grâce à la protection du maréchal Lipnitz qu'il avait guéri d'une gangrène, il bénéficiait de nouveau d'un peu d'argent frais et, en échange de la rédaction d'un fascicule d'astronomie, le maréchal lui avait ouvert ses caissons d'alchimie. L'homme était passionné de lycanthropie et Philippus lui sut gré de partager avec lui ses connaissances et ses théories, sans toutefois rien révéler de son secret.

Ils travaillèrent de concert une bonne partie de cette année 1537. Philippus retrouvait Ma chaque soir dans une clairière de la forêt proche. Ils communiquaient avec un langage de sons, de gémissements, que Philippus avait créé, souvenir de ces longs mois auprès des loups dans les souterrains de Montguerlhe. Ils passaient ensemble de longs moments autour d'un feu. Puis il retournait vers la tiédeur du palais qui l'attendait, le cœur serein mais l'âme déchirée, utilisant l'argent gagné à chercher. Chercher encore et toujours le moyen de la délivrer.

18.

Marie regagna Paris comme avril 1537 s'éveillait. Le chagrin des enfants lui froissa le cœur, mais elle s'obligea à ne pas se retourner. Bertille le faisait pour deux. Jusqu'à ce qu'ils disparaissent de sa vue, la naine agita son mouchoir à la portière de la voiture en geignant que c'était folie de laisser « ces galopins-là », comme elle les appelait.

Le voyage fut ralenti par d'incessantes pluies qui permirent à Bertille de se plaindre tout son soûl. Là c'étaient ses genoux, là ses orteils ou ses reins qui crissaient, tapaient, raidissaient, étaient malmenés.

— La vérité est que tu t'angoisses à l'idée d'affronter ton propre garnement, la taquinait Marie, sachant bien quant à elle pourquoi son estomac se nouait.

— La vérité, c'est que je suis vieille et que le diable me vient chercher, répondait Bertille en grognant.

— Il n'a que faire d'une ronchonneuse ! poursuivait Marie tandis qu'une nouvelle ornière lui cognait le front au plafond, et amenait un nouveau gémissement dans la bouche de la naine.

Elles atteignirent tout de même Fontainebleau. Curieusement, en retrouvant Triboulet, la fatigue de Bertille s'évanouit d'un trait. Pour un peu elle se serait laissé entraîner dans la folle sarabande du bouffon. Catherine s'avoua enchantée de faire sa connaissance et le roi la souleva dans ses bras pour l'embrasser en se déclarant fort triste d'avoir, comme elle, perdu une amie. Vingt-quatre heures au palais réduisirent à l'oubli maux et regrets, et c'est fraîche et dispose, drapée dans sa dignité autant que sa nouvelle robe, qu'elle se laissa conduire avec Marie rue Vieille-du-Temple, après un détour par le cimetière des Saints-Innocents où elle voulait se recueillir sur la fosse de Croquemitaine.

En passant devant l'ancienne boutique d'Isabeau, Marie ressentit un pincement au cœur. Les mêmes planches fermaient les baies vitrées aux regards curieux. Le temps pourtant les avait disjointes et elle aurait pu jurer que l'atelier avait été pillé et dévasté.

— Il faudrait vendre ! pensa-t-elle tout haut.

— Ou recommencer, rectifia la naine en lui tapotant le poignet.

— Je ne sais rien faire, Bertille. Et ce que je savais, je l'ai oublié.

— Il te suffirait de le vouloir.

— L'argent me manque pour relancer l'affaire.

— Demande un prêt au roi. Il te l'accorderait, j'en suis sûre.

— Je ne sais pas. Nous verrons.

Solène embrassa Bertille affectueusement. Marie se souvenait d'elle comme d'une fillette malingre, plate et aux yeux caverneux. Loin de là, la jeune femme de six ans sa cadette avait la beauté sauvage de Lilvia sa mère. Ses formes arrondies affirmaient un port de reine et ses cheveux dorés retenus en une tresse enflammaient un regard pétillant de bonheur. Marie la laissa la serrer dans ses bras avec un sourire chaleureux. Face à une telle beauté, elle comprenait mieux que le cœur de Constant ait fini par chavirer.

Bertille reçut avec émotion son petit-fils dans ses bras.

— Il est si mignon, s'attendrit Solène devant ce gros poupon de presque une année, emmailloté de langes. Nous l'avons appelé Bertrand comme son grand-père, mais vous savez, ce n'est pas...

— Bienséant de s'avancer sans prévenir ! la coupa sèchement la voix de Constant dans leur dos. Mais je suis bien heureux de te retrouver, ma mère, se radoucit-il en soulevant la naine dans ses bras.

L'espace d'un instant, Marie aurait juré que Solène avait baissé son regard sur un secret. Que pouvait cacher cette phrase inachevée ?

Constant s'avança jusqu'à elle et la bisa sur une joue. Elle sentit ses jambes flageoler, pourtant elle se contenta d'un bonjour dans un sourire forcé.

— Je vais aller chercher du vin, annonça Solène en coulant un regard triste vers Marie, qui se renfrogna.

Elle pouvait tout accepter de sa rivale, qu'elle la fête, l'ignore ou la méprise avec l'orgueil de celles qui ont gagné. Tout, sauf la pitié. Elle redressa la tête et lança :

— J'ignorais que Croquemitaine se prénommait Bertrand.

— On ne naît pas avec un sobriquet, Marie, on en gagne un, l'as-tu oublié ? C'est vrai qu'aujourd'hui l'univers des gueux doit te paraître bien sot.

— Et plus encore ceux qui me croient changée, répliqua-t-elle.

— Ah ! non. Il suffit, vous deux ! Je n'ai pas fait tout ce chemin pour vous entendre vous chamailler. Ne pouvez-vous donc faire la paix ? Je voudrais tant vous voir réconciliés avant de mourir, ajouta Bertille comme une prière.

Constant se pencha au-dessus du front de sa mère et l'embrassa.

— Si cette seule pensée doit te préserver, alors jamais, rit-il.

— Ne te moque pas, galopin ! tempêta Bertille.

Marie s'avança et posa une main sur le bras musclé de Constant.

— Elle a raison. Cette querelle a trop duré, Constant. Au nom de nos enfants, oublions-la. Redevenons amis.

Il afficha un sourire et hocha la tête, mais une petite lueur dans son regard laissa comprendre à Marie qu'il n'avait pas pardonné. Cela suffit pourtant à Bertille qui voulut tout savoir : ce qu'il faisait, qu'était devenu un tel, et un autre. Et la Réforme ?

Constant expliqua qu'il avait obtenu un travail dans une imprimerie. Trouver des gens habiles, rapides, qui sachent lire et écrire n'était pas forcément facile dans le petit peuple et il n'avait eu aucune difficulté à faire reconnaître ses qualités. Ainsi, il continuait d'agir pour la Réforme puisque le roi avait autorisé son patron à publier, après vérification, les textes de Calvin ou les traductions de Luther. Albérie lui avait offert de s'installer dans son ancien logis, comme autrefois. Solène, quant à elle, s'occupait des enfants de la rue, leur apprenait l'alphabet et les chiffres tout en s'appliquant à son nouveau rôle de mère. Marie se prit à l'envier. Elle était manifestement heureuse et Constant paraissait auprès d'elle plus calme, plus fort aussi. Il avait mûri. De fines rides ourlaient ses yeux lorsqu'il riait.

Ils restèrent deux bonnes heures, bien loin de cette atmosphère que Marie avait connue enfant, preuve qu'elle avait raison et Constant tort. Tout le monde changeait et la cour des Miracles n'était rien de plus qu'une porte ouverte entre la bourgeoisie et la misère. Rien de plus qu'un de ces sobriquets gagnés à l'intolérance humaine. Et ce monde-là n'avait jamais cessé d'être le sien.

Les parfums précieux du château de Fontainebleau lui semblèrent surfaits. Pour un peu, elle serait rentrée chez elle, auprès de ses enfants. Elle n'en fit rien. Bertille voulait profiter de son petit-fils qu'elle avait adopté sans tarder.

Des adultes qui avaient bercé l'enfance de Marie ne restait plus qu'elle à Paris. La répression avait fait éclater le groupe des proches d'Isabeau, les hivers avaient emporté les gueux. Avec Isabeau, une génération s'était éteinte et une page résolument tournée. Il fallut plusieurs semaines à Marie pour l'accepter.

Bertille qui séjournait chez Constant insistait pour qu'elle leur rende visite. Elle s'en acquittait par affection pour la naine, mais chacune d'elles la renvoyait à son propre miroir. Malgré les caresses de Montmorency qui protégeait le secret de son crime, elle se sentait seule. Seule et inutile.

La mort prématurée de Madeleine de France, six mois à peine après son mariage, ajouta un vent de tristesse sur la France. L'été l'emporta cependant avec son cortège de fêtes dans les jardins. Désormais, il existait deux cercles bien distincts. D'un côté les proches du roi et d'Anne de Pisseleu, de l'autre ceux d'Henri et de Diane. Marie se trouvait du deuxième de par son attachement à Anne de Montmorency. Entre les deux, Catherine semblait imperturbable dans ses œuvres. Elle participait régulièrement aux chasses auprès du roi, montée en amazone comme elle en avait lancé la mode, adoptant même les caleçons pour plus de commodité et de pudeur. Mais elle évitait les réjouissances trop somptueuses, se drapant dans une dignité bienséante qui lui faisait soutenir sans faillir le regard de tous et celui de Diane de Poitiers en particulier. Diane, Anne de Pisseleu et Catherine voulaient la même chose : ce pouvoir que Marie exécrait.

Sa seule véritable alliée, elle avait tôt fait de le comprendre, était la sœur du roi qui poursuivait haut et fort le combat des réformés. Leur amitié était née de leur foi, mais aussi et surtout de leur complicité aux jours noirs de la répression.

Avec l'automne, Marie reçut à la cour des nouvelles de Jean. Il se disait heureux qu'elle s'inquiétât de lui. Malgré son réel chagrin de la mort d'Isabeau, il se trouvait ravi de son engagement. Son efficacité tactique, sa bravoure l'avaient fait promouvoir officier et il s'apprêtait à gagner le Piémont avec l'armée française. De fait, le roi s'était déjà installé à Lyon pour rejoindre ses troupes. Montmorency et Henri l'y suivirent. Une fois encore, il s'agissait de reprendre les villes perdues en Italie.

C'est là-bas que l'annonce de la mort de Françoise de Châteaubriant atteignit le roi. La rumeur s'enfla de ville en ville et la cour frémit d'indignation : l'ancienne maîtresse de François Ier aurait été assassinée par son époux. Celui qui des années durant avait accepté sans mot dire son cocufiage royal avait fini par séquestrer son épouse écartée par Anne de Pisseleu, jusqu'au 16 octobre de cette année 1537. On prétendait que, lassé d'elle, il était finalement entré dans la chambre transformée en cachot, accompagné de chirurgiens et d'hommes d'armes. Là, il lui avait fait ouvrir les veines et s'était appliqué à la regarder agoniser.

Le roi accusa cette déchirure après tant d'autres cette année. Ses cheveux blanchirent d'un trait. Le 10 février 1538, il nommait Montmorency connétable de France et le chargeait d'une enquête sitôt que la guerre serait achevée. À la suite de quoi, il se lança dans celle-ci pour oublier.

Cet hiver 1538 écarta donc les hommes de la cour. Eux partis, l'atmosphère des palais se gorgea de rancœurs et se para de masques de gargouille. Ces dames se retirèrent chacune de son côté avec leurs familiers et Marie ne trouva nulle part sa place. Dans les cercles, on se gaussait l'une de l'autre, sous couvert de causerie de bon ton.

Marie ne le supporta plus. Isabeau lui avait légué sa maison et sa boutique. Elle se décida à y retourner, se bornant à annoncer à Catherine qu'elle allait visiter sa famille. Abandonnée depuis sept années, l'air y était vicié par les crottes des rats. Marie troqua ses vêtements de cour contre ceux d'une servante et retroussa ses manches pour redonner à la maison sa splendeur oubliée. Il lui fallut un mois pour y parvenir. Tandis que Bertille s'occupait de Bertrand, Solène vint généreusement l'aider. Son amitié simple et sincère lui fit du bien. Elles évitaient de parler de Constant, et Solène s'y appliqua avec une réelle compréhension.

Dans la boutique, c'était pis encore. Les rouleaux de tissus précieux étaient mités, percés par les souris et abîmés par l'humidité. Ceux qu'elle put sauver, Solène les porta aux pauvres, tout comme les habits et les rubans démodés et ternis.

Lorsque tout fut nettoyé et assaini, l'hiver s'acheva sur un mois de mars ensoleillé. Marie avait eu le temps de mûrir sa décision. Les recherches n'avançaient plus faute d'argent. Vollore se suffisait à lui-même, ainsi que les autres terres que la mort de Chazeron lui laissait, mais ne dégageait pas suffisamment de liquidités pour rajeunir les équipements d'alchimie. Et Ma vieillissait, tout comme Huc, tout comme Bertille et Albérie. Si elle ne trouvait pas les moyens de financer plus avant ses recherches, le temps les emporterait chacun leur tour et elle perdrait toute chance de rencontrer sa mère un jour.

Le mois suivant, Marie prenait la route d'Angoulême. Elle fut reçue chaleureusement par la sœur du roi et repartit non seulement avec le prêt qu'elle avait espéré, mais encore avec une confidence qui lui réchauffa le cœur :

— Isabelle de Saint-Chamond était mon amie et j'ai bien regretté qu'elle reste fidèle à La Palice. Si elle était devenue la favorite de mon frère, nous aurions ensemble fait de grandes choses pour la Réforme. Je l'appréciais pourtant pour cette constance autant que pour sa générosité. Je connaissais son secret. Tout comme le roi, auquel elle avait demandé sa protection à défaut d'avouer qu'elle l'aimait. Votre grand-mère était quelqu'un de rare. Vous lui ressemblez, Marie. Non seulement je soutiendrai votre commerce en y devenant cliente, mais je vous promets d'y ramener bon nombre de gens qui en feront la renommée.

Marie n'osa pas lui demander si elle détenait toute la vérité, mais l'affection réelle de Marguerite d'Angoulême la réconforta.

Sitôt rentrée à Paris, début juin 1538, elle se rendit auprès de Catherine et lui avoua son projet.

— J'ai besoin de toi à la cour, de tes voyances et de tes thèmes astraux ! répliqua celle-ci, les yeux brillants de rage.

— Allons, vous avez bien assez d'espions pour savoir ce qui se passe partout et en toute heure, nota Marie.

— Mais aucun qui approche Diane de suffisamment près pour m'en débarrasser, riposta Catherine d'une voix transformée par sa détermination.

Marie blêmit de colère. La duchessina ne lui faisait plus peur, désormais. Elle se dressa et soutint son regard pervers de méduse.

— Jamais.

— Je pourrais te dénoncer pour la mort du dauphin. Ton amitié pour la reine Éléonore, la sœur même de Charles Quint, suffirait à faire de toi une espionne, une parjure. Je ne te laisserai pas partir sans que tu m'aies rendu ce service, Marie.

— D'autres que vous l'autoriseront. Car si je tombe, croyez-moi, Catherine, vous tomberez. Le roi vous affectionne par cette Italie que vous représentez, mais il n'est pas aveugle. Le crime vous a profité bien davantage qu'à moi, je ne me mettrai pas à la merci de vos caprices une fois encore. Vous n'êtes pas mère et Henri, que vous aimez, ne vous aimera jamais. N'oubliez pas, duchesse, que rien à ce jour ne pourrait empêcher le roi et son fils de vous répudier.

Le regard noir de Catherine s'emplit de rage et un tic la secoua d'un soubresaut mauvais.

— Sors d'ici, grogna-t-elle. Fais ce que bon te semble mais disparais, *putana* ! Tes fornications n'y changeront rien ! Ceux qui ne sont pas avec moi sont contre moi. Le jour viendra où tu le regretteras.

— C'est possible, mais jamais autant que si j'acceptais d'aliéner ma liberté.

Elle se retira sur une révérence. Son temps à la cour de France était révolu. Elle conserverait l'attention de Montmorency, dont la nouvelle charge lui était plus utile que jamais, et l'affection réelle du roi et de la reine. De retour chez elle, au cœur de Paris, elle rédigea un courrier à l'intention de Diane qui s'en était retournée sur ses terres : « Prenez garde à vous. On cherche à vous nuire, peut-être à vous éliminer », recommandait-elle. Elle choisit l'anonymat et signa simplement « une amie » pour le cas où le billet serait intercepté. Elle ne tenait pas à ce que Catherine puisse d'une manière ou d'une autre s'en servir contre elle.

Ensuite, elle attendit Solène qu'elle avait avertie de son retour et voulait entretenir. Elle avait cessé de la considérer comme sa rivale, ne gardant que le seul souvenir de la fillette autrefois attachée à leurs jeux. Que Constant l'ait épousée pour se venger d'elle ou par amour n'y changeait rien. Solène était restée ce qu'elle était, et Marie avait besoin de quelqu'un de sûr à ses côtés.

Pour s'occuper, elle défit le courrier récupéré au palais. Il contenait un bref mot de Jean.

> « Une méchante blessure à la jambe achève ma carrière dans l'armée. Les médecins ne sont pas optimistes, chère Marie. Peut-être ne pourront-ils la sauver, voire me sauver. Prends soin de mes enfants.
>
> « Jean. »

Il était daté du 20 octobre. Marie fouilla fébrilement son courrier, qui l'attendait depuis janvier, lorsqu'elle était retournée chez Isabeau. Jean n'avait pas donné d'autres nouvelles. Elle examina l'écriture tracée d'une main tremblante. Par endroits, on devinait sur le papier des traces de sang et de sueur mêlés. Marie frémit et se laissa choir dans une chaise à bras. Nul doute qu'il était alors fébricitant [1]. Il avait voulu l'avertir.

Solène entra comme elle éclatait en sanglots. La jeune femme se précipita et saisit Marie aux épaules pour la serrer contre elle, sans comprendre. Elle avisa la lettre tombée à terre, la ramassa et la parcourut. L'instant d'après, un cri lui échappa et, d'un trait, elle s'effondra inanimée.

Marie redressa le front en percevant le choc sourd de sa tête contre le plancher. Sa peine se perdit dans l'urgence. Elle s'accroupit auprès de Solène et la redressa contre le fauteuil. Comme elle s'emparait d'une bouteille de liqueur, elle l'entendit geindre. Elle la trouva hagarde, les yeux emplis de larmes, les doigts recroquevillés sur la missive qu'elle n'avait pas lâchée. Marie la força à boire une goulée. Elle ne pensait pas que cette nouvelle l'aurait affectée à ce point.

— Il est mort, n'est-ce pas ? gémit Solène les lèvres tremblantes.

— Je l'ignore, je n'ai pas d'autre courrier que celui-ci.

Marie noua ses bras autour de la jeune femme et la berça doucement. Elle ne parvenait pas à imaginer que Jean ait pu succomber, lui qui avait affronté tant de fois la mort du tranchant de sa lame, s'était ri des hommes du prévôt, moqué des époux cocufiés. Puis un sentiment de culpabilité la ramena aux raisons de son départ. Si elle l'avait épousé, les triplés auraient un père à leurs côtés, elle n'aurait cessé d'être la dame de Vollore et tout, en somme, aurait été simple et vrai. Comme Solène pleurait à gros sanglots, elle tenta de la réconforter :

1. Fiévreux.

— Jean est habile, rusé et de bonne constitution, Solène. Je suis sûre qu'il s'en sortira sauf. Sûre, tu m'entends ?

Solène hocha la tête et renifla. D'un geste, elle s'empara de la bouteille et s'en servit à la régalade.

— Eh ! la sermonna Marie en la lui enlevant. Tu vas être complètement ivre.

— Cela m'est égal.

— Je ne te savais pas aussi sensible. Nous avons vu mourir tant de gens, tant d'amis pourtant...

Solène baissa la tête et renifla de nouveau.

— C'était différent. Je l'aimais, avoua-t-elle.

Marie sentit le souffle lui manquer.

— Je ne comprends pas, commença-t-elle éberluée.

Solène tourna vers elle ses grands yeux douloureux.

— Il n'y a rien à comprendre. C'est toi qu'il avait choisie.

Marie tenta de rassembler les morceaux d'une histoire que cette révélation avait fait éclater en tous sens, mais elle avait beau les rapprocher, c'était comme s'il en manquait un pour qu'elle soit cohérente.

— Pourquoi m'avais-tu fait venir ?

La question de Solène la prit de court. Toute à ses pensées, elle répondit mécaniquement :

— Pour t'associer à mon projet. J'ai obtenu les crédits que je souhaitais pour relancer la boutique.

— Oh ! Seigneur, Marie, répliqua Solène en l'empoignant par les épaules, comment le pourrais-je sans te dire toute la vérité ?

Marie chercha son regard. Il était voilé d'une telle tristesse qu'elle en sourit de tendresse. Solène poursuivit :

— Tu es si généreuse, tu aurais dû m'en vouloir de ce rôle qu'il m'a forcée à jouer. Au lieu de cela, j'ai retrouvé cette grande sœur que je vénérais enfant.

— Quel rôle ? De quoi parles-tu, Solène ? demanda Marie, la tête confuse de ces aveux inachevés, d'une intuition qui la ramenait à Constant et de ce sentiment de culpabilité qui la persécutait à l'idée de la mort de Jean.

— Bertrand n'est pas le fils de Constant, annonça Solène. J'ai toujours aimé Jean, continua-t-elle alors que Marie écarquillait les yeux de surprise. Lorsque j'ai su par Constant ce qui s'était passé entre Jean et toi, j'étais furieusement jalouse, mais je ne pouvais rien te reprocher. Pour Jean, je n'étais qu'une enfant encore et tu ignorais mes sentiments à son égard. Puis il y eut les répressions. Je me suis insensiblement rapprochée de lui, forte de ce que Constant, mon propre frère bafoué et blessé, me confiait. Il prenait plaisir à te repousser, sachant que tu n'aimais pas Jean autant que lui. Il voulait te punir. Moi, j'étais perdue dans ces événements qui m'effrayaient. La mort de ma mère, cette révélation sur ma naissance. Calvin qui tournait autour de nous et nous embrouillait les idées et le cœur. Je ne comprenais rien de ce que Constant manigançait. Puis tu es partie et Jean est resté. Il était malheureux. Il savait que tu ne l'épouserais jamais. J'ai fini par le convaincre que je pouvais lui donner une famille, que je saurais l'aimer. Et que s'il m'épousait, tout rentrerait dans l'ordre. Constant pardonnerait et ils redeviendraient amis. Il a fini par céder et nous nous sommes aimés, contre sa promesse d'épousailles. Je l'ai dit à Constant. Il est devenu fou. Il a hurlé que lui vivant, jamais Jean ne serait heureux et en paix. Il m'a fait jurer de refuser Jean sous peine de le tuer de ses propres mains. Il était si violent. J'ai eu peur quand il m'a giflée. Peur qu'il fasse ce qu'il disait. J'ai obéi. Et puis je me suis rendu compte que j'étais enceinte. Je l'ai avoué à Constant. Une semaine plus tard, Jean et lui te rejoignaient en Auvergne. Constant m'avait promis qu'ils régleraient ça en chemin et qu'il me dirait au retour ce qu'ils avaient décidé. Il est revenu seul, affirmant que Jean s'était joué de moi et que tu avais choisi de l'épouser pour donner un père à tes enfants. Je me suis mise à pleurer et j'ai accepté ce qu'il me proposait : devenir sa femme pour ne pas être déshonorée. Jean est revenu furieux quelque temps plus tard. Ils se sont disputés. C'est comme cela que j'ai appris la vérité. Jean était venu en Auvergne pour te révéler son intention de m'épouser et Constant l'avait devancé. Jean s'est tu. Mais à son retour, il a exigé de savoir. « Tu as volé mon bonheur, nous sommes quittes désormais ! a rétorqué Constant en riant comme un forcené. Si l'un ou l'autre révèle quoi que ce soit à Marie, c'est l'enfant qui en pâtira. » Jean est parti le lendemain pour les armées du roi. Je ne l'ai pas revu. Constant voulait vous punir tous les deux. C'est tellement stupide, acheva-t-elle en se jetant dans les bras de Marie.

Marie la serra contre elle, bouleversée. Puis quelque chose monta en elle, un sentiment d'une violence qu'elle n'aurait jamais imaginée. Elle repoussa doucement Solène et se redressa, le visage fermé sur cette haine implacable.

— T'a-t-il forcée ? demanda-t-elle.

— Qui ?

— Constant. T'a-t-il forcée ?

— Une seule fois, avoua Solène. À cause de ta liaison avec le roi et de ma mère !

— Ta mère ? s'étonna Marie, les poings serrés.

Solène hésita un instant devant les traits crispés de Marie.

— Parle, ordonna celle-ci plus durement qu'elle ne le voulait.

Elle insista, plus doucement :

— Nous ne devons plus avoir de mystère l'une pour l'autre, Solène.

Solène hocha la tête.

— Grâce à Triboulet, ma mère a été engagée pour divertir le roi et ses convives au château de Blois, un soir du début de son règne. Elle y a dansé comme elle savait le faire, étourdissant les hommes en se refusant à eux. Pourtant, elle s'est laissé séduire et enivrer par le premier d'entre eux. Au matin, elle quittait le château avec une somme rondelette dans sa bourse de cuir et l'enfant de François Ier en elle. Cet enfant, c'était moi, confia-t-elle en rougissant. Personne à part Croquemitaine et Bertille ne savait la vérité. Il me l'a révélée peu avant sa mort et j'ai eu le tort de le confesser à Constant un soir, parce que ce secret me pesait. Quelques semaines plus tard, Triboulet lui annonçait que le roi avait trouvé ta couche. Cela l'a rendu fou. « Puisqu'elle se donne à un roi, rien ne m'empêchera d'aimer une reine ! » m'a-t-il dit en me giflant. Je l'ai laissé faire. Ensuite, il m'a demandé pardon, promis que jamais il ne recommencerait. Aucun enfant n'est venu et il a tenu sa promesse.

Marie se redressa lentement, les jointures des articulations blanchies d'avoir gardé les poings serrés.

— Où vas-tu ? demanda Solène d'une voix tremblante.

— Où je vais ? répéta Marie dans un rire aigre. Je vais le tuer !

Et la plantant là, elle partit en courant dans les rues de Paris, sa jupe de soie raclant la boue des caniveaux, indifférente aux regards étonnés des passants. Indifférente à tout ce qui croisait son chemin.

Mais cette fois elle n'était plus une enfant qui cherchait à se venger d'un frère de lait pour une tresse tirée. Il était allé trop loin.

Elle arriva en nage au logis où Bertille était en train de coucher Bertrand. Constant n'était pas rentré de l'imprimerie et Marie ne prit pas la peine de lui expliquer pourquoi elle le cherchait. Elle se retrouva à courir dans la rue avant même que la naine ait pu s'inquiéter de son aspect.

Elle trouva l'imprimerie deux rues plus loin et y pénétra le souffle coupé.

Constant se dressa devant elle, les mains tachées d'encre, autant que le tablier bleu qui protégeait ses vêtements, étonné de la voir surgir aussi crasseuse et échevelée qu'en leur jeune temps. Marie reprit sa respiration, puis hoqueta :

— Tu es seul ?

— Oui, pourquoi ?

La fin du mot se perdit dans une claque magistrale qui lui fit tourner la tête. Avant qu'il réagisse, Marie se jeta sur lui, le faucha d'un croc-en-jambe et lui laboura le visage de coups tandis qu'il chutait en arrière, se rattrapait à la presse, emportait un flacon d'encre et s'écroulait finalement entre deux piles de papier. Marie sauta sur son ventre, aussi furieuse que déchaînée.

Le temps qu'il comprenne ce qui se passait, son œil droit enflait et un filet de sang jaillissait de son nez. Il empoigna les poings hardis qui s'abattaient sans mollir, les plia en explosant :

— Mais vas-tu bien te calmer ?

— Jamais ! Jamais, gronda-t-elle entre ses dents, plus rageuse encore qu'il ose la contrer.

Ils luttèrent un moment puis Constant parvint à se dégager des monticules de papier qui l'emprisonnaient et renversa les rôles, plaquant Marie sous lui, sans parvenir à l'empêcher de cogner des pieds, des genoux et des poings. Quand il l'immobilisa de son poids, elle se jeta tête la première sur son oreille et y mordit à en arracher le morceau. Il hurla et se résolut à la gifler pour la faire lâcher.

— Je vais te tuer ! rugissait-elle en empoignant et en mordant ce qui se trouvait à portée.

Elle finit pourtant par s'essouffler. Constant était de loin plus fort qu'elle. S'il accusait les coups, gluant d'encre et de sueur mêlées, il se refusait à les rendre. Quelque chose en lui s'était brisé lorsqu'elle était entrée avec sur elle ce parfum du passé. Quelque chose qui l'avait rendu fou toutes ces années. Lorsque les attaques s'espacèrent dans sa respiration saccadée, il emprisonna ses mains au-dessus de sa tête et chercha ses lèvres. Marie sentit la colère la gagner de nouveau et s'arqua, débitant une flopée d'insultes, tournant la tête et s'agitant comme une anguille.

Mais ce fut en pure perte. La bouche prit la sienne. Elle avait un goût de sang qui apaisa d'un coup sa soif. Elle gémit de sa violence, les sens exacerbés, et se laissa envahir et fouiller. Constant relâcha son emprise et perdit ses doigts dans ses cheveux emmêlés tandis qu'elle nouait les siens, meurtris, autour du cou puissant, en maudissant sa faiblesse.

Lorsqu'il la laissa reprendre son souffle, elle grommela encore :

— Je te hais ! Je te briserai, Constant !

Avant de l'embrasser de nouveau, il murmura entre ses lèvres tuméfiées :

— Enfin je te reconnais !

— Ordure, lâcha-t-elle en le repoussant.

Il l'embrassa encore.

— Vaurien, essaya-t-elle, mais sa colère se perdait dans son regard.

Ce regard qui demandait pardon. Ils restèrent un moment immobiles, à chercher dans l'âme de l'autre des raisons de se haïr encore. Ils en avaient mille. Ils n'en trouvèrent aucune.

— Tu m'as tellement manqué, avoua Constant en lissant ses cheveux souillés d'encre, de colle et de caractères d'imprimerie.

Elle l'attira à elle et répéta sur son souffle :

— Un jour, je te briserai, Constant.

— Comme tu voudras. Je le mérite, et plus encore.

Il la déshabilla sans hâte, sans quitter des yeux la sauvageonne qu'elle était redevenue. Ils s'aimèrent comme des enfants qui se découvrent une première fois. Sans mot dire pour ne rien briser, en tâtonnant pour ne plus blesser. Unis par une même évidence.

La nuit était noire sur Paris lorsqu'ils s'abandonnèrent au repos, dans les bras l'un de l'autre, au milieu du désordre qu'ils avaient généré dans l'atelier. Marie se pelotonna contre le torse à peine duveteux de Constant. Les mains croisées derrière la nuque, serti par les tas de papier renversés et bousculés, le jeune homme souriait. Il y avait des années qu'il n'avait été en paix. Il savait pourtant que l'instant des explications était venu. Il ignorait ce que Marie avait découvert, mais il était résolu à ne plus mentir, à ne plus jouer. Il la laissa s'appesantir de sommeil, l'accompagnant d'une caresse sur sa joue. Il avait besoin de ce répit pour comprendre lui-même ce qui leur était arrivé. Il avait conscience que tout était sa faute, mais était-ce suffisant pour réparer ?

Il finit par s'endormir aussi.

Marie le secoua violemment.

— L'aube est proche, Constant, dit-elle tandis qu'il s'étirait. Il faut tout ranger ou tu seras renvoyé.

Il écarquilla des yeux ronds. Un soleil timide encore réchauffait la pénombre de la ruelle. Il se dressa d'un bond et Marie baissa les yeux sur sa nudité. Elle s'était rhabillée dès son réveil, de peur qu'on ne les surprenne. Il se sentit gauche devant ce visage détourné. La peur qu'elle s'échappe lui fit tendre la main et agripper son bras. Il l'attira à lui et se rassura de ne sentir en elle aucune résistance. Il l'enlaça contre son ventre nu et glissa sa bouche contre son oreille.

— Je t'aime, Marie.

— Mais cela ne suffit pas, répondit-elle comme un écho à ces mots d'autrefois qui avaient éteint sa lumière.

— Si, cela suffit, Marie, certifia-t-il en la serrant plus fort. Je mérite tous les châtiments, toute la haine, toute la colère, mais j'ai payé trop cher déjà le prix de cet amour.

— Jean est mort.

Il se crispa un moment puis ses bras retombèrent.

— Je ne voulais pas cela, murmura-t-il en secouant la tête.

Marie l'embrassa sur la joue puis se détourna.

— Je sais. Habille-toi et rangeons. Je ne veux pas que tu perdes ton emploi. Tu as un enfant à nourrir.

— Ce n'est pas mon fils, Marie, livra-t-il.

— Je le sais aussi. Nous parlerons plus tard.

Elle lui tendit un visage engageant qui le réconforta. Il s'habilla très vite tandis qu'elle allumait les lanternes. L'instant d'après, ils réparaient au mieux les conséquences de leurs ébats.

Le jour embrasait les pointes de Nostre-Dame lorsqu'ils quittèrent l'imprimerie. Ils avaient rangé en silence pour garder intact le souvenir de cette nuit. Au tournant de la rue, Marie glissa ses doigts dans ceux de Constant. Il se retourna vers elle et l'entraîna dans une course folle, aussi folle que son espoir retrouvé.

Ils s'arrêtèrent devant la maison d'Isabeau, essoufflés, riant comme deux enfants. Solène s'était assoupie sur un fauteuil et Marie apposa un doigt sur ses lèvres pour inciter Constant à ne pas faire de bruit. D'un même élan, ils grimpèrent l'escalier après avoir enlevé leurs chaussures et elle l'entraîna dans la chambre qu'elle s'était aménagée.

Lorsque la porte se fut refermée sur elle, elle fit face à Constant, les bras ballants comme le jouvenceau timide qu'elle avait connu et qu'elle avait toujours dû entraîner sur un mauvais coup.

— Elle t'a tout raconté, lâcha-t-il en baissant les yeux. J'étais décidé à le faire quand j'ai su que tu voulais rouvrir la boutique. Je regrette qu'elle m'ait devancé.

Marie l'invita à s'asseoir près d'elle, sur le lit. Cette nuit avait vaincu sa colère en apaisant sa frustration.

— Tu n'avais pas le droit de lui voler sa vie pour te venger de Jean et de moi, dit-elle simplement sans lâcher cette main qui s'accrochait à la sienne.

— Ce n'était pas moi, Marie. Je me suis haï de mes réactions, de mes violences, de cette force malsaine qui me poussait à tout détruire. C'est comme si quelque ténébrion m'avait possédé. Comme si seul le mal pouvait apaiser ma souffrance, mais il ne faisait que l'augmenter sans cesse. Je n'ai aucune excuse. Solène est ma sœur. Me croiras-tu, Marie, je l'ai même forcée lorsque j'ai su qu'elle était la fille de ce roi que je méprisais. J'ai couru me jeter sur les gargouilles de Nostre-Dame. J'aurais voulu mourir tellement j'étais pesneux. Je pensais à Chazeron, je me disais que je ne valais pas mieux que lui. J'ignore encore ce qui m'a empêché de sauter.

Marie n'osa pas lui dire que Solène lui avait avoué cela aussi. Entendre sa confession lui faisait du bien. Exorcisait ses propres fautes. Encouragé par son silence, il continua :

— Il m'a fallu du temps pour comprendre la raison de ma folie. Je croyais que tes enfants en étaient responsables. Mais à les voir, à jouer avec eux, je me suis senti si vulnérable, si triste qu'ils ne m'appartiennent pas, que tu ne m'appartiennes pas, que cette idée d'épouser Solène m'est venue, pour combler ce manque de paternité davantage que pour punir Jean. Vengeance est la raison que je me suis donnée pour ne pas admettre cette vérité qui m'effrayait. Oh ! Marie, comment t'expliquer ? gémit-il en lui faisant face. Ce n'est pas ton inconduite que j'ai détestée, c'est cette distance que le destin a mise entre nous. Je te voyais changer. Aimer ces atours que je ne pourrais jamais t'offrir, porter ces bijoux de la dame de Vollore, et briller à la cour jusque dans le lit du roi. Ce n'est pas ton ascension que je méprisais, c'était ma misère. Je ne pouvais t'en vouloir d'avoir choisi ce faste dont nous nous étions moqués, alors je t'ai chassée pour m'avoir trahi. Car je me sentais trahi, Marie. Parce que tu n'étais plus la même, que je ne te reconnaissais plus, mais surtout parce que malgré tes suppliques, je n'avais pas ma place dans ce monde que tu avais choisi.

— Il n'a jamais été le mien. Si je m'y complaisais, c'était pour sauver les nôtres. Pour te sauver toi. J'ai essayé maintes fois de te le faire comprendre.

— Je sais, mais je ne pouvais pas. Ainsi habillée, coiffée, maquillée, voltant autour de moi, tu étais si différente, si belle, aussi inaccessible que celles qu'on regardait passer dans ces litières dorées. Tu étais faite pour être l'une d'elles. Et moi rien qu'un mendiant sur ton chemin.

Comment avait-elle pu être aussi aveugle, passer de l'autre côté du miroir sans s'en apercevoir ?

— Souviens-toi de ce que nous disait Croquemitaine, Constant : « Au-delà de l'apparence, il y a un cœur qui bat. Et les émotions qu'il exprime restent les mêmes quel que soit l'habit ou le faciès qu'il porte. » Je n'ai pas changé.

— Je l'ai compris lorsque tu es venue t'installer ici, que tu as accueilli Solène et retrouvé ta simplicité d'autrefois. Qu'allons-nous devenir, Marie ? Je t'aime tant.

— Moi aussi, Constant. Mais nos erreurs ont changé nos vies. Tu es marié et cet enfant doit rester le tien à présent que Jean n'est plus. Je suis la maîtresse de Montmorency et je dois le demeurer pour protéger mon secret contre la haine de la Médicis.

— Ton secret ?

— C'est moi qui suis responsable de la mort du dauphin.

Constant écarquilla les yeux tandis qu'elle lui racontait tout. Lorsqu'elle se tut, il était rongé de colère.

— Elle t'a manipulée. Tu dois révéler la vérité au roi. Il saura t'entendre et te pardonner.

— Un jour peut-être. C'est trop tôt. Je ne peux prendre le risque aujourd'hui d'être exécutée pour ce crime, Constant. Isabeau est morte et mon père a besoin d'argent autant que d'aide pour sauver Ma. Il ne reste que moi pour conjurer la malédiction.

— Qu'en sera-t-il de nous ?

— C'est à Solène d'en décider puisque votre union n'est que de convenance. À toi aussi d'accepter de me partager le temps qu'il faudra.

Constant se rembrunit. Marie vit ses poings se contracter sur son combat intérieur.

— Cette nuit, demanda-t-il, était-ce comme...

— Non, l'interrompit-elle. Toi tu m'as rendue femme, vraiment, en me rendant entière. Aucun jamais ne pourra me combler de ce bonheur-là.

Il l'enlaça et la coucha sur le lit. Elle s'abandonna à la tendresse de sa bouche qui fouillait la sienne, réveillant chaque parcelle d'un désir sans âge.

— Je serai patient, murmura-t-il en se redressant. Allons éveiller Solène.

Mais Marie noua ses bras autour de son cou et l'attira à elle.

— Nous avons tout le temps, gémit-elle. C'est dimanche et ton jour de congé.

Constant n'hésita pas un instant. Ils avaient trop souffert de ne pouvoir s'aimer.

Malgré son chagrin à la perte de Jean, Solène s'avoua heureuse de leur réconciliation. Elle les aimait sincèrement comme frère et sœur, et s'accorda de leur complicité. Bertille fut à peine déçue d'apprendre la vérité à propos de Bertrand tant elle se réjouissait de la fin de leurs hostilités.

— Il est toujours mon petit-fils et je voudrais voir qu'on y vienne rien changer, ajouta-t-elle en embrassant goulûment le garçonnet.

Ce à quoi le garnement répliqua en la labourant de coups de pied.

19.

Courant juin, une heureuse nouvelle enflamma le cœur de la France. Sur l'insistance du pape Paul III, les rois François Ier et Charles Quint, qui s'étaient retrouvés à Nice, acceptaient de conclure une trêve de dix années au terme d'un laborieux compromis. François restait en possession de la Bresse, du Bugey et des deux tiers du Piémont, Charles Quint récupérait la totalité du Milanais augmenté du reste du Piémont.

La France allait pouvoir souffler et se reconstruire. C'est au lendemain de cette annonce que Marie et Solène ouvrirent leur boutique de lingerie.

Marie était retournée à la cour de Catherine pour l'en informer et espérait la voir se radoucir. Celle-ci la toisa avec mépris et lui jeta :

— On ne peut être à la fois noble et simple roturière. Vous avez choisi votre camp. La régression n'est pas le mien !

Fort heureusement, Marie gardait des soutiens parmi les dames de compagnie auxquelles elle raconta que son époux était mort au combat et que, désormais veuve, elle avait eu envie de reprendre l'enseigne de sa « prétendue » tante. Certaines trouvèrent remarquable son courage et légitime son désir d'être utile.

Lorsque les hommes étaient en guerre, beaucoup d'entre elles s'ennuyaient. Elles promirent de lui rendre visite, d'autant plus qu'elle était toujours la maîtresse en titre de Montmorency.

Celui-ci avait encouragé son entreprise, sans doute poussé par le roi. Il se flattait, disait-il, de savoir que comme La Palice avant lui, il avait pour amante femme d'aussi grande ambition et détermination. Un billet de François Ier l'assurait en outre d'avoir en sa personne un solide client.

En août 1538, on racontait partout que François Ier et Charles Quint s'étaient couverts de présents et étalaient une belle amitié. Le courrier de Montmorency que reçut Marie lui révélait que cette entente sonnait plus faux qu'un luth désaccordé et qu'il fallait encore se méfier de Charles Quint. Anne se disait désireux de la revoir et insistait pour qu'elle rejoignît les errances du roi au long de l'hiver.

Marie lui répondit qu'elle le retrouverait avec plaisir sitôt qu'elle pourrait se reposer sur son employée. Elle n'y songeait pas réellement, tant chaque nuit Constant s'empressait de rattraper dans sa couche ces années perdues.

— Donne-moi un fils, disait-il souvent.

— Non, Constant. Je me suis prétendue veuve, si j'attendais un enfant, les mauvaises langues auraient tôt fait de salir une réputation que j'ai réussi à préserver. D'autres l'attribueraient au connétable de France. Je ne peux m'y risquer. Sois patient. Tu me l'as promis.

Il s'y soumettait, mais ne renonçait pas à son idée. Et de fait, si elle n'avait utilisé son savoir des plantes pour se maintenir stérile, nul doute qu'il aurait eu tôt fait de la rendre grosse.

Son bonheur toucha son apogée un matin du début septembre lorsqu'elle vit jaillir trois crinières bouclées, riant et se bousculant à sa porte. Albérie lui avait fait la surprise de la visiter avec les triplés. Comme ils lui avaient manqué ! Ils se languissaient aussi de Bertille et ce fut une belle fête que ces retrouvailles dans le logis illuminé de tendresse.

Lorsqu'ils furent couchés et endormis, Albérie tendit une lettre à Marie. Elle était ouverte et adressée à Huc :

« Mon ami,

« Je voulais vous informer que je suis toujours en vie, bien qu'inapte désormais au bonheur d'une femme. La guerre m'a volé une jambe et cette virilité que j'avais en excès. Peut-être était-il temps d'en recevoir le châtiment de Dieu ? Je l'accepte.

« Je ne sais comment avouer cette infirmité à Marie. Je demeure pour l'heure dans un monastère où mes soins furent longs sans que je trouve le courage de me résoudre à cet état, indigne d'un homme. Je songe à y rester. Vous saurez sans doute mieux dire ces choses que je ne le ferais. Transmettez à Constant mon amitié qui n'était pas feinte. La guerre l'a vengé. Puisse-t-il désormais vivre en paix.

« Jean Latour. »

Une émotion intense étreignait le cœur de Marie lorsqu'elle releva les yeux de cette lettre qu'Albérie l'avait invitée à parcourir.

Solène berçait Bertrand, confortablement installé contre son sein. L'enfanteau énervé par la présence des triplés avait plus de difficulté à s'endormir que ceux-ci, épuisés par toutes les nouveautés que leur long voyage avait révélées.

— Il est en vie, Solène, Jean est en vie, annonça Marie comme la jeune femme relevait la tête, l'œil brillant d'espoir. Ce n'est plus tout à fait le même, continua-t-elle troublée.

Mieux qu'une explication, elle lui porta la missive, puis l'embrassa par-dessus son chaperon.

— Sois courageuse.

Le lendemain, elles lui écrivaient ensemble leur affection et leur souhait qu'il revienne auprès des seuls enfants qu'il aurait jamais. Constant à son tour ajouta un mot qui commençait par « mon frère » et s'achevait sur un espoir de pardon.

Ils étaient une famille. Blessée, agrandie, endeuillée, mais une famille à part entière. Rien ne pourrait plus les séparer.

Avec octobre 1539, un billet de Montmorency rappela Marie à la cour. Il désirait l'entretenir et profiter de ce qu'il passait par Paris pour la combler de tendresse. Constant oscilla entre l'orgueil et la complaisance, luttant pour se tenir à sa promesse. Marie ne s'y attarda pas. Triboulet, que son grand âge avait fait remplacer dans les errances du roi, restait dans le sillage de Catherine ainsi que Constant le lui avait demandé.

Marie savait ainsi que la duchessina faisait régulièrement appel à nombre de mages, de cartomanciens et d'astrologues, dont Michel de Nostre-Dame, pour la conseiller. Nostradamus tardait à s'y rendre, occupé par de nombreuses tâches dans les environs de Bordeaux, trouvant des excuses multiples pour repousser cette femme dont il se méfiait. Elle parlait souvent de Marie, insinuait qu'elle avait des pouvoirs surnaturels, qu'à savoir dresser des lions, on pouvait plier des hommes et que son éloignement pouvait bien cacher quelque noirceur d'âme.

Marie estima qu'il fallait donc qu'on la voie. La sœur du roi, fidèle à sa promesse, lui faisait de belles commandes et François Ier n'était pas en reste. L'argent rentrait. Suffisamment pour qu'elle puisse en envoyer à Philippus et rembourser ses dettes. Suffisamment pour reprendre les recherches.

Elle renouvela ses toilettes en utilisant les plus belles soieries qu'elle avait fait venir d'Italie, puis s'afficha au bras du connétable avec l'air amoureux et ravi de ces retrouvailles. Dans son ombre, elle se savait protégée. Il ne fallut pas huit jours pour que la rumeur cesse. Elle se laissait aimer et plier à ses caprices comme autrefois, mais n'y trouvait qu'un plaisir mécanique, sans âme. Sans regrets non plus. Trois semaines plus tard, ils rejoignaient le roi en Provence où Montmorency devait lui rendre compte de l'enquête menée sur la mort de la comtesse de Châteaubriant.

Dès son arrivée, François la bisa sur les deux joues.

— Vous voici, lingère de mon cœur ! chantonna-t-il en riant. Montmorency, je vous l'enlève.

— Sire, si vous me la rendez... accepta le connétable en s'effaçant d'une courbette, tandis que le roi entraînait Marie à ses côtés.

— Le matin, je chasse, le tantôt, je chasse, commença François.

— Et la nuit, Sire ? se joua Marie.

— La nuit, belle Marie ? Je pourchasse et pourfends mon gibier préféré, s'amusa-t-il.

— Quel est-il, Majesté ? s'enquit-elle en restant dans son jeu.

— La tourterelle ! Elle seule sait le plus divinement du monde roucouler et roucouler encore.

Ils rirent de concert. Comme François frappait dans ses mains pour qu'on apporte à manger, un homme s'avança en faisant crisser ses bottes sur le plancher de bois.

— On me signale un gîte, Majesté, fort giboyeux et charmant, à vingt lieues d'ici.

— Avons-nous épuisé cette chasse-ci ?

— Je le crains.

— Sire, les ambassadeurs de l'empereur doivent nous rejoindre céans. Ils s'agacent de vos déplacements répétés, se plaignit Montmorency.

— Qu'ils s'agacent ! se moqua François. Nous partons, mes amis ! Anne, ma douce Anne, voyez qui notre connétable nous ramène.

Anne de Pisseleu sortait des latrines et gratifia Marie d'un sourire mondain. Elle n'appréciait visiblement pas que le roi la promène à son bras. Marie se dégagea de cette étreinte avec habileté et s'avança vers elle pour la saluer.

— Chère Marie, s'exclama la vipère, quel plaisir ! Des rumeurs vous prétendaient devenue lingère à Paris. Quelle vilenie !

Marie ne s'offusqua pas de la pique. Elles n'étaient amies que de nom. La duchesse d'Étampes appréciait peu toute femme que le roi avait en affection. Marie lui adressa un sourire franc.

— Mon veuvage me laisse peu de fortune, madame. Il m'en faut pour élever mes enfants.

— Remariez-vous, répliqua Anne comme si seule cette solution était séante à la noblesse. Montmorency, mon cher, n'y pouvez-vous songer ? continua-t-elle perfidement.

Montmorency pris au piège s'empêtra dans un maladroit :

— Sire, c'est que ce veuvage est bien frais ! qui amusa autant le roi que Marie.

Elle vint pourtant à son secours :

— La guerre m'a pris mon époux, madame, croyez-vous que je puisse épouser l'armée ? Il me faut me remettre et pour ce faire laisser le temps nous réconcilier. N'êtes-vous point de mon avis, mon cher ? répondit-elle à l'intention du connétable.

— Certes, certes, approuva celui-ci soulagé. Sire, il me faut vous parler en aparté, ajouta-t-il pour échapper à cette situation embarrassante.

Ils s'éloignèrent tous deux et Anne de Pisseleu s'alanguit dans un fauteuil.

— Asseyez-vous donc, Marie, et dites-moi votre secret, souffla-t-elle comme on se dispersait autour d'eux pour déménager.

— Quel secret ? demanda Marie sur le qui-vive.

— Vous fuyez le pouvoir autant que je le recherche et cependant j'ai parfois le sentiment que l'on vous aime plus qu'on ne peut m'aimer. Je vous déteste pour cela, avoua-t-elle.

— Je ne suis pas votre rivale, Anne. Et n'ai rien à cacher.

— Tant mieux ! affirma-t-elle. Il m'ennuierait qu'à l'exemple de cette chère Mme de Châteaubriant, vous finissiez.

Son sourire énigmatique étonna Marie. Montmorency ne lui avait-il pas affirmé que son enquête n'avait rien donné, que l'ancienne maîtresse du roi était défunte de mort naturelle ? Elle ne laissa pourtant rien paraître de sa surprise et ne releva pas la menace. En était-ce seulement une ? Et si cela était ? Pourquoi Montmorency avait-il démenti la rumeur ? Elle se promit d'être vigilante. Tout aussi aimant qu'il paraissait, il pouvait tout à fait s'aviser de la remplacer.

Ils repartirent trois jours plus tard. Montmorency préférait la cour de Diane et d'Henri à celle du roi. Avant de le quitter, Marie reçut une confortable avance sur une commande de tissus et de sous-vêtements. Elle se dit qu'il allait falloir relancer la façon comme du temps d'Isabeau, et cela lui plut. Nombre de petites mains travaillaient autrefois dans ce lieu. Le voir revivre comme à ses jours fastueux était un beau moyen de rendre hommage à la ténacité de sa grand-mère.

Diane de Poitiers l'embrassa avec davantage de plaisir, ravie certainement de voir Catherine s'en froisser. Désormais, le couple illégitime était inséparable et il n'était pas un lieu où l'on ne retrouvât après leur passage leurs initiales entrelacées par quelque sculpteur ou peintre. Henri s'en amusait, plus amoureux de jour en jour, même s'il continuait de satisfaire à ses devoirs d'époux et manifestait une grande attention à Catherine.

Les mauvaises langues disaient que c'était par crainte de la voir assassiner sa rivale et Marie pouvait difficilement ne pas les croire. Elle retourna chez elle aussitôt qu'elle le put. Montmorency ne lui parla pas de mariage et elle s'abstint sur la couche de le lui rappeler.

Elle avait décidé de garder les triplés avec elle à Paris, où l'hiver était moins rude. Ils avaient suffisamment grandi pour demeurer sages sous la protection de Bertille, tandis qu'elle s'occupait des commandes dans la journée. Constant jouait avec eux autant que son travail le lui permettait. Il ne lui demanda rien de ce qui s'était passé à la cour durant ces deux mois, mais il la belina avec une vigueur orgueilleuse, se rassurant de ses gémissements pour oublier que l'autre avait pu les lui arracher.

— Finalement, j'aime lorsque tu es jaloux, murmura Marie à son oreille, comme, vaincu par un plaisir intense, il s'endormait. Il ne réagit pas mais la serra davantage contre lui.

L'hiver 1539 passa, clément comme l'était cette trêve au cœur des ambitions européennes. François Ier continuait ses errances, profitant de ses bonnes dispositions et de la paix pour proclamer des édits.

Marie accueillit plusieurs fois Montmorency chez elle. Une fois, ils se croisèrent avec Constant. Celui-ci baissa le nez sans le saluer et s'éloigna en tapant du pied dans tous les cailloux qu'il trouva. Marie expliqua au connétable qu'il était l'époux de son employée et qu'elle venait de lui faire remontrance de la venir trop souvent distraire. Anne de Montmorency sembla la croire. D'ailleurs, il s'en moquait. Il était seulement venu l'aimer. Il s'inquiéta des enfants qui risquaient de les surprendre, se satisfit de savoir que Marie les avait déplacés chez leur nourrice pour la soirée et ne s'étonna même pas de la prendre dans une chambre impersonnelle que son parfum n'avait pas embaumée. Il l'assura une fois encore de sa tendresse et lui offrit un pendentif de diamants où une rose entrelaçait un M élancé.

Marie l'en remercia et le reconduisit avec plus de plaisir qu'elle n'en avait eu à se donner. Lorsqu'elle revit Constant le lendemain, il souriait. Elle préféra ne rien demander pour ne pas raviver sa jalousie. Mais elle était de plus en plus lasse de faire semblant d'être une maîtresse complaisante et soumise. Tout bon amant que le connétable ait pu être, aucune de ses caresses ne l'abreuvait autant qu'un seul des baisers de Constant.

Jean ne répondit à leur lettre qu'au mois de juillet 1539. Il annonçait son retour. Marie préféra renvoyer les enfants à Vollore avant qu'il ne revienne. Inconscients du mal qu'ils pouvaient lui faire avec leurs questions, ils lui rendraient ces retrouvailles insupportables. Il valait mieux que les choses se règlent d'abord entre adultes. Ensuite, on verrait.

Ils s'en désolèrent moins que Marie ne l'avait pensé. De fait, ils avaient à Paris beaucoup moins de liberté qu'en Auvergne. Le va-et-vient incessant des charrettes retenait leurs jeux dans la maison ou la cour, et l'espace leur manquait. Marie s'en rendait compte. De plus, Albérie se languissait de son époux qu'elle n'avait pas vu d'une année. Aucun d'eux n'était à sa place. Il fallait avoir grandi comme elle au cœur de Paris pour l'aimer.

Ils partirent donc au début du mois d'août 1539. Huit jours plus tard, Jean Latour arrivait.

Marie le reconnut à peine tant il avait maigri et vieilli d'un coup. Une tige de bois retenue par des lacets de cuir prolongeait le moignon restant de sa jambe. Malgré cela, il devait s'appuyer sur une canne pour avancer. Elle le vit descendre de litière à l'instant où elle essuyait ses mains mouillées à son tablier devant la croisée. Elle fut heureuse d'avoir ainsi le temps de se composer un visage serein quand tout en elle soudain n'était que tristesse. Jean n'accepterait pas sa pitié. Aucun des estropiés qu'elle avait connus dans son enfance ne s'y serait soumis.

Elle ouvrit grand la porte, accrocha un sourire sur sa peine et l'interpella franchement :

— Jean !

Il se tourna vers elle après avoir payé le voiturier et la laissa s'avancer au-devant de lui dans la ruelle encombrée. Elle le serra dans ses bras sans hésiter.

— Quelle joie de te voir, Jean. Entre vite ! Paris est de plus en plus souillé.

Comme pour lui donner raison, un cheval passa à les frôler, croisant une charrette à bras encombrée de melons d'eau poussée par son propriétaire débordant d'injures.

L'instant d'après, ils se retrouvaient dans le logis. Marie avait évité de l'aider à monter l'escalier de trois marches qui en rehaussait l'entrée.

— Donne-moi ton manteau ! exigea-t-elle.

Comme elle ne manifestait pas la moindre intention de l'aider à se déshabiller, il se détendit enfin et Marie redécouvrit avec satisfaction la blancheur de son sourire. Elle accrocha la cape de cuir sur une patère et entoura le cou amaigri de ses deux mains.

— J'ai bien cru ne jamais te revoir, dit-elle simplement en lui bisant une joue barbue. Bienvenue chez toi, Jean.

D'un geste ample, il enlaça ses reins et la plaqua contre lui. Elle se laissa faire, mais il la repoussa presque aussitôt.

— Pardonne-moi, dit-il.

Elle ne répondit pas. Elle venait de prendre conscience à son regard qu'il avait seulement par ce geste cherché une réponse à sa virilité perdue. Il était visible à sa tristesse qu'il ne l'avait pas trouvée.

— Raconte-moi, dit-il pour rompre ce silence gênant. Je veux tout savoir de ce qui s'est passé tandis que je me mourais.

Marie l'entraîna vers une chaise à bras et ils parlèrent jusque tard. Enhardi par ses confidences, Jean lui confia que quelque chose s'était détraqué en lui depuis l'ablation. Les médecins disaient que l'amputation de sa jambe n'était pas responsable de son impuissance, que la cause en était ailleurs, mais il n'y croyait guère. Il continuait d'éprouver du désir, mais son corps refusait d'y satisfaire. Marie lui promit d'écrire à Philippus pour lui demander conseil.

Sur cette résolution, Solène arriva, qui venait de fermer la boutique.

— Jean ! s'étrangla-t-elle en lâchant le trousseau de clés.

Jean lui sourit et lui ouvrit les bras. Elle s'y jeta avec tendresse, mais il tourna la tête comme elle voulait l'embrasser. Solène refoula ses larmes et baissa les yeux.

— J'aurais dû me douter que ton cœur était toujours pour elle, lâcha-t-elle en le regrettant aussitôt.

Le sourire de Marie se figea. Celui de Jean se fit triste, néanmoins il lui saisit le menton et força les yeux verts à soutenir les siens.

— Ce n'est pas cela, Solène. Tu es mariée et je le respecte.

— Tu n'as jamais respecté le mariage, Jean Latour. Et celui-ci est non consommé, donc facilement annulable.

Jean tourna la tête vers Constant qui était entré et s'avançait sans animosité. Jean voulut se lever, mais sa canne glissa. Constant lui tendit alors une poigne chaleureuse. Leurs avant-bras se nouèrent, Jean s'y agrippa et, en un instant, tiré en avant par Constant, il se retrouva debout dans ses bras. Ils s'enlacèrent comme des frères.

— J'ai été stupide, je n'aurai pas assez d'une vie pour expier le mal que je t'ai fait.

— Alors nous sommes quittes, Constant, répondit Jean.

Solène les regardait en tremblant. Marie sentait son combat mais ne pouvait rien y faire. Elle avait attendu ce retour sans douter un seul instant qu'il la choisirait. À présent, elle n'était plus sûre de rien.

Jean s'écarta de Constant et la fixa enfin.

— Tu as raison, Solène, murmura-t-il doucement. Les liens qui m'unissent à Marie sont forts. Ils l'ont toujours été, mais, durant cette dernière année, je n'ai cessé de songer à cette chance que le ciel me donnait. C'est ton amour qui m'a ramené, Solène, pourtant je suis venu t'en dégager. Je n'ai rien à t'offrir. Rien de ce qu'une femme belle et désirable puisse espérer d'un époux. Je ne peux pas même subvenir aux besoins d'une famille malgré la rente que me verse le roi au titre de mes bons services et de ma qualité d'officier. Je ne suis plus qu'une moitié d'homme et cette moitié est indigne d'une femme telle que toi.

Solène avança d'un pas rageur et lui fit face. La gifle qu'elle lui décocha résonna comme un gong et les laissa tous trois stupéfaits.

— C'est la plus mauvaise excuse qu'on ait jamais trouvée, Jean Latour, dit-elle en redressant son menton fier. Trouves-en une autre si tu veux me faire renoncer !

Et les plantant là, elle sortit de la pièce. Jean resta bouche bée, tandis que la bonne humeur de Marie recommençait à se distiller dans ses veines. Solène avait du tempérament mais c'était bien la première fois qu'elle la voyait en user d'aussi belle manière.

— Marie, explique-lui, demanda-t-il en se tournant vers elle, comprenant enfin ce qui venait de se passer.

— Oh ! non, Jean ! Tu vas devoir accepter ce qui se passe. Elle t'aime comme tu es et se moque bien de ton apparence.

— Mon frère, commença Constant en lui posant affectueusement une main sur l'épaule. T'a-t-on coupé ce que tu sais ?

— Certes non, mais...

— Alors, accorde-toi une deuxième chance. Si tu t'aimes dans ses yeux, tout finira par s'arranger. Crois-moi, ajouta-t-il en adressant à Marie un regard de concupiscence.

Jean soupira, hésita puis demanda :

— Est-ce aussi ton avis, Marie ?
— Je n'aurais pu mieux dire, affirma-t-elle.
— D'accord, se résigna Jean. Où la trouver ?
— Près de ton fils, mon ami. Viens, je t'y conduis.

Jean accepta la main que Constant lui tendait et Marie les regarda s'éloigner bras dessus, bras dessous, comme si le temps n'avait rien abîmé.

Ils décidèrent tous quatre que Jean s'installerait chez Albérie et partagerait la couche de Solène, qu'il puisse ou non la contenter.

— D'ailleurs, lui affirma-t-elle, je suis bien certaine que tu puiseras d'autres ressources dans l'art d'aimer !

Ce que Jean s'empressa de lui prouver.

Fin octobre, Marie reçut un courrier du roi depuis Compiègne où il séjournait, se rétablissant à grand-peine d'un « rume » qui lui était tombé sur les « génitoires » et lui causait grands maux. Charles Quint avait accepté son invitation. Il traverserait la France de part en part pour se rendre à ses États de Flandre alors en pleine rébellion. Selon leurs nouveaux accords, François Ier avait recommandé à son beau-frère d'éviter de prendre la mer aux portes de l'hiver. Et celui-ci avait approuvé. Ce qui tout à la fois l'étonnait et le ravissait. Il voulait lui faire forte impression et le recevoir dignement. Pour la circonstance, il commandait à Marie dix aunes de toile d'or frisé pour faire robe et cotte à Mme de Canaples et deux cent vingt et une aunes de velours violet cramoisi pour les demoiselles d'honneur qu'il voulait voir vêtues des mêmes robes. S'ajoutaient d'autres soieries et velours noir doublé de fourrure d'hermine pour les dames d'honneur de Catherine et Éléonore, et autant de gorgerettes qu'il en faudrait.

La fortune de Marie était faite. Elle en remercia le roi par courrier en lui souhaitant un heureux rétablissement et se mit en devoir de satisfaire ses exigences avec tout le talent qu'on lui espérait.

Elle recevait de plus en plus épisodiquement les faveurs de Montmorency, preuve indiscutable qu'il se lassait d'elle. Cela n'étonna pas Marie. Le connétable ne s'était jamais marié pour pouvoir satisfaire son insatiable appétit de nouveauté et, au dire de Triboulet qui continuait d'espionner, de belles jouvencelles peu farouches avaient fait leur apparition à la cour.

Marie s'était fait une raison de cette inévitable rupture. La commande du roi lui prouvait son attachement, elle était heureuse près de Constant et songeait à rendre visite à son père dès le printemps suivant avec une bourse rebondie, pour le convaincre de revenir à Vollore avec elle et Ma dont elle se languissait de plus en plus.

20.

— La Médicis complote pour te perdre définitivement, lui annonça Triboulet sans préambule aux portes de décembre.

Il était devenu tellement ridé que Marie eut l'impression d'embrasser une pomme séchée, mais cela n'avait pas amolli son esprit.

— Le temps a passé, se moqua Marie. Que peut-elle désormais contre moi ?

— Tout, Marie, tout. Elle veut faire tomber Montmorency et t'entraîner dans son sillage.

— Il ne tardera pas à rompre et elle en sera pour ses frais.

— Montmorency ne rompra pas. Catherine le tient.

Marie s'inquiéta aussitôt de cette affirmation. Si Triboulet avait pris le risque de venir jusqu'à elle, c'était de toute évidence bien plus sérieux qu'elle ne l'imaginait.

— Je t'écoute.

— Montmorency insistera pour que tu retournes à Fontainebleau lorsque Charles Quint y séjournera. Il a pour ordre de convaincre le roi que ta présence est indispensable et te ferait une belle publicité puisque la cour tout entière portera tes tissus et sous-vêtements. Là, il s'arrangera pour te faire prendre en flagrant délit d'adultère avec Charles Quint.

— Comment se pourrait-il ? Le personnage m'écœure !

— Un breuvage soporifique suffira. Tu t'éveilleras au côté de l'hôte du roi, lequel insinuera perfidement qu'il t'a aimée selon votre entente parfaite.

— Pourquoi le ferait-il ?

— Parce que Montmorency lui a promis que plus jamais François Ier ne revendiquerait l'Italie s'il l'aidait à démasquer l'auteur du complot contre le dauphin.

Marie sentit son cœur battre plus vite. Triboulet poursuivit :

— Il a fait la promesse inverse au roi, pour que celui-ci accueille Charles Quint avec la plus grande largesse. Il lui a certifié qu'en échange de sa générosité, Milan lui serait rendu. Voici pourquoi le roi a ouvert le trésor royal et insisté pour que les demeures soient décorées avec profusion ainsi que les gens parés des plus beaux atours. Montmorency s'appliquera à jeter le trouble dans l'esprit du roi, lui affirmant qu'il ne t'a approchée que pour mieux te découvrir et que la preuve est désormais faite de ta complicité avec Charles Quint, que ta perversité et ta cupidité se sont dissimulées derrière ta feinte réserve du pouvoir pour mieux atteindre ton but. Cette enseigne qu'il a légitimée par sa commande fait désormais de toi une fort riche veuve.

Marie était accablée. Elle savait bien que Catherine mettrait sa menace à exécution, mais elle ne se doutait pas qu'elle en possédait les moyens.

— Tu dis qu'elle veut perdre aussi Montmorency ? Pourquoi ? Comment, Triboulet ?

— Pour le punir d'avoir permis le rapprochement de Diane et d'Henri. Si elle tuait sa rivale, elle sait bien que son époux ne le lui pardonnerait pas. Elle a découvert que Montmorency a trahi le roi contre un bel héritage : celui du comte de Châteaubriant. Celui-ci a légué tous ses biens au connétable en place de ses neveux et ce en échange de son silence sur la mort de son épouse. La transaction s'est faite devant un notaire discret, mais Catherine a fini par l'apprendre. Elle menace de révéler la vérité au roi si Montmorency ne sert pas ses plans. Lorsqu'il les aura accomplis, elle le perdra en affirmant qu'il était ton complice et qu'il te couvrait de bijoux pour te faire taire. Catherine passera ainsi pour avoir écarté de la couronne deux traîtres aussi cupides qu'impitoyables et le roi ne risquera plus de la répudier pour stérilité.

— La charogne, gronda Marie en abattant son poing sur la table. Je prétexterai quelque mal et n'irai pas au palais.

— Il le faudra pourtant. Ta seule chance de te sauver est de tout avouer au roi. Et de faire tomber Montmorency le premier.

— Catherine saura que j'ai été prévenue et tu seras en danger.

— Elle le sait déjà, petite Marie. Elle me fait surveiller, je le sais.

Il sauta à bas du fauteuil et lui prit les mains.

— Je doute pouvoir te servir encore. Nous ne nous reverrons pas.

Marie s'agenouilla. Le nain lui souriait.

— Tu t'es sacrifié pour me sauver. Pourquoi ?

— Parce que tu es l'élue. Croquemitaine le savait. Moi aussi, je le sais, tout comme les autres du petit peuple.

— L'élue ? Je ne comprends pas.

— Nous autres les nains savons plus de choses que vous les géants. Nous sommes à ras de terre et venons d'une race oubliée des dieux. En compensation de notre laideur, ils nous ont offert des dons : ceux de prévoir et de savoir. Mais cela ne suffisait pas. Alors ils nous ont nourris du lait des louves pour pouvoir vivre cachés, en clan, et protéger nos semblables. Derrière notre apparente folie se cache une grande sagesse, Marie. Constant est né pour la transmettre et toi pour que le sang des louves puisse enfin être lavé. Je vais mourir, mais c'est sans importance. Je suis vieux et fatigué. Je t'ai bien servie. À ton tour, sers la cause des enfants que tu pourras donner. Si la boucle est bouclée, alors je mourrai en paix.

Il entoura ses petits bras autour du cou de Marie qui s'était engrouée et ils restèrent ainsi longuement enlacés. Puis Triboulet la bisa et l'abandonna à son tourment.

Quelques jours plus tard, Marie recevait un pli de Catherine : « La cour a perdu un bouffon. À peine un enfant. Puisse Dieu préserver les vôtres », disait-il.

Elle envoya aussitôt un courrier à Albérie pour lui dire de redoubler de vigilance autour des triplés. Si Catherine pensait son plan compromis, elle risquait fort de s'en prendre à eux. Ensuite seulement, ils pleurèrent Triboulet.

Quand Montmorency en visite chez elle lui confia qu'il aimerait la voir à son bras lors des festivités dédiées à Charles Quint, elle lui offrit son sourire le plus enjoué.

— Rien ne saurait me plaire davantage, Anne. Dites au roi que je serai heureuse de le remercier en personne de la grâce qu'il me fait.

Montmorency lui présenta alors un coffret qu'il ouvrit. Il contenait une rivière de diamants.

— Portez cette parure, Marie, en signe de mon affection sincère.

Il l'attacha à son cou et Marie eut l'impression qu'une main invisible l'enserrait. Elle déglutit et le détacha aussitôt sans se départir de son calme.

— Je la mettrai, cher amour, avec une robe digne de sa beauté. Celle-ci ne mérite point son éclat.

— Comme vous voudrez, dit-il en la replaçant dans son écrin qu'il posa près du chevet. Je vous enverrai chercher très bientôt, ajouta-t-il avant de prendre congé.

Marie ne put dormir la nuit durant et, sitôt que Solène arriva pour ouvrir la boutique, elle lui raconta l'effet curieux qu'avait produit sur elle le collier.

— Montre-le-moi, demanda Solène.

Marie la conduisit jusqu'à cette pièce où elle consommait sa relation avec Montmorency. Les draps y étaient encore froissés et elle s'en sentit gênée. Dans cet endroit-là, Constant n'entrait jamais. Solène saisit sans hésitation le coffret d'acajou sculpté.

— Magie noire, dit-elle en promenant un doigt connaisseur sur les diamants.

— Je m'en doutais. Que vais-je faire ? J'ai promis à Montmorency de le porter.

Solène sourit.

— Confie-le-moi. Les gitanes ont bien des secrets, y compris celui de renvoyer le mal d'où il vient. Dans deux ou trois jours, la Médicis sera couchée et purulente d'abcès.

— Que se passerait-il si je portais ce bijou ainsi ?

— Tu mourrais. Aussi sûrement que si la hart te prenait.

— Ma mort n'était pas prévue dans sa prime manigance, s'inquiéta Marie.

— Elle a dû en changer par crainte que Triboulet n'ait tout révélé de ses projets. Peut-être ignore-t-elle ce qu'il savait ? Peut-être pas ? Sois prudente, Marie. Si cette femme use de sorcellerie pour te détruire, au palais je ne pourrai rien pour toi. Quoi qu'il en soit, il faut lui donner l'illusion que tu possèdes le pouvoir de cette magie dont elle se sert et qu'elle n'a aucun effet sur toi. Cela la dissuadera peut-être d'en retenter l'expérience.

— Mais pour toi, est-ce sans danger ? s'inquiéta Marie.

Solène éclata de rire.

— Guette seulement la rumeur. Nous verrons bien qui vaincra. Triboulet me manque et rien ne saurait me faire davantage plaisir que de venger son meurtre.

Plusieurs jours passèrent ainsi. Puis, le samedi suivant, ce qu'avait prédit Solène se réalisa. Les cloches sonnèrent pour annoncer que la duchessina était au plus mal, en proie à une fièvre tourmenteuse qui éclatait en de petites bulles purulentes à fleur de peau. Durant une semaine, le château fut mis en isolement et ses proches sous surveillance médicale de peur d'un début d'épidémie.

Solène affirma à Marie qu'elle s'en rétablirait vite.

— Sa magie est bien moins grande que la mienne, ajouta-t-elle, mais cela, elle ne le sait pas.

Elle semblait ravie du tour joué à cette empoisonneuse. Marie beaucoup moins. Catherine ne serait pas dupe lorsqu'elle lui verrait porter la parure. Et elle la connaissait désormais assez pour supposer quelques représailles.

Le 27 novembre de cette année 1539, Charles Quint faisait son entrée sur la terre de France, à Saint-Jean-de-Luz. Ce même jour, Solène passait au cou de Marie le collier débarrassé de sa malignerie [1]. Elle se sentit soulagée de ne ressentir que la fraîcheur bénéfique et splendide des diamants. Catherine était de nouveau debout « contre grand mystère », disaient les médecins, et le château de Fontainebleau nettoyé du sol au plafond pour préparer la visite de l'empereur.

Montmorency avait rejoint le roi et la reine Éléonore à Loches. Ils y attendirent Charles Quint pour accompagner son voyage. François était ravi de pouvoir éblouir son beau-frère au gré des demeures de France. Marie savait donc qu'elle ne pourrait l'entretenir avant que le piège se referme sur elle.

Les siens débattirent longuement de la conduite à adopter. Constant pensait qu'elle devait regagner Vollore et s'y cacher, Bertille insistait pour y retourner aussi, à condition que son fils les accompagne. Solène et Jean estimaient au

1. Maléfice.

contraire qu'il fallait faire face. Si Marie trahissait sa peur, elle n'en serait que plus vulnérable.

Le nom de la sœur du roi glissa un instant sur les bouches et Marie y entrevit une solution. Marguerite d'Angoulême n'avait pas caché son affection pour elle autant que son aversion pour Catherine. Nul doute qu'elle saurait la conseiller. Malgré les premiers frimas, elle prit la route pour la rencontrer à Poitiers où elle séjournait.

Marguerite l'embrassa avec un réel plaisir et lui accorda aussitôt l'entretien qu'elle réclamait. Cette fois, Marie posa tous ses arguments avec sincérité : la prédiction de Nostradamus, l'insistance de Catherine pour obtenir ce poison et la tromper, sa haine depuis qu'elle s'était refusée à assouvir d'autres desseins macabres, la cupidité de Montmorency. Durant sa confession, Marguerite garda les sourcils froncés, soucieuse. Mais il était trop tard pour revenir en arrière. En conclusion, Marie lui avoua sa peur d'être condamnée autrement que par ses remords et lui tendit le dernier billet de Catherine qui l'informait du décès de Triboulet. Ensuite, elle se tut, se renfonça dans son fauteuil, avala d'un trait la liqueur d'amande qu'on lui avait servie et attendit. Marguerite resta un long moment silencieuse, serrant la lettre entre ses mains jointes.

Puis elle releva la tête. Une ride ennuyée plissait son front large et haut sur lequel se perdaient quelques mèches bouclées et soyeuses.

— Tout ceci m'attriste vilainement, Marie, dit-elle. La culpabilité de Catherine dans la mort du dauphin n'a jamais fait aucun doute dans l'esprit du roi, pas davantage que votre contribution involontaire. Il fut un temps où Isabelle de Saint-Chamond me fournit le même poison. C'était lors de la captivité du roi à Madrid. Peu importe les circonstances, il faut croire que je ne suis pas faite pour le crime. Quoi qu'il en soit, mon frère savait la provenance du poison qui avait tué son fils.

— Pourquoi n'a-t-il rien dit? Rien fait contre moi? demanda Marie.

Mais sur l'instant, elle se souvint des paroles du roi sortant de sa chambre après l'avoir aimée. N'avait-elle pas alors eu le sentiment d'être démasquée ? Marguerite répondit en haussant les épaules :

— À quoi bon, il tenait celui qui l'avait versé. De plus, il affectionne Catherine de Médicis pour de fausses raisons, mais sincèrement. Quant à vous, jamais il n'a douté que vous ayez été manipulée. Il est un autre argument pourtant. Plus sinistre : le jeune François qu'il aimait profondément, croyez-le, était un être pervers et cruel. Malgré son attachement, mon frère craignait qu'il ne lui succédât. Il avait peur qu'une guerre fratricide l'opposât un jour à Henri et à son jeune frère. Son chagrin fut immense et, pourtant, je crois qu'il s'est senti soulagé de savoir que la France reviendrait à son cadet. Peut-être le regrette-t-il aujourd'hui qu'Henri s'oppose à lui pour de multiples et sots motifs ?

— Il est mal conseillé, Marguerite. Montmorency, que je croyais intègre et juste, n'œuvre qu'à sa gloire et à son profit.

— Je le découvre en effet. C'est bien la cause de mon abattement. Mon frère a en lui pleine confiance.

— Que dois-je faire ? demanda Marie.

— Vous laisser piéger pour détourner de vos enfants la haine de Catherine. Je vais de mon côté informer le roi qu'un complot se trame contre vous et que Montmorency l'a trahi. Avez-vous encore quelque intérêt à la cour ?

— Aucun, Madame. J'ai simplement besoin d'argent pour préserver les miens, mais grâce à vous la boutique a bon chaland [1].

— Alors, ne vous inquiétez de rien. Une disgrâce passagère ne perturbera pas vos affaires, j'y veillerai. Vous le

1. Clientèle.

savez mieux que quiconque, l'ombre est souvent plus propice à l'affection. Ayez confiance en moi et en votre roi.

— Vous deux seuls l'avez toujours eue.

Marguerite se leva et la serra dans ses bras avec tendresse.

— Allez à présent.

Marie s'apprêtait à partir quand une pensée lui vint :

— Je détiens un autre secret, Marguerite. Sans importance certes, mais que je voudrais vous voir partager.

— Je vous écoute, Marie.

— Il y a fort longtemps, une nuit, le roi a aimé une gitane. Une fille est née de cette union. Elle se prénomme Solène et était la nièce de Triboulet par adoption. Elle est mon amie et mon associée.

Marguerite afficha sans réserve un sourire ravi.

— Une raison supplémentaire pour croire à votre attachement à notre famille, Marie. Dites à cette nièce illégitime que je sais désormais son existence et qu'elle sera sous ma protection si le besoin lui en venait.

Marie lui offrit une révérence radieuse et repartit soulagée. S'il devait lui arriver malheur, Solène et la boutique seraient préservées.

Constant reçut pourtant la recommandation de Marguerite avec inquiétude.

— Et si elle te trahissait, elle aussi ? demanda-t-il. Les nobles sont fourbes et sans scrupules.

Mais Marie ne céda pas. Elle croyait en son intuition. Isabeau, Albérie et sa mère avaient fui devant la menace et le malheur les avait rattrapées. Elle était l'élue, avait dit Triboulet. Même si elle n'était jamais parvenue à saisir le sens de cette affirmation, elle ne laisserait pas un nouveau monstre anéantir ses projets.

Une semaine plus tard, un spasme violent la tira du lit et la courba sur les latrines. Il en fut de même le restant de la journée et les jours suivants. Ce fut Bertille qui comprit la première en battant ses petites mains ravies.

— Je vais être à nouveau grand-mère, s'exclama-t-elle devant les yeux cernés de Marie.

Tandis qu'elle vomissait encore, Marie se prit à compter les jours. Elle était retardée dans ses menstrues. Elle avait pourtant veillé à prendre ses tisanes. Quand les avait-elle oubliées ? Une sueur froide la baigna en entier. La nuit où Montmorency lui avait passé le collier. Cette nuit et les suivantes. Combien ? Deux, trois ? Elle ne s'en souvenait plus. Mais une chose était certaine. Elle était enceinte. Lequel, du connétable ou de Constant, l'avait engrossée ? Cette pensée l'emplit d'une terreur indicible. Face à ce dilemme, comment Constant réagirait-il ?

Il accueillit la nouvelle avec joie, en la faisant volter dans ses bras, sous la voix fluette et chantonnante de Bertille qui se ratatinait de jour en jour sous le poids des années. Solène et Jean lui firent fête avec le même entrain et elle n'eut pas le courage d'avouer ce qui la tourmentait. Il serait bien temps si l'enfant restait.

Le lendemain, une nouvelle la conforta dans cette position. Après les avoir quittés, Solène et Jean s'étaient enlacés. Comme si cette future naissance avait lavé sa conscience, Jean avait senti sa vigueur se réveiller timidement. Solène l'avait encouragé et avait finalement pu recevoir l'hommage de son amant retrouvé.

À deux matins de là, Marie revenait vers son logis, les bras chargés d'un pain à la tiédeur généreuse, lorsque la voix de Jean dans son dos l'arrêta devant le portail du cimetière. Il avançait vite désormais, s'appuyant sur sa béquille autant que sur la tige de bois qui supportait le moignon de sa jambe. D'un élan, il fut à ses côtés, tandis qu'elle se retenait de rire à ses grimaces.

— Moqueuse ! protesta-t-il en parvenant à sa hauteur. Je voudrais bien te voir danser sur un seul pied !

— Je serais bien plus gourde que toi et finirais dans tes bras, s'amusa-t-elle.

— Mes vieux démons n'y survivraient pas, constata-t-il plus sérieusement qu'il ne l'aurait voulu.

Il allongea son pas et Marie le suivit.

— De quoi parles-tu, Jean ?

Il attendit d'être parvenu au seuil de l'échoppe pour lui répondre, gêné par le brouhaha de la rue qui les obligeait à hausser le ton. Il ne voulait pas qu'on l'entende, pas plus qu'il ne voulait vraiment le lui dire. Les mots lui échappèrent pourtant :

— Tu me manques, Marie.

D'un geste sûr, il lui ouvrit et l'invita à entrer.

Marie déposa le pain sur la table de la cuisine, épousseta sa cape couverte de farine puis leva les yeux vers Jean qui, depuis l'encadrement de la porte refermée sur son aveu, ne parvenait pas à détacher les siens de ses gestes.

— Il y a Solène... et Constant, crut-elle judicieux de préciser.

Jean éclata d'un rire clair puis s'avança jusqu'à elle. D'un mouvement ample, il l'attira dans ses bras.

— Il ne s'agit pas de cela, Marie. Solène me rend heureux et Constant est celui que tu as choisi. Tout est clair, et dans l'ordre des choses. Mais une vigueur que je croyais perdue me rappelle certains parfums, ces envies de peau dont je fus plus friand que d'autres.

— Tu es insupportable, se défendit-elle en le repoussant gentiment.

Elle ne savait trop s'il plaisantait ou non, et décida de s'en moquer. Son regard brûlant la fit pourtant se détourner.

— Je ne mérite que le bûcher ! consentit Jean, car je te désire encore, à mon corps défendant, crois-le. Preuve qu'une âme satanique se cache en moi et qu'aucune rédemption n'est possible.

— Ne me tourmente pas, Jean. J'ai bien assez de peine à tromper Constant.

— Il sait les raisons qui te poussent au lit de Montmorency. Moi seul le trahirais si j'osais. Mais je n'oserai pas, Marie. Même si la femme que tu es devenue me séduit davantage que la jouvencelle d'autrefois. Mais peut-être est-ce ce ventre qui m'en rappelle un autre. Ce ventre porteur de sa vie, qui aiguise une jalousie malsaine. Pardonne-moi.

Marie redressa le nez, une moue boudeuse aux lèvres.

— Tu n'as aucune envie que je te pardonne !

— C'est vrai ! consentit Jean. Je peux refaire l'amour, Marie. Je me sens vivant, sortir d'un sommeil triste. Et te désirer encore est une belle victoire sur l'usure du temps. Tu devrais t'en sentir flattée.

— Tu es insupportable, soupira la jeune femme.

— Tu te répètes, jolie Marie. Et maintenant, dis-moi ce qui te tourmente. Car ce n'est pas seulement le souffle de ta peau qui me manque, ce sont tes confidences et ta confiance.

Marie soupira bruyamment. Jean avait raison. Ses préoccupations l'avaient détournée de son amitié. Elle ne s'était pas imaginé qu'il pût en souffrir. Solène était si prévenante auprès de lui...

— C'est à propos de mon ventre, justement, osa-t-elle. L'histoire se répète, Jean.

— Montmorency ?

— Peut-être. J'étais si perturbée par ce complot, si touchée par la mort de Triboulet. J'en ai oublié mes médications. Comment être sûre ?

— Qu'en dit Constant ?

— Il fait semblant, je présume. Il paraît heureux, mais j'ai du mal à croire qu'il ne se doute de rien.

— Dis-lui.

— Si c'était si facile !

— Ah ! Marie, Marie ! grogna Jean en l'attirant dans ses bras une fois encore.

Elle blottit sa tête contre son épaule. Jean se gorgea de son parfum de bruyère et de pain chaud, puis chuchota à son oreille :

— Seuls le mensonge et les doutes peuvent détruire la confiance. Ouvre-lui ton cœur, tes peurs. Partagez-les. Elles sont probablement en lui autant qu'en toi.

— Tu as raison.

Marie se sentit plus forte soudain. Spontanément, elle claqua une bise sur la joue de Jean qui resserra son étreinte.

— Quand tu auras quitté Montmorency, essaie donc un gueux à la jambe de bois, lui glissa-t-il d'une voix éraillée par un trouble délicieux.

Marie s'échappa en lançant un : « N'y compte pas, Jean Latour » qui le laissa ravi de leur complicité retrouvée.

Le soir même au coucher, Marie se blottit nue dans les bras vigoureux de Constant. Il la caressa longuement, émerveillé comme à chacune de leurs étreintes de ce plaisir naissant sous ses doigts en une plainte qu'il prolongeait au gré de ses caprices. Marie s'abandonna à son jeu, sans pouvoir cependant s'empêcher de songer à la confession de Jean. Lorsque d'un même cri leurs souffles s'apaisèrent, sa décision était prise.

— J'ai honte, Constant, chuchota-t-elle, profitant de ce moment d'abandon qui survit à la jouissance.

Constant se sentit peser sur sa silhouette fine et se redressa au-dessus d'elle sur ses coudes. Les cheveux en bataille, la barbe rebelle et l'œil ensommeillé déjà, il ressemblait à un sauvageon. Marie s'en attendrit et noua ses bras autour de ses reins pour le retenir en elle.

— Je voudrais que mon fils soit le tien, glissa-t-elle, le regard empli d'un amour sans faille.

— Il l'est.

— Il y a l'autre... commença Marie.

— Je m'en moque, affirma Constant. Cet enfant n'aura qu'un père, Marie, dussé-je tuer Montmorency à mains nues pour en être sûr.

Marie ne répondit rien. Son cœur cognait à faire mal. Elle se pelotonna contre lui davantage.

— Mais ce ne sera pas nécessaire, n'est-ce pas? interrogea Constant la bouche pâteuse, réprimant un bâillement.

— Non, ce ne sera pas nécessaire. Je vais affronter la Médicis, Constant. Ensuite, je parlerai au roi et je donnerai son congé à Montmorency. Je te le promets.

— Tu feras bien attention à toi, Marie, grommela-t-il en posant une main lourde sur son ventre. Je tiens à cet enfant autant qu'à toi.

Marie laissa le silence happer son sourire dans l'obscurité de la chambre. Elle se sentait prête à affronter son destin. Elle se promit de biser Jean le lendemain. Le biser seulement, pour ses conseils autant que pour sa tendresse. Constant émit un léger ronflement qui lui arracha un rire. Elle lui pinça le nez en murmurant :

— Je t'aime.

Constant ôta ses doigts et les emprisonna entre les siens.

— Moi aussi, je t'aime. Et rien ni personne ne me fera changer d'idée, qu'il soit gueux, maréchal ou même roi !

Marie étouffa un rire et se laissa glisser dans un sommeil heureux.

Quelques jours plus tard, elle prit soin d'envoyer à son père l'argent qu'elle avait mis de côté, en l'informant qu'elle comptait lui rendre visite dès que possible, et alla voir son banquier pour s'assurer que tous ses comptes permettraient d'envoyer des lettres de change quoi qu'il arrive. « Pour conjurer le malheur, avait dit Solène, rien de mieux que de l'anticiper. »

Ensuite, elle laissa les Parisiens lui conter l'avancée de Charles Quint vers sa destinée.

C'est à Chambord que François Ier reçut le billet de sa sœur, au pied de l'escalier magistral qu'il y avait fait construire et achevait de montrer à son invité, ébahi de tant d'ingéniosité.

De fait, François avait espéré se racheter de l'accident survenu à Amboise alors qu'il s'avançait par la tour Hurtault auprès de Charles Quint. Un porteur de torche s'était entravé devant leur litière, propageant la flamme aux tapisseries tendues pour l'occasion. Ils avaient dû rebrousser chemin, se gardant de l'incendie par miracle.

Le roi s'était confondu en excuses. Pour ne pas gâcher leur belle entente, Charles Quint assura qu'il n'avait pas été incommodé, mais cela sonnait aussi faux que ce sifflement émis en permanence par sa gorge encombrée de végétations. François Ier préféra s'en tenir au verbe pour se rassurer.

Les paroles de Montmorency chantaient dans sa mémoire : « Si l'empereur est satisfait, Milan pourrait bien vous en remercier. »

Les nouvelles de Marguerite lui firent donc grincer des dents. Le soir venu, il prit prétexte de la fatigue de l'empereur pour abréger les réceptions en son honneur. Il puisa dans la solitude de sa chambre toute la réflexion qui lui était nécessaire pour ne pas punir sur-le-champ Montmorency. Il finit par s'accorder à l'idée de sa sœur afin de ne pas compromettre la perspective d'un Milanais retrouvé, même s'il avait désormais des doutes à ce sujet. De son écriture ferme et penchée, il informa Marguerite qu'il abondait dans son sens et veillerait à ce que justice soit rendue au mieux des intérêts du royaume. Prenant ensuite un autre vélin, il griffonna ces mots à l'intention de Marie :

« Soyez certaine de l'affection que je vous porte et du plaisir que j'en ai. »

Au matin suivant, contre sa mauvaise humeur qui eût crucifié sur l'heure son connétable souriant de fausseté, il remettait son courrier à la poste et offrait à Charles Quint de visiter une abbaye.

Celui-ci accepta volontiers. Durant le trajet, François lui expliqua que depuis août dernier il avait rédigé un édit obligeant les annotiers des paroisses à tenir registre complet de tous les décès, naissances ou mariages selon jour et heure exacte que les Français devraient leur déclarer, afin, précisa-t-il, que l'on sache en ce pays qui y vivait et mourait.

— Voyez, mon cher beau-frère, acheva-t-il, combien tant de magnificence peut nourrir tant de belles idées.

Charles Quint pour toute réponse se contenta d'étaler ses titres et qualités sur le registre que l'abbé lui tendait. Le roi, qui derrière sa gaieté cachait un solide ressentiment, se contenta d'y apposer sa signature ornée de ces simples mots :

« François, seigneur de Vanves ».

Et d'ajouter en riant :

— À Fontainebleau, vous le verrez, parmi ces artistes qui font ma belle humeur et mon esprit, je suis plus modeste qu'un enfant de Judée.

Charles ne releva pas. À lui aussi Montmorency avait fait miroiter ce qu'il espérait. Que le roi de France renonce à ses prétentions sur l'Italie, et ce définitivement, valait bien quelques humiliations et jalousies.

Le billet du roi arriva à Paris en même temps que celui de Montmorency. Si Marie se rasséréna du premier, elle trembla du second.

À l'instant où le connétable l'invitait à le rejoindre, Charles Quint assistait, ravi, aux spectacles qui précédaient son entrée à Fontainebleau. Nous étions le 24 décembre 1539.

Le lendemain, jour de Noël, Marie offrait au roi et à l'empereur une révérence appliquée. Sur sa gorge où les plus belles soies bouffaient dans leur écrin d'hermine, la rivière de diamants accrochait les lumières alentour, la drapant d'un arc-en-ciel de beauté.

Le roi la releva avec plaisir et la présenta aussitôt à son invité :

— Marie de Chazeron est une de ces artistes dont vous avez eu loisir d'admirer les talents, mon frère.

Charles Quint fronça les sourcils. Il savait le talent propre aux hommes, non aux femmes. Comme pour lui donner raison, Marie s'en défendit avec humour.

— Sire, les Italiens qui ont fait de ce lieu une œuvre d'art seraient bien fâchés de vous entendre, tout comme je le suis de vous moquer.

— Voyez, Charles, répliqua le roi, d'autres qu'elle se seraient rengorgées de ce compliment, mais point notre Marie, et pourtant, pas une des dames de ma cour ne serait aussi belle pour vous accueillir si ces mains de lingère n'avaient eu l'habileté de les faire resplendir.

— Je n'ai fait que servir mon roi, répliqua Marie.

— Je gage que vous le servez bien, affirma Charles Quint comme elle se redressait.

— Accompagnez-nous, Marie. L'empereur souhaitait visiter ma demeure. La cour nous suit.

Marie hocha la tête et s'écarta pour les laisser passer. Montmorency s'approcha d'elle et enroula d'autorité son bras autour du sien.

— Vous êtes plus jolie que jamais, murmura-t-il à son oreille.

— Ce sont ces bijoux, mon ami. Vous m'avez comblée.

Marie glissa une nouvelle fois en révérence devant la reine Éléonore qui l'accueillit d'un sourire, devant Anne de Pisseleu qui en fit autant, mais plus crispée, devant le dauphin qui n'avait d'yeux que pour Diane, laquelle lui lança seulement un signe de tête amical, drapée comme à l'accoutumée dans une hautaine réserve, puis devant son frère.

Lorsque Catherine à son tour passa devant elle, Marie élargit son contentement à la voir blêmir devant sa parure de diamants. Machinalement, la duchessina porta une main à son cou, pinça ses lèvres sèches et emboîta le pas au cortège sans un mot. Marie en déduisit aussitôt qu'elle avait compris. Il lui fallait désormais être sur ses gardes et elle s'accorda à écouter le roi vanter comme il savait si bien le faire les splendeurs de Fontainebleau.

Ils commencèrent la visite par la chambre royale ornée de tapisseries dessinées par Raphaël, puis montèrent au deuxième étage.

— Les magnificences étaient hier du meilleur goût lors de l'arrivée de Charles Quint, raconta Montmorency. Ce furent saynettes, tournois et effusions à plaisir, chère Marie. Il est dommage que vous n'ayez pu les voir. Pour ceci, ajouta-t-il en englobant d'un geste la salle de la tour dans laquelle ils se trouvaient, vous en connaissez cent fois les détails. Ne préférez-vous point vous isoler ?

— J'ai appris qu'un nouveau lieu avait été tout spécialement créé pour l'occasion, répondit Marie qui n'avait aucune envie d'être seule avec le connétable.

— Il s'agit des appartements de l'empereur. Un pavillon d'angle où l'on a fait peindre au plafond des aigles encerclés par sa devise. On y a également fait installer de nombreux poêles pour pallier l'absence de cheminée. Voulez-vous le visiter ? insista Montmorency en glissant un bras autour de la taille de Marie.

Si en d'autres temps elle eût été flattée de sentir qu'il la désirait, cette fois elle s'en agaça. La pensée de sa fourberie avait détruit le respect qu'elle lui portait. Elle répliqua poliment :

— Il ne serait pas convenable de pénétrer dans les appartements d'un hôte sans y être invité. Soyez patient,

Anne. Cette nuit, pour vous servir, mes seuls atours seront ce collier.

— Le temps me durera, gémit-il à son oreille. Ne pourrions-nous le devancer ?

— Quelle impatience, mon cher ! se moqua Marie. Vous ressemblez à un jouvenceau repoussé. Suffit. Vous aurez bientôt ce que vous méritez.

Anne de Montmorency s'en contenta et Marie se laissa entraîner dans le sillage du roi. Elle n'avait pas menti sur cette dernière tirade. Et ce simple constat la soulagea.

Les pièces succédaient les unes aux autres, croulant sous les œuvres de Léonard de Vinci, de Raphaël et de nombreux autres artistes italiens. François s'émerveillait de l'*Hercule* de Michel-Ange, de *La Joconde* accrochée au mur, des orfèvreries de Cellini, ornant même l'appartement de bains, entraînant l'empereur dans ce plaisir sans nom qu'il avait de l'art sous toutes ses formes et faisait de Fontainebleau le plus bel endroit de France.

Au dîner qui acheva cette journée, l'empereur félicita Marie pour les tissus somptueux que portaient les dames de la cour. Marie répondit que le mérite en revenait au roi qui avait beau goût. Mais force lui fut de bavarder avec l'empereur et d'accepter son bras pour danser. À sa grande surprise, il lui glissa en aparté : « Vous êtes aussi belle qu'il me plut à l'imaginer. » Marie se contenta de lui répondre d'un sourire benêt. Mal à l'aise malgré son assurance feinte, elle jetait de fréquents regards vers Montmorency et Catherine, certaine qu'ils complotaient. Elle ignorait quand tomberait le couperet mais prenait garde à ce qu'elle goûtait et buvait, ne touchant rien de ce qu'elle laissait dans l'assiette lorsqu'elle s'absentait, attendant qu'on la desserve et resserve du même élan que Montmorency pour manger ou s'abreuver.

La nuit suivante, elle se laissa beliner ainsi qu'elle l'avait promis pour n'éveiller aucun soupçon, mais cela lui coûta plus qu'elle n'aurait imaginé, même si Anne se montra tendre et empressé. Quatre jours passèrent ainsi. Charles Quint cherchait de plus en plus souvent sa présence, riant de ses mots comme un vieil ami. Catherine en paraissait ravie, Montmorency ennuyé. La veille du départ de l'empereur, il lui glissa à l'oreille :

— Il me fallait vous perdre, Marie. Je viens vous sauver, dit-il. Tout à l'heure, un billet tombera à vos côtés. Je devrais le ramasser pour le donner au roi. Faites-le la première. Nul ne saura jamais.

Il la quitta aussitôt sans qu'elle pût en comprendre davantage. Une farandole passa près d'elle et l'entraîna. Elle se laissa emporter dans le mouvement en regardant machinalement ses pieds. Comme elle revenait vers le roi, hallebrenée de danser, un page la bouscula et un pli décacheté tomba à ses pieds. Montmorency fut devant elle mais, vive, elle le devança et le mit dans sa manche en souriant. Le connétable afficha un agacement marqué à l'intention de Catherine qui n'avait rien perdu de la scène et Marie, d'instinct, se dirigea vers le roi qui conversait avec Diane de Poitiers. Elle mêla son rire à celui de Diane et croisa les bras sur sa poitrine, se forçant au calme. Mais tout en elle tremblait.

Lorsqu'elle fut seule dans sa chambre à la nuit tombée, elle ouvrit la lettre qu'à la première occasion elle avait enfouie discrètement dans son décolleté. Le sceau était celui de l'empereur. Il se disait satisfait de ses services, que la mort du dauphin le vengeait des humiliations que lui avait fait subir le roi de France et qu'elle recevrait d'autres ordres contre la même somme d'argent. La missive était datée du 26 août 1536. L'esprit de Marie se mit à bouillonner. Ce message était authentique, elle aurait pu en jurer. Si l'empereur la lui avait écrite, c'est qu'il croyait sûrement qu'elle, ou quelqu'un se faisant passer pour elle, espionnait pour son compte à la cour du roi. Cela suffisait à expliquer sa curieuse familiarité !

Le sang de Marie ne fit qu'un tour. D'un bond, elle barra sa porte et brûla la lettre à la flamme d'une chandelle. Puis elle la jeta dans la cheminée et ne se détendit que lorsqu'elle fut consumée. Les gardes pouvaient forcer la massive, cette fausse preuve était détruite à jamais. Pourtant, lorsque les coups y furent frappés, elle prit quelques secondes pour calmer les battements désordonnés de son cœur, s'assura que tout avait disparu et alla ouvrir.

Montmorency se tenait derrière. Seul. Il entra, la referma et poussa le loquet.

— Venez-vous m'arrêter ou m'expliquer ? demanda Marie crânement.

— Vous demander de me pardonner, simplement.

— Je vous écoute, s'adoucit-elle.

— Où est-elle ?

Marie lui désigna le foyer où crépitait une bûche.

— C'était la seule chose à faire, approuva-t-il.

Il s'assit sur le lit, les traits tirés. C'est alors que Marie comprit qu'il ne se jouait pas d'elle. Son angoisse disparut, faisant place aux questions qui se bousculaient dans sa tête.

— Qui vous l'a fournie ? demanda-t-elle, certaine déjà de sa réponse.

— Catherine de Médicis, répondit le connétable sans hésiter. Il se tourna vers elle et fouilla son regard du sien, navré.

— Il m'a fallu la lire et la relire encore pour accepter l'idée de votre trahison. Je vous croyais au-dessus de cela, Marie.

— Vous vous méprenez, Anne. Je ne suis pas coupable.

— Ce billet est néanmoins authentique. J'ai assez œuvré pour la paix et connais mieux que quiconque l'écriture et le sceau de l'empereur.

— Je le sais. Et c'est bien là tout mon malheur.

Marie se prit la tête entre les mains. Elle était éreintée soudain. La nausée la reprit, qu'elle se força à contrôler.

Montmorency l'avait sauvée, et cependant il la croyait coupable. Cela n'avait aucun sens.

— Admettons que j'accepte l'idée de votre innocence. Cela supposerait un complot contre vous, car je vous le certifie, Marie, à l'évocation de votre nom, l'empereur n'a marqué aucun étonnement, votre présence semblait même le ravir.

— J'en fus la première surprise, croyez-moi. Et si cette missive éclaire son comportement, elle apporte plus de questions que de réponses. Essayons de les trouver ensemble, voulez-vous ? Pour ce, j'ai une confession difficile à vous faire, Anne.

Comme à Marguerite d'Angoulême, elle lui conta les liens pervers qui l'unissaient à Catherine, ne gardant en réserve que l'épisode où elle le dénonçait au roi, lui, Montmorency. Le connétable s'était levé et faisait les cent pas en se grattant la barbe. Lorsqu'elle se tut, il prit une profonde inspiration et lâcha :

— Le Milanais. Voilà la raison.

Marie marqua un temps de silence puis secoua la tête.

— Je ne comprends pas.

— En faisant croire à l'empereur qu'il avait en vous une alliée, une complice, voire une exécutante, Catherine mettait à couvert sa propre trahison. Si le soupçon était venu sur elle, elle pouvait exhiber cette lettre ou d'autres. Car elle en détient forcément d'autres, ajouta-t-il sur un ton ennuyé.

Marie hocha la tête. Cette perspective l'avait rattrapée. Elle ne s'y attarda pas. Déjà, Montmorency continuait sur sa lancée :

— Catherine vous déteste, Marie. Vous êtes belle, certes, et surtout libre. Trop libre. Nous vivons une époque où toute forme de liberté est suspecte. Dangereuse.

— En quoi suis-je plus libre qu'elle, Anne ? Elle règne. Pas moi.

— Elle est esclave de ce pouvoir qui constitue sa seule arme, son seul atout. Elle ne règne que par la relation ambiguë qu'elle entretient avec les êtres de son espèce. Pour une parcelle de ce pouvoir, beaucoup vendraient jusqu'à leur âme. Vous avez su garder la vôtre et cette fraîcheur vous a fait aimer d'un roi qui peut encore, d'un simple geste, l'écarter, elle, d'un véritable destin. On imagine toujours reconnaître en face de soi l'esprit dont on est soi-même forgé. Cette manigance lui permettait de vous perdre si vous cessiez de la servir, ce qui est devenu le cas, mais aussi si vous décidiez d'influencer le roi vers son bannissement.

— Je n'ai pas œuvré à sa perte. Je continue de ne pas comprendre.

— Voilà pourquoi je songe au Milanais. Vous savez aussi bien que moi combien Catherine est attachée à la terre de ses ancêtres. Il devait être sa dot. Sa garantie d'une légitimité en France.

— Certes.

— Depuis des années, le Milanais passe du roi à l'empereur et de l'empereur au roi, dans une joute meurtrière qui lui laissait pourtant espérer le récupérer un jour. L'obstination de François Ier en ce sens était en soi une promesse. Or il signe la paix avec son ennemi. Le Milanais est perdu. Cela devient insupportable, d'autant qu'Henri succombe au charme de Diane de Poitiers, que le roi apprécie autant que vous. Pour comble, Catherine est désespérément stérile. Il suffirait d'un rien désormais pour qu'elle soit répudiée. Sa seule consolation devient alors la vengeance. Imaginez, Marie : je ramassais le billet. En ma qualité de connétable, il me fallait le remettre au roi, lequel tenait à sa merci à la fois son pire ennemi et la responsable de la mort de son fils. Sa colère se serait abattue sur l'empereur et sur vous. L'empereur aurait été emprisonné comme François le fut en son temps, et le Milanais redevenait une monnaie d'échange. L'affaire ayant été publique, vous auriez été jugée et punie pour assassinat et haute trahison. Je n'aurais eu d'autre recours que prétendre avoir découvert votre jeu et vous avoir approchée pour mieux vous perdre. Catherine était vengée et le Milanais acquis.

— Pourquoi avoir choisi de la suivre, Anne ? Il vous suffisait de m'en parler.

— Je n'avais pas le choix, Marie. Cette gorgone me tient, hélas !

Marie sentit une bouffée de tendresse l'envahir. Se pouvait-il que Montmorency se soit fait piéger lui aussi ? Elle leva sur lui un regard navré et avoua :

— Je ne vous ai pas tout dit, Anne. Je vous croyais moi aussi dans son camp, prêt à me perdre pour de vils intérêts. Je me suis protégée. Et pour ce faire, c'est vous que j'ai livré au roi.

Anne demeura bouche bée. Marie lui expliqua sa visite à Poitiers en concluant par le message reçu du roi. Montmorency se laissa choir à ses côtés.

— Il n'est pas trop tard encore. Peut-être puis-je convaincre le roi, commença Marie.

Mais le connétable l'interrompit d'une voix brisée :

— Non. Il est juste que je sois puni pour mon silence, Marie. Ce fut une erreur. Stupide. Le comte de Châteaubriant a reçu ma visite fort civilement et je n'ai découvert, il est vrai, aucun témoin de ce qui s'était passé. Nulle trace de sang dans les chambres, et au contraire la confession d'un médecin qui, sous serment, m'a affirmé avoir assisté à l'agonie de Françoise trois jours durant, insistant sur le fait qu'elle avait refusé qu'on informe Sa Majesté de son malheur afin qu'il ne la vienne visiter et découvre décrépit ce visage qu'il avait aimé. Le comte m'a montré l'épitaphe qu'elle avait elle-même rédigée, m'a-t-il dit, peu avant de rendre son dernier soupir. De fait, Marie, je le jure, je n'ai rien trouvé. Catherine m'a moi aussi piégé. Un matin, elle m'a brandi sous le nez l'acte de donation du comte en ma faveur. « Il a apprécié à sa juste valeur que vous ayez fermé les yeux sur la vérité », m'a-t-elle dit simplement. J'ai tenté de me justifier, d'expliquer mon innocence. Elle m'a ri au nez. J'ai appris de la bouche même du comte que Catherine lui avait annoncé que j'avais tout découvert et venais chercher raison de me taire. Il avait fait ce qu'elle suggérait et s'étonnait que j'en sois mécontent. J'ai exigé qu'il rectifie son testament, il a refusé. « Ainsi, je suis certain que vous ne parlerez jamais », m'a-t-il affirmé. Il a eu raison. J'ai tu la vérité. Et accepté ce qui était, ce qui me rend coupable de fait.

— Pardonnez-moi, Anne. Je vous savais opportuniste, vous ne l'avez jamais caché. Catherine nous a habilement manœuvrés tout comme Triboulet qu'elle a laissé me visiter avec de faux renseignements.

— C'est vrai. Mais il y a un fossé entre l'opportunisme et la haute trahison. Jamais je ne l'aurais franchi de mon plein gré, croyez-moi.

— Nous sommes victimes l'un et l'autre de sa perfidie. Et si vous n'aviez eu le souci de me sauver malgré tout, à cet instant même, elle aurait gagné. Qu'est-ce qui vous a fait changer d'avis, quand tout prouvait ma culpabilité ?

— Ne l'avez-vous pas compris ? demanda-t-il en lui prenant les mains.

Un doute soudain, et elle se mit à trembler. Dans le visage tourmenté du connétable, un faible sourire vint accrocher l'éclat de son regard d'outremer.

— Je vous aime, Marie. Bien sûr, je vous l'ai dit mille fois sur l'oreiller, comme à d'autres. C'est à l'idée de vous perdre vraiment que j'en ai pris conscience. J'ignore pourquoi cela a été aussi violent. Comme si mon être tout entier ne pouvait vous trahir sans se déposséder.

— Anne, je...

— Chut, ne dites plus rien, mon amour. Le pire a été évité, c'est tout ce qui importe. L'empereur poursuivra sa route et dans quelques jours je rendrai compte au roi de mes erreurs. Je ne suis pas un lâche, Marie. Notre souverain est juste. Je ne crains pas sa sanction mais je ne vous entraînerai pas avec moi. Acceptez ce qui est et laissez-vous aimer. Votre peau m'est si douce, et ces diamants que vous portez me ravissent le cœur. Comme les nuits précédentes, gardez-les. Ils me renvoient de mille éclats celui de votre beauté.

Marie se laissa coucher sur la courtepointe et déshabiller. Le connétable ne l'écœurait plus soudain. Comme pour la conforter dans ses caresses, sa nausée récurrente l'abandonna.

Montmorency la combla d'une passion que leur complicité avait ravivée et l'aube les cueillit toujours enlacés.

Marie s'éveilla seule. Sa chambrière s'annonça et elle se laissa parer, l'humeur songeuse. Elle ne pouvait pas autoriser la Médicis à s'en tirer aussi facilement. De plus, elle n'était pas à l'abri de sa haine, malgré ses démarches et l'appui de Montmorency. Elle devait avouer la vérité au roi, quoi qu'il lui en coûte. De même, il lui semblait urgent de sauver le connétable d'une disgrâce. Car, elle en était certaine, à la première occasion, Catherine donnerait au roi les arguments de leur perte.

Lorsqu'elle descendit l'escalier qui menait à la vaste salle de réception où un somptueux buffet était dressé, Marie avait retrouvé toute sa combativité et sa vivacité d'esprit. En chemin, elle s'attarda à parler de la clémence du temps avec Mme de la Richelière, s'extasia sur la coiffe enchâssée de rubis et de diamants de la comtesse du Plessis, et s'avança avec légèreté au milieu de la centaine de convives qui devisaient gaiement. Elle se laissa complimenter pour sa façon et celle de ses ouvrières en boutique, repartit avec humour à quelques bons mots, sans perdre un instant de vue le roi dont chaque pas la rapprochait. Comme elle portait un verre à ses lèvres, son regard accrocha celui de

Montmorency. Il lui adressa un signe de tête complice et Marie lui renvoya son salut avec entrain. À l'inverse de la veille, où l'étalage de nourriture l'avait précipitée aux latrines, elle se sentait ce matin affamée et vindicative. Elle chercha des yeux la Médicis et fut presque déçue de ne pas l'apercevoir. Elle aurait aimé en cet instant l'humilier de sa simple assurance. « Cela viendra ! » se dit-elle en poursuivant avec grâce son approche royale. Elle savait qu'elle n'aurait pas de meilleur moment pour entretenir François Ier en aparté. Il devisait avec l'empereur, et Marie évita de se mêler à leur échange, profitant pour attendre de l'embrassade généreuse que lui offrit la sœur du roi.

— Vous voilà rayonnante, affirma Marguerite d'Angoulême. Où en sont nos affaires ? continua-t-elle plus bas.

— Leur dénouement est proche, Madame.

— Puis-je vous aider ?

— Il me serait utile de glisser quelques mots à mon roi.

— Furetez jusqu'à la fenêtre en retrait, à dextre. J'en fais mon affaire, affirma Marguerite en lui prenant le bras de connivence.

Elles se séparèrent, amusées l'une et l'autre de leur belle entente. En un instant, le charisme et la spontanéité de Marguerite réunissaient Charles Quint et sa sœur, la reine Éléonore, dans un échange enjoué. François Ier, grimaçant sous le poids d'une douleur soudaine qu'accentuait un boitillement, s'écarta d'eux en s'excusant et gagna le renfoncement qu'une tenture drapait. Marie passa à ses côtés et le salua selon l'usage, sans s'attarder à son contact pour ne pas attirer outre mesure l'attention des espions de la Médicis, qu'elle savait nombreux. Suffisamment pourtant pour lui glisser :

— Sire, ne punissez point Montmorency trop vite. Quoi qu'on vous dise ou montre, ayez confiance en moi, en souvenir de cet amour sincère qu'Isabelle de Saint-Chamond vous porta.

Si le roi s'en étonna, il n'en marqua rien et la laissa s'éloigner sur un compliment anodin. En apparence tout au moins, car Marie ne s'y trompa pas :

— Ma douleur se perd dans votre éclat, lingère de mon cœur !

La phrase amusa quelques faces grivoises, mais la toucha au plus secret de son combat.

La Médicis parut quelques instants plus tard, son accent italien roulant dans sa bouche sèche comme autant d'hypocrites crachats. Marie veilla à s'en tenir écartée. Elle ne voulait pas la provoquer avant d'avoir entretenu le roi.

Peu avant que la cour ne se disperse pour s'apprêter à la chasse, Marie rejoignit Montmorency. Au fil des conversations, des renseignements glanés çà et là, une idée lui était venue qu'elle désirait lui soumettre. Il lui offrit son bras comme elle minaudait :

— Raccompagnez-moi, Anne, voulez-vous. Catherine tient à ce que nous portions toutes nos calçons plutôt qu'une jupe pour monter à cheval. Puisqu'ils viennent de ma boutique, j'aurais mauvaise grâce à les cacher, qu'en pensez-vous ?

— Je n'en pense que du bien, très chère, et vous conduis céans à votre chambrière !

Ils s'éloignèrent ainsi sous les gloussements des dames qui n'osaient pas adopter cette nouvelle mode lancée par la Médicis pour son seul confort, et les sourires pincés de celles que Montmorency avait galamment écartées de sa couche.

Au détour d'un corridor, Marie avisa qu'ils étaient seuls.

— Le roi m'entendra à votre propos, Anne. Chez vous. Nous y serons à l'abri des indiscrets. Charles Quint doit faire son entrée à Paris et passera sous vos fenêtres. Offrez-les au roi en observatoire. Il comprendra.

— Vos désirs sont des ordres, mon amour, chuchota-t-il comme on les rejoignait déjà.

— Attention, mon cher, s'esclaffa le comte de Blois, une damoiselle accrochée à chaque bras, avec de tels arguments avant peu vous serez marié !

— Vous l'êtes bien, mon cher, repartit Montmorency sur le même ton, et si j'en juge, n'en souffrez pas !

— Parbleu, que si ! objecta le comte qui passait pour un vaillant paillard, fort marri du peu d'entrain de son épouse. Voyez donc le poids de mes chaînes, mon ami ! Tant qu'il me faut jeune assistance à les porter.

Marie se prit à rire et s'immisça dans le jeu :

— Venez-vous chasser, comte ?

— Nenni, nenni ! Je ne saurai faire de différence entre mon épouse et un pesant goret ! Je laisse à d'autres le soin de l'abattre pour n'être point condamné !

Les jouvencelles lâchèrent un petit rire tandis qu'il leur pinçait les fesses.

— Écoute-les glousser, mon ami, lâcha-t-il à Montmorency d'un air entendu. De vraies cailles à mettre en canapé. J'y cours.

Montmorency abandonna Marie au seuil de sa chambre en songeant qu'il y a peu encore, il aurait à l'exemple du comte soudoyé quelques catins pour le distraire. Ce bougre avait raison. Il pensait bien trop à Marie.

Le reste de la journée se passa à traquer un beau cerf en une battue qui ravit l'empereur et épuisa le roi. Son « rume sur les génitoires » l'avait laissé douloureux au périnée et il avait beau se plier aux recommandations des médecins, il ne pouvait pas davantage monter à cheval. Suivre une chasse en litière était pour lui supplice plus grand encore que la douleur physique. Son orgueil lui donnait maux d'autant que l'empereur ne perdait pas une occasion de lui demander, hypocrite, s'il ne préférait pas se reposer que poursuivre. François Ier forçait le trait et répondait tout aussi civilement :

— Mon plaisir vient du vôtre, mon frère ! Vous ne sauriez m'en priver, n'est-ce pas ?

Au soir venu, pourtant, ce 30 décembre, l'empereur faisait ses adieux à Fontainebleau et remerciait François, les larmes aux yeux, pour l'hospitalité d'une demeure aussi plaisante que son roi. Entouré de son épouse Éléonore et de ses enfants, François l'invita à prendre place dans une gondole qu'il avait fait venir de Venise. Bercée par le miroir de la Seine, l'embarcation éloigna lentement de Marie le souffle malsain du danger.

Le surlendemain, Charles Quint faisait une entrée triomphale dans Paris, précédé d'une procession interminable de notables et de clercs. Le canon tonna à plusieurs reprises et François se félicita d'avoir accepté l'offre de Montmorency. Depuis ses fenêtres, la vue était d'autant plus agréable qu'il n'avait pas à déguiser le plaisir qu'il prenait à cette farce diplomatique. Car s'il avait voulu cette entrée pour Charles Quint, c'était surtout pour que l'empereur mesure combien il aurait aimé y pénétrer en vainqueur.

— Le voici ! annonça Anne de Pisseleu en battant des mains.

Le roi tendit le cou, bravant le crachin qui s'abattait sur la ville. Protégé par un dais à ses couleurs, juché sur un cheval noir, l'empereur saluait la foule d'une main gantée.

— Il a moins belle allure que vous ! glissa Marie à l'oreille du roi qui l'en remercia d'un sourire et referma la fenêtre.

— Le froid est vif. Il nous a vus. Cela me suffit bien. Il va mettre du temps pour arriver à Nostre-Dame si j'en juge par l'allure de son escorte. Quant au légat pontifical chargé de l'accueillir, il est plus bavard qu'une pie. Nous avons donc le temps d'un lait chaud et d'une conversation. Car nous avons à parler, Marie, déclara le roi.

— Souhaitez-vous que je vous laisse, Sire ? demanda Anne de Pisseleu par courtoisie, certaine que le roi la prierait de rester.

Il n'en fit rien cependant et tout au contraire insista :

— S'il vous plaît, très chère. Allez porter mon nom au-devant du cortège. Notre connétable vous y accompagnera.

Montmorency aurait voulu insister pour assister à l'entretien, car il tenait à se justifier lui-même des reproches qu'on lui ferait. Mais le regard froid du roi l'en dissuada.

— Avec grand honneur, Majesté, se contenta-t-il de répondre en offrant galamment son bras à Anne de Pisseleu.

Pincée, la maîtresse royale l'accepta et s'éclipsa. Elle enrageait toujours de ce qu'une autre qu'elle puisse retenir, ne fût-ce qu'un instant, l'attention du roi.

Marie et François Ier conversèrent de banalités jusqu'à ce qu'un valet leur eût servi collation de pain d'épices et lait chaud à la cannelle, dans un petit salon coquet d'un bleu sombre où ils s'installèrent comme de vieux amis. Ensuite seulement, Marie parla d'elle, de sa boutique, de Constant, de Jean, de ses enfants, d'Isabeau et de Chazeron. Sans rien oublier, sans rien omettre. Pour la première fois de sa vie, elle livra le secret des siens dans son entier, sans peur. Elle sentait, dans ce lieu informel, que ce n'était pas à son roi qu'elle se confiait, mais au seul qui pourrait comprendre ses choix, ses doutes et ses crimes. Elle termina avec les derniers événements en y incluant ce qu'elle avait appris sur Catherine et sur le connétable, sans que François l'interrompe une seule fois, ravi sincèrement de sa confiance, malheureux pourtant de ce qu'elle impliquait.

— Sire, conclut-elle, je remets ma vie entre vos mains. Et j'accepterai votre châtiment quoi qu'il advienne, mais je vous en supplie, qu'aucun mal ne soit fait à mes enfants ni aux miens.

— Il ne saurait être question de cela, Marie, répondit le roi en lui prenant les mains. Je sais votre affection et rien, pas même vos origines ou ces fausses preuves, ne me ferait douter de votre sincérité. Je n'ai aucun moyen de punir ma belle-fille et la répudier serait une erreur au regard de la chrétienté. J'entendrai les arguments de Montmorency puisque vous les cautionnez. Il est vrai cependant qu'il m'a promis Milan et l'inverse à mon ennemi.

— Contraint et forcé par l'odieux chantage qu'on lui mène.

— Soit. Malgré mon attachement, je vais devoir l'éloigner quelque temps. Sous de faux prétextes, mais il les comprendra. Il est important de donner compensation à Catherine. Pour vous préserver l'un et l'autre, assura-t-il en se redressant.

— Merci, Sire, murmura Marie en lui faisant face.

Le roi tendit le bras et l'attira à lui. Elle ne se défendit pas. Il l'enlaça et posa sur ses lèvres un chaste et doux baiser.

— Isabelle m'aimait, as-tu dit, chuchota-t-il ensuite contre son oreille.

— Du seul amour qu'elle éprouva jamais. Elle l'avoue dans une lettre qu'elle m'a laissée.

— J'en suis content, affirma-t-il en l'écartant de lui. Fais-toi oublier, Marie. Dès aujourd'hui. La cour d'un roi, fût-il grand, ruisselle de pestilence sous ses habits dorés. Pas davantage qu'Isabelle tu n'y as ta place. La noblesse est bien au-delà d'un titre, Marie. Elle est une âme. Une âme de pureté que tu possèdes comme elle la possédait. Et c'est cette différence qui te fera condamner. J'ai déjà oublié ce que tu m'as confié. Et absous les péchés que le destin vous a imposés. Tu es bien plus digne des Chazeron que ne l'était ce François. Ne regrette rien, donc. Adieu, lingère de mon cœur. Jusqu'à ma mort, je veillerai.

— Adieu, mon roi.

Il se détourna d'elle et sortit sans se retourner.

Marie resta un long moment seule, à contempler la ville qui s'étirait inlassablement sous le joug de la cupidité et du faux-semblant. Elle était en paix. Comme le roi était venu la chercher, il lui donnait son congé.

Les protestants n'avaient plus besoin d'elle depuis que leurs martyrs œuvraient à leur cause, et ce monde surfait qui n'était pas le sien l'oublierait en deux jours.

Elle avait promis à Montmorency d'attendre son retour. Dès que le roi se présenta au palais de la Cité pour y recevoir Charles Quint, le connétable tourna bride pour la rejoindre.

Il entra chez lui pour trouver Marie endormie dans ce même salon où le roi l'avait laissée, face à la fenêtre contre laquelle la pluie froide de janvier ruisselait. Il s'installa en face d'elle sans oser la réveiller. Elle souriait dans un sommeil paisible et s'alanguit comme une enfant en ouvrant les yeux. Aussitôt, il chercha ses lèvres en un doux baiser, attendri par la volupté de son abandon involontaire.

— Je vous ai sauvé à mon tour, dit-elle simplement en nouant ses bras autour de son cou. Mais vous devrez vous retirer quelque temps.

— Quand? demanda Montmorency, satisfait et troublé.

Sa peau avait le parfum d'un iris froissé.

— Le roi vous le fera savoir. Pour l'heure, le voyage de l'empereur doit s'achever. Je n'y serai pas, mon ami. Je vais m'en retourner sur mes terres. Solène s'occupe bien de la boutique et le roi y maintiendra sa créance. L'heure des adieux a sonné, je crois, dit-elle en se reculant contre le dossier du fauteuil pour s'étirer, engourdie par le froid qui l'avait pernicieusement gagnée pendant son assoupissement.

Montmorency lui tendit une main soignée. Elle la saisit et se retrouva dans ses bras. Il l'enlaça tendrement.

— Soyez à moi, une fois encore, gémit-il dans ses cheveux relevés. Vous perdre me coûte, mais je ne saurais vous garder contre votre gré.

— Une dernière fois, Anne. Avec toute la tendresse dont vous m'avez protégée.

Leurs bouches se nouèrent et Marie s'offrit de tout son être. Un instant le visage de Constant creva l'azur de sa jouissance. Elle en sourit, sans regret. Ce don d'elle-même avait un goût de liberté.

Solène éclata d'un rire cristallin comme Marie achevait son récit dans la salle à manger du logis, n'omettant que les rapprochements sensuels qui en avaient découlé pour ne pas blesser Constant, si heureux de la retrouver saine et sauve.

Marie jeta un regard à Jean et à Constant qui, comme elle, paraissaient perplexes.

— Excuse-moi, hoqueta la gitane, mais j'étais persuadée que tu comprendrais aussitôt ce qui se passait.

— Et que devrais-je comprendre ? demanda Marie agacée.

— Ton collier, continua Solène en pouffant. C'est lui qui t'a sauvée.

— Qu'est-ce que tu racontes ? interrogea-t-elle, déroutée par ces paroles absurdes.

— Les philtres d'amour ne sont pas tous à boire ou à manger, Marie, s'amusa Solène. Je suis sûre qu'en aucune circonstance il n'a voulu te séparer du collier, ajouta-t-elle en pouffant de nouveau.

Marie porta la main à son cou. Elle revoyait défiler des images. Dans chacune d'elles, le regard du connétable accrochait le bijou avant de la beliner.

— Un sortilège, s'exclama-t-elle. Tu as jeté un sortilège aux diamants !

— Mais bien sûr, voyons. Oh ! je ne doute pas de l'affection réelle qu'il te porte, assura la gitane pour ne pas la blesser, mais elle n'aurait pu l'empêcher de te perdre pour se sauver. Alors je me suis dit qu'il fallait y remédier. C'était facile.

Elle voulut garder son sérieux mais, devant la mine déconfite de Marie, n'y tint pas longtemps. Elle se leva du fauteuil en riant aux éclats et l'enlaça.

— Oh ! pardon, pardon, j'aurais dû te prévenir, mais j'étais sûre que tu t'en apercevrais. Je voulais tellement te voir sauve.

Marie noua un bras autour de la gitane et lui pinça les joues, sa gaieté retrouvée.

— Et moi qui croyais qu'il voulait vraiment m'épouser, glapit-elle.

L'hilarité de Constant mourut aussitôt et Marie s'arrêta sur son inquiétude. Elle repoussa Solène et alla s'agenouiller devant lui.

— C'est fini. Je lui ai donné son congé.

— Tu ne regrettes rien ? questionna-t-il en retrouvant sa bonne humeur.

— Rien, Constant, assura-t-elle.

Il marqua un temps de silence, entrecoupé par les hoquets que son fou rire avait provoqués à Solène.

— Lui as-tu annoncé pour l'enfant ?

Elle secoua la tête.

— Il n'est pas le père que je veux lui donner, tu le sais bien.

— Es-tu sûre de ton choix comme je le suis du mien ?

— Oui, Constant. Si tu acceptes mon amour autant que mes péchés.

— Je ne pourrai pas le légitimer, Marie. Je suis marié. Et quand bien même, je n'ai pas de nom respectable à lui offrir.

— Je m'en moque. Comme lui et mes autres enfants, tu prendras celui de Chazeron. Je n'ai aucune honte à le porter. Tu es le seul que j'aimerai jamais.

Elle coucha sa tête sur ses genoux et laissa les doigts de son amant caresser sa joue. Son regard accrocha celui de Jean que Solène, enfin calmée, avait enlacé. Il était empli d'une tendresse sincère de laquelle la passion s'était éloignée, même si en lui le désir courait. Jean était ainsi fait, mais il avait trouvé la paix et Marie sentit une vague de bonheur la submerger.

Fin janvier, Charles Quint quittait le sol de France après avoir traversé Chantilly où Montmorency l'accueillit avec déférence, et séjourné à Villers-Cotterêts, ce château dont le roi vantait la chasse. À aucun moment les beaux-frères n'évoquèrent l'Italie ou d'autres affaires. Ils se séparèrent bons amis, mais l'empereur garda jalousie au roi de ses magnificences et le roi rancune à l'empereur de ne l'avoir pas remercié autrement que par une embrassade des dépenses auxquelles il avait consenti.

Trois jours plus tard, le connétable de France suivait la recommandation du roi et se retirait sur ses terres, sans que le nom de la comtesse de Châteaubriant fût seulement murmuré.

21.

Gasparde regardait un faon qui tremblait sur la neige épaisse, les pattes enfoncées haut en lisière du talus. Depuis la fenêtre de la salle de jeu, elle sentait monter en elle un sentiment de pitié grandissant.

— Regarde, Noirot, dit-elle au chien qui dormait à ses pieds. Regarde ! ordonna-t-elle en lui tirant le col.

L'animal s'assit, bâilla et appuya son museau contre la vitre.

— Il a perdu sa maman, chuchota Gasparde les larmes aux yeux. Elle est partie et il est tout seul. Comme moi.

Elle hésita encore, jeta un coup d'œil agacé aux garçons qui jouaient à la guerre avec des soldats de bois peints, se convainquit qu'ils ne pouvaicnt pas comprendre et se décida :

— Viens, dit-elle à Noirot. On va le chercher. Il fait trop froid dehors.

La fillette enfila ses bottes fourrées, ajusta sa toque sur sa tête et boutonna sa cape avec application. Elle savait qu'Albérie ne serait pas contente qu'elle sorte seule, mais le temps de lui expliquer, de la convaincre de laisser son ouvrage et de l'accompagner, elle était certaine de retrouver l'animal transi.

Les garçons se désintéressaient d'elle. Elle sortit résolument, Noirot sur ses talons. Le faon avait fait quelques mètres, visiblement dépité de ne pas trouver de nourriture. L'air était glacé et il ne sentit la présence de la fillette que lorsqu'elle fut auprès de lui. Apeuré, il sauta de côté et détala dans les sous-bois.

— Reviens, cria Gasparde en enfonçant ses bottines dans la neige, trébuchant d'en avoir jusqu'au genou.

Elle s'approchait des taillis pour le suivre lorsque Noirot se mit à grogner, les poils hérissés.

— Suffit, Noirot, tu vas l'effrayer, dit-elle.

Mais l'animal ne se calma pas d'une tape sur le nez. De plus en plus hargneux, il se mit à aboyer en direction d'un arbre épais à quelques mètres.

Huc fendait du bois sous l'appentis à trois enjambées de là. La rage de l'animal qu'il croyait enfermé auprès des enfants le fit accourir. Il déboucha derrière eux comme Gasparde hurlait à son tour. Un homme avait surgi et l'animal s'était jeté sur l'épée qu'il avait sortie.

— Cours, Gasparde ! cria Huc en se précipitant.

La fillette s'efforça d'obéir, hurlant toujours, tandis que le prévôt sautait à grandes enjambées les monticules de neige.

Il fut sur l'inconnu comme Noirot lâchait prise, terrassé. Gasparde trébuchait, s'écartant du danger.

Derrière la vitre, le regard exorbité des garçons lui renvoya sa propre image. La porte s'ouvrit comme la petite fille parvenait à l'escalier. Albérie, alertée, se précipita, la fit rentrer et referma la porte pour la mettre à couvert. En face d'elle, Huc avait levé sa cognée et l'abattait en direction de l'homme. Le cœur déchiré, elle l'entendit crier :

— Mets les enfants à l'abri.

Elle ne broncha pas. L'instant d'après, vaincu par la jeunesse de son assaillant, Huc s'effondrait.

— Non ! hurla Albérie en se précipitant enfin.

L'inconnu planta une dernière fois son épée dans le flanc du prévôt puis tourna les talons avec agilité et s'effaça dans les bois.

Avertis par les enfants, des gardes accouraient déjà et lui donnaient la chasse, mais Albérie ne les voyait pas. Seul ce sang écarlate qui s'élargissait comme une rose épanouie sur un écrin d'albâtre obnubilait son regard. Elle fut auprès de Huc alors qu'il hoquetait, le souffle coupé par l'entaille en sa poitrine.

— Huc, gémit-elle, ne me quitte pas. Pas encore. Je t'en prie.

Huc ouvrit les yeux, déjà voilés par des visions d'ailleurs.

— L'heure est venue de nous séparer, murmura-t-il.

Une quinte de toux lui fit cracher un filet de sang et Albérie fondit en sanglots convulsifs.

— Tu as vu, dit-il, cette fois je l'ai sauvée.

Ses paupières se refermèrent sur un sourire et Albérie hurla dans le silence de l'hiver, berçant contre sa poitrine le seul homme qu'elle ait jamais aimé. Lorsque le souffle lui manqua à son tour, elle enfouit son visage dans son cou pour se repaître encore de son odeur, de sa substance.

Deux soldats revinrent, bredouilles. L'agresseur s'était évaporé comme par magie. Pas davantage ils ne comprenaient comment il avait pu forcer l'enceinte sans qu'aucun d'eux l'aperçoive. Mais Albérie n'entendait rien, ne voyait rien que ce sang qui se mêlait au carmin de sa robe. Comme une plaie en sa propre chair. Peu à peu, les hommes du prévôt s'approchèrent l'un après l'autre, entourant avec respect cette dernière étreinte. Puis le capitaine des gardes s'engroua auprès d'Albérie et posa ses mains glacées sur ses épaules secouées de spasmes.

— C'est fini, madame, murmura-t-il en la tirant doucement à lui. Il vous faut rentrer. Nous allons nous occuper de lui.

Albérie ne bougea pas.

— Venez, insista-t-il. Venez.

Elle se laissa emmener. Loin de cette chaleur de vie qui s'éloignait, elle perçut de plein fouet la morsure de l'hiver sur ses vêtements trempés. Elle se mit à claquer des dents, à trembler, et seuls les gémissements des enfants qui se jetèrent contre ses jambes ankylosées la ramenèrent à la réalité.

Bénédicte l'enroula dans une couverture et ordonna :

— Il faut vous déshabiller, et vous frictionner vivement sans quoi vous allez attraper grands maux.

Albérie hocha la tête et desserra les petits bras de Gasparde qui tremblait contre ses jupons.

— C'est ma faute. Ma faute, hoquetait l'enfant en larmes.

Albérie se pencha vers elle et releva son menton frémissant.

— Rien n'est ta faute, Gasparde. Mouche ton nez.

Alors que Bénédicte l'entraînait vers l'escalier, l'enfant cria encore, réfugiée dans les bras d'une servante :

— Tu vas pas mourir, dis ? Tu vas pas nous laisser ?

Mais Albérie ne répondit pas. Mourir ? Pour un peu de neige sur son corps souillé ? L'animal à l'intérieur d'elle ne le lui avait jamais accordé. Bêtement, elle se mit à rire, désabusée.

« Marie,

« Je me sens vieille. Je l'ai toujours été, mais ce jourd'hui cela a pris un sens que je ne pouvais imaginer. Mon époux est mort. Il m'a fallu le mettre en terre pour comprendre ces vers que ma sœur répétait sans cesse après la pendaison de son Benoît : “ Je suis morte dans son ombre comme tombe une goutte de rosée sur un rocher brûlant. ” Je crois que j'avais toujours pensé que nous partirions en même temps, main dans la main, comme on marche vers un autel pour des épousailles. Stupide ! Moi que l'on prétendait froide et hautaine, je me retrouve devant son absence, sans ce masque façonné durant tant d'années.

« Je n'ai trouvé que toi pour m'en découvrir. Sans doute parce que tu es la seule descendance que le destin nous ait donnée. Il t'aimait comme telle, et a tout accepté pour te préserver. Y compris ma fuite. Aujourd'hui, je pèse le joug de ces années loin de lui. Il était en moi si présent alors. Pas une fois je n'ai vraiment souffert de notre séparation. Comme si un lien plus fort que toute distance nous tenait l'un à l'autre. J'ai mal, mon enfant, car je le sens brisé désormais. Ce lien n'est plus. Il a suffi d'une pelletée de ce sable noir pour le défaire.

« Pardonne-moi ces lignes. Notre vie à toutes a été si ambiguë. J'ai été si secrète, si proche et si distante à la fois que tu dois me croire dérangée de folie pour t'ouvrir ainsi ma peine. Mais à qui d'autre le pourrais-je ? Pour les petits, je suis obligée de tricher. Huc leur manque. Gasparde est terrorisée. Elle se sent coupable, se figure que tout est sa faute, qu'elle a désobéi en sortant dans la neige pour sauver ce faon perdu. Elle a tenu à ce que Noirot soit couché à côté de Huc dans le cercueil. Je n'ai pas pu le lui refuser. De fait, tout me semble si confus et à la fois si évident que j'en oublie que tu ignores les circonstances de ce drame.

« Un homme était tapi aux abords, je ne sais dans quel but, espionnait-il ? Était-ce un simple maraudeur ? Il a effrayé ta fille et piqué le chien qui la voulait protéger. Huc est accouru mais il avait vieilli. L'homme était jeune, vif. Huc n'avait qu'une hache contre cette épée meurtrière. Elle n'a pas suffi. Je crois qu'il est mort libéré. Il s'est reproché souvent sa prétendue lâcheté quand il aurait voulu je crois sauver Isabeau, Loraline ou encore mon père. J'aurais dû lui dire que je lui avais pardonné, que j'avais compris très tôt qu'il n'était pas coupable. Je croyais qu'il le savait. On ne dit jamais assez à nos proches qu'on les aime. Je n'ai pas trouvé les mots lorsqu'il le fallait. Pas davantage aujourd'hui pour t'annoncer mon deuil. Il est nôtre. Prends soin de toi. Et ne te soucie de rien. J'ai fait renforcer le guet et les enfants seront prudents. Je réponds de leur sécurité. C'est mon rôle désormais. Jusqu'à ce que la mort m'efface à mon tour d'une histoire sans éclat. Puisse Dieu alors me ramener à l'homme que je ne cesserai jamais d'aimer.

« Albérie. »

Marie dut s'appuyer contre une desserte providentiellement proche pour ne pas s'évanouir. Malgré tout le chagrin que lui causait la mort de Huc, ce n'était pas cela qui l'effrayait, mais ce que la lettre d'Albérie supposait.

Sans son intervention, ce mystérieux agresseur aurait-il tué la fillette ? Se pouvait-il qu'il ait été envoyé par Catherine pour venger son orgueil bafoué ? La Médicis lui avait clairement signifié pouvoir s'en prendre aux enfants si elle la bravait.

La colère succéda bientôt à la peur. Sans attendre plus avant, elle sortit et fit préparer sa litière.

Catherine de Médicis se trouvait dans la bibliothèque du château de Fontainebleau, où quelques heures plus tard Marie faisait son entrée. Elle n'avait pas pris la peine de se parer ou de se maquiller, mais sa rage était telle que ses joues étaient plus rosées que jamais.

La duchessina était absorbée dans la lecture d'un traité d'astronomie qu'accompagnait une lettre d'un nommé Ruggieri. Elle lui avait écrit en Italie où il résidait pour lui demander de se mettre à son service. En retour, l'homme, dont la renommée allait grandissant, lui avait envoyé ce présent pour la faire patienter de sa visite.

Les pas rageurs résonnaient sur le plancher de bois ciré et lui firent lever la tête, agacée. Marie fut devant elle. D'un geste violent, elle lui arracha l'ouvrage et l'envoya s'écraser contre une table croulant déjà sous des livres ouverts à consulter. Les prunelles de Catherine s'embrasèrent.

— Comment osez-vous ? cracha-t-elle en voulant se relever, mais Marie lui crocheta les poignets sur les bras du fauteuil et se pencha au-dessus d'elle, la bloquant en entier.

— J'ose, du droit d'une mère, et vous allez m'écouter ! repartit-elle.

Sentant la résistance dans les poings serrés de sa victime, Marie resserra son étreinte sans lâcher de son regard meurtrier celui que Catherine lui envoyait. Elle poursuivit d'une voix aussi froide que sa colère :

— Vous l'avez pu voir sur ce collier, Catherine, la sorcellerie ne peut rien contre moi, pas davantage que vos manigances. Vous l'avez pressenti, je viens vous le révéler, mes pouvoirs sont immenses et aucun de vos sorciers ne saura les contrer. Oubliez-moi comme je veux vous oublier, vous, les vôtres et jusqu'à ces lieux où je me suis promenée, lors vous vivrez en paix ! Approchez-vous de quelque manière que ce soit de mes enfants une fois encore et les furoncles vous éclateront dans la gorge à vous étouffer jusqu'à ce que mort s'ensuive. Cette fois, je le jure devant Dieu et le diable, rien ne vous en fera réchapper. Suis-je assez claire ?

Catherine était livide. Une seule chose avait pouvoir de l'effrayer : ces sciences occultes dont à plaisir elle se servait et qui avaient bercé les secrets de son enfance et de sa famille. Elle hocha la tête, liquéfiée soudain.

— Je... je vous ferai arrêter et brûler, bredouilla-t-elle pourtant dans un sursaut de dignité.

— Essayez seulement et je boirai votre âme dans une aiguière dorée, grinça Marie entre ses dents serrées.

D'un geste brusque, elle la lâcha et recula d'un pas. Dressée dans sa résolution, elle semblait plus terrible encore.

Malgré elle, Catherine se tassa dans le fauteuil. Marie s'en réjouit et ce plaisir accentua la cruauté perverse de ses traits. Elle tendit un doigt vers la Médicis que des gouttes de sueur rendaient plus pathétique encore.

— Vous ne me verrez plus, ajouta-t-elle. Jamais. Et je vous le prédis, vous aurez des enfants et régnerez. Mais soyez sur mon chemin une fois, une seule, et même votre ombre sur les murs vous fera trembler.

Elle laissa retomber un silence lourd de menaces, puis tourna les talons et la planta là. Elle n'avait menti que sur ses pouvoirs. Si Catherine s'attaquait aux enfants, elle la tuerait.

— Il est temps de rentrer chez nous, Marie, annonça calmement Constant.

Un silence lourd de peine avait succédé à la triste nouvelle de la mort de Huc. Solène, Jean et Constant se souvenaient de lui avec une réelle tendresse et sa disparition creusait une ride profonde dans l'enthousiasme de leurs jeunes vies.

— Chez nous ? répéta Marie en levant vers lui son visage illuminé d'un espoir sauvage.

— Je ne veux pas que notre fils naisse ici. Paris n'est plus ce qui m'y faisait rester. Le temps a passé sur nos peines, Marie, sur ma déraison et mon obstination. Albérie et les enfants nous attendent.

— Il a raison, Marie. Votre place est en Auvergne, insista Jean qui serrait Solène contre lui. Les triplés ont besoin d'un père que Huc a remplacé trop longtemps. Ils doivent être perdus sans lui. Quant à nous, nous restons.

— Si tu le veux bien, nous gérerons la lingerie, ajouta Solène.

— C'est donc ici que nos chemins se séparent, comprit Marie, le cœur gros soudain.

— Non, Marie. Ils s'écartent seulement, pour mieux se rejoindre autant de fois qu'il nous plaira, rectifia Jean. Nous viendrons. Vous viendrez. Il est grand temps que tu retournes parmi les tiens.

— Ils me manquent, c'est vrai.

— Alors c'est réglé. Vollore va retrouver sa dame. Comment croyez-vous que je serai dans le rôle du seigneur ? demanda Constant, taquin.

— Comme un coq en pâte ! assura Marie en ébouriffant ses épis pour en faire une crête farouchement désordonnée.

Teinté de tristesse, leur rire sonna comme un chant d'oiseau au printemps. Huc, ils le savaient, n'aurait pas rêvé plus bel hommage.

Il ne fallut que huit jours pour tout régler. Avec l'accord de Solène et de Jean, Marie fit mettre en vente le logis d'Albérie et leur donna celui qui jouxtait la boutique. Elle restait propriétaire des murs et de l'affaire, mais laissait à Solène une grande part des bénéfices contre la gérance. Ainsi, Jean, elle et leur fils pourraient vivre sans souci. Comme autrefois et à jamais, leur porte resterait ouverte sur la misère. Cette misère dans laquelle ils étaient nés et qu'ils ne voulaient pas oublier. Solène s'engageait à envoyer régulièrement de l'argent à Philippus et à rendre des comptes périodiques à Marie.

Elle-même n'espérait plus qu'une chose : retrouver ses enfants et mettre au monde celui qu'elle portait. Ensuite, comme elle l'avait promis, elle rejoindrait son père et Ma, tandis que Constant demeurerait avec Bertille et Albérie pour veiller sur Vollore.

Gasparde se rua littéralement dans les jambes de sa mère et ne fut satisfaite que lorsque celle-ci la souleva dans ses bras pour l'embrasser.

— Tu as fort grandi, ma princesse, s'attendrit Marie, et je doute pouvoir encore te porter à mon cou longtemps.

— Si, toujours, toujours ! répéta la petiote, trop heureuse de retrouver sa chaleur.

Marie parvint tout de même à la reposer à terre, pour ménager son ventre qui commençait à repousser gaillardement l'étoffe de ses jupes. Elle enlaça Albérie, de noir vêtue. Son visage était boursouflé, vieilli d'un coup. Marie mit longtemps à se détacher d'elle, comme si par ce seul contact elle avait pu l'apaiser. Ensuite, elle embrassa les garçons qui manifestaient quant à eux bien plus d'intérêt à Bertille qu'à elle. La naine en était toute retournée.

La demeure leur sembla triste et vide. Une âme de plus s'en était allée.

— Je serai la troisième, annonça Albérie le soir, à la veillée.

— Je ne permettrai pas que tu meures avant que la malédiction soit conjurée, répliqua Marie. Dès que l'enfant sera né, je partirai.

Albérie ne répondit rien. Elle se moquait bien désormais de n'être qu'une moitié de femme. Elle n'avait rêvé d'être libre que pour donner un héritier à son époux. Et les terres de la Faye, c'est Antoine et Gabriel qui en avaient hérité en place de ces enfants qu'elle n'avait pas portés.

Les jours qui suivirent furent moroses. Malgré les efforts de Constant pour distraire leurs envies, les garnements ramenaient toujours la conversation sur le prévôt : Huc ferait, Huc disait, Huc, Huc... Sa mort leur avait ôté un repère car ils le suivaient partout, à la chasse, à la pêche, visitant les moulins, les coustelleurs, les fermages. Plus que la mort d'Isabeau, celle-ci les déroutait.

Peu à peu cependant, Constant gagna leur confiance. Marie s'en attendrit le jour où, pour répondre à une question d'Antoine, Constant répliqua : « Désormais, votre père, c'est moi. Et rien ni personne ne me fera vous abandonner, jamais. » Cette phrase-là, elle l'avait espérée des années durant et cela modifia le cours des événements.

— Il faut que tu regardes droit devant toi en tenant la bride ferme ! expliquait avec sérieux Antoine à Constant tandis que, juché sur une jument conciliante, ce dernier désespérait d'y rester.

Gabriel pouffa en dissimulant dans sa main l'aiguille à coudre qu'il avait chapardée dans le panier à ouvrage d'Albérie. Il avait beau savoir qu'il se ferait réprimander sévèrement, il y avait songé toute la nuit avant de succomber à une tentation trop forte.

N'y tenant plus, il avait finalement convaincu son frère que c'était la seule solution.

Pour l'heure, Constant ne se doutait de rien. Il prenait très au sérieux son rôle de père et savait que monter à cheval faisait désormais partie de ses obligations. Il avait mis huit jours à vaincre sa phobie, mais ne parvenait pas à se décider à faire plus de quelques mètres, acceptant que les jumeaux lui servent de précepteurs. De fait, cela les avait rapprochés et c'était bien plus important à ses yeux et à ceux de Marie que cette stupide crainte des « canassons », comme il se plaisait à appeler les chevaux.

— Cette fois, c'est la bonne ! affirma-t-il en redressant le buste, décidé à enfin marquer son territoire au détriment des nombreux bleus qui auréolaient ses cuisses et son fessier meurtri.

Gabriel pouffa de nouveau et son frère lui fit les gros yeux pour l'inciter à se taire. Constant talonna l'animal, aussi docile qu'un mouton, qui consentit quelques pas résignés dans l'enclos.

— Allons, un peu de courage, père ! lança Antoine.

Surpris et touché par ce qualificatif qui sonnait pour la première fois dans sa bouche, Constant se sentit gorgé d'une fière assurance.

— Je crois que c'est ce canasson qui est fatigué, crâna-t-il.

— Faut pas s'y fier ! affirma Gabriel qui, n'y tenant plus, venait de contourner la croupe de l'animal, débonnaire.

— Talonnez-le un peu, pour voir ! suggéra Antoine en décochant un clin d'œil à son frère.

Constant s'exécuta au moment où le piquant de l'aiguille rencontra le cuir de la jument qui hennit de surprise avant de s'élancer vers la porte ouverte de l'enclos.

— Serrez ferme la bride, père ! Nous vous suivons, hurlèrent les garçons qui, d'un même élan, avaient enfourché leurs montures tenues par les palefreniers, hilares.

Ballotté telle une botte de paille mal liée, Constant tentait de contrôler cette situation délicate qui lui faisait longer le château sous les rires de ses gens et piquer vers la forêt. Il aurait voulu crier, mais son orgueil s'y refusait. Alors il serrait les cuisses pour ne pas choir et tirait, tirait sur les rênes à se demander si elles n'allaient pas lui rester entre les mains.

Lorsque les deux garnements comprirent que Constant avait maîtrisé sa monture, d'un coup de talon ils le rejoignirent, rengainant leur amusement pour feindre l'inquiétude.

— Pas de mal, père ? demanda innocemment Gabriel alors que la jument de Constant s'immobilisait enfin.

— Non, pas de mal.

— Vous l'avez menée de main de maître ! s'enthousiasma Antoine.

Constant sentit un vrai sourire le gagner en entier.

— Et je ne suis pas tombé ! ajouta-t-il très fier de sa performance.

— En somme, vous savez monter à cheval !

Constant se courba et flatta l'encolure de la bête.

— Et ma foi, ce n'est pas désagréable, reconnut-il.

— Tu vois, je te l'avais bien dit ! lâcha Gabriel à son frère.

Cette fois, Constant surprit le regard de connivence entre eux et aussitôt s'en inquiéta.

— Dois-je comprendre que j'ai servi à quelque farce ? demanda-t-il.

Les garçonnets le jaugèrent un instant, puis Gabriel ouvrit sa main tendue vers Constant, révélant l'aiguille.

— Qu'est-ce que... Petits garnements, vous mériteriez...

Mais le restant de sa phrase se perdit dans l'hilarité des deux frères qui d'un même élan talonnèrent leur monture.

— Rattrape-nous si tu le peux ! cria Antoine.

— Oh ! oui, père, rattrape-nous, répéta Gabriel en écho.

— Comme si je pouvais... commença Constant. Puis aussitôt, l'évidence le submergea : Bien sûr que je peux !

Il jeta l'aiguille dans l'herbe et planta résolument les talons dans les flancs de la jument qui broutait paisiblement, son calme retrouvé. Aiguillonnée par la nouvelle assurance de son maître, elle s'élança derrière les enfants dont le rire porté par la brise n'en finissait pas de résonner sur le sentier forestier.

Ils finirent par se laisser rattraper et, grâce à la promesse spontanée de Constant de taire cette vilaine affaire d'aiguille, le retour fut guilleret.

— Demain, il faudra visiter la contrée ! décida Gabriel.

— Oui, oncle Huc le faisait tous les jeudis, renchérit Antoine.

— Demain alors. Allons !

Pour rien au monde, Constant n'aurait voulu avouer qu'il avait le fessier plus mâché qu'après une volée de bois vert ! Et Dieu sait qu'il en avait tâté durant son jeune temps où avec Marie ils accumulaient bêtise sur bêtise.

Au mois de septembre de cette année 1540, Marie mit au monde un fils, si gros qu'elle eut le sentiment qu'on lui déchirait le bas-ventre. Il fut prénommé Philibert et s'avéra insatiable de tétée.

Constant le trouvait magnifique et claironnait partout qu'il l'avait gaillardement fait. Gasparde, elle, le trouvait détestable, même s'il l'attendrissait lorsqu'il dormait dans son berceau. De fait, elle aurait préféré garder pour elle seule cette mère à peine retrouvée. Marie sentait combien la mort de Huc, celle de Noirot dont elle avait fait son compagnon privilégié, et les circonstances de cette agression l'avaient perturbée. Elle s'appliqua de son mieux à la rassurer et à lui accorder toute l'affection et la tendresse qu'elle attendait. Sans toutefois s'empêcher d'imaginer le déchirement qu'elle lui causerait à son prochain départ.

Pourtant, sa décision était prise. Constant l'avait approuvée. Quelque chose en elle, une sorte d'intuition féroce lui donnait à croire que le temps désormais était venu. Elle ne voulait pas que le sacrifice d'Isabeau fût vain, que sa vie entière ait pu n'être qu'une fuite plus avant dans le malheur. Il fallait que tout cela ait un sens. Et ce n'était qu'en sauvant Albérie et Ma qu'elle le trouverait.

Elle resta alitée deux semaines, jusqu'à ce que sa chair meurtrie par l'accouchement fût rétablie. Ensuite, au milieu du mois d'octobre, indifférente aux affaires de la France et du reste du monde, elle confia ses enfants une nouvelle fois, embrassa Constant avec tendresse, promit à Gasparde qu'elle reviendrait bientôt et s'en fut avec en elle la certitude qu'un cycle s'achevait.

Marie atteignit le Saint Empire romain germanique à la mi-décembre 1540, avec trois hommes d'escorte. Malgré le confort de sa voiture qu'on avait agrémentée de coussins et de fourrures, ses cicatrices l'obligeaient à de fréquentes haltes et demeurer assise lui coûtait. Il fallut braver, outre sa douleur, le mauvais temps qui s'était installé et ralentissait la progression. Les chemins étaient bordés de neige ou de verglas, on s'y croisait avec précaution et souvent une ornière brisait un essieu. À mi-chemin, on dut même abattre un des chevaux qui s'était fracturé une jambe dans un trou plus profond que d'ordinaire, masqué par l'abondante poudreuse, et Marie dut attendre plusieurs heures qu'un des gardes en ramène un du relais suivant.

Elle parvint épuisée à Salzbourg, espérant que Philippus s'y trouvait toujours depuis sa dernière lettre. Il lui avait affirmé qu'il attendait sa visite avec impatience. De fait, lorsque sa voiture aux armoiries des Chazeron s'arrêta devant le logis à colombages, à l'adresse qu'il lui avait donnée, son cœur battait plus fort que jamais.

Elle frappa. La porte s'ouvrit sur Paracelse, si vieilli qu'il en était méconnaissable.

— Marie ! jubila-t-il en l'attirant à l'intérieur.

Elle se retrouva enlacée avec tendresse. Au même instant, un choc puissant lui plia les épaules. Et Marie saisit dans sa main la patte velue de Ma qui, comme autrefois, s'était précipitée contre elle. Une langue râpeuse lui balaya l'oreille et Marie éclata d'un rire joyeux et béat. L'instant d'après, elle s'effondra inanimée, vaincue par la fatigue et l'émotion.

Elle s'éveilla avec le sentiment d'émerger d'un mauvais rêve. Elle se trouvait dans une chambre tendue de tapisseries colorées et le ciel de lit était parsemé d'une myriade d'étoiles. S'étirer lui arracha un gémissement. Son entrejambe tiraillait.

Ma dressa une oreille et sauta sur le lit pour s'allonger à ses côtés. Marie tourna sa tête vers le museau de la louve et lui sourit.

— Ma, murmura-t-elle. Quel bonheur de te retrouver.

Au même moment, la porte s'ouvrit et Philippus entra, un gobelet entre ses mains ridées. La voyant éveillée, il s'assit à son chevet sur le lit et gronda :

— Quelle belle frayeur tu nous as faite, ma fille !

— Je ne comprends pas, mentit Marie.

— Tes relevailles n'étaient pas achevées lorsque tu as quitté Vollore. L'enfant t'a déchirée, les plaies étaient profondes.

— C'était refermé, plaida-t-elle.

— Croustelevé serait plus juste, rectifia Philippus.

Marie avoua :

— Soit. Mais je ne souffrais qu'à peine. Je pensais que cela finirait de se guérir en chemin.

— Elles se sont infectées peu à peu.

— J'avais bien le sentiment d'être fiévreuse par moments, mais cela ne durait pas et ce voyage aurait hallebrené n'importe qui. De plus, je prenais soin d'appliquer de la décoction de pavot à chaque halte.

— Cela n'a pas suffi. Il est difficile de se garder convenablement propre en voyage. J'ai dû bistorier tes chairs pour libérer l'apostème. Dès lors, la fièvre qui t'épuisait s'est réduite, et les humeurs qui t'avaient poussé à l'aine se sont résorbées. Tout ira bien. Tiens, dit-il en lui tendant le gobelet. Bois cette potion, cela te remettra car voici deux jours que je te tiens endormie pour mieux te soigner.

— Deux jours ! répéta Marie. Et moi qui étais si impatiente.

Elle but le breuvage amer sans s'inquiéter de son contenu. Son père savait ce qu'il faisait.

— Comment as-tu su ? demanda-t-elle.

— À tes urines. Je les examine toujours et en premier. De la pestilence s'y trouvait mêlée. À présent, repose-toi. Demain, tu pourras te lever et manger. Il était temps que tu parviennes jusqu'à nous. Quelques jours de plus et l'infection aurait sûrement gangrené ton ventre. Je ne pense pas que ce soit le cas.

Marie sentit le sommeil la gagner. Elle ne s'en étonna pas.

— Pourrai-je encore procréer ? demanda-t-elle dans un bâillement.

La réponse ne fut qu'un éclat de rire que le somnifère emporta.

Elle fut ravie le lendemain de constater que son père avait vu juste. Elle put uriner sans brûlure d'aucune sorte, ce qui n'était pas le cas ces dernières semaines. Et se rasséréna de lire dans les yeux de Ma qui ne l'avait pas quittée la même tendresse qu'autrefois.

Elle voulut s'habiller, mais la louve donna aussitôt l'alerte en aboyant. Philippus parut, les mains tachées d'un liquide violacé. Il les frotta sur un tablier déjà maculé de taches diverses.

— Bien, bien, annonça-t-il en s'approchant d'elle. Et si nous commencions par parler.

— J'ai faim ! dit-elle pour seule défense.

— Elle a faim ! Entends-tu, Loraline ? Notre fille a faim ! Eh bien allons déjeuner ! ajouta-t-il en éclatant de ce rire qui claquait comme un coup de fouet.

Marie fut contrainte de prendre un bain chaud, condition préalable pour se vêtir, ce qui nécessita une bonne heure avant qu'elle puisse descendre les degrés en grimaçant. Marcher lui fut plus pénible encore.

— Il faudra quelque temps avant que tes plaies soient cicatrisées, expliqua Philippus.

La table était garnie d'une poularde farcie, de jambon, de pâté et de légumes variés. Marie s'y installa sans se préoccuper du décor de la maisonnée. Une cheminée répandait une douce chaleur et, derrière la fenêtre qui s'ouvrait sur la rue, des flocons de neige batifolaient.

C'est en déchirant une belle tranche de pain qu'elle se souvint de l'escorte qui l'avait accompagnée. Philippus la rassura, amusé :

— Ils ont pris un repos bien mérité et sont logés dans la souillarde sur des matelas de paille fraîchement rembourrés. Pour l'heure, je gage qu'ils sont au logis voisin. Hier,

Bigot a perdu vingt sols aux dés. Il était bien décidé à se refaire.

— C'est un joueur invétéré, reconnut Marie. Sa solde entière y passe chaque mois. Je vais les renvoyer en France.

— Sûrement pas, insista Philippus. Ils seront ici nourris et logés, et te sont fidèles autant que discrets. Trois hommes de plus ne dérangeront pas le vieux loup que je suis !

Pour lui donner raison, Ma aboya avec vivacité.

— Très bien, consentit Marie. Mais le temps risque de leur durer car je ne repartirai pas avant que nous ayons trouvé ce que je suis venue chercher.

Philippus sentit sa joie retomber. Elle ne se risqua pas à ébranler ce silence et trancha une cuisse de poularde avec envie. Il la rejoignit à table et la regarda mordre et déchiqueter la viande à pleines dents. Un pli soucieux barrait son front, ride épaisse que la désillusion avait tracée.

— Il est possible que nous ne trouvions jamais, Marie.

Elle releva la tête. Ma avait appuyé la sienne sur le velours de sa robe.

— Je refuse cette idée, objecta-t-elle.

— Voici neuf années que j'explore tous les possibles, laissa-t-il tomber comme une sentence. Je n'ai pas renoncé, Marie, mais je finis par croire qu'Isabeau avait raison. Peut-être l'alkaheist n'a-t-il existé que fortuitement, et ce qui est fait ne peut-il être défait.

— C'est contraire à toute logique et théorie, insista Marie en puisant une large ration de légumes. Ne t'ai-je point entendu dire que la matière est une et susceptible d'évolution ?

— Je le crois toujours. Sans détenir aucune certitude.

— Peut-être tes connaissances te sont-elles si évidentes que tu ne vois pas distinctement celle qui mène au but recherché. Père, on se gausse de tes théories et cependant elles guérissent, preuve qu'elles sont cette vérité.

— Elles sont la continuité de celles d'Isabeau et de Loraline.

— Alors, elles en sont la clé. Ensemble nous la trouverons. J'ai beaucoup appris durant ces années moi aussi. Nous allons repartir de la base. Ensemble. L'argent ne me manque pas pour achever ce qui fut commencé.

— Mon père est mort en septembre 1534. Je n'étais pas venu dans cette maison qu'il m'a léguée avant que tu écrives pour annoncer ta visite. Je voulais que tu t'y sentes chez toi, avoua Philippus. Je voulais ce foyer que je n'ai pas su vous donner, à ta mère et à toi.

— Il n'est pas trop tard, père. Tu le sais et je le sais aussi.

Marie posa une main entre les oreilles de la louve.

— Dieu m'est témoin, affirma-t-elle, que tu reverras le visage de ma mère tout comme je le verrai.

— Puisse-t-il t'exaucer, Marie ! Puisse-t-il t'exaucer !

La semaine suivante, Philippus montrait à Marie la pièce aux caissons d'alchimie qu'il avait installée au premier, à côté de sa chambre. Et elle renvoya à Vollore les hommes qui l'avaient escortée. Elle se méfiait toujours d'une riposte éventuelle de Catherine de Médicis et préférait savoir la garde au complet auprès de ses enfants.

Elle était persuadée que son père avait écrit quelque part dans un de ses traités ou de ses notes une phrase-clé, quelque indice inconscient qui leur permettrait de trouver la solution. Elle se plongea donc dans leur lecture, puis les parcourut de nouveau jusqu'à les connaître par cœur tandis qu'il faisait l'inventaire de toutes les maladies, de leurs causes et des médications qu'il avait découvertes.

Cela dura jusqu'au printemps 1541. Sans cesse des phrases venaient cogner la nuit aux portes de ses rêves, parfois elles se mélangeaient, devenaient confuses, perdaient leur sens, mais Marie les absorbait, les distillait. Plus sûrement que ne l'aurait fait l'athanor qui grondait.

« Tout est poison, rien n'est poison, tout est question de dose. La maladie naît de la santé et la santé naît de la maladie. C'est pourquoi il faut connaître non seulement les origines de la maladie, mais encore les réparations de la santé », chantaient les écrits dans sa tête. « Les maladies proviennent de la transmutation. Tout ce qui est transmuté, transmute-le toi aussi et prends garde en cela que les anatomies concordent réciproquement. Ensuite, si les maladies surviennent, aie soin de disposer celles-ci dans l'une et l'autre transmutation. C'est ainsi que les recettes doivent être établies et composées, en apportant la plus grande attention à la préparation des remèdes, à la puissance, au temps et à l'heure, à la propriété et à tout ce qui s'y rapporte. »

Au mois de juin 1541, Marie n'avait retenu que ces phrases, si violemment ancrées en elle qu'elle était certaine de leur importance. Philippus se rangea à son avis. Ils étaient devenus si complices au fil des mois qu'il leur suffisait d'un regard pour se comprendre. Leur amour commun pour la louve qui ne les quittait pas et les guidait de son propre instinct les confortait dans leur espoir fou. À lui seul, il représentait une victoire sur l'absurdité d'un monde égoïste et étroit. Pour lui donner plus de sens encore, Philippus étala devant eux l'étrange thème astral que Michel de Nostre-Dame lui avait établi. Ce thème qui, en reliant chaque étoile, composait l'image d'une louve au pendentif d'or. Ensuite, ils se penchèrent sur le tableau qu'il avait rédigé des différents maux. Puis étudièrent leur concordance, retrouvant çà et là des éléments communs au thème astral et aux planches anatomiques d'Isabeau : là le Soleil qui avait une action sur le cœur, puis la Lune sur le cerveau, Mars sur la bile et Vénus sur les reins. Le mercure, le sel et le soufre dont Paracelse était persuadé que leur désaccord était cause de maux, l'antimoine et le vif-argent pour leur incidence alchimique.

Des éléments qu'Isabeau avait utilisés dans la préparation initiale de l'alkaheist. Philippus expliqua à Marie qu'ils entraient aussi dans la composition de la numie, ce baume qu'il avait créé et qui avait guéri ses plaies vaginales.

Il lui raconta qu'à l'aide de la potion fabriquée à partir du cerveau, des viscères et du sang du monstre engendré par Isabeau, il était parvenu à créer des homuncules, petits êtres vivants à l'image humaine, sans sexe, sans pesanteur véritable, qu'il lui montra, conservés dans des bocaux. Ils avaient vécu quarante jours dans la décoction de mandragore puis avaient cessé de gesticuler et de vivre.

Isabeau était arrivée de son côté au même résultat. Peut-être y avait-il là autre chose que du hasard. Ni l'un ni l'autre n'avaient su comment les utiliser plus avant.

Septembre s'avançait, ourlé de froid dans cette région montagneuse d'Autriche. Cela faisait presque une année qu'elle avait quitté l'Auvergne, mais les nouvelles leur parvenaient régulièrement, rassurantes. Tous se languissaient d'elle, mais Constant restait ferme dans ses courriers, insistant sur le fait qu'il s'appliquait efficacement à son rôle et qu'elle devait accomplir le sien pour pouvoir enfin offrir à cette terre tout ce qui lui manquait. Marie s'en réconfortait et lui répondait en retour toute la force de sa conviction, toute celle de son amour pour lui et pour les enfants. Grâce à cette constance, elle éprouvait seulement au quotidien une nostalgie sereine et constructive.

Un feu brûlait gaillardement dans la cheminée, devant laquelle Ma reposait, sa belle tête sur ses pattes de devant, sur une paillasse propre. En dévorant de bel appétit une large tranche de pain trempée dans du lait chaud, Marie n'avait de cesse de la regarder, s'efforçant d'imaginer sous le masque la femme qu'elle serait devenue.

— Elle ressemblait terriblement à Isabeau, confia Philippus comme s'il avait pu lire dans ses pensées.

— Crois-tu qu'elle a vieilli de même ?

Philippus prit dans sa main boudinée celle de sa fille qui reposait le bol, un sillon crémeux autour des lèvres.

— Nous le saurons bientôt, Marie.

— Parfois, je me demande si cela a encore une importance, répondit la jeune femme. Elle semble heureuse et nous le sommes aussi.

Philippus soupira et Marie insista :

— N'est-ce point le cas ?

— Si fait, ma fille. Si fait. Mais ce bonheur tient à ces recherches. Elles nous ont unis, nous portent de même. Tes enfants te manquent comme tu m'as manqué si longtemps. Je voudrais te rendre à eux. Je voudrais te rendre à elle.

— J'ai eu la plus merveilleuse des mères. Je ne regrette pas ce qu'elle m'a donné.

— Je le sais, mais égoïstement, je ne peux m'en satisfaire. Je perçois sa souffrance, à ne pouvoir me livrer que cette image. Je pourrais m'en contenter. Pas elle.

— Je comprends et n'ai pas renoncé, père.

Ils achevèrent leur petit-déjeuner en silence. Ma semblait dormir, indifférente à leur chuchotement, mais Marie savait qu'elle n'avait rien perdu de leur échange. Pour se distraire, elle ramena une question qu'elle avait souhaité poser plus d'une fois.

— D'où te vient ce surnom de Paracelse ? Isabeau prétendait que Michel de Nostre-Dame te l'avait donné le premier.

— C'est vrai. Cela signifie « près du ciel » dans un mélange de grec et de latin, cela m'a amusé, d'autant que la traduction française de mon nom de famille signifie « la maison haute ». Après avoir quitté Michel, la première fois, j'ai voulu y voir une référence à Aulus Cornelius Celsus dont le « para » en grec me disait l'égal.

— Qu'avais-tu de commun avec ce médecin du siècle d'Auguste ? s'amusa Marie.

— Pur orgueil, répliqua Philippus en haussant les épaules. La flatterie m'a plu sur le moment. Plus tard, j'ai associé ce surnom au thème astral que Michel avait tracé. Mon destin était peut-être dans cet arcane. En fait, je n'ai pas d'explication.

— Rien n'est hasard, père. Peut-être inconsciemment t'es-tu rapproché d'une vérité tollue [1].

— C'est possible. Je possède ici l'ouvrage de Celsus : *De arte medica, libris* VIII, sur la médecine et la chirurgie. Je m'y suis référé de nombreuses fois durant mes études. Je ne l'ai pas ouvert depuis. Il ne me semblait pas d'un grand intérêt.

— Peut-être faut-il le relire ?

— Je ne sais s'il faut accorder foi aux écrits de cet homme. On ne sait rien de lui hormis ce manuscrit découvert dans les archives de l'église Saint-Ambroise de Milan, il y a moins d'un siècle. On ignore même s'il fut réellement médecin, certains le prétendent seulement polygraphe.

— Quelle importance ! Ce n'est pas non plus l'université qui fut source de tes guérisons. Possèdes-tu l'édition originale ?

— Oui, celle de Florence de 1478.

— Bien, elle nous préserve des interprétations maladroites. Peut-être y découvrirons-nous, au-delà des apparences, une concordance avec Nostradamus et cet arcane céleste.

Ils quittèrent la table. Ma se leva aussitôt pour les suivre et Marie comprit que son instinct ne l'avait pas trompée. Ma ne dormait jamais que d'un œil et d'une oreille. Philippus finit par dénicher l'ouvrage dans une vieille malle et ils se penchèrent dessus avec application. Les maladies y étaient répertoriées en trois catégories, d'après leurs moyens curatifs : la première concernait celles traitées par l'hygiène et la diététique, la deuxième celles propres aux

1. Refusée, cachée.

médications, la troisième était consacrée à la chirurgie, proposant même l'usage de greffe en chirurgie plastique.

À plusieurs reprises, ils trouvèrent l'évocation des sels dans les remèdes autant que pour la cicatrisation. De même, plusieurs passages évoquaient la teinture de fleur de pavot.

Marie retranscrivit fidèlement ce qui éveillait en elle une curiosité, un soupçon ou un frisson. Ensuite, elle reprit les notes abondantes de Philippus. Elles tenaient des cahiers entiers, glanées aux cours de ses pérégrinations. Elle les relut, certaine d'avoir déjà vu cette allusion à la liqueur de pavot.

Elle la trouva dans une note sur une sorcière que son père avait rencontrée en Arménie. Elle évoquait une recette censée prolonger la vie et empêcher la nécrose des tissus. Philippus y avait ajouté son propre commentaire : serait-ce cette teinture dont Adam et les patriarches de l'époque antédiluvienne se servaient pour approcher l'immortalité ? Dans la préparation entrait une eau « qui sentait l'œuf » et une liqueur de fleur du sommeil. S'ajoutaient aussi la nécessité d'un alignement de planètes au regard de la Lune et divers chiffres à prononcer au moment exact où la triple unité serait atteinte.

— Cela m'avait semblé trop énigmatique à l'époque, même si cette femme avait prétendu vivre depuis trois cents ans.

— Qu'est-ce que la triple unité ? demanda Marie.

— On l'appelle aussi « acharat ». Elle symbolise le feu, la vapeur, la puissance. Les Hébreux y font souvent référence. Certains ont même pensé la recréer par le biais d'un athanor, s'amusa Philippus.

— Parle-moi de cette teinture.

— On en sait peu de chose. Elle avait, prétendait-on, le pouvoir de prolonger la vie en écartant la vieillesse, mais n'empêchait pas une mort accidentelle. De nombreux philosophes la citent. Certains racontent que c'est dans l'Atlantide qu'elle fut créée. L'Atlantide était une île volcanique si l'on en croit sa légende. De la lave qui s'écoulait interminablement en une rivière vers la mer étaient extraits de nombreux minéraux et ses vapeurs soufrées permettaient la guérison de certaines maladies de peau.

— Comme à Montguerlhe. Isabeau utilisait-elle cette eau soufrée ? demanda Marie, songeuse.

— Oui, par nécessité, avoua Philippus. La source était la seule à alimenter les souterrains de Montguerlhe. Je t'avoue que l'odeur qu'elle dégageait n'incitait pas à y tremper son nez, mais j'ai fini par y prendre goût. Comme à ces autres parfums qui m'avaient rendu heureux, ajouta-t-il avec nostalgie en caressant la tête de la louve.

— Qu'a-t-elle ? demanda Marie qui la voyait s'agiter sous cette main chérie.

Philippus s'agenouilla devant Ma.

— Qu'avons-nous oublié ? demanda-t-il.

Ma s'écarta de lui et posa sa patte sur les notes que Marie avait dégagées.

— La teinture, père, comprit Marie. La teinture de cette vieille femme est la clé.

— Peut-être. Mais il y a autre chose. Quelque chose qui m'échappe mais qui est là tout près. Si près... grommela Philippus en arpentant le sol de sa démarche pesante, les doigts pressant ses tempes comme s'il avait voulu en faire jaillir la moindre parcelle de souvenir.

— Récapitulons, proposa Marie pour l'aider. Isabeau utilisait l'eau de Montguerlhe à forte teneur en soufre. La sorcière aussi. Les fleurs du sommeil doivent être le pavot dont nous savons déjà qu'il est un des éléments. Figurent après ces signes et ces chiffres. Que peuvent-ils signifier ? Une latitude, une longitude ? Des éléments de cartographie céleste ? La sorcière parle de petites clés, mais qu'ouvrent-elles ?

— Attends, attends, répéta Philippus, le front moite. Tu as bien lu petites clés ?

— « En 3 et 7 sont les petites clés. À l'acharat y seront mêlées. Viendra ensuite... »

— L'Hébreu ! coupa Philippus. Oh ! Seigneur Dieu ! Comment ai-je pu oublier l'Hébreu ?

— De quoi parles-tu, père ? demanda Marie, inquiète soudain de son air hébété.

Ma se mit à japper et elle se demanda un instant si tous deux n'étaient pas devenus fous. Philippus venait de saisir les pattes avant de la louve et dansait dans le chant de ses hurlements. Marie se laissa choir sur une chaise. Elle ne comprenait rien à cette folie, mais ils avaient l'air heureux. Ce quelque chose qui lui échappait avait donc une importance. N'était-ce pas tout ce qui comptait ? Philippus s'immobilisa devant elle, un sourire béat sur sa face lunaire, et lâcha la louve qui se coucha à ses pieds, sonnée par le tourbillon de cette ronde incongrue.

— Salomon est le lien entre cette sorcière arménienne et l'Hébreu de mon enfance. Viens, Marie.

— Où ? À Montguerlhe ? demanda la jeune femme de plus en plus égarée.

— Non. À la cave.

Sur ce, il s'empara d'une lanterne et dévala l'escalier. Marie hésita puis, happée par les aboiements de Ma qui l'invitait à les suivre, elle haussa les épaules et murmura :

— À la cave. Quoi de plus logique ?

Au bas de l'escalier, elle trouva son père occupé à un étrange ballet. Il compta sept pas puis douze dans un sens, puis trois dans l'autre, à haute voix. Lorsqu'il s'immobilisa, il prit une profonde inspiration et lui fit face.

— J'avais emporté de Montguerlhe tout les éléments nécessaires à l'alkaheist, y compris un tonneau d'eau. Je ne savais pas comment les utiliser. De même, Isabeau a reproduit cent fois les mêmes gestes, certaine qu'un lien lui avait échappé. Nous avions tout, Marie. Tout, sauf la conscience de ce que nous cherchions. Avant de trouver la formule, il fallait retrouver celui qui l'avait rédigée. L'Arménienne le connaissait, comme les Hébreux. Il était leur guide.

— Salomon ? s'étonna Marie. Je ne comprends pas, père. Qu'espères-tu déterrer dans cette cave ?

Philippus ne répondit pas. Accroupi sur le sol, il époussetait une dalle poussiéreuse du plat de la main. Il en dégagea de son mieux les contours et tenta de la lever.

— Trouve quelque chose pour faire levier, dit-il.

Marie déplaça la lanterne et balaya de lumière la petite pièce où des étagères recevaient quelques bocaux de-ci de-là. Contre un mur, elle dénicha un imposant chausse-pied à longue tige, en fer épais. Elle le rapporta à Philippus qui, sans attendre, ancra la pointe dans la fine encoche d'un joint de terre et s'arc-bouta. Marie renonça à réclamer une explication, mais son cœur battait si fort qu'il lui semblait vouloir crever sa poitrine. Quoi que son père ait pu cacher, il fallait que ce fût un grand secret pour mériter cette peine.

— Aide-moi, réclama-t-il encore, suant sous l'effort.

Marie appuya à son tour et la dalle se souleva, révélant une enveloppe de cuir étrangement nouée.

— Qu'est-ce que c'est ? demanda-t-elle enfin.

Pour seule réponse, Philippus enleva précautionneusement le contenu de la cache de terre. Il le posa sur la dalle repoussée et détacha les liens qui enserraient les pans épais.

— Comment ai-je pu oublier leur existence ? marmonna-t-il presque pour lui-même.

Marie approcha la lanterne et lui apparurent des tablettes de granit. Elles étaient trois, d'une finesse extrême et subtilement gravées de signes qu'elle ne reconnut pas.

— Ce n'est ni du latin ni du grec, commenta-t-elle, espérant qu'il en dévoilerait davantage.

— Non, ma fille. C'est de l'hébreu. Salomon lui-même les a gravées. C'est une longue histoire, dit-il en souriant d'aise. Cette maison appartenait à mon père comme tu le sais. C'est lui qui a caché cette merveille il y a de cela bien des années. J'étais enfant encore. Un vieillard s'était présenté à sa consultation, malade et éreinté. Il prétendait venir d'Égypte après avoir visité de nombreux pays et fui souvent ce qu'il nommait l'Akasba. Il avait déliré longuement puis s'était éteint, sans que l'on puisse quoi que ce soit pour le sauver. À la recherche de son identité, mon père fouilla ses affaires et trouva ceci. Il me fit venir et me le montra, à peine l'inconnu inhumé dans la fosse commune. « Ceci est le bien le plus précieux du monde. On le croyait perdu à jamais et on le nomme l'Art Notoire. Certains prétendaient même qu'il n'était qu'une légende », m'a-t-il dit. Je lui ai demandé ce qu'il contenait. « Les secrets les plus noirs ou les plus nobles de l'origine de la vie. Tout est mutation, mon fils », a-t-il répondu. Il cacha les tablettes dans cette cave et bien lui en prit. À plusieurs reprises durant nos absences, la maison fut mise à sac, vraisemblablement pour les trouver, puis ce fut le tour du cabinet d'auscultation. Mon père avait sans cesse le sentiment d'être épié. Puis cela cessa. Il préféra oublier l'existence de ce trésor, d'autant qu'il lui était impossible de le déchiffrer, n'ayant compris le sens de ces tablettes que par déduction des délires de l'étranger. Je l'avais oublié aussi, Marie, prisonnier de mes propres démons. Or je me souviens de tout à présent. Je me revois porter à boire à l'homme agonisant. Ses doigts étaient brunis, marbrés de violet tout comme l'intérieur de ses lèvres, et l'hypothèse avait été émise qu'il ait pu être empoisonné. Pour seule réponse à cette question, l'homme mentionna encore l'existence de l'Akasba, le cinquième élément, et cette maxime qui est devenue la mienne : tout est poison, rien n'est poison.

— Sais-tu ce que signifie l'Akasba, père ?

— Il symbolise le pouvoir spirituel omniprésent dont l'univers est imprégné. L'énergie fondamentale dont tous les éléments tirent leur existence.

— Serait-ce Dieu ?

— Dans un sens.

— Crois-tu que ce poison soit celui que, par inadvertance ou hasard, Isabeau a créé ? Ces tablettes révèlent-elles le secret de l'alkaheist ?

— Il nous faut le découvrir, Marie. Jamais je n'ai eu le sentiment d'être aussi près du but. Regarde Ma, ajouta-t-il.

La louve léchait avec obstination les signes gravés sur les tablettes. Leurs regards à toutes deux se joignirent et Marie en fut bouleversée. Derrière le rire du loup, Loraline pleurait.

— Je sais où trouver quelqu'un qui parle hébreu, poursuivit Philippus. Dans ces tavernes borgnes où tu n'aimes pas me voir traîner. L'homme m'a abordé plusieurs fois. Il voulait acheter cette maison lorsqu'il a su que j'y revenais après quarante ans d'absence.

— Père... s'inquiéta Marie.

— Ces tablettes détiennent peut-être la vérité, Marie. Je ne crois pas au hasard, tu le sais.

— Pourtant, si cet individu peut les déchiffrer, il en saura la valeur et sera prêt à tout pour les récupérer, comme d'autres avant lui. S'il ne le sait déjà ! ajouta-t-elle en frissonnant.

— Ma nous protégera, affirma-t-il serein en entourant de ses bras le cou de la louve. Cela en vaut la peine, Marie.

Elle hocha la tête. Mais elle n'était pas rassurée.

Le soleil déclinait sur un horizon brumeux lorsque Philippus poussa la porte crasseuse d'un de ces bouges sinistres. La lumière y était voilée pour mieux masquer la misère des occupants comme celle des lieux. Le sol recevait rarement un coup de balai et des immondices s'y entassaient, poussées ou écrasées par les pieds des catins qui, gorge délacée et cuisses avenantes, s'empressaient de délester les hasardeux de leur bourse, contre des charmes souvent flétris. Des gens de toutes espèces, de toutes races et de tous pays bâfraient sur des tables encombrées de hanaps renversés ou régulièrement vidés et de plats aux mets abondants bien que douteux.

Philippus se fraya un passage, répondit au salut de quelques-uns, pinça une fesse qui passait à portée et s'offrait sans vergogne. Il se dirigea vers une table dans le fond de la salle, dans le brouhaha et la fumée que dégageait en coulant la graisse d'un porcelet embroché au-dessus de la braise.

Il lui déplaisait que Marie le sache dans un de ces endroits. Il aimait boire, c'était un fait, il en avait pris la fâcheuse tendance durant ces années où il n'espérait que laver le souvenir de son amour perdu. Il l'avait gardée malgré son abdomen qui avait enflé. La vérité était qu'en ces lieux peu fréquentables pour gens de bien se trouvait toujours quelqu'un dont l'histoire ou les contes assouvissaient sa soif plus exigeante encore de connaissance. Il avait rencontré là des alchimistes à la recherche de Satan pour mieux approcher Dieu, des guérisseuses, des faiseuses d'anges [1] autant que des catins. Devant un verre, ils se livraient et lui confiaient leur savoir. Philippus eut tôt fait de repérer l'homme attablé. Il s'avança résolument vers lui.

Celui-ci le reconnut et le salua. Il était seul. Philippus tira une chaise et s'assit en face de lui, faisant signe à une servante d'apporter un pichet de vin supplémentaire.

— Te voici généreux, le Médicus ! remarqua l'homme avec un accent prononcé.

Il était mat de peau et Philippus savait de lui ce qu'on en disait : il était hébreu, respecté, se nommait Lévi et s'inté-

1. Avorteuses.

ressait à son héritage. Cela ne l'avait pas frappé lors de son arrivée, mais cet attrait prenait désormais tout son sens.

— J'ai un service à te demander, dit-il sans préambule, peu désireux de s'attarder à une conversation qui pouvait être épiée. Tu sais lire l'hébreu ancien, n'est-ce pas?

L'homme acquiesça du menton, une lueur dans son regard brun et racé.

— Je possède un texte qu'il me faut traduire, continua Philippus, certain de sa curiosité.

— Je pourrai le faire, si tu me paies bien, répondit Lévi sur un ton supérieur qui déplut à Philippus.

— Tu auras ton content, mais tu dois me garantir la plus grande discrétion.

— Sur ma foi, le Médicus, je serai plus muet qu'une tombe.

— Viens chez moi demain, décida Philippus. Seul. Tu estimeras la valeur de ce que tu auras à traduire sur place et seras payé en conséquence. On prétend aussi que tu parles et comprends le français. Est-ce vrai?

— J'ai de multiples talents, mais une seule parole. Je viendrai.

Philippus se leva comme la servante apportait le pichet commandé. Il n'avait pas envie de boire. La condescendance de l'Hébreu avait éveillé sa méfiance. Il décida de lui montrer qu'il n'était pas dupe. Il jeta quelques pièces sur la table et le salua d'un avertissement :

— Étanche ta soif, mon ami, mais retiens ta langue ou l'Akasba te la fera avaler.

Puis il se fraya un passage jusqu'à la sortie et inspira largement l'odeur de la nuit.

Adossé à un arbre, un garçon d'une douzaine d'années cherchait à deviner par l'encadrement de la porte quelque jupon retroussé ou corsage délacé. Philippus s'en amusa un instant puis, saisi d'une idée soudaine, s'approcha de lui et lui glissa quelques pièces dans la main pour éveiller sa convoitise.

— Il faut des sous pour s'offrir une catin. Connais-tu celui que l'on nomme l'Hébreu ?

— Pour sûr, monseigneur.

— Sais-tu où il loge ?

— Non, mais je le voudrais bien, se lamenta le garçon qui avait espéré d'autres piécettes.

— Suis-le et rapporte-moi son adresse. Outre de quoi t'offrir un dépucelage, je te donnerai le nom de celle qui saura s'en contenter.

— C'est comme si c'était fait, monseigneur !

— Sais-tu ma maison ?

— Tout le monde vous connaît, affirma le jeunot avec respect. Vous êtes le Médicus.

— Je t'attendrai donc, glissa Philippus en guise de bonsoir.

Il rentra sans se presser. Au-dessus de sa tête où régnait une calvitie importante, une myriade d'étoiles ouvrait un infini majestueux. Il les contempla longuement, appuyé contre le mur de sa maison. Elles étaient à la fois mystère et révélation. Michel de Nostre-Dame y aurait lu un signe, lui n'avait qu'une science pour entrevoir son destin.

Et il savait qu'il venait de jouer le sien.

22.

Comme Philippus s'en doutait, l'Hébreu ne parut pas surpris lorsque précautionneusement il défit devant lui les liens de cuir. Tout juste Marie put-elle lire dans son regard un éclair de convoitise.

— Les tablettes de Salomon ! constata-t-il en passant un doigt sur les caractères. Je savais depuis longtemps qu'elles étaient au sein de ta famille, le Médicus, ajouta-t-il en français ainsi que Philippus l'avait exigé.

— Comment le savais-tu ? interrogea Philippus, qui espérait par là vérifier ses suppositions.

— Celui que ton père soigna il y a fort longtemps était un prêtre, comme moi aujourd'hui. À sa mort, nul n'a su où il les avait cachées, et la Confrérie des Fils de Salomon n'a pu les retrouver. Nous sommes gardiens de génération en génération du savoir de Salomon. Ces tablettes n'auraient jamais dû être dérobées. La convoitise de notre frère était sans limites. Il se prétendait devin, dirigé par le Très-Haut lui-même pour que s'accomplisse la prophétie. De fait, l'idée du pouvoir l'avait rendu fou. Car de prophétie nous n'avons su que ses fantasmes et sa mort nous a précipités dans l'inquiétude. Nous pensions bien que ton père s'était approprié ce trésor. Nous te surveillons depuis longtemps. Il était évident que tu finirais par nous conduire à elles. La cupidité des hommes les rattrape toujours, acheva-t-il avec un rictus méprisant au coin des lèvres qui fit bondir Marie.

— Tu te trompes, l'étranger. Et pour te le prouver, ces tablettes elles-mêmes seront le prix de ta traduction.

Il leva vers elle un œil soupçonneux.

— Elles sont inestimables. Des rois mettraient leur fortune à bas pour les posséder. Que cherches-tu en elles de plus précieux que la fortune, femme ?

— La vie. Pour les miens.

L'homme plissa les yeux, amer.

— Le secret de l'éternelle jeunesse, l'immortalité, je vois. Tu as raison. Cela n'a pas de prix.

— Ce n'est pas ce que vous croyez... commença Marie.

Philippus l'arrêta :

— Laisse-le croire ce qu'il veut, c'est égal. Traduis en ton âme et conscience, Lévi, et tu pourras emporter ce bien et le rendre à ses propriétaires, quels qu'ils soient.

Lévi hocha la tête, l'air satisfait.

— Cela prendra du temps. Des heures peut-être, certains signes sont abîmés. Je ne peux les traduire qu'à l'aide des petites clés, qui sont un code créé par Salomon lui-même. Je ne le ferai que seul.

— Très bien. La louve restera auprès de toi. Tu n'as rien à craindre d'elle.

Le prêtre s'en contenta et se pencha sur son ouvrage. Ma se coucha à ses pieds et feignit de dormir.

— Peut-on lui faire confiance ? s'inquiéta Marie sitôt la porte refermée.

— Sans doute pas mais nous n'avons pas le choix. Tu l'as dit toi-même, Marie, une partie de moi est liée à ce mystère.

— Pourquoi m'as-tu empêchée de lui avouer la vérité ? Je n'aime pas sa condescendance.

— Je ne veux pas mettre ta mère en danger. Son secret est tout aussi précieux que ces tablettes. Allons plutôt réunir les éléments que nous possédons. Il ne faudra pas tarder à utiliser les révélations de l'Art Notoire si elles s'avèrent correspondre à ce que nous cherchons.

— Pourquoi ?

— Cette nuit est de pleine lune, Marie. Souviens-toi de son influence. Tant de choses prennent un sens, désormais.

— Tu as raison.

Elle l'embrassa furtivement sur la joue et le précéda dans l'escalier, sans inquiétude. Lévi ne s'enfuirait pas, Ma y veillerait.

Trois heures plus tard, ils avaient relu et vérifié leurs notes. Ils étaient prêts.

En 1510, Isabeau avait utilisé les substances tirées de la trépanation des gnomes moitié loup, moitié humain, les avait mêlées à cette eau riche en minéraux, le soufre, le vif-argent, l'aurum, avait ajouté le sang des loups, la décoction de mandragore, la verveine et la teinture de pavot. Cela, ils le savaient. Restait à connaître les proportions de chaque ingrédient. C'était cela qui leur manquait, avec les temps de chauffe, de distillation, de brassage, de stabilisation, les influences des astres. Ces données, Isabeau ne les avait pas consignées. Peut-être parce que, en son antre, le temps ne comptait plus, pas davantage que le jour ou la nuit. L'alkaheist était né d'une conjonction d'éléments hasardeux autant que d'une composition. C'est pour cette raison que comme Philippus elle n'était parvenue à recréer d'autre potion qu'un poison. Si la teinture d'Adam était l'alkaheist, l'Art Notoire le révélerait. Car l'un et l'autre ramenaient à l'Akasba, au cinquième élément. Au commencement comme à la fin. À la vie comme à la mort. Tous deux désormais le savaient.

Ils redescendirent dans la salle à manger, s'installèrent en silence dans deux fauteuils et attendirent. Un grand moment passa encore, puis la porte s'ouvrit et Lévi parut en s'étirant, les yeux pétillants.

— Rejoignez-moi, dit-il simplement.

Des feuilles de papier couvertes d'autres signes et de dessins, de ratures et de notes couvraient la table, sous la lumière tremblante de la chandelle. L'encrier était presque vide et la plume froissée.

— Salomon explique plusieurs choses dans ces textes, commença l'homme. La première est consacrée à l'Arche d'Alliance. Or le Temple est détruit et nul ne sait où ses ruines se trouvent.

— Vos prêtres le savent sûrement, se moqua Philippus. Je vous laisse son secret. Continuez.

— La deuxième conduit au trésor du Temple et donne le moyen d'éviter ou de déjouer les pièges dont il est protégé.

N'obtenant aucun commentaire, il poursuivit :

— La troisième, celle qui vous intéresse, concerne le secret de la transmutation. Appliqué aux solides, il les transforme en or pur, utilisé en liqueur, il conduit à la vie éternelle, en empêchant la nécrose. Incomplet ou mal utilisé, il provoque la mort dans d'atroces souffrances.

Marie et Philippus sentirent leur cœur bondir dans leur poitrine.

— Cette liqueur peut-elle modifier l'apparence ? Transformer un homme en animal par exemple ? Ou son contraire ? interrogea Marie fébrile, en évitant de regarder Ma pour ne rien trahir.

Les yeux de l'homme se rétrécirent et elle courba la tête, agacée d'imaginer qu'il pourrait lire ses pensées, trop excitée pourtant pour dissimuler son impatience.

— La nature ne l'a pas voulu, dit-il. Pourquoi le désires-tu ?

— Dieu ne nous a pas non plus offert la vie éternelle, intervint Philippus, et cependant Salomon a découvert le moyen de l'atteindre.

— Cette liqueur peut transmuer si elle est couplée à un autre ingrédient, avoua-t-il.

— Le soufre ?

— C'est un des composants en effet, mais pas suffisant, le Médicus. Il faut aussi du sang. Le sang de l'être dont on veut l'apparence.

— Donne-nous la formule.

— La voici. En latin puisque tu dois la lire, dit l'homme en désignant deux vélins sur la table. Je l'ai recopiée pour toi, femme, jeta-t-il à Marie.

Tous deux s'en emparèrent avec fébrilité sous le rictus narquois de l'Hébreu. Ils déchiffrèrent les ingrédients et hochèrent la tête de concert.

— Cette fleur du sommeil dont tu parles, c'est bien le pavot, n'est-ce pas ? demanda encore Philippus.

— On en tire l'opium en Asie, approuva l'homme. Elle a de nombreuses propriétés.

— Tu as rempli ta mission. Le livre est à toi.

L'homme ramena les pans de cuir sur les tablettes et se leva. Il les fourra dans un sac de peau puis s'inclina devant Philippus et Marie, une étrange lueur dans le regard.

— Adieu, dit-il laconiquement.

— Peut-être nos chemins se croiseront-ils encore !

— J'en doute, le Médicus. J'en doute.

Il les quitta sur ces mots. Ils attendirent que la porte se fût refermée sur lui pour s'étreindre avec enthousiasme.

— Cela me semble si évident soudain ! s'exclama Philippus.

— Crois-tu qu'il nous ait trompés à quelque endroit ?

— Non, j'en serais étonné. Rien ne me semble suspect ou mal venu. Toutes ces substances, Isabeau les possédait, jusqu'au sang du loup. De plus, cela concorde avec mes propres intuitions. Viens, ajouta-t-il, il ne faut plus attendre. Je me suis livré à une expérience hier soir. L'idée m'est venue en admirant le firmament. J'ai tracé une carte. Je ne voulais pas t'en parler avant que l'Art Notoire nous soit révélé car je pouvais me tromper.

Il entraîna Marie à l'étage et déroula le thème astral de Nostradamus. Par-dessus, il posa un papier huilé sur lequel il avait reporté des points. Ils concordaient parfaitement avec les planètes que Michel de Nostre-Dame avait reliées entre elles pour former le profil de la louve, à l'exception d'une à peine décalée.

— Isabeau a mis au monde Loraline un soir de pleine lune, dit-il. Le 24 septembre de l'an 1501, m'a-t-elle dit.

— Nous sommes le 24 septembre ! s'écria Marie.

— Précisément. Et cette nuit, quarante ans plus tard, l'alignement sera parfait, jubila Philippus en pressant les mains de Marie avec tendresse.

Ils réunirent les ingrédients dont ils avaient besoin puis apprirent par cœur chacun de leur côté la formule de la liqueur à concevoir, voltant et revoltant sans cesse le vélin entre leurs doigts pour être certains de ne rien oublier ou mal faire.

Une heure avant le milieu de la nuit, Philippus se laissa choir sur une chaise. Bientôt, la dernière planète serait alignée. À cet instant précis, ils devraient unir toutes les substances et commencer la distillation en chauffant les cornues. Il pressa ses tempes. Une migraine persistante l'avait saisi sournoisement qui allait en s'amplifiant au fil des heures, son estomac lui pesait au point qu'il lui devenait difficile de plus en plus souvent d'étouffer des régurgitations. Il mit ces troubles sur le compte de l'angoisse. S'il échouait, il ne se le pardonnerait pas.

Marie ne s'étant aperçue de rien, il fixa son attention sur le ciel à l'aide de son astrolabe. Lorsque le moment arriva enfin, il se força à réunir sa pensée escharbotée [1] sous le joug de la douleur.

— Maintenant ! dit-il à Marie qui se tenait tellement prête qu'elle bondit de sa chaise.

1. Éparpillée.

Philippus tenait entre ses doigts le vélin et, chaque fois qu'elle mentionnait tout haut l'élément qu'elle ajoutait, il le vérifiait sur la liste. Elle termina comme sa vue à lui se brouillait.

— Active les braises sous les cornues, dit-il, la langue pâteuse.

Toute à sa concentration, Marie ne s'aperçut pas qu'il s'était adossé au mur et essuyait son front blême et suant d'un revers de main.

— Voilà, père. Il n'y a plus qu'à attendre, conclut-elle avec satisfaction en se tournant vers lui.

Elle poussa un cri devant son teint blafard et se précipita comme il tentait un timide sourire.

— Je ne me sens pas très bien, affirma-t-il en s'affalant sur un siège qu'elle tira à lui.

— Montre-moi ta langue, ordonna Marie saisie d'une intuition.

Elle était violacée, marbrée d'ocre, tout comme son index qu'elle examina. Mais Philippus avait déjà compris. Ces signes-là, il les avait traités sur François de Chazeron bien des années auparavant. Pour preuve, un spasme le courba en avant et il vomit une bile âcre.

— Retrouve Lévi, articula-t-il. Il loge au coin de la troisième rue à droite. Je l'y ai fait suivre hier, ajouta-t-il la tête embrumée. Je craignais sa traîtrise.

— Tu ne vas pas mourir, n'est-ce pas ? s'inquiéta Marie comme Ma se mettait à hurler.

— Il faut faire vite. Va. Emmène Ma. Les rues... commença-t-il, mais la douleur devint trop violente en son ventre et il se tut en grimaçant.

Sans plus attendre, elle dévala l'escalier, Ma sur ses talons. Des larmes lui coulaient des yeux mais elle n'en avait cure. Son père ne pouvait pas mourir. Pas maintenant qu'ils touchaient au but.

Elle parvint au seuil de la porte comme l'Hébreu la claquait, sa voiture rangée à quelques pas. Le grognement de

Ma le fit se retourner et une terreur réelle se lut sur son visage tandis que Marie se jetait sur lui. Le cocher voulut intervenir, mais la louve le tenant en respect, il se contenta de rassurer ses chevaux qui piaffaient d'inquiétude à son approche.

— Qu'avez-vous fait à mon père? explosa Marie. Vous allez le guérir, tout de suite, ou je jure devant Dieu que Ma ne vous laissera pas seulement la force de prier!

— Calmez-vous, dit l'homme, je vais vous accompagner.

Il ne tenait pas à ameuter le quartier et à être dénoncé en public. Les tablettes qu'il emportait devaient auparavant être mises en sûreté. Il entraîna Marie par l'épaule et donna l'adresse au cocher avec l'ordre de démarrer. En un instant, ils furent devant la maison de Philippus.

— Attendez-moi ici, ordonna Lévi.

Ils parvinrent dans la pièce comme Philippus vomissait une nouvelle fois. D'un regard, Lévi embrassa la situation. Elle était bien telle qu'il l'avait imaginée. Philippus le dévisagea et chuchota d'une voix hachée :

— Le contrepoison. Donnez-moi le contrepoison.

— Hélas! je ne l'ai pas.

— Vous mentez! hurla Marie, tandis que Ma hérissait ses poils et retroussait les crocs.

L'Hébreu recula. Il transpirait à son tour.

— Écoute-moi, femme. La consigne de la Confrérie des Fils de Salomon est formelle. Quiconque découvre le secret des tablettes doit mourir. Le poison est contenu dans l'encre qui a servi à rédiger la formule, il y est extrêmement concentré. Je n'ai pas son antidote. À partir de la liqueur, on peut le créer, mais il sera trop tard pour ton père. À moins que ce que je crois soit vrai, ajouta-t-il d'une voix hachée.

— Sauvez-le ou vous mourrez, ragea Marie.

— Montre-moi tes doigts et ta langue.

— Je ne comprends pas...

— Fais ce qu'il te dit, Marie, hoqueta Philippus.

Elle obtempéra et les yeux de Lévi s'écarquillèrent de surprise autant que d'émerveillement. Marie présentait les mêmes traces marbrées que son père. Lévi joignit les mains en une prière :

— Par Adonaï ! Ainsi donc c'était vrai.

— Qu'est-ce qui est vrai ? s'impatienta Marie qui voyait Philippus se tordre sur le plancher où il s'était étendu en râlant.

— Tu es l'élue, femme. Celle de la prophétie.

Elle se rua sur lui, l'attrapa au collet et, dans la violence de sa colère, le souleva presque du sol.

— Cesse de gagner du temps, et sauve-le !

— Toi seule le peux, s'il n'est pas trop tard déjà !

— Comment ? insista Marie sans lâcher l'homme dont le visage reflétait à présent une dévotion étrange.

— Avec ton sang. Il faut lui faire ingurgiter de ton sang. Je t'ai empoisonnée aussi, femme, ces marques le prouvent. À l'heure qu'il est, tu devrais souffrir autant que lui. Or tu ne présentes aucun malaise. Tu es l'élue, celle mentionnée dans le texte gravé. Contre toi et pour une raison que j'ignore, la liqueur ne peut rien.

En un instant revint à Marie le souvenir de Triboulet lui certifiant qu'elle était l'élue. Même si cela lui paraissait absurde, elle devait se rendre à l'évidence. Sur elle, le poison était sans effet. Elle s'empara d'un lien de cuir et d'un scalpel, puis ordonna.

— Garrotte-moi l'avant-bras. Là, plus haut. Serre à présent. Maintiens ce récipient sous l'entaille. Lorsqu'il sera rempli tu le feras boire à mon père. Ensuite, nous attendrons ensemble qu'il guérisse. Et tu devras prier pour cela, sans quoi aucun Dieu ne te sauvera, tu m'entends !

L'homme hocha la tête et l'admira planter la lame sans sourciller pour ouvrir la saignée. Un sang presque noir en jaillit et Marie le regarda couler, avide, tandis qu'en elle s'égrenait une prière sans âge.

Lorsque l'Hébreu retira le récipient, elle appliqua un linge sur la coupure. Philippus avala le sang, docile. Comme il en recrachait un peu, Marie se précipita et l'empêcha de vomir en lui maintenant la tête en arrière. Elle se sentait faible mais cela n'avait plus d'importance.

— Les cornues, hoqueta Philippus. Surveille les cornues. Fais-le pour moi, Marie. Sauve-la, gémit-il comme elle s'écartait.

Elle acquiesça et ordonna au prêtre :

— Toi, tu ne bouges pas. Ma, surveille-le !

Puis elle s'inquiéta de la liqueur qui prenait corps. Peu à peu, absorbée par le travail, elle récupéra en elle une force et une aura nouvelles. Le regard de Lévi qu'elle croisait de temps à autre avait perdu de sa superbe au profit d'un respect qu'elle lisait grandissant. L'aube pointait lorsque la distillation s'acheva. Son père avait cessé de gémir et quelques couleurs avaient regagné ses joues, mais ses yeux demeuraient cernés d'un bleu noirâtre, même si sa migraine s'était estompée. Il avait encore vomi du sang digéré, pas autant cependant qu'il en avait bu.

— Je me sens mieux, dit-il alors que Marie s'approchait, délaissant pour quelques instants l'alkaheist qui bouillonnait.

L'Hébreu hocha la tête.

— Je n'ai jamais rien vu de semblable ma vie durant, femme. Les effets du poison s'estompent. Ton sang l'a sauvé !

Mais Marie n'écoutait pas. Elle était épuisée et pas totalement rassurée. En fait, malgré l'apaisement de Philippus lié à la régression des symptômes, elle avait le sentiment qu'il lui cachait quelque chose. Elle l'aida à s'adosser au mur puis se tourna vers Lévi.

— Dans la souillarde, tu trouveras un baquet et de quoi lessiver le sol. Ma va t'accompagner. Ramène-les. L'odeur est pestilentielle et tourne le cœur, ordonna-t-elle sans animosité cette fois.

Comme il s'éloignait, elle interpella Ma et ajouta pour la forme :

— S'il tente de s'enfuir, tue-le.

Le prêtre laissa échapper un petit rire, comme si cette idée était aussi invraisemblable que la situation elle-même, puis descendit l'escalier. Lorsqu'ils furent seuls, Marie s'enquit :

— Que sais-tu que j'ignore, père ?

Il eut un pâle sourire.

— Je vais mourir, Marie, lâcha-t-il en caressant sa joue souillée de sang, de poussière et de sillons de sel.

Marie couvrit sa main de la sienne, la rage au ventre, pour mieux contrer son propre pressentiment.

— Tu as l'air mieux, dit-elle, essayant de se convaincre que son pessimisme n'était que fatigue.

— C'est vrai. Le poison n'a plus d'effet, reconnut Philippus. Sans s'y attarder, il s'exclama : Dire que nous avons cherché si longtemps ce que tu détenais en toi ! Par quel miracle ? J'ignore quelle est cette prophétie dont il parle, mais il doit nous livrer ce secret. Nous devons savoir pourquoi et en quoi tu es l'élue.

— Quelle importance, si cela a permis de te sauver. Si cela peut nous rendre maman, assura Marie avec espoir.

— Il faut agir vite. Mêler la liqueur à ton sang et la lui faire absorber.

— À l'instant.

Mais Philippus l'arrêta.

— Il faut que potion et sécrétions soient à la même température, ou le mélange sera incomplet et tout sera perdu.

Il finissait ces mots comme Lévi revenait. Outre ce que Marie avait réclamé, l'Hébreu avait rapporté des vêtements propres et de l'eau savonneuse dans un autre seau.

— J'ai demandé à la louve, expliqua-t-il. Elle est très perspicace.

Comme Marie hochait la tête, il ajouta, certain de la réponse :

— La liqueur est à son usage, n'est-ce pas ? Qui est-elle ?

— Ma mère, répondit-elle simplement, mais avec tant d'amour que les dernières barrières de convenance s'effacèrent entre eux.

L'Hébreu lui sourit avec respect.

— Alors ne tardons plus. Le jour va se lever.

Marie sentit une confiance souveraine la gagner.

— M'aideras-tu ?

— Oui, femme, promit l'Hébreu avec franchise. Ensuite, je t'expliquerai, ajouta-t-il, le regard baigné d'une dévotion qui fit se détourner Marie. Je vais m'occuper du Médicus. Il te faut stabiliser la liqueur en veillant à ce que sa température descende graduellement jusqu'à 37 °C. C'est l'étape la plus difficile. Une erreur et tout peut basculer.

— Cela ira, assura Marie qui découvrait cet homme, bien loin du prêtre froid et hautain qu'elle avait abordé.

Elle se concentra sur l'alkaheist tandis qu'il nettoyait et changeait son père. Ensuite, après s'être assuré que Philippus était confortablement installé, Lévi vint la rejoindre, laissant Ma prendre le relais. La louve coucha sur les genoux de son aimé sa belle tête triste et se berça de la tendresse d'une caresse entre ses oreilles. Philippus se concentra sur son geste, pour ne pas s'endormir. Pas encore. Pas avant d'avoir serré dans ses bras cette femme pour laquelle il avait tout donné sa vie durant.

Un long moment passa. Marie laissa Lévi la guider, pas à pas. Puis se saigna une nouvelle fois dans les proportions qu'il indiqua pour que le mélange soit homogène.

Le coq chantait lorsque, dans une timbale d'argent, elle posa le breuvage devant Ma. La louve lapa jusqu'à ne laisser plus aucune trace, et retourna s'étendre auprès de Philippus. Le souffle court, ils attendaient, l'espoir comme une plaie béante au ventre de ces années de sursis.

Il fallut quelques minutes interminables avant que le corps s'étire dans un cri long et douloureux. Le prêtre semblait fasciné. Philippus avait fermé les yeux sur une prière muette tandis que Marie chantonnait cette comptine que lui avait apprise Isabeau. « Je la fredonnais parfois lorsque Loraline était enfant. Elle est mon héritage, avait avoué sa grand-mère après un ultime échec. J'aurais voulu la voir naître une seconde fois. Je l'aurais bercée dans mes bras au moment du passage, ce refrain aux lèvres. Elle aurait su alors combien je l'aimais. » En cet instant où toutes les frontières du possible perdaient leur sens, c'est à Isabeau que Marie songeait, à son sacrifice, à sa vie tollue, et sa voix qui rassurait Ma n'était qu'un hommage, un hymne à l'amour. Celui d'une fille et celui d'une mère. La mutation dura un long moment, dans une aube qui n'en finissait plus de la nimber de lumière. Puis le corps se stabilisa et s'immobilisa : un corps de femme aux cheveux gris, qui se redressa lentement, étonnée et émue.

— Je suis revenue, murmura une voix perdue.

— Oh ! maman ! s'exclama Marie comme Loraline lui ouvrait les bras, des larmes dans son regard de mousse.

Elle s'y jeta tandis que Philippus refermait les siens sur elles. Lévi se mit à battre des mains comme un enfant émerveillé. Mais cet instant volé à une éternité d'attente ne dura pas. Marie s'écarta au gémissement de son père.

— Il faut le conduire à l'hôpital, réagit Loraline en couvrant Philippus de baisers.

— Pourquoi ? Mère, pourquoi ? s'affola Marie.

— Non, non, gémit Philippus en leur prenant les mains. Cela ne servirait à rien. Je veux me nourrir de toi, mon amour, jusqu'à la fin. Tu es restée si belle, s'attendrit-il en parcourant d'un doigt tendre les fines rides qui couvraient le visage de Loraline.

— Je n'étais pas malheureuse, Philippus. J'étais avec les miens, et c'était bon de vous aimer, de vous protéger. J'aurais tant voulu...

— Moi aussi, la coupa-t-il, mais tu le sais, tout excès doit se payer. Notre destin n'était pas de vivre autrement. Je vais mourir en paix.

— Mais qui parle de nous quitter ! s'emporta Marie qui refusait de voir que son père agonisait. Père, je t'en prie ! La camarde n'a aucune raison de vouloir t'emporter !

— Elle en a une, si, Marie.

Il lui prit les mains et les serra entre les siennes.

— L'antidote a agi, mais il ne m'a pas sauvé. Je suis malade. Ta mère le savait. La boisson, la chère en médiocrité comme en excès en sont la cause. Regarde mon abdomen, mes viscères sont gonflés. Mon foie est atteint autant que l'estomac. Je me savais condamné et ma plus grande crainte était de partir avant d'avoir réalisé mon rêve et le tien. Le poison a accéléré l'usure. Ton sang, outre l'antidote qu'il contient, m'a redonné un semblant de vie, mais ce n'est pas suffisant. Je suis en hémorragie. Mon être s'en remplit et je la sens qui m'emporte comme une houle doucereuse. Je ne souffre pas. Vois même, je suis heureux de ce que nous avons accompli, heureux de vous voir réunies toutes les deux, pour la première fois comme pour la dernière fois à mes yeux.

— Je ne te laisserai pas mourir. Nous allons te transporter à l'hôpital, n'est-ce pas, mère ?

— Oui, Marie. Il n'est peut-être pas trop tard. Je t'en prie, Philippus, insista Loraline. Laisse-nous essayer de te sauver. Je ne peux rester les bras ballants quand tu as tant donné des tiens.

— Va chercher un drap dans une des chambres pour en faire une civière, demanda Marie au prêtre.

Voyant soudain la nudité sauvage et parfaite de Loraline, elle s'adressa à elle avec pudeur :

— Il faut te couvrir, mère.

Loraline lui sourit et Marie put lire dans ses yeux combien la bienséance en cet instant lui était indifférente. Elle s'empourpra et demeura immobile.

— Rapporte-moi l'habit que tu voudras, lui accorda Loraline. Je reste là.

Marie se releva, hésita un instant puis sortit de la pièce. Si son père devait s'éteindre, ce serait la seule occasion pour eux d'avoir un peu d'intimité. Elle croisa Lévi qui remontait et l'arrêta :

— J'ai besoin d'une tisane. Peux-tu m'en préparer ?

— Il faut leur laisser ce temps précieux qui leur reste, répondit-il simplement. Je suis navré.

Après un instant de silence, Marie répliqua :

— Vous avez agi selon votre devoir. C'est leur destin, Lévi. Nous n'y changerons plus rien.

Le prêtre pressa une main affligée sur son épaule, déposa les draps sur le palier puis descendit l'escalier sans rien ajouter. Marie pénétra dans sa chambre. Elle y choisit une robe d'un grenat sombre, presque noir, sobre, qu'elle affectionnait, puis retourna s'asseoir à même le plancher du palier en serrant la soie sur son cœur.

Lorsque l'Hébreu revint, elle n'avait pas bougé.

Philippus s'éteignit à la fin de l'après-midi de ce 24 septembre 1541, un sourire aux lèvres, dans un sommeil qui peu à peu l'avait entraîné loin de la réalité. Mère et fille ne le quittèrent pas dès lors que les médecins confirmèrent son diagnostic, à l'hôpital de Salzbourg où le cocher de Lévi les conduisit dès que Loraline fut habillée. Elles le veillèrent ensemble la nuit suivante, comme si par quelque nouveau miracle il pouvait se réveiller, et le pleurèrent dans les bras l'une de l'autre.

Lévi n'avait pas cessé de prier, profondément attristé pour ces deux femmes qu'il tenait en estime. Il les raccompagna au seuil de leur logis et promit de les visiter dès le lendemain. Épuisées, Loraline et Marie s'effondrèrent sur le lit de Philippus, les yeux secs d'avoir trop pleuré. Lévi s'annonça douze heures plus tard et les trouva à peine levées. Il leur prépara une collation, s'attendrit de voir Loraline porter un bol à ses lèvres et dans un réflexe laper le lait avant de se mettre à boire tristement. Ensuite seulement, il parla, pour qu'aucun secret ne les endeuille plus.

— Lorsque j'ai déchiffré les tablettes dont j'ignorais le contenu, j'ai trouvé cette prophétie de Salomon, comme le prêtre que nous avions cru fou et cupide de les avoir dérobées. Salomon prédisait qu'une sorcière naîtrait, à l'esprit mêlé de femme et de louve. Elle seule était l'alkaheist, car en son sang battait le secret de la mutation des corps. Cette femme était l'élue, la gardienne du savoir précieux auquel, dans sa bonté, le Très-Haut lui avait permis d'accéder.

« Elle seule deviendrait digne de protéger cette connaissance. Salomon disait que la mission de ses fils était de la chercher, de la trouver et de l'instruire. Ensuite, le livre sacré devrait lui être confié, pour épargner à l'humanité la cupidité, l'égoïsme et la souffrance d'une immortalité qu'elle n'était pas prête à recevoir.

« J'ai refusé d'y croire, alors que tout pourtant aurait dû m'ouvrir les yeux. Votre quête, cette louve... J'ai agi selon les principes qui m'avaient été inculqués. Ils n'étaient qu'orgueil et vanité, nous considérant, nous, fils de Salomon, comme seuls dignes de recevoir et de préserver cet héritage quand nous n'aurions dû être que des messagers.

« Votre père se serait éteint de toute façon, Marie, mais je ne peux m'empêcher de me sentir responsable de lui avoir volé ce temps précieux, de l'avoir soustrait à vos retrouvailles, à votre tendresse. Je n'aurai pas assez d'une vie pour me racheter et cependant il me faut partir, porter devant mes frères ma décision et la faire adopter par tous. Prenez ces tablettes, insista-t-il en remettant à Marie le bloc enveloppé de cuir, vous saurez en user avec justice et amour. Puisse ce geste vous dire mes regrets, mais plus encore, Marie, l'affection que je vous porte désormais et à jamais. Puissiez-vous un jour me pardonner.

— Je ne vous en veux pas, Lévi. N'advient que ce qui doit être, disait mon père. Aujourd'hui, je sais que c'était vrai. Je vous en fais la promesse, nul ne trouvera jamais l'art notoire. Je le dois à ma famille que, pour cette seule raison, le destin a sacrifiée.

— Allez en paix toutes deux.

Ils s'enlacèrent fraternellement. Quelques instants plus tard, elles se retrouvaient seules, avec cette complicité bien au-delà des mots jamais prononcés.

Les funérailles de Paracelse, deux jours plus tard, furent sobres, sans larmes. Ses affaires furent réglées à la façon qu'avait été sa vie, sans s'inquiéter des rumeurs et de la haine.

Sitôt achevées, mère et fille louèrent une escorte et montèrent dans la voiture sans se retourner.

Une neige épaisse couvrait l'Auvergne. L'hiver serait vif cette année, mais c'est le cœur empli d'une douce tiédeur que Marie aborda Vollore.

La voiture s'arrêta devant le château d'où Constant sortit, mû par cet instinct qui les rappelait invariablement l'un vers l'autre. Il tenait Philibert emmailloté de fourrures dans ses bras. Marie s'y précipita à son tour tandis que Gasparde poussait des cris de joie en l'apercevant.

En un instant, la maisonnée fut sur le seuil, immobile, les yeux écarquillés face à cette femme qui, timidement, souriait, derrière Marie.

— Grand-mère Isabeau, chuchota Gasparde. Grand-mère Isabeau est revenue du ciel !

— Seigneur Dieu, vous l'avez fait, trembla la voix émue d'Albérie.

— Bonjour, ma tante, répliqua Loraline en s'avançant vers elle.

Tandis qu'elles s'étreignaient, Marie s'accroupit devant les triplés et les serra sur son cœur, malgré la réticence des garçons qui avaient tant grandi qu'ils trouvaient cette familiarité inconvenante.

— Ce n'est pas grand-mère Isabeau, Gasparde. C'est grand-mère Loraline. Mais pour moi, pour nous, ajouta-t-elle à l'intention de Constant, elle sera toujours Ma.

Ce soir-là, la veillée fut gaie au château de Vollore, malgré le chagrin de la perte de Philippus.

— Je ne partirai plus, Constant, plus jamais. Tu vas me donner des enfants, beaucoup. Et nous les élèverons sur ces terres. Mais, auparavant, il me reste quelque chose à accomplir, murmura Marie au coucher, tandis que son aimé la couvrait de tendres baisers.

— Demain, dit-il. Pour l'heure, j'ai besoin de ta peau, de ton souffle, du parfum de vie que tu m'as rapporté.

La nuit leur fut courte mais, au petit jour, trois femmes s'éloignaient du château de Vollore vers Montguerlhe, unies par la même volonté. Albérie avait refusé que la potion la délivre. Son habit de louve était son seul lien vivace avec Huc. Il ne l'effrayait plus. Avec elle, la race se mourrait, dès lors qu'elles se seraient assurées, à la puberté, que Gasparde ne serait pas tourmentée.

La fiole d'alkaheist et les tablettes de Salomon furent ensevelies dans la tombe qui longtemps auparavant avait servi d'échappatoire à Isabeau, et la chambre mortuaire fut une nouvelle fois murée. Avec cet héritage, la Turleteuche retournait à la terre qui l'avait engendrée et la malédiction à son terrier.

Quelques jours plus tard, Constant éboula l'entrée du souterrain qui depuis la montagne menait à la grotte, et le secret de Montguerlhe s'oublia dans les ruines de sa forteresse que le temps démantela sans regret, sous le regard paisible et serein de ces trois femmes-loups aux destins emmêlés.

Nul n'aurait dû l'entendre frissonner.

Deux siècles plus tard pourtant, des crimes odieux endeuillèrent les terres du marquis d'Apcher, un des derniers descendants de Gabriel de Chazeron. On les attribua à un homme issu du même sang auquel on prêtait le pouvoir de parler aux loups. Pour prouver son innocence, il dut capturer et tuer le monstre qui les avait perpétrés. Il le rapporta au roi dans un tel état de putréfaction que nul ne sut jamais si la rumeur disait vrai... Les tueries cessèrent comme elles avaient commencé et la légende les imputa à une étrangeté moitié homme, moitié loup que l'on appela la « bête du Gévaudan ».

Mais tout cela est une autre histoire...

De vous à moi

Cette fois encore, il m'a fallu fouiller, fouiner pour trouver dans les écrits, les légendes et les archives matière à cette étonnante histoire.

Je ne citerai donc en bibliographie que les ouvrages les plus importants et les sites Internet sur lesquels, amis lecteurs, vous pourrez chercher plus avant et nourrir votre propre imagination.

En ce qui concerne le parler de cette époque, je suggère aux curieux de lire ou de relire les œuvres truculentes de Rabelais. Outre le fait que vous y rirez beaucoup, vous pourrez, d'un œil plus averti, vous esbaudir d'une foule de détails qui agacèrent par leur véracité la noblesse en son temps.

Je voudrais remercier ici M. Jacques Ytournel et Mlle Florence Grangeponte, archivistes de la ville de Thiers, pour leur précieuse collaboration. Merci aussi à M. Bernard Brugiere qui a eu la gentillesse de me faire parvenir une publication locale sur Montguerlhe. L'association Escotal qui l'édite tente de sauver les ruines de cette forteresse oubliée des hommes. Si vos pas vous promènent dans ce coin d'Auvergne, je vous conseille d'essayer d'en percer le mystère, après une visite au château de Vollore, modifié depuis le XVIIe siècle mais toujours vivant grâce à son actuel propriétaire, M. Michel Aubert de La Fayette.

Je tiens à remercier également M. Raphaël Bruni, propriétaire du château des Chazerons et passionné par leur histoire, qui a accepté de me faire partager ses connaissances, M. Jacques de Chabannes, propriétaire du château de La Palice, qui a bien voulu me transmettre des documents sur son illustre ancêtre. Ma gratitude va aussi à Mme Madore, conservateur des plans de la Bibliothèque historique de la ville de Paris, ainsi qu'à Henri Hours, directeur des Archives départementales du Puy-de-Dôme, et à M. Pierre Lanaret, archiviste au groupe de recherches archéologiques et historiques du Livradois-Forez.

Je tiens aussi à faire ici une place chaleureuse à Régine Gonnet, mon assistante de l'ombre. Par sa rigueur, son sérieux, sa compétence et sa curiosité qui l'obligent à vérifier chacune de mes intuitions d'écrivain, elle a contribué, comme précédemment avec *Le Lit d'Aliénor*, à donner une identité historique à ce roman. Grâce à son travail de recherche qui soulageait le mien, j'ai pu me consacrer davantage et plus entièrement à l'écriture comme à mes enfants.

De même, et pour des raisons appliquées au quotidien, je remercie Sandrine Joubert.

Sachant que j'écrivais sur cette époque, vous avez été nombreux, amis ou anonymes, lecteurs ou journalistes, à m'expédier depuis deux ans toute information glanée au hasard de vos routes, prouvant ainsi votre intérêt pour mon travail. À tous merci !

À mon petit frère Michel, qui trouva nombre de documents sur Paracelse en Allemagne et me les traduisit, je renouvelle mon immense tendresse.

À mon éditeur Bernard Fixot et à son équipe unie et enthousiaste, je dédie bien plus que ma reconnaissance pour m'avoir offert une seconde famille, pour avoir cru et continué de croire en ma plume.

À vous lecteurs, que j'ai croisés au vent des signatures pour mon premier ouvrage, j'offre cette amitié complice. Vos mails, vos lettres des quatre coins du monde m'ont fait grandir au fil de ces derniers mois, guérissant par leur chaleur et leurs encouragements de nombreuses et anciennes blessures.

Tous, vous avez donné un sens à mes mots.

Cela fut et continue d'être ma plus belle récompense.

Puisse ce livre vous remercier à sa manière en ne décevant pas votre attente et votre confiance.

Bibliographie

Ouvrages :

BOUCHER François, *Histoire du costume en Occident*, Flammarion, 1996.

BOUTET Frédéric, *Dictionnaire des sciences occultes*, suivi d'un *Dictionnaire des songes*, Librairie des Champs-Élysées, 1937.

BURCKHARDT Monica, *Le Mobilier du Moyen Âge, Renaissance*, Paris, Ch. Massin, 1977.

Dr CABANES et NASS L., *Poisons et Sortilèges*, Plon, 1993.

CASTELOT André, *François Ier*, Librairie Académique Perrin, 1996.

CERTAINE, marquis de, *Les Chabannes, mille ans d'histoire 980-1980.*

CHRISTIN Olivier, *Les Réformes : Luther, Calvin et les protestants*, Gallimard Découvertes.

CLÉMENT J.-P., *Nostradamus*, Aix-en-Provence, Edisud, 1993.

COLLIN DE PLANCY, *Dictionnaire infernal.*

CORNETTE Joël, *Chronique de la France moderne, le XVIe siècle*, Paris, Sedes, 1995.

DESMAZE Charles, *Les Métiers de Paris : d'après les ordonnances du Châtelet, avec les sceaux des artisans*, Mégariotis Reprints, 1974.

DONTEVILLE Henri, *Dits et Récits de mythologie française*, Payot.

DUPUIS André / LENOIR Maurice, *Dictionnaire du costume*, Paris, Librairie Grund, 1951.

ERTLE Jean-Marie, *Sorciers, Magiciens et Enchanteurs de nos terroirs.*

FRANKLIN Alfred, *La Vie privée d'autrefois, arts et métiers, modes, mœurs, usages des Parisiens du XIIe au XVIIIe siècle*, Paris, Librairie Plon, 1898, vol. IV.

GAVINET J., *Histoire de la magie en France*, Le Livre Club du libraire, 1965.

HOLMYARD E.J., *L'Alchimie*, Arthaud, 1979.

LA GOURNERIE Eugène de, *Histoire de François Ier et de la Renaissance*, Alfred Mame et fils, 1847.

LÉONARD Émile G., *Histoire générale du protestantisme*, Presses Universitaires de France, 1995.

LEROY Edgar, *Nostradamus : ses origines, sa vie, son œuvre*, Lafitte, 1993.

LESCURE, vicomte de, *Armorial du Gévaudan*, Marseille, Laffite Reprints, 1929.

MAGRE M., *Magiciens et Illuminés*, Charpentier, 1930.

MICHELET Jules, *La Sorcière*, Flammarion, 1975.

MOSNIER Laurent et SABLONNIÈRE Michel, *Montguerlhe*, Association Escotal, 2000.

ORIEUX Jean, *Catherine de Médicis*, Flammarion, 1986, nouv. éd. 2003.

QUILLIET Bernard, *Les Corps d'officiers de la prévôté et vicomté de Paris et de l'Île-de-France de la fin de la guerre de Cent Ans au début des guerres de Religion* : étude sociale, thèse de 1982.

RABELAIS, *Gargantua*. Version intégrale. Sacelp, 1982.

RABELAIS, *Pantagruel*. Version intégrale. Sacelp, 1982.

REMACLE Albert, comte de, *Dictionnaire généalogique des familles d'Auvergne*, A.R.G.H.A., 1995.

RIBADEAU-DUMAS François, *Histoire de la magie*, Les Productions de Paris.

SADOUL Jacques, *Le Trésor des alchimistes*, J.-C. Lattès, 1971.

TARDIEU Ambroise, *Dictionnaire historique du Puy-de-Dôme*, Édition de Moulin, 1877.

TAYEDA Jean-Claude, *Chazeron d'abord ! Chazeron encore !*, Édition du IIIe millénaire, 1994.

Le Grand et le petit Albert, Belfond.

Le Protestantisme, Encyclopédie Larousse, 1976.

Sites Internet :

http//www.alchymie.net
http//histoirechimie.free.fr
http//www.paris.dotcom.fr

Cet ouvrage a été imprimé
en septembre 2011 par

FIRMIN-DIDOT

27650 Mesnil-sur-l'Estrée
N° d'impression : 107555
ISBN 978-2-7098-8521-7
Dépôt légal : juin 2003

Imprimé en France